UNA

CHICA

DESCONOCIDA

UNA

CHICA

DESCONOCIDA

MARY

KUBICA

HarperCollins *Español*

Editora en Jefe: *Graciela Lelli*

ISBN: 978-1-4185-9740-5

Impreso en Estados Unidos de América

18 19 20 21 DCI 06 05 04 03 02

Para aquellos a los que perdí

HEIDI

La primera vez que la veo está en el andén de la estación de Fullerton, de pie, con un bebé en brazos. Se mantiene firme y erguida, con el bebé bien sujeto, cuando el tren de la línea morada pasa por delante de ella camino de Linden. Es 8 de abril, hay nueve grados de temperatura y está lloviendo. La lluvia arrecia en todas partes y sopla un viento furioso e indómito. Un día atroz para el pelo.

La chica viste unos vaqueros rotos por las rodillas y una chaqueta fina de nailon de color verde caqui. No tiene capucha ni paraguas. Hunde la barbilla en la chaqueta y mira fijamente hacia delante mientras la lluvia la empapa. A su alrededor, la gente se refugia acobardada bajo el paraguas sin ofrecerle cobijo. El bebé está callado, metido en la chaqueta de su madre como una cría de canguro en su marsupio. Por debajo de la chaqueta asoman jirones mugrientos de felpilla rosa, y deduzco que el bebé, profundamente dormido en medio de lo que para mí es un alboroto espantoso (el ruido atronador del tren que pasa, el frío que te cala hasta los huesos), es una niña.

La chica tiene una maleta a sus pies (una maleta antigua, de cuero marrón y desgastado) y calza unas botas de cordones completamente empapadas.

No puede tener más allá de dieciséis años.

Es delgada. Desnutrida, me digo, aunque puede que solo sea delgada. La ropa le viene grande. Los pantalones le cuelgan, la chaqueta le queda ancha.

9

El sistema de megafonía de la Autoridad de Tránsito de Chicago anuncia la llegada del próximo tren, y el convoy de la línea marrón hace su entrada en la estación. Los transeúntes de primera hora de la mañana se agolpan para subir al interior seco y cálido de los vagones, pero la chica no se mueve. Yo dudo un momento, siento el impulso de hacer *algo*, pero luego subo al tren como todos los demás, como los indiferentes, como los que no hacen nada. Me deslizo en un asiento, miro por la ventanilla mientras se cierran las puertas y nos alejamos dejando a la chica y a su bebé bajo la lluvia.

Su recuerdo, sin embargo, me acompaña durante todo el día.

Voy en tren hasta el Loop, me apeo en la estación de Adams-Wabash y avanzo trabajosamente, bajando las escaleras paso a paso entre la gente hasta salir a la calle, donde el olor acre de las cloacas se adhiere a las esquinas y las palomas se apiñan en corros tambaleantes junto a cubos de basura e indigentes, mientras millones de urbanitas avanzan apresuradamente bajo el aguacero.

Asisto a varias reuniones sobre alfabetización de adultos y preparación de exámenes de Graduado Escolar, doy clase de inglés a un chico de Bombay y, entre tanto, paso largos ratos pensando en la chica y en su bebé esperando horas y horas en el andén, viendo pasar los trenes. Fantaseo, me invento historias: que el bebé tiene cólicos y solo duerme en medio del alboroto de la calle; que la vibración de los trenes es la clave para que permanezca dormido; que la chica tenía un paraguas (me lo imagino de un rojo brillante, con exuberantes margaritas doradas) y una ráfaga de viento lo volvió del revés, como suele pasar en días como este, y acabó rompiéndolo. El paraguas, el bebé, la maleta… No podía sostener tantas cosas en los brazos. Y al bebé no podía dejarlo, claro. ¿Y la maleta? ¿Qué había dentro de aquella maleta que era más importante que un paraguas en un día como hoy? Puede que haya pasado toda la jornada allí, esperando. Quizás estuviera aguardando una llegada, más que una partida. O quizá haya subido al tren de la línea roja en cuanto el de la marrón se perdió de vista.

Esa noche, cuando vuelvo a casa, la chica ya no está. No se lo cuento a Chris porque sé lo que me diría: ¿a quién le importa?

Ayudo a Zoe a hacer los deberes de matemáticas en la mesa de la cocina. Dice que odia las mates. A mí no me sorprende. Últimamente odia casi todo. Tiene doce años. No estoy muy segura, pero creo recordar que a mí la época de odiarlo todo me llegó después, con dieciséis o diecisiete años. Pero ahora todo se adelanta. Yo iba a la escuela infantil a jugar y a aprender el abecedario; Zoe, en cambio, iba a aprender a leer y a manejar la tecnología mucho mejor de lo que la manejo yo. Ahora los chicos y las chicas entran en la pubertad antes que en mi generación, hasta dos años antes en algunos casos. Los críos de diez años tienen móvil. Las niñas tienen pechos con siete u ocho años.

Chris cena y se encierra en su despacho como hace siempre, a estudiar soporíferas hojas de cálculo hasta mucho después de que Zoe y yo nos hayamos ido a la cama.

Al día siguiente está allí otra vez. La chica. Y otra vez está lloviendo. Es la segunda semana de abril y está previsto un índice récord de precipitaciones. El abril más lluvioso del que se tenga noticia, dicen los meteorólogos. Ayer, en el aeropuerto O'Hare cayeron 9,8 centímetros cúbicos. El agua está empezando a colarse en los sótanos, a acumularse en los badenes de las calles más llanas. Se han cancelado y retrasado vuelos. Me digo a mí misma que las lluvias de abril traen las flores de mayo, me envuelvo en una parka impermeable de color crema y hundo los pies en unas botas de goma para recorrer el trayecto hasta el trabajo.

La chica viste los mismos vaqueros rotos, la misma chaqueta caqui, las mismas botas de cordones. La maleta vieja descansa a sus pies. Ella tiembla al aire áspero y frío y el bebé se retuerce inquieto. Le mece arriba y abajo, a brincos, arriba y abajo, y yo leo en sus labios: *shh*. Oigo a unas mujeres a mi lado, tomando café caliente bajo sus enormes paraguas de golf: «No debería tener al bebé a la intemperie. ¡Con el día que hace!», comentan con desdén. «¿Qué le pasa a esa chica? ¿Es que no tiene un gorro para el bebé?».

El tren de la línea morada pasa de largo. El de la línea marrón llega y se detiene, y los indiferentes van desfilando como objetos en una cadena de montaje.

Me quedo rezagada de nuevo, deseando hacer algo sin parecer entrometida ni ofender a la chica. Una línea muy fina separa el ofrecimiento de ayuda de la falta de respeto, y yo no quiero cruzarla. La chica podría estar aquí con su maleta, sosteniendo al bebé bajo la lluvia, por un millón de razones, aparte de la que se agita, insidiosa, en un rincón de mi mente: que no tiene adónde ir.

Trabajo con personas sin recursos, inmigrantes en su mayor parte. Los datos de analfabetismo en Chicago son abrumadores: en torno a un tercio de los mayores de edad son analfabetos funcionales. Es decir, que no pueden rellenar una solicitud de empleo. Ni leer los carteles indicadores, ni saber qué parada de metro es la suya. Ni ayudar a sus hijos a hacer los deberes.

Las caras que adopta la pobreza son pavorosas: mujeres mayores acurrucadas en bancos de parques urbanos, o empujando un carro de la compra cargado con todas sus pertenencias, o rebuscando comida en la basura; hombres recostados contra las paredes de los rascacielos durante los días más gélidos de enero, profundamente dormidos, con un letrero de cartón apoyado contra su cuerpo inerte: *Una ayuda, por favor. Tengo hambre. Que Dios los bendiga.* Las víctimas de la pobreza habitan en infraviviendas, en barrios peligrosos; su alimentación es insuficiente en el mejor de los casos; con frecuencia pasan hambre. Tienen poco o ningún acceso al sistema sanitario, a una vacunación adecuada; sus hijos van a colegios infradotados, desarrollan problemas de conducta, conocen la violencia de primera mano. Y presentan mayor riesgo de iniciar las relaciones sexuales a una edad muy temprana, con lo que el ciclo se repite. Chicas adolescentes que a duras penas pueden acceder al sistema sanitario dan a luz a hijos escasos de peso. Los niños enferman, pasan hambre.

En Chicago la pobreza está más extendida entre los negros y los hispanos, pero eso no impide que una chica blanca pueda ser pobre.

Todo esto se me pasa por la cabeza en una fracción de segundo, mientras me pregunto qué debo hacer. Ayudar a la chica. Montar en el tren. Ayudar a la chica. Montar en el tren. Ayudar a la chica.

Pero entonces, para mi sorpresa, la chica sube al vagón. Cruza las puertas segundos antes de que se oiga el aviso automático (*dindón, puertas cerrándose*) y yo la sigo preguntándome adónde vamos, la chica, el bebé y yo.

El vagón está abarrotado. Un hombre se levanta de su asiento y se lo cede amablemente a la chica. Ella lo acepta sin decir palabra, se sienta en el banco metálico junto a un tipo con pinta de especulador, de largo abrigo negro, que mira al bebé como si fuera un marciano. Los pasajeros se abstraen durante el trayecto matutino, miran absortos sus teléfonos móviles, sus ordenadores portátiles, sus dispositivos electrónicos, leen novelas, el periódico, los informes de la mañana; beben café y miran por la ventanilla la silueta de la ciudad recortada contra el cielo, difuminada por la oscuridad del día. La chica saca cuidadosamente al bebé de su marsupio. Desdobla la manta de felpilla rosa y milagrosamente, bajo la manta, el bebé parece estar seco. El tren avanza entre sacudidas hacia la estación de Armitage, elevándose detrás de edificios de ladrillo de tres o cuatro plantas, tan cerca de las viviendas que me imagino cómo temblarán cuando pase el tren, cómo resonarán los cristales de las vitrinas, cómo quedara silenciada la tele por la reverberación del convoy cada pocos minutos, durante todo el día y buena parte de la noche. Salimos de Lincoln Park y entramos en Old Town, y en algún punto del trayecto el bebé se calma, su llanto se reduce a un suave gimoteo, lo que alivia ostensiblemente a los pasajeros del tren.

Me veo obligada a permanecer más lejos de ella de lo que me gustaría. Consciente de lo impredecible de los movimientos del tren, me agarro con fuerza y de vez en cuando me asomo más allá de cuerpos y maletines para echarle un vistazo: la piel marfileña y lisa del bebé, los ojos enrojecidos de tanto llorar, las mejillas hundidas de la madre, un pelele blanco enterizo, la succión ansiosa de un chupete, los ojos inexpresivos. Una mujer pasa a su lado y dice:

—Qué bebé más mono.

La chica esboza una sonrisa forzada.

Le cuesta sonreír, no le sale espontáneamente. La comparo mentalmente con Zoe y me doy cuenta de que es mayor que mi hija: tiene, por un lado, una mirada apática y, por otro, una indefensión descarnada de la que Zoe carece. Y luego está el hecho de que sea madre (me he convencido a mí misma de que Zoe sigue creyendo que a los bebés los traen las cigüeñas), aunque al lado del especulador la chica parece diminuta, como una niña pequeña. Lleva el pelo desigual: corto y desfilado por un lado, a media melena por el otro. Mate y descolorido como una vieja fotografía virada al sepia, amarillenta por el paso del tiempo. Tiene mechas rojizas, pero no es su color natural. Lleva sombra de ojos oscura y densa, corrida por la lluvia, oculta tras la larga cortina protectora del flequillo.

El tren aminora la marcha al entrar en el Loop, escorándose al tomar las vueltas y revueltas de la vía. Observo cómo envuelve la chica al bebé en la manta rosa y lo cobija bajo su chaqueta de nailon y me preparo para su partida. Se apea antes que yo, en State-Van Buren, y miro por la ventanilla tratando de no perderla de vista entre la densa aglomeración que satura las calles de la ciudad a esta hora del día.

Pero aun así dejo de verla. De pronto ya no está.

CHRIS

—¿Qué tal el día? —pregunta Heidi cuando entro por la puerta.

Al llegar me asalta un olor fétido a comino, oigo el murmullo de las noticias en el cuarto de estar y el equipo de música de Zoe sonando a todo volumen al fondo del pasillo. En las noticias: lluvias torrenciales sacuden el Medio Oeste. Junto a la puerta hay un cúmulo de cosas mojadas: abrigos, paraguas, zapatos. Añado mi parte al montón y me sacudo el pelo como un perro mojado. Entro en la cocina, le doy un beso en la mejilla a Heidi: una costumbre, más que un gesto de ternura.

Heidi ya se ha puesto el pijama, de franela a cuadros rojos. Tiene el pelo, ondulado y de color caoba natural, aplastado por la lluvia. Se ha quitado las lentillas y se ha puesto las gafas.

—¡Zoe, la cena está lista! —grita a pesar de que es imposible que nuestra hija la oiga con la puerta de su cuarto cerrada y el sonido ensordecedor de la música.

—¿Qué hay de cena? —pregunto.

—Chili. ¡Zoe!

Me encanta el chili, pero desde hace un tiempo Heidi hace un chili vegetariano repleto de judías negras, carillas y garbanzos (y comino, por lo visto), al que añade lo que ella llama «soja texturizada» para dar la impresión de que hay carne sin que haya vaca. Saca unos cuencos del armario y empieza a servir el chili. Heidi no es vegetariana, pero hace dos semanas, cuando Zoe empezó a quejarse de la grasa que tenía la carne, tomó la decisión de eliminarla de nuestra dieta durante una temporada. Desde entonces hemos comido pastel de carne vegetariana, espaguetis con albóndigas vegetarianas y hamburguesas vegetales, pero nada de carne.

—Voy a avisarla —digo, y recorro el estrecho pasillo de nuestro piso.

Llamo a la puerta, que vibra por el ruido de la música y, con permiso de Zoe, asomo la cabeza para decirle que ya está la cena y me dice que vale. Está recostada en su cama con dosel, con un cuaderno amarillo sobre el regazo (ese en cuya portada pega las fotos de ídolos adolescentes que recorta de las revistas). Cierra de golpe el cuaderno en cuanto entro y busca a tientas los apuntes de Ciencias Sociales que descansan, olvidados, a su lado.

No le digo lo de la soja texturizada. Paso por encima del gato al entrar en nuestro cuarto (el mío y el de Heidi), aflojándome de paso la corbata.

Un momento después estamos los tres sentados a la mesa de la cocina, y Heidi vuelve a preguntarme qué tal me ha ido el día.

—Bien —contestó—. ¿Y a ti?

—Odio las judías —declara Zoe al coger una cucharada de chili, y lo deja caer de nuevo dentro del cuenco.

La tele del cuarto de estar tiene el volumen quitado pero se nos van los ojos hacia la pantalla. Nos esforzamos por leer las noticias de la noche en los labios de los presentadores. Zoe se recuesta en su silla, se niega a comer. Es un clon de Heidi, desde la redondez de la cara al pelo ondulado y los ojos marrones, todo igual, hasta el arco de los labios y las pecas de la nariz respingona.

—¿Qué has hecho hoy? —pregunta Heidi, y yo hago una mueca para mis adentros.

No quiero revivir el día, y las anécdotas de mi mujer (refugiados sudaneses en busca de asilo y adultos analfabetos) son deprimentes. Solo quiero ver las noticias leyendo los labios de los presentadores, eso es todo.

Pero de todos modos le cuento lo de la auditoría a un cliente y lo del borrador del acuerdo de compraventa, y lo de la teleconferencia a una hora absurda con un cliente de Hong Kong. A las tres de la mañana. Salí sin hacer ruido de nuestro dormitorio, me metí en el despacho para hacer la llamada y, cuando acabó, me duché y me fui a trabajar mucho antes de que Zoe y Heidi se despertaran.

—Por la mañana me voy a San Francisco —le recuerdo.

Asiente con la cabeza.

—Ya lo sé. ¿Para cuánto tiempo?

—Una noche.

Y entonces le pregunto qué tal le ha ido a ella el día y me habla de un chico que vino de la India hace seis meses. Vivía en un suburbio de Bombay, «en Dharavi, para ser exactos, uno de los mayores barrios chabolistas del mundo», añade Heidi, «donde ganaba menos de dos dólares al día». Me habla de los retretes, de lo escasos que son y de lo alejados que están entre sí. De modo que los vecinos van a hacer sus necesidades al río. Está ayudando al chico (Aakar, se llama) a mejorar su inglés. Lo cual no es fácil.

—El inglés es un idioma muy difícil de aprender —me recuerda.

Le digo que ya lo sé.

Mi mujer se solidariza con todo el mundo. Lo cual me parecía absolutamente adorable cuando le pedí que se casara conmigo, pero no sé por qué, después de catorce años de matrimonio, las palabras «inmigrante» y «refugiado» me tocan las narices. Seguramente porque estoy convencido de que le preocupa más el bienestar de esa gente que el mío.

—¿Y a ti qué tal te ha ido el día, Zoe? —pregunta Heidi.

—Ha sido una mierda —refunfuña mi hija arrellanada en la silla, mirando su chili como si fuera caca de perro.

Me río para mis adentros. Por lo menos uno de los tres es sincero. Rectifico: mi día también ha sido una mierda.

—¿Una mierda por qué? —insiste Heidi.

Me encanta cuando dice «una mierda». Su falta de naturalidad es hilarante. Heidi solo se refiere a la mierda con eufemismos. Y luego añade:

—¿Qué le pasa a tu chili? ¿Pica demasiado?

—Ya te lo he dicho. Odio las judías.

Hace cinco años, Heidi le habría recordado que en India, Sierra Leona o Burundi hay niños que se mueren de hambre. Pero últimamente conseguir que Zoe coma *algo* es un logro. O todo le da asco, o todo está lleno de grasa, como la carne. Así que comemos sucedáneos.

Suena mi móvil al fondo de mi maletín (lo he dejado en el suelo, junto a la puerta del piso) y Heidi y Zoe me miran preguntándose si voy a escapar a mi despacho con el móvil en medio de la cena. El despacho era el tercer dormitorio; lo reconvertimos cuando quedó claro que no íbamos a tener más hijos. A veces, cuando Heidi está conmigo en esa habitación, la sorprendo todavía mirando melancólicamente los muebles de color café (un escritorio, estanterías, mi sillón de piel favorito), como si imaginara un escenario completamente distinto: una cuna, un cambiador, y animalitos de safari retozando por las paredes.

Heidi siempre quiso tener familia numerosa. Pero las cosas no salieron así.

Es raro el día que acabamos de cenar sin que suene la dichosa sintonía del móvil. Dependiendo de la noche, de mi estado de ánimo (y sobre todo del de Heidi) y de lo que haya pasado ese día en el trabajo, contesto o no. Hoy me meto una cucharada de chili en la boca para zanjar la cuestión y Heidi sonríe dulcemente, como diciendo «gracias». Tiene una sonrisa de lo más dulce: azucarada y deliciosa. Le sale de dentro, no es que se dibuje simplemente en esos labios ondulados como el arco de Cupido. Cuando sonríe siempre me acuerdo del día que nos conocimos en un baile benéfico en Chicago, su cuerpo envuelto en un vestido de tul *vintage* sin tirantes, rojo como su pintalabios. Era una obra de arte. Una obra maestra. Todavía estaba en la universidad, haciendo prácticas en la ONG que ahora casi dirige ella sola. Era la época en que podía tirarme toda la noche en vela, cuando me bastaba con dormir cuatro horas para estar fresco como una lechuga. Los tiempos en que la gente de treinta años me parecía vieja. Tan vieja, de hecho, que lo de tener treinta y nueve me parecía inconcebible.

Heidi opina que trabajo demasiado. Suelo trabajar, de media, setenta horas a la semana. Hay días que no llego a casa hasta las dos de la mañana. Y algunas noches, aunque esté en casa, me las paso encerrado en el despacho hasta que amanece. Mi teléfono suena a cualquier hora del día o de la noche, como si fuera un médico de guardia y no un tipo que se dedica a la fusión y adquisición de empresas. Pero Heidi trabaja en una ONG: solo uno de los dos gana lo suficiente para pagar el piso en Lincoln Park y el carísimo colegio privado de Zoe, y además ahorrar para la universidad.

El teléfono deja de sonar, y Heidi mira a Zoe. Quiere que siga contándole qué tal le ha ido el día.

Resulta que la señora Peters, la profesora de Ciencias de la Tierra de séptimo curso, no ha ido a clase y la sustituta era una auténtica… Zoe se detiene y trata de dar con un adjetivo más aceptable que el que han implantado en su cerebro los preadolescentes inadaptados que la rodean. Se decide por «una auténtica *plasta*».

—¿Y eso por qué? —pregunta Heidi.

Zoe evita mirarla a los ojos, clava la mirada en el chili.

—No sé. Porque sí.

Heidi bebe un sorbo de agua y pone esa expresión inquisitiva, abriendo mucho los ojos. La misma que ha puesto cuando le he contado lo de la llamada a las tres de la madrugada.

—¿Os ha tratado mal?

—No, qué va.

—¿Es demasiado estricta?

—No.

—¿Demasiado… *fea*? —pregunto yo para quitarle hierro al asunto.

A veces, la insistencia de Heidi tensa un poco las cosas. Está convencida de que, siendo una madre comprometida (o sea, sobreprotectora), Zoe se sentirá segura de sí misma y querida cuando entre en lo que ella llama «los tumultuosos años de la adolescencia». Lo que yo más recuerdo de los tumultuosos años de mi adolescencia es la necesidad que sentía de escapar de mis padres. Cuanto más me perseguían ellos, más deprisa corría yo. Pero Heidi ha sacado unos cuantos libros de la biblioteca: libros de psicología evolutiva y crianza con apego, el secreto para ser una familia feliz. Está empeñada en hacer las cosas bien.

Zoe suelta una risita. Cuando se ríe así (y no lo hace muy a menudo) tiene otra vez seis años, vuelve a ser extremadamente pura, como el oro de veinticuatro quilates.

—No —contesta.

—Entonces… ¿solo era una plasta? Una plasta rancia y desagradable —sugiero yo.

Aparto las judías negras y busco en mi plato otra cosa que comer. Un tomate. Maíz. Escarbando entre el chili en busca de un tesoro. Evito la soja texturizada.

—Sí, eso, supongo.

—¿Qué más? —pregunta Heidi.

—¿Qué?

Zoe lleva una camiseta desteñida y cubierta de brillantina, con las palabras *paz* y *amor* escritas en fucsia. Se ha recogido el pelo en una coleta ladeada que le da un aspecto sofisticado y que contrasta con el aparato de color mandarina que rodea sus dientes desiguales. Lleva un montón de cosas pintarrajeadas en el brazo izquierdo: signos de la paz, su nombre, un corazón. El nombre de *Austin*.

«¿Austin?».

—¿Qué más ha sido una mierda? —pregunta Heidi.

«¿Quién narices es Austin?».

—Taylor vertió la leche a la hora de la comida. Encima de mi libro de mates.

—¿Y se ha estropeado el libro? —inquiere Heidi.

Taylor es la mejor amiga de Zoe, su alma gemela, su compañera inseparable desde que tenían cuatro años, más o menos. Tienen sendos collares de superamigas, adornados con calaveras. El de Zoe es verde lima y lo lleva siempre al cuello, de día y de noche. La madre de Taylor, Jennifer, es también la mejor amiga de Heidi. Si no recuerdo mal, se conocieron en el parque municipal: dos niñitas jugando en el arenero mientras sus madres se tomaban un respiro sentadas en un banco. Heidi dice que fue un golpe de suerte, aunque creo que en realidad Zoe le tiró arena a los ojos a Taylor y que esos primeros momentos fueron un tanto tensos. Pero Heidi llevaba una botella de agua de sobra y pudo quitarle la arena de los ojos a Taylor, y Jennifer estaba en pleno divorcio y necesitaba a alguien con quien desahogarse; de no ser por eso, la historia quizás hubiera tenido un final muy distinto.

—Pues no sé —contesta Zoe—. Supongo que sí.

—¿Hay que comprarte otro?

No contesta.

—¿Ha pasado algo más? ¿Algo *bueno*?

Zoe niega con la cabeza.

Y ese es, en resumen, el día de mierda de Zoe.

Le permitimos levantarse de la mesa sin comerse el chili. Heidi la convence para que coma unos trocitos de magdalena de maíz y se acabe un vaso de leche y luego la manda a su cuarto para que termine los deberes. Así que nos quedamos solos ella y yo. Mi móvil vuelve a sonar. Heidi se levanta de un salto para empezar a fregar los platos y yo remoloneo sin saber si puedo escaquearme o no, pero al final cojo unos platos de la mesa y se los llevo a Heidi, que está tirando el de Zoe de chili por el triturador de basuras.

—El chili estaba bueno —digo, aunque es mentira.

Apilo los platos sobre la encimera para que Heidi los aclare y me quedo tras ella, con la mano apoyada en la franela de cuadros rojos de su pijama.

—¿Quién más va a San Francisco? —pregunta.

Cierra el grifo y se vuelve para mirarme, y yo me inclino hacia ella, acordándome de lo que siento al estar a su lado: una intimidad tan arraigada en ambos que es la cosa más natural del mundo, un hábito, una segunda piel. Llevo con ella casi la mitad de mi vida. Sé lo que va a decir antes de que lo diga. Conozco su lenguaje corporal, lo que significan sus gestos. Conozco su mirada invitadora cuando Zoe se queda a dormir en casa de una amiga o cuando lleva largo rato en la cama. Y sé que ahora, al rodearme con los brazos y atraerme hacia sí juntando las manos a la altura de mis riñones, no lo hace por amor sino para afirmar sus derechos de propiedad.

«Eres mío».

—Un par de compañeros de la oficina —le digo.

Vuelve a mirarme con esos ojos grandes y escrutadores. Quiere que me explique.

—Tom —añado— y Henry Tomlin. —Luego vacilo, y es probablemente esa vacilación lo que me delata—. Y Cassidy Knudsen —reconozco, contrito, añadiendo el apellido como si ella no supiera quién es Cassidy.

Cassidy Knudsen, con *k* muda.

Heidi me suelta y se vuelve hacia el fregadero.

—Es un viaje de trabajo —le recuerdo—. De trabajo, nada más —insisto mientras pego mi cara a su pelo.

Huele a fresas dulces y jugosas, y a un revoltijo de olores urbanos: la suciedad de la calle, los pasajeros del tren, el aroma musgoso de la lluvia.

—¿Y *ella* lo sabe? —pregunta Heidi.

—Se lo diré, descuida —respondo.

Y cuando se agota la conversación y la cocina queda en silencio salvo por el ruido que hace Heidi al meter bruscamente los cacharros en el lavavajillas, aprovecho para escabullirme y me voy a la habitación a hacer la maleta.

No es culpa mía tener una compañera de trabajo que esté tan buena.

HEIDI

Por la mañana, cuando me despierto, Chris ya se ha ido. A mi lado, sobre la mesilla de noche desordenada, hay una taza de café. Seguramente estará tibio y repleto de leche de avellanas, pero es café a fin y al cabo. Me siento en la cama, cojo la taza y el mando a distancia, enciendo la tele y me encuentro con el pronóstico del tiempo. Lluvias.

Cuando por fin recorro el pasillo hasta la cocina, pasando junto a los retratos escolares de Zoe desde la guardería hasta séptimo curso, me encuentro a mi hija de pie en la cocina, sirviéndose leche y cereales en un bol.

—Buenos días —digo, y se sobresalta—. ¿Has dormido bien? —pregunto, y la beso con cautela en la frente.

Últimamente cualquier mimo la molesta. Y sin embargo, como su madre que soy, siento la necesidad de demostrarle mi cariño. No me vale con que nos demos la mano como colegas, como hacen Chris y ella, así que la beso y, aunque noto que se aparta, sé que ya le he administrado mi dosis diaria de afecto.

Ya se ha puesto el uniforme del colegio: el pichi plisado de cuadros, la chaqueta de punto azul y los zapatos de ante que tanto detesta.

—Sí —responde, y se lleva el bol a la mesa de la cocina para empezar a comer.

—¿Te apetece un zumo?

—No tengo sed.

Pero aun así la veo mirar la cafetera, cuya portezuela ya ha abierto y ha cerrado previamente. Ningún niño de doce años necesita un estimulante para ponerse en marcha por las mañanas. Yo, en cambio, lleno mi taza hasta los topes, le añado leche y voy a sentarme junto a mi hija con un cuenco de cereales de fibra con pasas. Trato de charlar con ella acerca del día que nos aguarda. Me contesta con un aluvión de síes, noes y nosés, y luego se escabulle para ir a lavarse los dientes y yo me quedo sola en medio del silencio de la cocina, escuchando el rítmico tamborileo de la lluvia en el ventanal.

Salimos al día pasado por agua, y en el portal nos cruzamos con nuestro vecino, Graham. Pulsa insistentemente los botones de su reloj electrónico, que emite diversos pitidos. Se sonríe, visiblemente complacido.

—Es un placer verlas, señoritas —nos dice con la sonrisa más sensual que he visto nunca.

El pelo, un poco largo y rubio, le cae sobre la frente brillante. Pronto sus mechones lacios estarán enhiestos gracias a una generosa dosis de gomina. Está mojado, pero no sé si de lluvia o de sudor.

Vuelve a casa después de salir a correr por el lago vestido de Nike de los pies a la cabeza, con su carísimo reloj que cuenta los kilómetros y el promedio de carrera. Su ropa combina demasiado bien: la franja verde lima de su chaqueta, a juego con la de sus zapatillas.

Es lo que llaman un metrosexual, aunque Chris está seguro de que no se trata solo de eso.

—Buenos días, Graham —contesto—. ¿Qué tal tu carrera?

Apoyándose contra la pared de color trigo con friso blanco, se echa un chorro de agua a la boca y contesta:

—Estupendamente.

Tiene una mirada de euforia que hace sonrojarse a Zoe. Mi hija se mira los pies, se quita el polvo invisible de un zapato con la puntera del otro.

Graham tiene treinta y tantos años, es huérfano y vive en este edificio porque su madre le dejó en herencia el piso contiguo al nuestro cuando murió hace años, y él se forró: no solo recibió la herencia de su madre, sino que se embolsó cientos de miles de dólares de una indemnización, un dinero que ha ido gastándose poco a poco en relojes último modelo, vinos caros y muebles lujosos.

Pensaba poner en venta el piso cuando murió su madre, pero al final decidió instalarse en él. Los camiones de mudanzas se llevaron el ecléctico mobiliario y los enseres de su madre y los sustituyeron por otros más modernos, tan sencillos y elegantes que parecían salidos de las páginas de un catálogo de *Design Within Reach*: líneas bien definidas, ángulos rectos, colores neutros. Graham es muy minimalista, y el piso estaría bastante vacío de no ser por la cantidad de hojas de papel impresas que hay tiradas por el suelo.

—Gay —dijo Chris cuando entramos por primera vez en el piso nuevo de Graham—. Es gay.

No lo dijo solo por la decoración, sino también por los armarios llenos de ropa (tenía más que yo), que había dejado abiertos a propósito para que los viéramos.

—Acuérdate de lo que te digo. Ya lo verás.

Y sin embargo trae mujeres a casa con bastante frecuencia, mujeres despampanantes que hasta a mí me dejan sin habla. Rubias platino con unos ojos tan azules que parecen de otro mundo y cuerpos de muñequita Barbie.

Zoe todavía era un bebé cuando Graham vino a vivir aquí, y se sentía atraída por él como una mosca de la fruta por una fuente de plátanos maduros. Él era escritor *free lance* y estaba casi siempre en casa, mirando inexpresivamente la pantalla del ordenador, rebosante de cafeína y dudas acerca de su propio talento. Más de una vez vino en nuestro auxilio cuando Zoe estaba mala y ni Chris ni yo podíamos faltar al trabajo. Graham la acogía en su sofá y se sentaban juntos a ver dibujos animados. Siempre recurro a él cuando necesito una tacita de mantequilla, suavizante para la secadora o a alguien que me sujete la puerta. Además, tiene talento para redactar y ayuda a Zoe con sus deberes de lengua cuando ni yo ni Chris podemos hacerlo. Es un experto en aliño y relleno de pavos asados, un tema del que yo no tenía ni idea, como descubrí una vez que venían mis suegros a cenar por Acción de Gracias y ya tenía la cena medio preparada.

Es, en resumen, un buen amigo.

—Deberíais veniros alguna vez —dice refiriéndose a la carrera.

Veo la cantidad de botellas de agua que lleva sujetas a la cintura y pienso que mejor no.

—Te arrepentirías, si fuera yo —contesto, y veo que le revuelve el pelo a Zoe.

Ella se sonroja, pero en esta ocasión su rubor no tiene nada que ver con el atractivo erótico de Graham.

—¿Y tú? —le pregunta a Zoe, y ella se encoge de hombros.

Tener doce años tiene sus ventajas: con un encogimiento de hombros y una sonrisa tímida puede una salir del paso.

—Piénsatelo —insiste él, y vuelve a lanzarnos esa sonrisa sensual: los dientes de un blanco impecable puestos en fila como colegiales bien educados; la barba que empieza a insinuarse; esos ojos entornados de los que mi hija huye como de la peste. No porque no le guste Graham, sino por todo lo contrario.

Nos despedimos y Zoe y yo salimos a la lluvia.

Acompaño a Zoe al colegio antes de irme a trabajar. Va al colegio católico de nuestro barrio, junto a la aparatosa iglesia bizantina de ladrillo gris y pesados portones de madera, con una cúpula que llega hasta el cielo. La iglesia está decorada de arriba abajo, desde las paredes, cubiertas de frescos dorados, a las vidrieras y el altar de mármol. El colegio está detrás, bien resguardado. Es un edificio corriente, de ladrillo visto, con patio y multitud de niños vestidos con uniformes a cuadros e impermeables multicolores, cargados con mochilas demasiado pesadas para sus cuerpos minúsculos. Zoe se aleja de mí casi sin decirme adiós y yo la observo desde la acera mientras se reúne con un grupo de alumnos de séptimo. Echan a correr por la acera encharcada hacia el interior del edificio, manteniéndose apartados de los más pequeños (los que se aferran a las piernas de sus padres y repiten una y otra vez que no quieren ir), como si tuvieran una enfermedad contagiosa.

La observo hasta que entra y luego sigo mi camino hacia la estación de Fullerton. En algún punto del trayecto, la lluvia implacable se convierte en granizo y me descubro corriendo torpemente por la calle, pisando charcos, salpicándome las piernas de agua sucia.

Me acuerdo de repente de la chica y el bebé y me pregunto si ellos también estarán por ahí, en la calle, dejándose azotar por la lluvia.

Cuando llego a la estación, paso mi abono por el torniquete y subo corriendo los escalones mojados preguntándome si los veré, pero no están allí. Me alegro, claro, de que no estén en el andén con este tiempo, pero mi mente comienza a divagar. ¿Dónde están? Y, lo que es más importante, ¿se encuentran bien? ¿Están secos? ¿Bien abrigados? Es una sensación agridulce. Espero con impaciencia a que llegue el tren y, cuando llega, subo y fijo los ojos en la ventana, esperando a medias ver aparecer a la chica en el último momento: la chaqueta caqui y las botas de cordones, la maleta de cuero vieja y la mantita de felpilla rosa empapada, la cabecita desnuda y blanca del bebé, su plumoncillo delicado, su sonrisa desdentada.

En el trabajo, los alumnos de tercer curso de un colegio vienen a visitar nuestro centro de alfabetización. Con ayuda de unos cuantos voluntarios, leemos poesía y luego algunos niños tratan de escribir e ilustrar poemas que unos pocos (los más atrevidos) leen en voz alta. Los colegiales que vienen al centro suelen ser de clase baja, de zonas del extrarradio, afroamericanos o latinos en su mayoría. Muchos proceden de familias con escasos recursos económicos, y algunos hablan otros idiomas en casa: español, polaco, chino…

En muchos casos, trabajan los dos padres (si es que tienen padre y madre, porque muchos proceden de hogares monoparentales) y los niños pasan la tarde y parte de la noche solos en casa. Tienen cubiertas las necesidades básicas: comida y techo, para ser exactos, solo eso. Si los invitamos a pasar la mañana en nuestro centro no es solo para que desarrollen el gusto por la lectura y la afición por los sonetos y los haikus. Se trata también de disipar la duda que les asalta cuando cruzan nuestras puertas refunfuñando en voz baja sobre lo que les espera; y de que se marchen sintiéndose más seguros de sí mismos, más fuertes, después de pasar unas horas de duro trabajo atendidos en todo momento por nuestro personal.

Pero, en cuanto se van, vuelvo a pensar en la chica y en su bebé.

A la hora de la comida, el aguacero ha amainado hasta convertirse en llovizna. Me abrocho el impermeable y salgo a la calle. Bajo a toda prisa por State Street mientras me como una saludable barrita de cereales en vez de un auténtico almuerzo. Tengo que ir a la biblioteca a recoger un libro que había pedido por préstamo interbibliotecario. Me encanta la biblioteca, con su vestíbulo soleado (aunque hoy no haga sol), sus grotescas gárgolas de granito y sus millones de libros. Me encanta su silencio, su quietud, esa puerta de entrada al conocimiento, al idioma francés, la historia medieval, la ingeniería hidráulica y los cuentos populares. El aprendizaje en su forma primitiva, a través de los libros, que van perdiendo rápidamente terreno frente a la tecnología moderna.

Me paro junto a una indigente apoyada contra el edificio de ladrillo rojo y le pongo unos billetes de dólar en la mano tendida. Cuando me sonríe, veo que le faltan varios dientes. Se cubre la cabeza con un gorro negro y fino que presuntamente tendría que abrigarla. Farfulla un «gracias» inarticulado y difícil de entender, con los pocos dientes que le quedan ennegrecidos –supongo– por el consumo de metanfetamina.

Encuentro mi libro en la estantería de reservas y subo en las escaleras mecánicas hasta el sexto piso, pasando junto a guardias de seguridad y colegiales de excursión, vagabundos y mujeres que hablan entre sí en voz demasiado alta. Hace calor en la biblioteca y reina la calma, una calma absolutamente acogedora mientras me dirijo a los pasillos de literatura en busca de algo apetitoso que leer, el último *best seller* del *New York Times*.

Y entonces la veo allí, a la chica con su bebé, sentada en el suelo con las piernas cruzadas, en medio de los pasillos de literatura. Tiene al bebé tendido sobre el regazo, con la cabecita apoyada sobre su rodilla, y la maleta al lado, en el suelo. Parece aliviada por no tener que cargar con ella de momento. Saca un biberón del bolsillo de su chaqueta caqui y lo acerca a la boca ávida del bebé. Coge un libro de la estantería de abajo y yo me meto en el pasillo de al lado, saco una novela de ciencia ficción del estante y la abro por la página cuarenta y siete. La oigo leer en voz baja *Ana, la de Tejas Verdes* mientras acaricia las plantas de los pies del bebé.

El bebé está completamente en calma. Acecho entre los estantes metálicos mientras se toma del todo el biberón, hasta las burbujas del fondo, y entonces empiezan a pesarle tanto los párpados que no puede mantenerlos abiertos y poco a poco los va cerrando. Su cuerpo se va aletargando, perfectamente inmóvil salvo por algún que otro estremecimiento involuntario. Su madre sigue leyendo, continúa acariciándole los piececitos con el pulgar y el índice, y de pronto me doy cuenta de que estoy espiando un momento muy íntimo entre una madre y su bebé.

Aparece una bibliotecaria.

—¿Quiere que la ayude a encontrar algún libro? —pregunta, y doy un respingo, con la novela de ciencia ficción en la mano.

Me siento culpable, turbada, mi impermeable chorreando agua todavía. La bibliotecaria sonríe. Tiene un semblante suave y amable.

—No —digo rápidamente, en voz baja para no despertar al bebé—. No —susurro—. Acabo de encontrarlo.

Me dirijo a toda prisa a la escalera mecánica y bajo a sacar mi nuevo libro.

De vuelta a casa, me paso por un videoclub y alquilo una película, una comedia romántica para Zoe y para mí. También compro un paquete de palomitas para microondas, libres de grasa. Chris siempre ha viajado mucho por trabajo. De pequeña, a Zoe le afectaba negativamente que su padre se ausentara cada dos por tres. Cuando estaba de viaje, nos inventábamos cosas divertidas que podíamos hacer sin él: veíamos películas, dormíamos juntas en la cama grande, cenábamos tortitas, inventábamos historias en las que Chris era un viajero en el tiempo en vez de trabajar para un banco de inversiones (lo cual es mucho más aburrido y menos interesante).

Cojo el ascensor hasta la cuarta planta de nuestro edificio *vintage* y, al entrar en el piso, lo encuentro extrañamente en silencio y a oscuras. Normalmente me recibe el estruendo del equipo de música de Zoe. Esta noche, en cambio, está todo en silencio. Enciendo la lámpara del cuarto de estar, llamo a mi hija. Toco a la puerta de su cuarto. Veo luz por debajo de la puerta, pero nadie contesta. Entro.

Zoe, todavía con su uniforme de cuadros (lo cual es raro últimamente), está tendida sobre la jarapa de color crema que cubre la tarima. Normalmente, en cuanto entra por la puerta, se quita el uniforme y se pone algo llamativo, con lentejuelas o brillantitos. Noto que respira (está *dormida*), así que no me asusto. Pero la observo, abrazada al cuaderno amarillo, tendida lánguidamente en el suelo como si de pronto el cuerpo le pesara tanto que no podía sostenerlo. Está envuelta en una manta gruesa, con la cabeza apoyada en un cojín que dice *Abrazos y besos*. Su radiador (se lo compró Chris después de que se quejara una y otra vez de que hacía frío en su habitación) tiene el termostato puesto a veintiséis grados. Su cuarto es una caldera, un horno en el que ella, tendida a menos de un metro del radiador, se está asando. Tiene las mejillas coloradas. Es un milagro que la manta no se haya incendiado. Apago el radiador, pero la habitación tardará horas en enfriarse.

Recorro el cuarto con la mirada (Zoe se enfadaría si me viera): las paredes de ladrillo visto que aparecen a intervalos irregulares por el piso —el motivo por el que, según Chris, su habitación es tan fría–; la cama deshecha con su colcha de *patchwork*; los carteles de ídolos adolescentes y paraísos tropicales pegados a las paredes con masilla adhesiva. Su mochila está abierta en el suelo, y la barrita de cereales que la obligué a coger para que merendara después de clase todavía está intacta. Hay varias notas de compañeras de clase dispersas por el suelo. Las gatas yacen junto a Zoe, absorbiendo calor.

Acaricio la melena de mi hija y la llamo en voz baja por su nombre, una, dos veces. Al despertarse, se incorpora enseguida, con los ojos dilatados como si la hubiera sorprendido haciendo algo malo. Como si la hubiera cogido en falta. Se levanta de un salto, seguida por las gatas, y tira la manta sobre la cama.

—Estaba cansada —explica, y mira ansiosamente la habitación preguntándose si habré encontrado algo que reprocharle.

No, nada. Son apenas las siete de la tarde y fuera, en algún lugar por detrás de los mullidos nubarrones, el sol está empezando a ponerse. Chris estará seguramente acomodándose en algún lujoso restaurante de San Francisco para tomar una cena exquisita mientras observa a Cassidy Knudsen desde el otro lado de la mesa. Intento alejar esa idea de mi cabeza.

—Entonces me alegro de que te hayas echado una siesta —digo, viendo las arrugas que mi hija tiene marcadas en la mejilla y sus ojos marrones y agotados—. ¿Qué tal el día?

—Bien —contesta mientras recoge el cuaderno amarillo del suelo. Se aferra a él como una cría de lémur al pelaje de su madre.

—¿Hoy ha ido la señora Peters?

—No.

—Debe de estar enferma de verdad. —Por lo visto, este año la epidemia de gripe está siendo más tardía—. ¿Habéis tenido a la misma sustituta? ¿A la *plasta*?

Zoe asiente. Sí. La plasta.

—Voy a ponerme a hacer la cena —le digo, pero me sorprende contestando:

—Ya he cenado.

—¿Ah, sí?

—Tenía hambre después de clase. Y no sabía a qué hora ibas a llegar.

—No importa. ¿Qué has cenado?

—Queso gratinado —contesta, y luego añade—: y una manzana.

—Vale.

Me doy cuenta de que todavía llevo puesto el impermeable y las botas de goma, y el bolso colgado en bandolera. Meto la mano en el bolso, ilusionada, y saco la película y las palomitas.

—¿Te apetece que veamos una peli esta noche? —pregunto—. ¿Tú y yo solas?

Se queda callada, con la cara inexpresiva, sin esa sonrisa animada y bobalicona que he puesto yo. Intuyo su negativa antes de que la haga explícita.

—Es que… —empieza a decir—. Mañana tengo un examen. Media, mediana y moda.

Guardo otra vez la película en el bolso. Adiós a mis ilusiones.

—Entonces puedo ayudarte a estudiar —propongo.

—No, no pasa nada. Me he hecho unas fichas. —Y me las enseña para demostrarlo.

Trato de no ofenderme demasiado porque sé que yo también tuve doce años (o dieciséis, o diecisiete) y que en aquella época prefería que me hicieran una endodoncia a pasar un rato con mi madre.

Asiento con la cabeza.

—Vale —digo, y salgo de la habitación.

Sigilosa como un ratón, Zoe cierra con pestillo a mi espalda.

CHRIS

Estamos sentados en una habitación de hotel: Henry, Tom, Cassidy y yo. En mi habitación. Hay una caja de cartón con una *pizza* de *pepperoni* a medio comer encima de la tele (¡carne, al fin!) y varias latas de refresco abiertas dispersas por la habitación. Henry está en el cuarto de baño, cagando, creo, porque lleva un buen rato ahí dentro. Tom está hablando por teléfono en el rincón, con un dedo en la oreja para poder oír. Hay gráficos circulares y gráficos de barras desplegados sobre la cama, platos de papel sucios por todas partes, encima de la mesa y en el suelo. El de Cassidy está en la mesita auxiliar: le ha quitado el *pepperoni* a la *pizza* y lo ha dejado en un ordenado montoncito junto a su lata de refresco *light*. Cojo un trozo y me lo meto en la boca y, cuando me mira, me encojo de hombros y digo:

—¿Qué? Heidi me tiene a dieta vegetariana. Ando escaso de proteínas.

—¿Y el entrecot que te has comido no ha bastado para saciar tus ansias? —pregunta con una sonrisa. Con una sonrisa juguetona.

Cassidy Knudsen tiene veintitantos años, casi treinta, y acaba de terminar un máster en gestión y administración de empresas. Lleva unos diez meses trabajando con nosotros. Es todo un cerebrito, aunque no del tipo patoso y friki: puede usar con soltura expresiones como «cobertura financiera» y «fondo fiduciario» y seguir pareciendo fresca y sofisticada. Es como una farola: alta y flaca, con una esfera en la parte de arriba que resplandece.

—Si quisiera que mi mujer estuviera aquí, la habría traído conmigo.

Cassidy está sentada al borde de la cama. Lleva una falda de tubo y tacones de ocho centímetros. Una mujer de su estatura no necesita tacones de ocho centímetros, por eso resultan tan provocativos. Se pasa las manos por el pelo de color champán, liso y a media melena, y me dice:

—*Touché*.

Más allá de la ventana, el *skyline* de San Francisco ilumina la noche. Las gruesas cortinas están descorridas. Por el lado derecho se ve la Pirámide Transamérica, el 555 de California Street y la bahía de San Francisco. Son más de las nueve de la noche. En la habitación de al lado tienen la tele puesta a todo volumen, y el sonido de un partido de béisbol de pretemporada se filtra por las paredes. Cojo otro trozo de *pepperoni* del plato de Cassidy y presto atención: ganan los Giants tres a dos.

Henry sale del cuarto de baño y los demás tratamos de ignorar la peste que le acompaña.

—Chris —dice tendiéndome su teléfono.

Me pregunto si se ha lavado las manos. Me pregunto si ha estado hablando por teléfono todo el rato que ha estado en el baño. No es el tío con más clase del mundo. De hecho, cuando sale del baño veo que lleva la cremallera bajada. Debería decírselo, si no fuera porque acaba de apestarme la habitación.

—Es Aaron Swindler. Quiere hablar contigo.

Agarro el teléfono y veo que Henry coge otro trozo de *pizza*. De pronto he perdido el apetito.

No es simple coincidencia que este futuro cliente se apellide Swindler[1]. Pongo mi mejor voz de comercial y busco un rinconcito tranquilo en la habitación llena de gente.

---

[1] Swindler: «timador». (N. de la T.)

—Señor Swindler, ¿cómo van los Giants? —pregunto, aunque por los abucheos que se oyen en la habitación de al lado deduzco que ya no van ganando.

No siempre quise dedicarme a la banca de inversiones. A los seis años tenía elevadas aspiraciones de todo tipo: quería ser astronauta, jugador profesional de baloncesto, peluquero (en aquel momento me parecía una profesión admirable, como ser cirujano, pero de pelo). Al ir creciendo dejó de importarme el trabajo y empezó a interesarme lo que pagaban por hacerlo. Fantaseaba con tener un ático en Gold Coast y un coche deportivo, soñaba que la gente me admiraba. Pensaba en abogados, médicos y pilotos, aunque ninguno de esos oficios me interesara. Cuando llegó el momento de ir a la universidad, tenía tantas ansias de dinero que me matriculé en Económicas porque me parecía lo más coherente: sentarme en clase con un montón de niños mimados como yo a hablar de *dinero*. Dinero, dinero, dinero.

Fue probablemente eso, pensándolo bien, lo que más me atrajo de Heidi cuando nos conocimos: que no le obsesionara el dinero, como al resto de mi entorno. Le obsesionaba la falta de dinero, el no tener frente al tener, mientras que a mí solo me interesaba el tener. ¿Quién tenía más dinero y cómo podía arreglármelas yo para llenarme también los bolsillos?

Aaron Swindler me está hablando de derivados cuando oigo que suena mi móvil desde el otro lado de la habitación. Lo he dejado sobre la colcha a rayas, al lado de Cassidy y de Henry, que, a sus cuarenta años, ostensiblemente soltero, mira con escasa sutileza las medias transparentes de Cassidy. Estoy esperando una llamada importante, una llamada que tengo que atender, así que le hago señas a Cassidy de que conteste ella y la oigo decir en tono cantarín:

—Hola, Heidi.

De pronto me desinflo como un globo de helio después de una fiesta. «Mierda». Le hago señas a Cassidy levantado el dedo («espera») pero, como Aaron Swindler no para de hablar de los dichosos derivados, tengo que escuchar una larga conversación entre Cassidy y mi mujer acerca del vuelo a San Francisco, de la cena en un asador carísimo y del puñetero tiempo.

Heidi ha coincidido con Cassidy tres veces exactamente. Lo sé porque después de cada uno de esos encuentros me ha aplicado el tratamiento de silencio, como si yo tuviera la culpa de que la hayan contratado para que se incorpore al equipo o de que tenga ese cuerpazo. La primera vez que se vieron fue el verano pasado, en una comida al aire libre que organizó la empresa en el jardín botánico. Yo no le había hablado de Cassidy, que entonces solo llevaba trabajando con nosotros un mes y medio, más o menos. No me parecía necesario (o prudente) hablarle de ella. Pero cuando Cassidy se nos acercó con su vestido largo sin tirantes (ese día hacía treinta y tantos grados y nos habíamos refugiado a la sombra de un arce; estábamos sudando y nos sentíamos asquerosamente pegajosos), vi que Heidi se toqueteaba con nerviosismo la falda vaquera y la blusa, que tenía visiblemente sudada. Vi cómo se disolvía por completo su seguridad en sí misma, hecha jirones.

«¿Quién es esa?», preguntó más tarde, cuando se acabaron las sonrisas falsas y los «encantados de conocerte» y Cassidy se alejó en busca de otro matrimonio feliz al que trastornar. «¿Tu secretaria?».

Nunca he entendido qué quiso decir con eso. No sé si hubiera sido mejor o peor que Cassidy Knudsen fuera mi secretaria.

Después, ya en casa, la sorprendí arrancándose canas de la cabeza con unas pinzas. Al poco tiempo teníamos el armario del baño lleno de productos de belleza repletos de sustancias antiarrugas y promesas de juventud eterna.

Se me agolpan todas estas cosas en la cabeza cuando le devuelvo su móvil a Henry (asegurándome de decir en voz alta «Aquí tienes, Henry» para que Heidi lo oiga desde Chicago y sepa que no estoy a solas con Cassidy) y escapo al pasillo con el mío. Heidi es una mujer preciosa, que conste. Guapísima. Nadie diría que Cassidy y ella se llevan toda una década.

Pero Heidi es consciente de esa diferencia de edad.

—Hola —digo.

—¿Qué pasaba? —pregunta.

Me la imagino en casa, en la cama, con el pijama puesto, el de franela roja o quizás el camisón de puntos que le regaló Zoe en su cumpleaños. Estarán puestas las noticias en la tele, y tendrá el portátil apoyado encima de las piernas. Se habrá recogido el pelo en uno de esos moños que se hace (cualquier cosa con tal de que no se le meta en los ojos) y estará buscando información en Internet sobre el suburbio de Dharavi o sobre los índices de pobreza en el mundo. No sé. Puede que cuando no estoy en casa busque porno. No. Cambio de idea. Heidi, no. Heidi tiene demasiado buen gusto para el porno. Puede que esté buscando algún uso práctico para la soja texturizada. ¿Comida para gatos? ¿*Arena* para gatos?

—¿Dónde? —pregunto haciéndome el tonto. Como si no lo supiera.

Las paredes del pasillo están forradas con un papel espantoso de dibujos geométricos rojos que me da dolor de cabeza.

—¿Por qué ha contestado Cassidy a tu teléfono?

—Ah —digo—, eso.

Le explico que estaba hablando con Aaron Swindler y luego cambio de tema lo más deprisa que puedo, recurriendo a lo primero que se me pasa por la cabeza.

—¿Sigue lloviendo por ahí?

No hay nada más prosaico que hablar del tiempo.

—Sí, ha llovido todo el santo día.

—¿Qué haces levantada a estas horas? —pregunto. En casa son más de las once.

—No podía dormir —contesta.

—Eso es porque me echas de menos —sugiero, aunque naturalmente los dos sabemos que no es así.

Paso mucho más tiempo de viaje que en casa. Es así desde que Heidi y yo empezamos a salir. Ella está acostumbrada a mis viajes. Y, como suele decirse, la ausencia es para el amor lo que el aire es para el fuego: apaga el pequeño y aviva el grande. Es lo que dice Heidi cada vez que le pregunto si me echa de menos. Creo que en el fondo le gusta tener la cama para ella sola. Duerme boca abajo, te roba la manta y tiene tendencia a atravesarse en la cama. En nuestro caso, lo de que yo duerma en una habitación de hotel no es ninguna desventaja.

—Claro —contesta. Y luego, cómo no, añade—: La ausencia es para el amor lo que el aire es para el fuego…

—¿Quién dijo eso, por cierto? —pregunto yo.

—No estoy muy segura. —Oigo sus dedos moverse sobre el teclado. *Clic, clic, clic*—. ¿Qué tal va todo?

—Bien —contesto, deseando que no insista.

Pero insiste. Cómo no, es mi Heidi.

—¿Solo bien? —pregunta, y me veo obligado a hablarle del retraso que sufrió el vuelo por culpa de la lluvia, de las turbulencias, del zumo de naranja que se derramó, de la comida con un cliente en Fisherman's Wharf, de los motivos por los que no me cae bien Aaron Swindler.

Pero cuando le pregunto qué tal le ha ido a ella, se pone a hablar de Zoe.

—Está muy rara —dice.

Yo me río. Me deslizo hacia abajo por la pared de dibujos geométricos y me siento en el suelo.

—Tiene doce años, Heidi —contesto—. Tiene que estar rara.

—Estaba durmiendo la siesta.

—Porque estaba cansada.

—Tiene doce años, Chris. Los niños de doce años no duermen la siesta.

—Puede que esté incubando algo. Ya sabes que la gripe hace estragos —contesto.

—Puede ser —dice ella, y luego añade—: Pero no parecía encontrarse mal.

—No sé, Heidi. Hace mucho tiempo que no tengo doce años. Y, además, soy chico. No sé. Puede que esté dando un estirón, que sea algo relacionado con la pubertad. O a lo mejor simplemente no ha dormido bien.

Oigo que se queda boquiabierta.

—¿Crees que ya está en la *pubertad*? —pregunta.

Si hubiera sido por ella, Zoe se hubiera quedado en pañales y en pelele toda su vida. No espera mi respuesta.

—No —dice con decisión—. Todavía no. Ni siquiera ha empezado a menstruar.

Hago una mueca. Odio esa palabra. *Menstruar. Menstruación. Flujo menstrual.* Pensar que mi hija va a ponerse tampones (y que yo voy a tener que enterarme) me da escalofríos.

—Pregúntale a Jennifer —sugiero—. Pregúntale si Taylor ya… —Hago otra mueca y me obligo a decir—: *menstrúa.*

Sé cómo son las mujeres. Con un poco de camaradería se arregla todo. Si Taylor también está entrando en la pubertad y Heidi y Jennifer pueden llamarse o mandarse mensajes acerca de vello púbico incipiente y sujetadores deportivos, asunto arreglado.

—Sí, voy a hacerlo —contesta enérgicamente—. Es buena idea. Voy a preguntarle a Jennifer.

Su voz se apaga, las preocupaciones que se agitan en su cerebro quedan acalladas de momento. Me la imagino cerrando el portátil y dejándolo a un lado sobre el colchón: su compañero de cama por esta noche.

—Chris… —dice.

—¿Qué?

Pero se lo piensa mejor.

—Es igual.

—¿Qué pasa? —insisto.

Una pareja avanza por el pasillo cogida de la mano. Flexiono las rodillas para dejarlos pasar. La mujer dice en tono pomposo «Disculpe usted, señor» y yo asiento con la cabeza. Deben de tener unos sesenta y cinco años y todavía van cogidos de la mano. Los observo, con sus pantalones chinos a juego y sus chaquetas de entretiempo, y me acuerdo de que Heidi y yo casi nunca nos damos la mano. Somos como las ruedas de un coche: sincronizadas pero independientes.

—No, nada.

—¿Seguro?

—Sí —dice—. Ya hablaremos cuando vuelvas.

Y entonces llega a la conclusión de que está cansada. Su voz suena cansada. La veo hundirse más y más bajo ese edredón tan grueso que me hace sudar hasta en pleno invierno. Me imagino las luces de la habitación apagadas, la tele apagada, las gafas de Heidi sobre la mesita de noche, como de costumbre.

De pronto aparece una imagen en mi cabeza sin que nadie la llame ni la busque, y la desalojo a toda prisa, como una bola de cañón. «¿Qué se pondrá Cassidy Knudsen para dormir?».

—De acuerdo —digo.

Alguien llama a la puerta desde dentro de mi habitación. Me necesitan. Me pongo de pie y le digo a Heidi que tengo que colgar y contesta que vale. Nos damos las buenas noches. Le digo que la quiero. Contesta «yo también», como hace siempre, aunque los dos sabemos que es una contestación incorrecta desde un punto de vista lógico. Pero es nuestra costumbre.

Cuando vuelvo a la habitación, veo de reojo a Cassidy con su falda de tubo y sus tacones de ocho centímetros, sentada todavía al borde de mi cama, y no puedo evitar preguntarme: «¿Un camisón de raso? ¿Un picardías con volantes?».

HEIDI

Me despierto con una imagen de Cassidy Knudsen impresa en la retina y me pregunto si habré estado soñando con ella o si es que se ha presentado aquí, a la luz del día, en carne y hueso. Será por nuestra violenta conversación de anoche. Todavía oigo su voz una y otra vez contestando al teléfono de Chris: ese «Hola, Heidi» tan vivaracho que a mí me sonó como unas uñas arañando un encerado: agudo, chirriante, odioso.

Camino del trabajo, procuro no pensar en la chica y el bebé, pero no me resulta fácil. En el tren me esfuerzo por concentrarme en la novela de ciencia ficción y trato de no mirar por la ventanilla sucia esperando ver aparecer la chaqueta color caqui. Como con una compañera de trabajo en vez de pasarme por la biblioteca pública, aunque lo estoy deseando. Deseo recorrer sus pasillos en busca de la chica. Estoy preocupada por ella, por su bebé, quiero saber dónde duermen y qué comen. Le doy vueltas a cómo puedo ayudarlas, si debo darle dinero como hice con la mujer de los dientes negros que pide junto a la biblioteca, o dirigirla a un albergue, a una de las casas de acogida para mujeres que hay en la ciudad. Eso es lo que tengo que hacer –decido–: buscar a la chica y llevarla a la casa de acogida que hay en Kedzie, donde sé que estará bien atendida. No consigo quitármela de la cabeza.

Estoy a punto de poner mi idea en práctica, abandonando mi prosaico almuerzo con una prosaica compañera de trabajo, cuando suena mi móvil y es mi querida amiga Jennifer, que me devuelve la llamada. Me disculpo y salgo del comedor para hablar con ella en mi despacho, y por unos instantes me olvido de la chica y su bebé.

—Me has salvado —le digo a Jennifer al dejarme caer en mi silla, dura, fría y nada ergonómica.

—¿De qué? —pregunta ella.

—Del *taedium vitae*.

—¿En cristiano?

—Del aburrimiento —contesto.

Tengo en la mesa una foto enmarcada de Jennifer y Taylor con Zoe y conmigo, una de esas tiras de fotomatón que nos hicimos hará cuatro años, cuando las niñas, que entonces tenían ocho, con sus caritas sonrientes y luminosas y sus ojos alegres, todavía toleraban dejarse ver en público con sus madres. Están sentadas en nuestras rodillas, Taylor con sus ojos grandes y tristes y su sonrisa un poco melancólica, al lado de Zoe; y Jennifer y yo con las cabezas muy juntas para no salirnos del encuadre.

Jennifer se divorció hace años. No conozco a su ex pero por el cuadro que pinta era un hombre inflexible, un amargado con bruscos cambios de humor, lo que provocaba continuas peleas y un sinfín de noches en el sofá del cuarto de estar (donde dormía Jennifer, no él: su exmarido era demasiado orgulloso para cederle la cama).

—Taylor no ha entrado aún en la pubertad, ¿verdad? —pregunto sin rodeos.

Tener una amiga íntima es algo maravilloso. No hace falta detenerse a corregir y pulir los comentarios que a una se le pasan por la cabeza antes de hablar.

—¿Qué quieres decir? ¿Que si tiene el periodo?

—Sí.

—Todavía no, por suerte —contesta, y de pronto siento un alivio inmenso.

Pero luego, debido a mi tendencia a darle a todo mil vueltas (mi auténtico talón de Aquiles), le pregunto:

—¿Crees que ya *deberían* haber empezado a menstruar?

Porque he leído en Internet que la menstruación puede empezar entre los ocho y los trece años, pero las páginas que he consultado afirman también que la menarquia suele presentarse unos dos años después de que aparezca el botón mamario. Zoe, a sus doce años, está plana como una tortita.

—No van *con retraso* ni nada por el estilo, ¿verdad?

Jennifer se da cuenta de que estoy preocupada. Es nutricionista en un hospital de Chicago, y acudo a ella cada vez que tengo una duda de salud, como si trabajar en un hospital la convirtiera automáticamente en una experta en Medicina.

—No pasa nada, Heidi. Cada niña madura a su ritmo. No hay *retrasos* —me asegura, y luego me dice que no puedo controlar la adolescencia de Zoe—. Aunque sé que vas a intentarlo —añade—, porque es lo que haces siempre.

Una de esas afirmaciones rotundas que solo se le permiten a una amiga íntima. Y yo me río porque sé que tiene razón.

Luego hablamos del equipo de fútbol de las niñas y de lo que opinan ellas de sus uniformes de color rosa fucsia, y de si el nombre «Talismanes de la suerte» es adecuado para un equipo de fútbol de niñas de doce años, y de lo enamoradas que están de Sam, su entrenador, un chaval de veintitantos años que estudia en la universidad y que no consiguió entrar en el equipo de Loyola. Las mamás estamos encantadas con él. Y aquí estamos Jennifer y yo, hablando con fruición de ese chico de pelo castaño y alborotado, ojos oscuros y misteriosos, y cuerpo de jugador de fútbol (fuerte, ágil, y con unas pantorrillas como nunca habíamos visto otras iguales), y yo me olvido de la adolescencia incipiente de Zoe y de esa chica y de su bebé, y nos ponemos a hablar de chicos, de chicos preadolescentes como Austin Bell, al que todas las niñas adoran, incluidas Zoe y Taylor. Jennifer me confiesa que ha visto que su hija tiene escrito en el cuaderno *Sra. Taylor Bell,* y yo me acuerdo de la piel blanca del brazo de Zoe con el nombre de Austin tatuado en rosa con un corazoncito sobre la *i.*

—En mis tiempos era Brian Bachmeier —reconozco, acordándome de aquel chico de pelo tieso y ojos heterocromáticos: uno azul, otro verde.

Vino a nuestro instituto desde San Diego, California, lo cual ya imponía respeto de por sí, pero es que además sabía bailar: sabía marcarse un *carlton*, un *jiggy* y un *tootsee roll*. Era la envidia de los otros chicos, y todas las chicas le idolatrábamos.

Recuerdo que le pedí bailar en mi primera fiesta mixta y que me dijo que no.

Pienso en Zoe. Pienso en Taylor. Puede que nuestras niñas no sean tan distintas de nosotras, después de todo.

Llaman a mi puerta. Levanto la vista y veo a Dana, nuestra estupenda recepcionista, que viene a avisarme de que es la hora de mi cita con una chica de veintitrés años a la que acaban de conceder asilo. Es de Bután, un pequeño país asiático enclavado entre la India y China, y ha pasado casi toda su vida en un campo de refugiados de Nepal, en una choza de bambú con el suelo de tierra, sobreviviendo gracias a la ayuda humanitaria hasta que su padre se suicidó y ella buscó refugio en Estados Unidos. Habla nepalí.

Tapo el micro del teléfono con la mano y le digo a Dana en voz baja que enseguida voy.

—El deber me llama —le digo a Jennifer, y confirmamos que esta noche Zoe duerme en su casa.

A Zoe le apetece muchísimo. Tanto, que esta mañana hasta me dijo adiós antes de entrar corriendo en el colegio.

El día pasa muy, muy despacio. Fuera amaina la lluvia pero el horizonte de la ciudad sigue gris, y las cúspides de los rascacielos se pierden de vista entre las gruesas nubes de color ceniza. Cuando llegan las cinco, me despido y bajo en el ascensor hasta la planta baja. No suelo marcharme a las cinco, pero en noches como esta (Zoe no duerme en casa y Chris no llegará hasta pasadas las diez porque su vuelo se ha retrasado), me gusta tener el piso para mí sola. Es un placer sencillo del que no puedo disfrutar muy a menudo. Me apetece ver una comedia romántica sola, tumbarme en el sofá con mi pijama cómodo y calentito y devorar un paquete entero de palomitas de microondas, seguidas posiblemente por un helado de menta con trocitos de chocolate.

Allá arriba, las nubes empiezan a desintegrarse y el sol intenta engalanarse con un hermoso atardecer tras las fisuras de las nubes. Hace frío, unos cuatro grados, y sopla un viento incómodo. Me pongo unos guantes de piel, me subo la capucha y aprieto el paso, como todos los peatones que se dirigen a la estación. Entro con esfuerzo en el tren abarrotado de gente, donde permanecemos de pie como sardinas en lata, apelotonados, mientras avanzamos a toda velocidad por la vía sinuosa y desigual.

Al apearme en Fullerton, bajo con cuidado los peldaños moja-dos. A mi lado, un transeúnte enciende un cigarro y el olor a tabaco llena el aire. Para mí tiene el aroma de la nostalgia: me recuerda a mi hogar. De pequeña, cuando vivía con mi familia a las afueras de Cle-veland, en una casa colonial de los años setenta con paredes de pin-tadas con esponja que a mi madre le encantaban, mi padre fumaba Marlboro, medio paquete al día. Fumaba en el garaje, nunca dentro de casa, ni en el coche cuando íbamos mi hermano y yo. Mi madre no se lo permitía. Los poros de su piel secretaban un olor a tabaco. Olían a tabaco su ropa, su pelo, sus manos. El garaje estaba impreg-nado de aquel aroma. Mi madre aseguraba que se filtraba por la gruesa puerta metálica y que entraba en la cocina, una cocina com-pletamente blanca: armarios blancos, encimera blanca, nevera blanca, mesa rústica. Por las mañanas, a los cinco minutos de levan-tarse, mi padre ya estaba en el garaje con su café y su Marlboro. Luego entraba, y yo estaba sentada a la mesa comiéndome mis cereales de chocolate y él me miraba con su sonrisa más encantadora (yo sabía que a mi madre le había tocado la lotería cuando se casó con él) y me decía que no fumara nunca, así, sin más, «No fumes nunca, Heidi, nunca», y se lavaba las manos y se sentaba conmigo a la mesa para tomar un cuenco de cereales de chocolate.

Pienso en mi padre mientras bajo los escalones, llevándome automáticamente la mano a la alianza de oro que llevo colgada de una cadenita. Sigo con la yema del dedo las incisiones y los salientes de la sortija, que lleva grabada por un lado la leyenda *el principio de la eternidad*.

Y entonces, durante una fracción de segundo, casi me parece verle allí, entre el gentío, a mi padre con su peto vaquero, una mano metida en el bolsillo de atrás y la otra sosteniendo un Marlboro, mirándome fijamente mientras sonríe. Lleva un martillo colgado de una presilla del pantalón, y una gorra de béisbol de los Indians de Cleveland cubre su cabello castaño y descuidado, que mi madre siempre le estaba suplicando que se cortara.

—¡Papá! —estoy a punto de gritar, pero la imagen desaparece de repente y yo sacudo la cabeza, y me acuerdo de que no puede ser.

¿O sí?

Claro que no, decido. Claro que no.

Y estoy aspirando de nuevo ese olor familiar y carcinógeno que quiero oler y al mismo tiempo no quiero oler, cuando oigo el llanto de un bebé. Mis pies acaban de tocar la acera cuando ese sonido me agarra por el gaznate y hace que me gire instintivamente para buscar el lugar de donde procede.

Y entonces la veo sentada bajo las vías del tren, tiritando de frío. Está apoyada en la pared de ladrillo, junto la máquina expendedora de periódicos, los fétidos cubos de basura y los charcos henchidos de agua, sentada en el cemento frío y mojado, acunando al bebé contra su pecho. El bebé llora. Ella le acuna frenéticamente, una madre con un bebé inconsolable, al borde del desquiciamiento. Zoe tenía cólicos de pequeña, podía pasarse horas y horas berreando. Comprendo bien la frustración, el cansancio abrumador que reflejan los ojos de la chica. No concibo, en cambio, que esté en la calle al anochecer, una gélida noche de primavera. Ni que aborde a los transeúntes acercándoles ansiosamente una taza mojada, recogida probablemente del cubo de basura cercano, suplicándoles una ayuda, ni que la gente la mire de arriba abajo y meta alguna que otra moneda en la taza (un cuarto de dólar, un puñado de calderilla) como si unas pocas monedas pudieran salvar a la chica de su destino. Siento que me falta la respiración. La chica es una cría y el bebé un *bebé*. Nadie se merece correr esa suerte, no tener dinero, vivir al margen, pero menos aún una chica tan joven. Pienso de pronto en el precio abusivo de los pañales y de la leche infantil, y comprendo que si la chica quiere ponerle pañales a su bebé no le quedará ni un céntimo para su propio sustento, para comida y techo, para ese paraguas con exuberantes margaritas amarillas.

Me arrolla una oleada de transeúntes que salen del tren. Me aparto, incapaz de sumarme a la hermandad de los asalariados, de quienes se retiran a descansar a sus casas calientes y secas y a tomar una buena cena. No puedo seguirlos, es así de sencillo. Se me clavan los pies a la acera, se me acelera el corazón. El llanto del bebé (agudo, estremecedor, absolutamente inconsolable) me crispa los nervios. Veo a la chica, observo su frenético balanceo, escucho las palabras cansinas que caen de su boca agotada cuando tiende la taza.

—Una ayuda, por favor.

Está pidiendo, me digo. Está pidiendo ayuda.

Y sin embargo los indiferentes, los que no hacen nada, prosiguen su camino a casa, creyéndose redimidos de su indiferencia por esas monedas que han depositado en la taza, calderilla que de otro modo habría acabado en una lavadora o sobre una encimera o algún estante, dentro de un cerdito de cerámica rosa.

Me siento temblar al acercarme a la chica. Levanta la barbilla cuando me aproximo, y durante un instante nos miramos a los ojos. Luego ella me tiende la taza y mira para otro lado. Tiene una mirada derrotada, hastiada y pesimista. Casi me dan náuseas al ver sus ojos. Son fríos y azules, del color de la flor de aciano, con los párpados hinchados y manchados de rímel. Me dan ganas de huir. Se me ocurre sacar un billete de veinte dólares del bolso, meterlo en la taza y seguir mi camino. Veinte dólares es mucho más que un puñado de calderilla. Con veinte dólares puede cenar toda una semana, si no los malgasta. Es lo que me digo en ese momento de vacilación. Pero entonces caigo en la cuenta de que probablemente se lo gastará en leche para el bebé, que antepondrá las necesidades de la niña a las suyas propias. Está flaca como un palo, aún más flaca que Zoe, que es como un espárrago.

—Deja que te invite a cenar —le digo, y aunque mis palabras parezcan osadas mi tono no lo es tanto.

Mi voz suena débil, temblona, casi ahogada por los ruidos urbanos: los taxis que pasan y pitan a los peatones que cruzan Fullerton con el semáforo en rojo; el mensaje automatizado («Aviso a los señores pasajeros: un tren procedente de Loop va a hacer su entrada en la estación»), seguido por la llegada inminente del convoy de la línea marrón en el andén que queda justo encima de nosotras; el llanto del bebé; la gente que pasa de largo, charlando y riendo a carcajadas mientras habla por el móvil; el retumbar aislado de un trueno que atraviesa el cielo oscurecido.

—No, gracias —contesta en tono agrio.

Para ella sería más fácil que depositara mi billete de veinte dólares en la taza y siguiera mi camino. Más fácil ahora, en este momento, quizá, pero no cuando el hambre empiece a roerle las entrañas, cuando el llanto inconsolable del bebé la saque de quicio. Se levanta y echa mano de su maleta de piel, acunando al bebé en brazos.

—A veces va bien tumbarlos boca abajo —le digo rápidamente, consciente de que está a punto de escapar—. Así. —Hago un gesto con las manos—. Va bien para los cólicos.

Mira mis manos subir y bajar, de la vertical a la horizontal, y asiente con la cabeza escuetamente.

—Yo también soy madre —añado, y me mira preguntándose por qué no me voy de una vez. Por qué no dejo mi calderilla y me marcho como todos los demás.

—Hay un albergue… —comienzo a decir.

—Yo no voy a albergues —me corta.

Me imagino el interior de un albergue para personas sin hogar: decenas y decenas de catres puestos en fila.

Es increíblemente dura en apariencia. Curtida y rebelde. Me pregunto si por dentro será igual. Viste los mismos vaqueros rotos, la misma chaqueta caqui, las mismas botas de cordones. Lleva la ropa mugrienta y mojada. Su pelo desigual parece sucio, grasiento, como si hiciera tiempo que no se lo lava. Me pregunto cuándo habrá sido la última vez que se ha dado una ducha, que ha dormido a pierna suelta. Y la niña también está bastante sucia, por lo que puedo ver.

Pienso en Zoe sola en la calle, sin hogar, y esa imagen puramente hipotética me da ganas de llorar. Zoe, tan impertinente en apariencia pero tan sensible y tan insegura por dentro, pidiendo una ayuda junto al tren. Esa Zoe impúber convertida en madre dentro de tres o cuatro años. Dentro de nada.

—Por favor, permíteme que te invite a cenar —digo de nuevo.

Pero la chica da media vuelta y se aleja con el bebé apoyado torpemente en el hombro, retorciendo su cuerpecillo. Me embarga la desesperación, la necesidad de *hacer algo*. Pero la chica se aleja de mí, se pierde entre el trasiego de Fullerton en hora punta.

—¡Espera! —me oigo decir—. Para, por favor. Espera.

Pero no me hace caso.

Dejo un momento el bolso sobre la acera mojada y hago lo único que se me ocurre: me quito la chaqueta, forrada y completamente impermeable, y en la esquina entre Fullerton y Haslted, donde espera con impaciencia a que el semáforo se ponga en verde para cruzar la calle atascada, tapo al bebé con ella. La chica me lanza una mirada furiosa.

—¿Qué...? —empieza a decir en tono de reproche, pero yo me retiro uno o dos pasos para que no pueda rechazar lo único que se me ocurre hacer por ella.

El aire frío araña mis brazos desnudos mientras espero allí, en camiseta de manga corta, con mis mallas finas, inútiles contra el frío.

—Voy a estar en el Stella's —le digo cuando el semáforo se pone en verde—, por si acaso cambias de idea.

Y la veo sumarse a la muchedumbre que cruza Fullerton. El Stella's, con su cocina típicamente norteamericana y sus tortitas, abierto veinticuatro horas al día. Un restaurante modesto, nada imponente.

—Está en Halsted —añado levantando la voz, y se detiene en medio de la calle y me mira, el rostro emborronado por el resplandor de los coches—. En Halsted —repito por si acaso no me ha oído.

Me quedo allí, en la esquina, mirándola hasta que dejo de ver la chaqueta caqui entre la gente, hasta que deja de escucharse el llanto del bebé. Una mujer choca conmigo y decimos las dos al mismo tiempo:

—Perdón.

Cruzo los brazos, sintiéndome desnuda en medio del viento frío que más parece de otoño de que de primavera y, torciendo hacia Halsted, aprieto el paso en dirección al restaurante. Me pregunto si la chica vendrá, si sabe dónde está el Stella's, si me ha oído decir el nombre del restaurante.

Entro en el local y la camarera que sale a recibirme dice:

—¿No lleva abrigo? Pues se va a helar de frío.

Sus ojos castaños me miran de arriba abajo: el pelo alborotado, la ropa inadecuada para este tiempo. Me aferro a mi carísimo bolso de tela con estampado de ramitas y cerezas, queriendo dejarle claro que *yo* no soy una indigente. Yo tengo casa. Por si carecer de techo no fuera de por sí lo bastante penoso (la falta de alimento y refugio, de ropa limpia), está también el horrible estigma de la indigencia, la deshonra de que te consideren un vago, un guarro, un yonqui.

—¿Mesa para uno? —pregunta la camarera, una mujer bellísima, con piel blanca como la nieve y ojos almendrados.

—Para dos —contesto yo en un arranque de optimismo, y me acompaña a una mesa redonda en un rincón, de cara a Halsted.

Pido un café con crema y azúcar y fijo la mirada en el escaparate: la gente pasa deprisa, urbanitas que regresan del trabajo, jóvenes camino de los bares universitarios de Lincoln cuyas risas penetran por las endebles ventanas del local. Contemplo cómo discurre la vida ecléctica de la ciudad más allá del cristal. Me encanta observar a la gente. Hombres elegantes con traje gris marengo y zapatos de mil dólares, aspirantes a músicos *grunge* con ropa comprada en tiendas de segunda mano, madres pijas con carritos de bebé todoterreno, unos ancianos parando un taxi... Pero esta noche apenas me fijo en ellos. Solo busco a la chica. De vez en cuando me parece verla. Creo atisbar su pelo descolorido y sucio, más oscuro cuando está mojado; su mísera chaqueta de nailon; un cordón sin atar... Confundo maletines con su maleta de piel. Imagino que el chirrido de unos neumáticos sobre el pavimento mojado es el llanto del bebé.

Recibo un mensaje de Jennifer informándome de que ha llegado de trabajar y las niñas están bien. Para pasar el rato, echo un vistazo a mis *e-mails*: la mayoría son de trabajo, pero también hay algo de correo basura. Miro el pronóstico del tiempo: ¿cuándo dejará de llover? De momento no, por lo visto. La camarera que atiende mi mesa, una mujer de cuarenta y tantos años con una exuberante melena roja y piel cerosa, se ofrece a tomar nota de mi pedido pero le digo:

—No, gracias. Prefiero esperar a que llegue mi acompañante.

Sonríe amablemente y dice:

—Claro.

Y sin embargo, a falta de algo mejor que hacer, hojeo la carta y me decido por la tostada francesa. Pero me digo al mismo que, si mi acompañante no llega, me conformaré con tomar un café. Si la chica y el bebé no han llegado a las siete en punto (consulto mi reloj), pagaré el café dejándole una buena propina a la camarera y me iré a casa a ver mi película romántica y a comer palomitas, abrumada por la preocupación, preguntándome qué habrá sido de la chica y el bebé.

Sigo observando a la gente. Veo ir y venir a los clientes. Los veo comer, saboreando con fruición generosas raciones de salchichas alemanas y hamburguesas con patatas fritas. Vuelve la camarera para rellenarme la taza de café y me pregunta si quiero seguir esperando. Le digo que sí.

Así que espero. Miro el reloj cada dos minutos y medio. Las seis y treinta y ocho. Y cuarenta. Y cuarenta y tres.

Y entonces aparece. La chica con su bebé.

WILLOW

—Heidi fue la primera persona en mucho tiempo que se portó bien conmigo.

Es lo que le digo a la señora de pelo gris y largo, demasiado largo para su edad. Se supone que las señoras mayores tienen que llevar el pelo corto. Pelo de abuela. Corto y con rizos muy apretados, como los que le hacía mamá a la señora Dahl cuando yo era pequeña. Ponía a calentar los rulos de color rosa y luego se tiraba media hora o más poniéndoselos en el pelo gris oscuro, muy fino, y después los rociaba con laca. Nos quedábamos esperando en nuestro cuartito de baño (yo me encargaba de pasarle las pinzas a mamá) mientras la señora Dahl hablaba sin parar de cómo inseminaban al ganado en su granja. Yo solo tenía ocho años, así que no sabía lo que quería decir eso, pero me gustaba jugar a pronunciar de corrido las palabras que ellas decían letra por letra, palabras como *s-e-m-e-n* y *v-u-l-v-a*.

—Entonces, ¿por qué lo hiciste? —pregunta la señora de pelo largo y gris, peinado muy recto. Tiene los dientes enormes. Como los de un caballo.

—No quería hacerle daño —digo—. Ni a su familia tampoco.

Ella suspira. Desconfía de mí desde que ha entrado en esta habitación tan fría. Se ha quedado apartada, junto a la puerta, y me mira con sus ojos grises desde detrás de unas gafas rectangulares. Tiene la piel fina como papel de fumar, como papel de fumar *usado*, arrugas por todas partes. Dice que se llama Louise Flores. Y me lo deletrea, F-l-o-r-e-s, como si me hiciera falta saberlo.

—Vamos a empezar por el principio —dice al sentarse en la otra silla.

Deja unas cosas encima de la mesa, entre las dos: una grabadora, un cronómetro, una libreta, un rotulador. No me gusta ni un pelo.

—Quería invitarme a cenar —le digo.

Me han dicho que si digo la verdad desde el principio ganaré muchos puntos con la señora del pelo gris. Louise Flores. Eso dicen los otros: el de la barba recortada y el bigotito y esa bruja vestida de negro de arriba abajo.

—¿La señora Wood quería invitarte a cenar?

—Sí, señora —contesto—. Heidi.

—Vaya, cuánta amabilidad por su parte —dice con retintín, y anota algo en la libreta con el rotulador—. ¿Alguna vez has oído el dicho «no muerdas la mano que te da de comer»?

Como me quedo con la mirada perdida y no le hago caso, vuelve a pincharme:

—¿Eh? ¿Lo has oído? ¿Has oído el refrán que dice «no muerdas la mano que te da de comer»?

Y me mira con esos ojos grises, y sus gafas rectangulares reflejan la luz de uno de los fluorescentes del techo.

—No —miento, y dejo que el pelo me caiga encima de la cara para no tener que verla. Ojos que no ven, corazón que no siente. Ese refrán sí lo conozco—. Nunca.

—Ya veo que vamos a empezar con buen pie —dice Louise Flores con una sonrisa fea, y aprieta un botón rojo de la grabadora. Luego dice—: Aunque no quiero hablar de la señora Wood. Todavía no. Quiero que empecemos por el principio. Por Omaha —añade, aunque yo sé muy bien que Omaha no es el principio.

—¿Qué va a pasarle a ella? —pregunto.

No quería hacerle daño, me digo, lo juro por Dios, no quería.

—¿A quién? —pregunta ella, aunque sabe muy bien a quién me refiero.

—A la señora Wood —contesto.

Se echa hacia atrás, arrellanándose en la silla.

—¿De verdad te importa? ¿O solo quieres perder el tiempo? —Me mira como un halcón, como solía mirarme Joseph—. Porque no tengo ninguna prisa, ¿sabes? —añade, y cruza los brazos encima de su blusa blanca y tiesa—. Tengo todo el tiempo del mundo.

Pero por el tono en que lo dice está claro que está mintiendo.

—¿Qué va a pasarle? —repito—. A Heidi.

Me acuerdo del calor de aquella casa tan bonita, de la cama tan blanda, cuando la niña y yo nos tumbamos juntas debajo de una manta marrón que era tan suave como la piel de un conejito. Había fotos en las paredes, en aquella casa, fotos de la familia, de los tres muy juntos, sonriendo. Felices. Allí siempre hacía calor, pero era un calor distinto, como si saliera de dentro y no de fuera. Hacía mucho tiempo que no me sentía así, desde que estaba con mamá. Heidi era lo más parecido a mi madre que he tenido en estos ochos años. Era buena.

La señora tiene una mueca soberbia y unos ojos grises como muertos, pero aprieta los labios finos y pone una sonrisa falsa.

—Como dice otro refrán, «cría cuervos y te sacarán los ojos» —dice, y me imagino a la señora Wood con un mono naranja como el mío y esa sonrisa suya, tan amable, borrada de la cara.

HEIDI

Está ahí, en Halsted, delante de la puerta del restaurante, mirando por el escaparate. No sabe si entrar. Ha venido hasta aquí pero aún no se ha decidido. Veo a través del cristal que el bebé está llorando todavía, aunque no desconsoladamente. Es más bien como si gimiera. Lo lleva envuelto en mi impermeable, tumbado horizontalmente, boca abajo, mientras sujeta la maleta de piel con una mano. Buena chica, pienso. Me ha hecho caso. Apoya una mano en la puerta y por un instante ya no me da miedo que no venga, sino que haya venido. Se me acelera el corazón y me encuentro de pronto con un nuevo dilema: ¿qué voy a decirle ahora que está aquí?

Un chico se acerca rápidamente por detrás y está a punto de arrollarla al entrar en el Stella's. Ella se tambalea, se aparta de la puerta y noto que ha cambiado de idea. Ese chico con cara de engreído y el pelo engominado la ha hecho cambiar de idea. El chico entra en el restaurante caldeado y sujeta la puerta para que entre ella, que sigue dudando. Ella le mira y luego mira la calle, intentando decidirse. Quedarse o irse. Quedarse o irse. Cuando lleva un segundo dudando, el chico pregunta enérgicamente (oigo su voz por encima de la barahúnda del restaurante lleno de gente, el tintineo de los platos y las voces mezcladas):

—¿Entras o no?

Pero está claro por cómo la mira que está dispuesto a cerrarles la puerta en las narices a ella y al bebé.

Trago saliva y espero su respuesta. Quedarse o irse. Quedarse o irse.

Decide quedarse.

Entra en el local y la camarera de ojos castaños la mira de la cabeza a los pies. La chaqueta de color caqui y los vaqueros rotos, el olor a moho que acompaña a quienes viven en la calle, la niña, embelesada de repente por las luces del techo, por el calor del local, por el ruido que a mí me distrae pero que a ella la tranquiliza.

—¿Mesa para uno? —pregunta la camarera de mala gana, y enseguida me levanto de mi mesa en el rincón y le hago señas con la mano.

—Está conmigo —le digo gesticulando, y es posible que la camarera ate cabos en ese instante: mis brazos desnudos y una chaqueta gruesa de color crema envolviendo al bebé.

Señala hacia mí. La chica avanza entre las mesas de melamina, pasa junto a los cuerpos obesos que rebosan de las banquetas, junto a camareros y camareras que llevan bandejas cargadas de comida.

—Has venido —le digo cuando se para delante de mi mesa.

El bebé se gira al oír mi voz. Es la primera vez que lo veo desde tan cerca, a la luz de los plafones del techo. Me dedica una sonrisa desdentada, deja escapar un arrullo como de paloma.

—He encontrado esto —dice la chica sacando una tarjeta verde que reconozco al instante: es mi carné de la biblioteca—. En el bolsillo de su chaqueta.

—Ah —digo sin molestarme en disimular mi sorpresa.

Tonta de mí, regalar mi chaqueta sin mirar en los bolsillos, y entonces me acuerdo de que me guardé el carné cuando salí de la biblioteca el otro día con la novela de ciencia ficción en la mano. Ha venido a devolverme el carné de la biblioteca.

—Gracias —le digo.

Cojo el carné que me tiende y siento un impulso arrollador de tocar al bebé, a la niña. De acariciar su mejilla regordeta, o peinar sus mechoncitos de pelo rubio.

—Vas a cenar conmigo —digo.

Doy la vuelta al carné de la biblioteca y me lo guardo en el bolso de tela.

Ella no contesta. Se queda de pie delante de la mesa y baja los ojos (desconfiados, recelosos), apartándolos de mí.

—¿A usted qué más le da? —pregunta sin mirarme. Tiene las manos sucias.

—Solo quiero ayudarte.

Deja la maleta en el suelo, entre sus pies, y cambia de postura a la niña, que está empezando a revolverse como hacen todos los bebés. Seguramente tiene hambre, y han dejado de interesarle las luces del techo.

—«No es lo que el mundo te brinda. Es lo que tú le aportas» —dice casi susurrando, y me descubro mirándola como una tonta hasta que dice—: *Ana, la de Tejas Verdes*.

Ana, la de Tejas Verdes. Está citando *Ana, la de Tejas Verdes*. Claro, pienso, recordándola con la niña en el suelo de la biblioteca el otro día, leyendo en voz alta el clásico de L. M. Montgomery. Me pregunto qué otros clásicos infantiles habrá leído. *¿El viento en los sauces? ¿El jardín secreto?*

—¿Cómo te llamas? —le pregunto. Pero al principio no me dice su nombre—. Yo soy Heidi —añado, optando por tomar la iniciativa. Me parece lo más justo. A fin de cuentas, me recuerdo, la adulta soy yo—. Heidi Wood. Tengo una hija, Zoe. Tiene doce años.

Creo que mencionar a Zoe servirá para romper el hielo. Pasado un momento se sienta, cambia de postura al bebé sobre su pecho. Se desliza torpemente hasta el rincón del asiento corrido, saca un biberón mugriento del bolsillo de la chaqueta y lo llena con el agua con hielo que hay en la mesa. Le mete la tetina en la boca al bebé. El agua está muy fría y no tiene los nutrientes de la leche de fórmula o la leche materna. La niña se queja un momento. Luego, se conforma. No es la primera vez que tiene que tomar agua sola. Cualquier cosa con tal de llenarse la tripita vacía.

—Willow.

—¿Te llamas así? —pregunto, y duda, luego asiente. Willow.

Chris y yo elegimos el nombre de Zoe porque nos gustaba. Había otros (Juliet, Sophia, Alexis), pero pensamos que podríamos usarlos más adelante, con otros hijos. Para chicos pensamos en Zach, como complemento de Zoe, y Chris, claro, también metió su nombre en el sombrero. Hablamos muchas veces de cambiar nuestro piso por una casa unifamiliar más al norte, en Lakeview, o al oeste, en Roscoe Village, donde la hipoteca sería ligeramente menor pero el trayecto para ir al colegio o al trabajo mucho más largo. Me descubrí mirando literas blancas de lamas cuando compramos la cunita de Zoe; imaginaba varias filas de edredones de estilo campestre y estanterías en forma de casita de muñecas, y un montón de juguetes tirados por el suelo. Pensaba en la educación en casa como alternativa al carísimo colegio privado al que ahora va Zoe, una opción mucho más práctica que los cuarenta mil dólares al año que calculábamos que nos costaría el colegio de nuestros futuros hijos.

El doctor empleó el término «histeroctomía». Yo pasaba las noches en vela, pensando en aquella palabra y en su significado. Para el doctor y para Chris no era más que un término, un procedimiento clínico. Para mí era una carnicería, lisa y llanamente. Suponía la aniquilación de Juliet y Zach, de Sophia y Alexis. El final de un sueño, el sueño de los edredones campestres y la educación en casa.

Pero, naturalmente, para entonces ya había desaparecido Juliet: una sencilla operación de dilatación y legrado que no fue sencilla en absoluto. No había modo de saber si era niño o niña, fue lo que me dijo el médico, lo que repitió Chris una y otra vez: que «no había modo de saberlo», y sin embargo yo lo sabía, sabía con toda certeza que era Juliet la que acabó en un contenedor de residuos médicos, junto con mi útero, mi cérvix y parte de mi vagina.

Todavía me descubría a veces almacenando ropita de bebé que encontraba en tiendas de la ciudad: peleles con volantitos de color lavanda y bodis orgánicos con dibujos de animales. La escondía en cajas que etiquetaba mal a propósito (*Heidi: trabajo*) y que guardaba en el armario de nuestra habitación, consciente de que a Chris jamás se le ocurriría abrirlas si creía que eran áridas estadísticas de analfabetismo y manuales de enseñanza del inglés como lengua extranjera.

—Es un nombre precioso —digo—. ¿Y tu bebé? ¿Cómo se llama?

—Ruby —contesta la chica, indecisa.

—Qué bonito —digo, y es verdad—. ¿Cuánto tiempo tiene?

Se hace un silencio, y luego dice como si no estuviera del todo segura:

—Cuatro meses.

—¿Han podido echar un vistazo a la carta? —pregunta la camarera pelirroja apareciendo de repente.

La chica, Willow, se sobresalta y me mira en busca de una respuesta. La carta sigue ante ella, intacta.

—Creo que todavía necesitamos un rato —contesto pero, como Willow tirita de frío al otro lado del asiento de vinilo, le propongo que tome un chocolate caliente.

Rodeo con las manos mi taza. Se ha enfriado un poco, pero aún conserva el calor del café, y la camarera me la llena por tercera vez.

—¿Con nata montada? —pregunta, y Willow me mira pidiéndome permiso.

Es curioso –pienso–, cómo en esa fracción de segundo, al oír mencionar la nata montada, se ha convertido en una niña.

De pronto me parece una ilusión óptica, como la famosa copa de Rubin que, dependiendo de cómo la mires, muestra una imagen u otra: dos caras de perfil frente a frente o la copa que hay entre ellas. Las imágenes cambian ante tus ojos. Perfiles, copa. Perfiles, copa. Una joven fuerte e independiente; una cría indefensa a la que le encanta el chocolate caliente con nata montada.

—Claro —contesto, quizá con excesiva vehemencia.

Un momento después la camarera vuelve trayendo la ambrosía: una taza blanca y caliente en su platillo, rematada con un buen montón de nata salpicado de virutas de chocolate. Willow coge una cuchara, mete la punta en la nata y la lame, saboreándola como si hiciera años que no prueba un chocolate caliente.

¿Cómo es que una persona como ella vive en la calle? Sola, sin nadie que la cuide, sin tutela alguna. No puedo preguntárselo, claro, sería una metedura de pata, la haría huir. La observo mientras prueba la nata montada y cuando se lanza a comérsela metiéndose cucharadas enteras en la boca hasta que se acaba, hasta que le rebosa por las comisuras de los labios. La niña la mira con avidez, ajena ya al agua fría, fascinada por esa sustancia blanca y espumosa que mana de la boca de su madre.

Se lleva la taza a los labios y bebe muy deprisa, hace una mueca al quemarse la lengua. Saco con mi cuchara un cubito de hielo de un vaso de agua y lo meto en el chocolate caliente.

—Ten —digo—. Así se enfriará antes.

Duda un momento y luego lo intenta otra vez, y ya no se quema la lengua.

Tiene un moratón escondido encima del ojo izquierdo. De color ocre, como si estuviera curándose. Cuando coge la carta para decidir qué va a comer, veo que tiene las uñas largas y rotas, con un buen montón de mugre metida entre la carne y la uña. Tiene cuatro agujeros de pendiente en cada oreja, uno de ellos en el cartílago, en la parte de arriba, donde luce una bolita negra. A lo largo del lóbulo lleva unas alitas de ángel de plata, una cruz gótica y unos labios de color rubí, en ese orden. Faltan los labios rojos del lóbulo izquierdo. Me los imagino tirados en la acera sucia de debajo de la estación de Fullerton, pisoteados por los peatones, o en medio de la calzada, aplastados por las ruedas de los taxis. El flequillo le cae sobre los ojos. Cuando quiere mirarme se lo aparta, pero luego deja que vuelva a taparle los ojos como un velo nupcial. La piel de sus manos y su cara está tan cortada y enrojecida que se le abren grietas en la dermis y tiene las manos manchadas de sangre seca y los labios agrietados. Ruby, la niña, también parece tener un eccema, ronchas rojas y encostradas en la piel lechosa.

61

Meto la mano en el bolso, saco un tubo de crema y lo deslizo por la mesa diciendo:

—Se me resecan las manos en invierno. Por el aire frío. Esto ayuda. —Y cuando agarra el tubo añado—: También puedes ponértela a Ruby. En las mejillas.

Se aparta el flequillo y asiente y, sin vacilar, le aplica la crema a la niña en los mofletes. Ruby hace una mueca al notar el frío de la crema, sus ojos de un ambiguo azul pizarra observan a la madre con curiosidad y una pizca de resentimiento.

—¿Cuántos años tienes? —pregunto, y sé que su respuesta inmediata, premeditada, es falsa.

—Dieciocho —contesta sin mirarme.

A mis otras preguntas ha contestado indecisa, vacilante. La rapidez de su respuesta me convence de que está mintiendo. Eso, y la ingenuidad de su mirada cuando la ilusión óptica se da la vuelta y se muestra de nuevo como una niña indefensa. Una niña tan vulnerable como Zoe.

Los jóvenes se convierten legalmente en adultos a los dieciocho años. Pasan a ser seres independientes. Los padres pierden entonces sus derechos sobre ellos; y también se ven libres de la responsabilidad económica de mantenerlos. Hay muchísimas cosas que una joven de dieciocho años puede hacer legalmente y una de diecisiete no, como vivir sola en las calles de una ciudad. Si Willow solo tiene diecisiete (o quince, o dieciséis), ello plantea preguntas inevitables, como dónde están sus padres y por qué no vive con ellos. ¿Ha huido de casa? ¿La han abandonado sus padres? Miro el moratón ocre y me pregunto si será una niña maltratada. Si tuviera diecisiete años, podrían obligarla a volver a casa –en caso de que la tenga–, o llevarla a un centro de acogida.

Pero de momento decido dejar a un lado mis dudas y aceptar lo que me dice: que tiene dieciocho años.

—Hay albergues especiales para mujeres con hijos.

—Yo no voy a albergues.

—Yo trabajo con mujeres jóvenes, como tú. Mujeres de otros países. Refugiadas. A veces las ayudo a instalarse.

Regresa la camarera para anotar nuestro pedido. Yo quiero una tostada francesa y Willow pide lo mismo. Me doy cuenta entonces de que habría pedido cualquier cosa que pidiera yo. No quiere que piense que se está aprovechando de mí, pedir una hamburguesa de media libra si yo pido una ensalada, o un desayuno si yo estoy tomando la cena. La camarera se lleva las cartas y desaparece detrás de una puerta batiente de aluminio.

—Hay algunos albergues holísticos maravillosos. Ofrecen seguridad, atención médica y psicológica, educación… Hay trabajadores sociales que pueden ayudarte a cambiar de vida. A redactar un currículum, a solicitar ayudas para Ruby. Yo podría hacer unas llamadas —me ofrezco, pero veo que tiene los ojos fijos en un señor mayor que está sentado solo a una mesa, cortando cuidadosamente un sándwich por la mitad.

—No necesito ayuda —contesta hoscamente y luego se queda callada.

—De acuerdo —le digo, sabedora de que si sigo por ese camino cogerá al bebé y la maleta de piel y se marchará—. De acuerdo —repito en voz más baja.

Una concesión. Si dejo de meterme en su vida, se quedará. Así que se queda y devora su cena casi en silencio, y yo observo cómo la niña se va aletargando poco a poco, hasta quedarse dormida sobre su regazo. Veo a la chica partir la tostada con el canto del tenedor y mojar cada pedazo en un charco de sirope de arce antes de metérselo en la boca avariciosamente. Me como despacio mi tostada, viendo cómo le gotea el sirope por la barbilla y cómo se lo limpia con la manga de la chaqueta caqui.

¿Cuándo ha sido la última vez que ha comido como es debido? Es solo una de las infinitas preguntas que tengo que hacerle. ¿Cuántos años tiene *de verdad*? ¿De dónde es? ¿Por qué no tiene casa? ¿Cuánto tiempo lleva viviendo sola en la calle? ¿Dónde está el padre de Ruby? ¿Cómo se hizo ese moratón? ¿Va muy a menudo a la biblioteca? ¿Frecuenta siempre los pasillos de literatura, o va cada día a una sección? Estoy a punto de mencionarle a la bibliotecaria de la sonrisa bondadosa (un comentario artificioso, con el único fin de charlar de algo), pero me detengo a tiempo. La chica no sabe que la he visto en la biblioteca, claro, que estuve espiándola desde el pasillo de al lado mientras leía en voz baja *Ana, la de Tejas Verdes*.

Así que comemos en silencio. En lugar de una charla insustancial, se oyen los ruidos que acompañan al acto de comer: masticar, tragar, un chorro de sirope de arce saliendo del bote de plástico, un tenedor que cae al suelo. Ella se agacha para recogerlo y lo hunde en la tostada francesa como si la hubieran torturado y llevara días sin comer. O semanas. O más tiempo aún.

Cuando se acaba la tostada, echa mano de la maleta y se levanta del asiento.

—¿Te vas? —pregunto sobresaltada. Lo noto. Y ella también.

—Sí —contesta.

Ruby se despierta un instante, pero enseguida vuelve a sumirse en el País del Sueño.

—Espera —digo, y me asalta de nuevo esa desesperación que sentí en la calle: la posibilidad de que se marche sin que yo pueda impedírselo.

Agarro atropelladamente mi bolso y encuentro un solo billete de veinte dólares. No hay suficiente para pagar la cena. Tendré que esperar a que la camarera traiga la cuenta y pagar con tarjeta.

—Deja que te acompañe a la farmacia —le suplico—. Podemos comprar unas cuantas cosas. Leche para la niña. Pañales.

Hidrocortisona para las mejillas irritadas del bebé. Barritas de cereales para ella. Crema de pañal. Pasta de dientes. Un cepillo de dientes. Champú. Un cepillo de pelo. Vitaminas. Botellas de agua mineral. Guantes. Un paraguas. Y entonces me doy cuenta de que es una idea grotesca, porque ¿cómo va a cargar con todas esas cosas, por imprescindibles que sean, deambulando por las calles de la ciudad?

Mira el billete de veinte que tengo en la cartera abierta y yo lo saco de un tirón, sin pensármelo dos veces, y se lo ofrezco.

—Tienes que ir a la farmacia —le digo—. Compra lo que necesites. Para ti. Y para el bebé.

Duda un segundo y luego me arranca el billete de la mano. Hace un gesto que interpreto como un «sí, gracias».

—Espera —le digo antes de que se escabulla.

Impulsivamente, pongo la mano en la chaqueta de nailon y la detengo para que no se marche aún. El nailon tiene un tacto extraño, ajeno. Cuando vuelve hacia mí sus ojos azules y gélidos, retiro la mano a toda prisa y le suplico:

—Por favor, espera solo un segundo.

Saco de mi bolso una tarjeta de visita. Una tarjeta sencilla, de color negro, con mi nombre y mis números de teléfono (el móvil y el del trabajo) impresos en blanco, en fuente Comic Sans fácil de leer. La obligo a aceptarla.

—Por si acaso… —comienzo a decir, pero una camarera que pasa por nuestro lado a toda prisa sosteniendo en alto una bandeja llena de comida canturrea:

—Disculpen, señoras.

Y la chica se aparta de mí y se marcha, se aleja poco a poco, encogiéndose y marchitándose como una rosa amarilla en un jarrón cilíndrico, cada vez más empequeñecida, más difuminada.

Y me quedo allí sola, en medio del Stella's, pensando «Por favor, espera» a pesar de que la chica se ha marchado ya del local y de que la camarera pelirroja, indiferente a mi angustia, pasa por mi lado y me entrega la cuenta.

Cojo el camino más largo para volver a casa, indiferente al frío, a la fina llovizna que satura el aire. Voy por el camino más largo, y al pasar por Lincoln entro en una librería de segunda mano para comprar un ejemplar de *Ana, la de Tejas Verdes*.

Pago dos dólares por el libro porque tiene varias páginas sueltas y varios tesoros olvidados metidos entre las hojas amarillentas: un marcapáginas con borlitas, una fotografía vieja de una niña pequeña con medias hasta la rodilla al lado de su abuelo, con pantalones de cuadros azules. El libro lleva una dedicatoria y una fecha: *Para mamá, 1989.*

Me encuentro con mi vecino Graham en el pasillo cuando subo a casa. Está tirando una botella de vino vacía por el bajante de la basura.

—Eso es reciclable —le recuerdo, y noto en mi voz ese tono quisquilloso que a Chris le saca de quicio.

Pero Graham se ríe. Ha dejado la puerta de su piso abierta de par en par y sentada en el sofá hay una rubia despampanante. Tiene en la mano una copa de Chablis recién servida. Cruzamos una mirada y yo compongo una sonrisa a la que ella no responde.

—Pillado de nuevo por la policía del reciclaje —comenta Graham al retirar la botella del bajante.

Hay contenedores de reciclaje junto a la entrada de mercancías del edificio, pero pillan demasiado a trasmano para alguien que, como él, no piensa mucho en el medio ambiente. Para mí no, en cambio. Me refreno a tiempo para no recordarle que una botella de vidrio tarda un millón de años en descomponerse.

Siento una necesidad urgente de contarle a *alguien* lo que me ha pasado en el Stella's, y sé que a Chris no puedo contárselo. Ni siquiera puedo contárselo a Jennifer, que es demasiado lógica, demasiado racional para comprender un disparate como este. Tiene que ser alguien en quien predomine el hemisferio derecho del cerebro, como yo, alguien que se deje llevar por los sentimientos y las emociones, por su imaginación y sus creencias, alguien para quien la fantasía sea una fuente de inspiración.

Alguien como Graham.

Pero por la puerta abierta del piso sale el sonido de una guitarra acústica procedente de su equipo de música, y el bellezón rubio le llama por su nombre. Graham se mete bajo el brazo la botella vacía y me dice que tiene que irse.

—Claro —contesto.

Le veo cerrar la puerta y me descubro mirando fijamente una guirnalda de boj cuadrada y escuchando la risa aguda, chillona, de su acompañante.

Al entrar en casa me olvido por completo de la película y me meto en la cama con *Ana, la de Tejas Verdes*. Cuando por fin vuelve Chris de su viaje, escondo rápidamente el libro debajo de la cama, detrás del faldón con volantes de color gris oscuro, donde solo entran los gatos y los ácaros del polvo, y finjo que estoy dormida.

Chris se mete en la cama a mi lado y me besa larga y pausadamente, aunque su beso esté adulterado por el recuerdo de Cassidy Knudsen.

WILLOW

Mi madre era la mujer más guapa del mundo. Una melena larga y negra, una cara fina, unos pómulos altos, unas cejas perfectas, arqueadas, y los ojos más azules que he visto nunca. «Te amo tanto como la ardilla a la nuez», me decía, o «como el ratón al queso». Nos pasábamos la mitad del día inventando las frases más tontas que se nos ocurrían: «me gustas más que los pasteles a un gordinflón». Y nos moríamos de risa. Era una cosa nuestra.

Vivíamos en el campo, en Nebraska, en una pedanía a las afueras de Ogallala. Mi madre, mi padre, Lily y yo. Lo de Ogallala fue mucho antes que lo de Omaha, igual que mamá y papá vinieron mucho antes que Joseph y Miriam. Era otro mundo, la verdad, otra *yo*.

Mamá me hablaba muchas veces del día de su boda con papá. Me contaba que cuando se dijeron que sí ya estaba embarazada de mí, lo que a ella y a papá no les importaba nada, pero a sus padres no les gustó ni pizca. Resulta que tampoco les gustaba mucho mi padre y un día, cuando mi madre tenía diecinueve años, papá y ella se fueron a una capilla en Des Moines y se casaron. Mamá me hablaba de aquello, de su boda en una iglesia pequeña y bonita al lado de la carretera, cuando nos sentábamos en el umbral de nuestra casita prefabricada a pintarnos las uñas de los pies de color rojo manzana caramelizada mientras Lily se pasaba la tarde durmiendo. Me hablaba de la capilla, de cómo recorrió el pasillo con su vestido de novia antiguo, con la falda a media pierna, un vestido del color de la nieve con escote palabra de honor. Me hablaba de su velo, un velo jaula de pájaro, lo llamaba ella, y yo me imaginaba unos canarios posados sobre su cabeza. Me hablaba del señor que los casó, un tal reverendo Love, y hasta a esa edad (ocho años, tenía yo) me costaba creer que ese fuera su nombre de verdad. Reverendo Love. Recuerdo cómo decía mamá su nombre cuando estábamos allí sentadas, en el umbral de nuestra casa prefabricada, mirando la calle vieja y aburrida mientras unos niños jugaban a la pelota en el césped, y cómo alargaba la palabra *love* hasta que las dos nos partíamos de risa.

Pero decía también que papá estaba guapísimo, todo endomingado con su camisa y su corbata, y una chaqueta de traje que le prestó un amigo. Eso me costaba imaginármelo, porque creo que nunca vi a mi padre con camisa y corbata. No había fotos de su boda porque en aquel entonces no tenían cámara, pero tenían una hoja de papel en la que ponía que estaban casados, y eso era aún más importante que tener una fotografía. Mamá me enseñó aquel papel. *Certificado de matrimonio*, decía, y en la parte de abajo *Reverendo Love*.

Luego, unos seis meses después, nací yo. Mamá me hablaba también de ese día, del día que nací. Me contaba que tardé mucho en salir, que no tenía ninguna prisa. Me decía que papá me cogió en brazos con mucho cuidado, allí, en el hospital, como si pensara que iba a romperme. Mis abuelos no vinieron a conocerme cuando nací, ni entonces, ni nunca. Los padres de mi madre no querían saber nada de nosotros, y los de papá… los de papá estaban muertos. A veces íbamos a visitar su tumba al cementerio de la calle Quinta, y dejábamos dientes de león junto a las lápidas en las que ponía *Ernest y Evelyn Dalloway*.

Mamá se creía que era como Audrey Hepburn porque se lo decía su madre. Por eso le puso Holly, por Holly Golightly. Se recogía la melena en un moño alto y se paseaba por casa con una boquilla de fumar como la de *Desayuno con diamantes*, aunque mi madre no fumaba. Iba por casa con vestiditos de lunares cualquier día de la semana y soltaba citas de Audrey Hepburn como si fueran suyas, y yo me quedaba allí, sentada en el sofá, mirándola embelesada.

No me extrañaba nada que papá se hubiera casado con ella. Era la mujer más guapa que había visto nunca.

Más de una de vez le pedí que me contara cómo conoció a papá. Era una historia que no se cansaba de contar. Me decía que se conocieron en el pueblo, en un bar en el que él trabajaba de camarero, y que un baboso estaba intentando ligar con ella y que a papá no le gustó ni un pelo, que no le gustaba cómo le hablaba aquel tipo, ni cómo le cogía la mano aunque ella le había dicho que la dejara en paz. Su caballero andante, decía. Mamá siempre decía que casarse con papá fue la mejor decisión que había tomado en su vida, aunque por culpa de esa decisión sus padres se hubieran esfumado. «Puf», decía levantando las manos como un mago, «como por arte de magia».

Papá, que era camionero, no estaba casi nunca en casa. Era chófer de larga distancia. Se pasaba la vida viajando de costa a costa, llevando mercancías peligrosas y otras cosas por todo el país. Cuando no estaba le echábamos muchísimo de menos, sobre todo mamá, pero cuando estaba en casa la compensaba dándole besos de tornillo y tocándola en sitios que hacían que se pusiera colorada. Mamá se ponía de punta en blanco cuando sabía que él iba a volver, se rizaba el pelo y se pintaba los labios con brillo de color fresa. Papá siempre nos traía algo a Lily y a mí, cosas que compraba en Vermont o en Georgia o donde hubiera estado: un llavero o una postal, o una figurilla de la Estatua de la Libertad. Cuando estaba en casa, era como si siempre fuera Navidad, como unas vacaciones de verano. Y a mamá también le traía cosas, pero no se las enseñaba hasta que Lily y yo ya estábamos acostadas. Yo los oía por las noches, cuando pensaban que estaba dormida. Los oía reírse en su habitación.

No nos sobraba el dinero, en aquella casa prefabricada a las afueras de Ogallala, pero a mamá le encantaba ir de compras. Y, claro, como no teníamos dinero para comprar las cosas que le gustaban, nos llevaba a Lily y a mí a tiendas de lujo para probarse vestidos y mirarse al espejo. Era una de las cosas que hacíamos cuando no estaba papá, aunque mamá decía «no se lo digáis» porque no quería que se sintiera mal. Mamá decía mucho «algún día»: algún día tendría su propia peluquería en vez de cortar el pelo en el cuarto de baño, que era nuestro, de Lily y mío. Algún día tendríamos una casa más grande, y de obra de verdad, no prefabricada. Algún día nos llevaría a un sitio llamado la Milla Magnífica, en una ciudad llamada Chicago. Mamá me hablaba de ese sitio, de la Milla Magnífica. Me lo contaba como si fuera un cuento de hadas, y yo no estaba segura de si existía de verdad o no. Pero mamá sí estaba segura. Hablaba de tiendas con nombres como Gucci y Prada, y de lo que se compraría en esas tiendas si pudiera. *Algún día*. Tenía una lista de sitios que quería ver antes de morirse. La Torre Eiffel, la tumba de Audrey Hepburn en no sé qué pueblo de Suiza, la Milla Magnífica de Chicago. No teníamos gran cosa. Yo lo sabía, aunque solo tenía ocho años, pero nunca eché nada de menos. Era feliz allí, en aquella casa prefabricada cerca de Ogallala y, aunque mamá dijera siempre «algún día», yo no quería que nada cambiara. Mamá solía decir «no tenemos mucho, pero por lo menos nos tenemos los unos a los otros».

Y luego, un día, ya ni siquiera eso nos quedaba.

CHRIS

Heidi tiene la necesidad de hacerlo todo correctamente. Lo recicla todo: latas, botellas, periódicos, pilas, restos de papel de aluminio... Devuelve las perchas a la tintorería. Me echa la bronca cuando llego de la compra con una bolsa del supermercado, en vez acordarme de llevar siempre una reutilizable. La oigo hasta en sueños, su voz metálica repitiendo como un loro «es reciclable» justo cuando estoy a punto de meter a escondidas un sobre o un trozo de papel en el cubo de la basura. Compramos la leche envasada en cascos retornables, a precio de oro.

En nuestra casa, a las arañas no se las mata: se las realoja en la terraza o, si hace muy mal tiempo, en los trasteros del sótano, donde pueden reproducirse entre cajas de cartón y bicicletas abandonadas. Aplastarlas con el zapato o tirarlas por el váter sería sencillamente inhumano.

De ahí también que tengamos dos gatos. Heidi se los encontró cuando eran todavía cachorros junto al contenedor de basura que hay detrás del edificio. Lo que quedaba de su madre estaba allí al lado, en el suelo, hecho un amasijo sanguinolento. El resto había servido de pasto a un perro callejero. Heidi se presentó con los gatitos un buen día. Pesaban cada uno medio kilo o poco más y estaban sucios, cubiertos de mierda y de basura, y se les notaban los huesos entre los pocos mechones de pelo que les quedaban.

«Nos los quedamos», afirmó.

Y así ocurre con casi todo en nuestro matrimonio. Heidi no pregunta. Me notifica las cosas. «Nos los quedamos».

Les puse de nombre Una y Dos porque ponerles Odette y Sabine (sí, son las dos hembras: yo soy el único varón en esta casa de reinas), como sugería Heidi, me parecía una ridiculez. Los gatos callejeros no son dignos de tener un nombre humano, le dije. Y menos aún un nombre francés. Una es tricolor, *chatte d'Espagne*, como dice Heidi. Dos es toda negra, con el pelo largo y los ojos de neón. De las que traen mala suerte. Es un mal bicho, además, y me odia.

Así que no me he sorprendido cuando el sábado por la mañana, cuando me he levantado de la cama, me la he encontrado de pie en medio del cuarto de estar con esa mirada patética, su mirada de gatito huérfano. Acababa de colgar el teléfono. Llevaba un rato hablando de una pobre chica que había en la estación de Fullerton. Eran casi las diez de la mañana, pero por lo oscuro que estaba el día parecían las cinco o las seis de la tarde. Después de un viaje agotador a San Francisco, tenía pensado sentarme en mi sillón de piel y pasarme horas y horas viendo partidos de baloncesto. Pero ahí está Heidi, levantada a todas luces desde el amanecer, y a todas luces atiborrada de cafeína. Al verla así, en bata y zapatillas y agarrando el teléfono en la palma de la mano, me he dado cuenta enseguida de que pasaba algo raro. No era solo que hubiera visto a una chica sin techo. Tiene que haber miles de personas sin techo en Chicago. Heidi siempre se fija en ellas, que conste. Se fija en todas y cada una de ellas. Pero normalmente no le quitan el sueño.

—Para eso hizo Dios los albergues —le he dicho yo.

Fuera llueve. Otra vez. En la tele no se ven más que reporteros delante de calles y carreteras inundadas. Peligrosas, intransitables, dicen. Hasta las vías principales (algunos tramos de Eisenhower y Kennedy) están cerradas al tráfico. Por lo visto han decretado el estado de emergencia. Las cámaras se detienen en una señal amarilla: *Dé la vuelta. No se ahogue.* Sabias palabras. Una periodista cubierta con un impermeable amarillo se deja fustigar por la lluvia en el Loop, como si ver la lluvia por la tele, en vez de oír cómo golpea las ventanas y los tejados de nuestras casas, fuera a aclarar las cosas al espectador. Hasta unos pocos centímetros de agua pueden arrastrar a un coche –advierte la periodista– si la corriente es lo bastante fuerte. «Si no es imprescindible que se desplacen esta mañana», añade con mirada preocupada, como si de verdad le importara una mierda nuestra seguridad, «les recomendamos que se abstengan de salir».

—No quiere ir a un albergue —me ha dicho Heidi con énfasis, y entonces lo he entendido.

No es solo que haya *visto* a la chica. Es que ha hablado con ella. Han mantenido una conversación.

Lo que me ha contado hasta ahora –o lo que he conseguido sonsacarle– es que vio a una chica mendigando junto a la estación de Fullerton. Una chica muy joven con un bebé. Me he levantado de la cama y he entrado en el cuarto de estar pensando solo en una cosa, en poner la tele, y me la he encontrado colgando el teléfono, y cuando le he preguntado con quién hablaba me ha dicho:

—Con nadie.

Pero yo sabía que no era cierto. Saltaba a la vista que estaba hablando con alguien, una llamada importante. Pero no quería que yo lo supiera. Es lo que les ocurre a los hombres que se pasan la vida viajando, me digo. Que sus mujeres les ponen los cuernos. Se levantan de la cama a primera hora de la mañana para hablar a escondidas con sus amantes mientras sus maridos duermen para recuperar el sueño atrasado. He observado atentamente a mi mujer: su expresión culpable, su mirada nerviosa, de pronto más impúdica de lo habitual, y le he preguntado:

—¿Estabas hablando con un hombre?

Anoche estuve pensando en ella, en cómo se apartó de mí en la cama. ¿Ha estado él aquí?, me pregunté. ¿Antes que yo? No llegué a casa hasta pasadas las once de la noche. Zoe estaba desaparecida en combate y Heidi en la cama, y entonces me acordé de cuando Zoe era pequeña, de las pancartas que me hacían ella y Heidi. Les pegaban pegatinas, dibujos, fotos y otros adornos que encontraban por ahí, para darme la bienvenida cuando volvía a casa. Y ahora, cinco o seis años después, nada. Anoche solo los gatos me estaban esperando junto a la puerta, y sus molestos maullidos no eran una cálida bienvenida sino más bien un ultimátum: danos de comer o si no… Sus platitos de acero, que Heidi nunca se olvida de llenar, estaban vacíos.

—Heidi —le he preguntado otra vez, perdiendo la paciencia—, ¿estabas hablando con un hombre?

—No, no —ha contestado enseguida, sin vacilar.

Se ha reído con nerviosismo, y no he podido deducir si estaba mintiendo, o si mi pregunta había puesto al descubierto su sucio secretillo. Una aventura extramatrimonial o…

—Entonces, ¿quién era? —le he preguntado—. ¿Con quién hablabas?

Al principio se ha quedado callada. No sabía si contármelo o no. Yo estaba a punto de enfadarme de verdad cuando me ha contado de mala gana lo de la chica. La chica con el bebé.

—¿Estabas hablando con ella? —le pregunto, y noto que el corazón se me desacelera y que me baja la tensión.

—Acaba de llamar —contesta.

Tiene las mejillas coloradas, síntoma de que ha tomado demasiada cafeína o de que está avergonzada.

Yo me quedo pasmado.

—¿Sabe tu *número de teléfono*?

Está paralizada por la culpa. Por la mala conciencia. No contesta enseguida. Y luego me dice como si le diera vergüenza:

—Le di mi tarjeta. En un restaurante. Anoche.

Esto se está poniendo feo, me digo. Miro desalentado a la mujer que tengo delante (la mata de pelo cobrizo, los ojos desquiciados por la cafeína) y me pregunto qué ha sido de mi esposa. Heidi es una soñadora, sí. Una visionaria, una optimista. Pero siempre con una dosis de realismo de por medio.

Menos esta vez, por lo visto. Esta vez no.

—¿En un restaurante? —le pregunto, pero enseguida sacudo la cabeza y empiezo otra vez, yendo a lo que de verdad importa—. ¿Por qué te ha llamado?

Me descubro mirando sus ojos frenéticos y deseando que tenga de verdad un amante.

Se acerca a la cafetera como si le hiciera falta otra dosis de cafeína. Llena hasta arriba la taza personalizada que le regalamos Zoe y yo por el Día de la Madre hace unos años (una taza de cerámica negra adornada con fotos de Zoe que el lavavajillas ha empezado a decolorar), se echa un chorro de leche de avellanas y pienso: «Y encima azúcar. Genial. Justo lo que le hace falta».

—Me ha dicho que Ruby se ha pasado toda la noche llorando. Toda la noche. Willow estaba nerviosísima. Parecía agotada. Es un cólico, estoy segura. ¿Te acuerdas de cuando Zoe era bebé y tenía cólicos? Se pasaba toda la noche llorando. Estoy muy preocupada por ella, Chris. Por las dos. Ese llanto persistente... Son ese tipo de cosas las que llevan a la depresión posparto. Al síndrome del bebé agitado.

Y a mí solo se me ocurre una cosa que decir:

—¿Willow? ¿Se llama así? ¿Y la niña se llama Ruby?

Heidi contesta que sí.

—Nadie se llama Willow, Heidi. *Willow*[2] es el nombre de un árbol. Y Ruby... —Dejo la frase a medias porque Heidi me mira como si fuera el mismísimo diablo que se hubiera aquí, en medio del cuarto de estar, vestido solo con unos calzoncillos a cuadros.

Paso a su lado y entro en la cocina para servirme un café. Quizás así le encuentre sentido a este asunto. Quizá después de tomarme un café me daré cuenta de que ha sido todo un malentendido, de que mi cerebro cansado y amodorrado no ha captado bien la idea. Lleno la taza sin prisas y me quedo junto a la encimera de granito, ingiriendo el café a la espera de que el estimulante despierte mis neuronas.

---

[2] *Willow*, «sauce». (N. de la T.)

Pero cuando regreso de la cocina Heidi está delante de la puerta del piso, poniéndose un anorak largo, de color naranja, encima de la bata.

—¿Adónde vas? —pregunto, atónito por el abrigo, la bata y el pelo revuelto.

Se quita las zapatillas de estar en casa y mete los pies en unas botas de goma que hay delante de la puerta.

—Le he dicho que venga. Voy a buscarla.

—¿A buscarla? ¿Adónde?

—A Fullerton, a la estación.

—¿Por qué?

—Para ver si está bien.

—Heidi —digo en mi tono más racional y objetivo—, estás en pijama.

Y se mira la bata de felpilla lila, los pantalones de algodón con florecitas de colores.

—Tienes razón —dice, y corre al dormitorio a cambiarse los pantalones de florecitas por unos vaqueros. No pierde tiempo quitándose la bata.

Esto no tiene ni pies ni cabeza, pienso yo. Podría decírselo, o hacerle un listado o quizás una gráfica de barras para que lo viera, para que viera gráficamente que es una locura. En un eje pondría todas las anomalías de la situación: su pasión fetichista por los indigentes, su imprudencia al darle a la chica su tarjeta de visita, el horror de la bata lila y el anorak naranja, la lluvia… El otro eje mostraría el valor de esas anomalías (la elección de atuendo superaría con creces a lo de la tarjeta de visita, por ejemplo).

Pero lo único que conseguiría sería complicar aún más las cosas.

Así que la miro por el rabillo del ojo desde el sillón de piel cuando coge su bolso y un paraguas del armario de la entrada y desaparece por la puerta canturreando:

—Hasta luego.

—Adiós —contesto apáticamente.

Las gatas se suben de un salto al alféizar del ventanal, como hacen siempre, para verla salir por la entrada del edificio y bajar por la calle.

Me preparo unos huevos revueltos. Se me olvida tirar el cartón de los huevos al cubo de reciclaje. Caliento unas tiras de beicon en el microondas (me parece un pecado estando fuera Heidi: comer carne en nuestro hogar pseudovegetariano...) y me pongo a desayunar delante de la tele: resúmenes deportivos de la ESPN que dentro de un rato darán paso a partidos de la NBA. Durante los anuncios cambio a la CNBC porque no puedo pasar mucho tiempo descolgado de las noticias de Wall Street. Es la parte de mi cerebro que nunca descansa. La poseída por el dinero. Dinero, dinero, dinero.

Estalla un relámpago, retumba un trueno. El edificio entero se estremece. Pienso en Heidi en la calle con este tiempo y confío en que resuelva su asunto y vuelva enseguida a casa.

Y entonces se oye otro trueno, brilla otro relámpago.

Rezo para que no se vaya la luz antes de que empiece el partido.

Más o menos una hora después vuelve Zoe a casa acompañada por Taylor y su madre. Yo sigo en calzoncillos cuando abre la puerta y se quedan allí las tres, boquiabiertas y chorreando como perros mojados, mirando mis calzoncillos y el rastro de vello moreno de mi pecho. Tengo el pelo grasiento, apuntando para todos lados, y un olor a viejo que se me pega a la piel como pegamento.

—Zoe —digo, y al levantarme de un salto del sillón casi tiro el café.

—Papá. —Me mira avergonzada. Su padre medio desnudo, en la misma habitación que su mejor amiga.

Me envuelvo en una manta de falsa piel blanca y me río para intentar quitarle hierro al asunto.

—No sabía a qué hora llegabas —explico.

Pero no es una buena excusa, claro. Para Zoe no, al menos.

Estoy seguro de que mi hija va a sentirse avergonzada de mí muchas veces en el futuro: esta es solo la primera. Veo que agarra a Taylor de la mano y que desaparecen por el pasillo. Oigo cerrarse la puerta de su cuarto y me imagino a Zoe diciendo «mi padre es un tarado».

—¿Está Heidi, Chris? —pregunta Jennifer mirando a todos lados menos a mí.

—No —contesto.

Me pregunto si sabe lo de la chica. La chica del bebé. Seguramente sí. En lo tocante a la vida de Heidi, Jennifer lo sabe casi todo. Me ciño aún más la manta y me pregunto qué le dice Heidi de mí. Estoy absolutamente convencido de que cuando hago una gilipollez Jennifer es la primera en enterarse. Seguro que sabe que tengo una compañera de trabajo que está buenísima, y que *otra vez* estoy viajando.

—¿Sabes cuándo vuelve?

—No.

La veo toquetear con nerviosismo la tira de su bolso. Sería una mujer atractiva si se quitara el uniforme y se pusiera ropa de verdad para variar. Trabaja en un hospital, y estoy casi seguro de que en su armario solo hay uniformes de todos los puñeteros colores del arcoíris y zuecos. Zuecos sanitarios. Parecen cómodos, eso hay que reconocerlo, pero ¿por qué no se pone unos vaqueros? ¿Una sudadera? ¿Unos pantalones de yoga?

—¿Puedo ayudarte en algo? —pregunto, un ofrecimiento amable pero ridículo.

Jennifer, una divorciada amargada, me odia sencillamente por ser un hombre. Para ella soy poco menos que un cantamañanas que se pasa el día holgazaneando por la casa en calzoncillos.

Dice que no con la cabeza.

—Son cosas de chicas —contesta, y a continuación añade—: Gracias.

Se va a buscar a Taylor y, cuando se marchan, Zoe se vuelve hacia mí, me lanza una mirada de reproche preadolescente y dice:

—En serio, papá, ¿en calzoncillos? Son las once de la mañana. —Y se retira a su cuarto cerrando de un portazo.

«Estupendo», pienso yo. «Sencillamente perfecto». Heidi se va por ahí a rescatar a indigentes, pero el rarito soy yo.

HEIDI

No sé si toma café o no, pero aun así le llevo un café moca rematado con un buen montón de nata montada: el aliciente perfecto si estás teniendo un mal día. Compro también un bollo de canela para acompañar el café y una porción de bizcocho con frutas del bosque, por si acaso no le gusta la canela. Y luego recorro a toda prisa las apacibles calles de la mañana de sábado, con los codos hacia fuera, en posición defensiva, lista para enfrentarme a cualquiera que se interponga en mi camino.

Está lloviendo y el cielo de abril se muestra oscuro y contrariado. Las calles están llenas de charcos y los taxis que pasan salpican agua por todos lados. Los coches llevan las luces encendidas y, aunque son más de las diez, las farolas automáticas aún no se han percatado de que la noche se ha convertido en día. Llevo el paraguas abierto para que no se me moje el pelo, pero el agua que levantan las ruedas de los coches al pasar me cala la parte de abajo del cuerpo. La lluvia cae en cascadas, y yo me pongo a canturrear para mis adentros «llueve a cántaros, llueve a mares, caen chuzos de punta».

Willow está donde me ha dicho que estaría: paseándose arriba y abajo por Fullerton mientras acuna a Ruby, que chilla a pleno pulmón. Está empapada, chorreando. Los mirones (unos cuantos corredores fanáticos enfundados en ropa impermeable) la esquivan: prefieren arriesgar el pellejo cruzando Fullerton a prestarle ayuda.

La chica parece haber envejecido treinta años en una sola noche. Sus rasgos faciales son los de una mujer de mediana edad: arrugas dramáticas, el equipaje de toda una vida bajo los ojos. Tiene el blanco de los ojos enrojecido, hinchados los capilares de la esclerótica. Tropieza con una grieta de la acera, se echa bruscamente a Ruby sobre el hombro, le palmotea la espalda casi con violencia.

—Shhh, shhhh —dice, pero lo dice sin ternura, sin calma. Lo que quiere decir es «cállate, cállate, cállate».

La menea con brusquedad, como recuerdo que yo procuraba *no* menear a Zoe cuando era bebé y su llanto me tenía en pie toda la noche, y me costaba un enorme esfuerzo *no* perder el control. No sé mucho de depresión posparto, pero los medios de comunicación se dan prisa en difundir historias sensacionalistas acerca de mujeres perturbadas que sienten de pronto el impulso de hacer daño a sus bebés, de matarlos a puñaladas, de ahogarlos o de arrojarlos por las escaleras, o de hundir su monovolumen al fondo de un embalse con sus hijos bien sujetos a sus sillas de seguridad en el asiento trasero. Sé que hay mujeres que temen hacer daño a sus hijos y que por eso los abandonan nada más nacer: para no agredirlos físicamente. Me parece admirable que Willow no haya dejado a Ruby en los escalones de una iglesia o un albergue, que no le haya dicho que se calle, cuando sé que eso es exactamente lo que quiere hacer. Los corredores la miran y fruncen el ceño («¿qué hace aquí esta chica con ese bebé?»), pero yo solo veo una joven tenaz, con más agallas que la mitad de las mujeres adultas que conozco. Si yo no hubiera tenido a mi madre para hablar con ella por teléfono y quejarme de mi situación, si Chris no me hubiera arrancado a Zoe de los brazos cuando lloraba histéricamente y yo ya no podía más, no sé qué habría hecho, cómo habría sobrevivido a ese primer año de maternidad (aunque ahora que conozco la zozobra que produce tener una hija de doce años, la época de lactancia no me parece tan mala).

—Te he traído café —le digo, acercándome por detrás y sobresaltándola. Como si el café pudiera arreglar algo, apartarla de la vida en la calle, procurar alimento a su cuerpo enflaquecido.

Está completamente agotada, le pesa el cuerpo, las piernas están a punto de fallarle. Sé sin necesidad de que me lo diga que lleva desde la madrugada recorriendo arriba y abajo Fullerton, tratando de calmar a Ruby. Su cuerpo parece soñoliento pero sus ojos tienen una mirada feroz, como la de un perro en la fase furiosa de la rabia: agresiva y lista para atacar. Hay falta de coordinación, irritabilidad en el gesto brusco con que me arranca el vaso de la mano, en su forma de sentarse en el suelo mojado y devorar el bollo de canela y el bizcocho de frutas del bosque en cuestión de segundos.

—Lleva toda la noche llorando —dice mientras mastica.

Las migas se le salen por las comisuras de la boca y caen al cemento, donde las acorrala para volver a tragarlas. Se ha refugiado con Ruby en el hueco de una puerta, debajo del toldo azul índigo de una tiendecita ecléctica con carillones de viento y pájaros de cerámica en el escaparate. La tienda está abierta y la silueta de una mujer nos observa a través de la vidriera, desde lejos.

—¿Cuándo fue la última vez que comió? —pregunto, pero Willow menea la cabeza, desquiciada.

—No sé. No quiere comer. Escupe la tetina. Chilla.

—¿No quiere el biberón?

Dice que no con la cabeza. Le quita la tapa al vaso de café y comienza a lamer la nata montada. Como un perro bebiendo agua de un cuenco, en el suelo.

—Willow —digo.

No me mira. Exhala un olor a podrido: a ropa sucia empapada por la lluvia y a sudor de días, incluso de semanas. El pañal de Ruby desprende un olor atroz. Miro a un lado y otro de la calle y me pregunto dónde va a hacer sus necesidades. Los empleados de los restaurantes y bares de la zona la ahuyentarían como a un gato callejero, como a un gato *salvaje*. He visto carteles en los escaparates de los locales: *Aseos para uso exclusivo de los clientes*. Me acuerdo del parque que hay unas manzanas más allá y me pregunto si habrá allí un aseo público, uno de esos portátiles, algún sitio en el que pueda entrar.

—Willow —empiezo otra vez, sentándome sobre el cemento, a su lado.

Me mira con atención, cautelosamente, y se aparta un poco, dejando entre nosotras casi un metro de espacio vital. Pero agarra con fuerza el café y rebaña las migajas microscópicas de bizcocho que quedan en la bolsa de papel mojada, por si acaso tengo la desfachatez de quitárselos de las manos.

—Willow —repito, y añado por fin, haciendo un esfuerzo por sacar esas palabras de mi boca—: ¿Me dejas que coja a Ruby?

¡Ah, qué ganas tengo de coger a ese bebé en mis brazos, de sentir su peso! Recuerdo ese maravilloso olor a bebé de cuando Zoe era pequeña: ese olor a leche y a polvos de talco, agrio y desagradable y al mismo tiempo absolutamente delicioso, evocador, cargado de nostalgia. Estoy convencida de que Willow va a contestar con un no rotundo, así que me sorprende la facilidad con que me pasa a la niña histérica. Pero no me la entrega instantáneamente, no, nada de eso. Primero me escudriña de arriba abajo: ¿quién es esta mujer y qué quiere? Pero luego, quizás, algún pasaje literario se le pasa por la cabeza, algún proverbio acerca de la fe y la confianza o, como diría J. M. Barrie, el polvo de hadas. Me pone a la niña en las manos, aliviada por poder soltar los seis o siete kilos con los que lleva cargando toda la noche. Debe de sentirse empapada, lastrada por el peso del agua como si le hubiera caído encima una nevada. Su cuerpo se relaja, sus huesos parecen hundirse en el frío cemento, sus músculos se aflojan apoyados contra la puerta de cristal.

Y al cogerla yo Ruby se tranquiliza. No es por mí, sino por el cambio de postura, por unos ojos nuevos que mirar, una sonrisa. Cierro el paraguas y me levanto, resguardada hasta cierto punto de los elementos por el toldo azul índigo, y la acuno inclinándola ligeramente mientras canturreo. Mi mente se retrotrae en el tiempo hasta el cuarto de bebé de Zoe, sus sábanas de damasco de color lila claro, la butaca en la que me pasaba horas y horas sentada, meciendo su cuerpecillo entre mis brazos hasta mucho después de quedarse dormida.

Solo el pañal de Ruby debe de pesar cuatro kilos. Está completamente empapado, la orina y la diarrea han calado el pijamita y manchan mi anorak. Su pijama, que antes era blanco, con la palabra *hermanita* bordada con hilo de tonos pastel, está encostrado de vomito reseco y manchas de regurgitación, algunas lechosas y otras de un amarillo tecnicolor. Está caliente al tacto, su frente irradia calor, sus mofletes resplandecen. Tiene fiebre.

—¿Ruby tiene una hermanita? —pregunto mientras trato de medir con el dorso de la mano la temperatura de la niña. Treinta y ocho. Treinta y nueve.

No quiero alarmar a Willow, así que intento disimular, charlar con ella para que no vea cómo acerco los labios a la frente del bebé. ¿Cuarenta?

—¿Eh? —pregunta, palideciendo, y yo señalo el pijamita de la niña, la *H* violeta, la *E* rosa salmón, la *R* azul clara, etcétera, etcétera.

Una ciclista pasa por la calle (las ruedas de su bici giran frenéticamente al cruzar los charcos del asfalto) y Willow vuelve los ojos para mirarla: la sudadera roja y las mallas cortas negras, el casco gris, la mochila, las pantorrillas musculosas al lado de las cuales las mías dan risa. La forma en que se esparce el agua bajo las ruedas.

—Lo compré en una tienda de segunda mano —dice sin mirarme, y yo contesto:

—Claro.

Claro, pienso. ¿Dónde estaría la hermanita, si no?

Acaricio la mejilla de Ruby con un dedo, noto su piel suave de querubín, miro sus ojos inocentes y etéreos. Agarra mi índice con su puñito regordete, los huesos y las venas resguardados bajo capas y capas de grasa infantil, la única etapa de la vida en que la grasa es divina, absolutamente adorable. Se mete un dedo en la boca y lo chupa con ansia.

—Creo que tiene hambre —sugiero esperanzada, pero Willow contesta:

—No. Ya lo he intentado. No quiere comer.

—Puedo intentarlo yo —me ofrezco, y añado con cuidado de no usurpar su papel de madre—: Sé que estás cansada.

Lo último que quiero es ofenderla, pero sé que los bebés pueden ser aún más desconcertantes que las preadolescentes, más incomprensibles que la política exterior o el álgebra. Ahora quieren el biberón, ahora no. Lloran sin ningún motivo. Y el que un día engulle el puré de guisantes, al otro no quiere ni verlo.

—Lo que tú creas mejor —digo.

—Me da igual —contesta encogiéndose de hombros con indiferencia.

Me pasa el único biberón que tiene, lleno con ochenta o cien mililitros de leche de fórmula preparada de madrugada. Se han formado grumos y, aunque sé que Willow ha intentado meter en la boca de Ruby este mismo biberón, esta misma leche, yo no tengo valor para hacerlo, y al dudar hago llorar al bebé.

—Willow —digo levantando un poco la voz para hacerme oír entre el llanto histérico de Ruby.

Ella bebe un sorbo de café y da un respingo: se ha quemado.

—¿Qué?

—¿Te importa que enjuague el biberón? ¿Que le prepare otro?

La leche de fórmula es espantosamente cara. Me acuerdo muy bien. Me irritaba que Zoe no se bebiera los biberones hasta el final. Cuando nació, yo creía firmemente en la lactancia materna. Durante sus primeros siete meses de vida no le di otra cosa, solo el pecho. Pensaba seguir así un año entero. Pero entonces cambiaron las cosas. Al principio, el médico y yo achacamos al dolor a los efectos del parto. Seguimos así, como si no pasara nada.

Pero pasaba.

Yo estaba embarazada otra vez, embarazada de Juliet, aunque naturalmente en ese momento no había forma de saber si era una niña.

Habían pasado menos de seis semanas desde el momento de la concepción cuando empezó el sangrado. En esa fase de su vida, su corazón ya bombeaba sangre y sus facciones estaban empezando a formarse. Las piernas y los brazos estaban a punto de brotar de su cuerpecillo como las yemas de un árbol. No tuve un aborto espontáneo. No, claro. Habría sido demasiado fácil, demasiado sencillo que se *muriera* sin más.

Pero no, fui yo quien tomó la decisión de acabar con su vida.

Willow me lanza una mirada difícil de interpretar. Desconfiada e indecisa, pero también agotada, indiferente. Unas cuantas chicas (universitarias con sudadera y pantalones de felpa) pasan frente a nosotras cogidas del brazo, apiñadas bajo sus grandes paraguas de golf, resguardadas bajo sus capuchas, riendo por lo bajo, rememorando confusos recuerdos nocturnos. Oigo palabras sueltas: jungla, zumo, rosa, bragas, cuentagotas. Miro mi atuendo y me acuerdo de la bata lila.

—Me da igual —repite Willow mientras sigue con la mirada a las chicas hasta que doblan la esquina. Sus risas resuenan todavía en la calle aletargada.

Así que le devuelvo a Willow a la niña temblorosa y, soltando mi paraguas, me acerco a la farmacia más próxima y compro una botella de agua y un frasco de paracetamol en gotas. Algo para bajar la fiebre.

Cuando vuelvo a nuestro pequeño refugio, tiro la leche del biberón a la calle y la veo escurrirse por una alcantarilla. Luego aclaro el biberón y empiezo de nuevo. Willow me pasa la carísima leche en polvo, preparo el biberón y ella me devuelve a Ruby. Meto la tetina en la boca expectante del bebé confiando en que así se calme su llanto histérico, pero la expulsa con una mirada de horror, como si le hubiera dado leche mezclada con arsénico.

Y entonces empieza a chillar.

—Shh, shh —le suplico meciéndola, y me recuerdo (cansada ya, frustrada ya) que Willow se ha pasado así toda la noche. Toda la noche. Sola. Helada. Hambrienta. ¿Y asustada también?, me pregunto.

Brilla un relámpago no muy lejos y cuento de cabeza: uno, dos, tres. Restalla el trueno, furibundo, ensordecedor, colérico. Willow se tambalea, escudriña el cielo en busca del origen del estallido y veo por cómo se dilatan sus ojos que está asustada. Le dan miedo los truenos, como a una niña.

—No pasa nada —me oigo decir en voz alta, y al instante me hallo otra vez en la habitación de Zoe cuando era pequeña, acunándola en mis brazos mientras hunde la cabeza en mi pecho—. No pasa nada —repito—. Solo es un trueno. No va a hacerte ningún daño. Ningún daño. —Y veo que me mira fijamente, con una expresión imposible de descifrar.

Estoy absolutamente empapada, igual que Willow y que Ruby, y la mujer de la tienda tiene la audacia de tocar enérgicamente con los nudillos en la puerta de cristal para decirnos que nos marchemos. «Aquí no pueden quedarse», dicen sus labios.

—¿Y ahora qué? —me pregunto en voz alta, y Willow responde en voz baja, más para sí que para mí.

—«Mañana es un nuevo día —dice—, sin ningún error todavía».

—¿*Ana, la de Tejas Verdes*? —preguntó, y contesta:

—Sí.

—¿Es tu libro favorito? —insisto, y responde que sí.

Tardo en moverme, en sacar a Willow con su maleta de piel de debajo del toldo azul índigo para exponerla de nuevo a la lluvia.

—Compré un ejemplar de *Ana, la de Tejas Verdes* —le confieso—. Anoche, cuando volvía a casa. Nunca lo había leído y siempre he tenido ganas de leérselo a mi hija, a Zoe. Pero creció tan deprisa que no nos dio tiempo —añado.

Fue como si, en un abrir y cerrar de ojos, la niña pequeña a la que le leía libros ilustrados se hubiera hecho de pronto demasiado mayor para compartir un libro conmigo, con su madre, porque ¿qué pensarían sus amigos del colegio? Se reirían de ella si se enteraran, o eso por lo menos cree Zoe.

Se me pasa una idea por la cabeza, como suele ocurrirme en momentos como este: si tuviera que empezar de nuevo, ¿qué cambiaría? Si Zoe volviera a ser un bebé, una niña pequeña, ¿me comportaría de otra forma? ¿Sería distinta Zoe? ¿Habrían cambiado las cosas si hubiera nacido Juliet?

Pero es una pregunta absurda, claro, dado que Chris y yo no podemos tener más hijos.

—¿Tú leías *Ana, la de Tejas Verdes* con tu madre? —pregunto, aunque dudo que vaya a contarme algo tan íntimo.

—Con Matthew —contesta indecisa.

—¿Con Matthew? —repito yo, preocupada porque su confesión termine ahí, con ese nombre.

Pero continúa hablando, para mi sorpresa, mientras observa con los ojos medio tapados por el flequillo a un petirrojo que busca gusanos en la calle. El primer indicio de la primavera. Los árboles que bordean las calles tienen yemas minúsculas, y los brotes de croco empiezan a despuntar en la tierra empapada.

—Matthew, mi… —Titubea visiblemente antes de añadir—: Mi hermano.

Y yo asiento ostensiblemente, aunque por dentro me da un vuelco el corazón. Una pieza del rompecabezas. Willow tiene un hermano llamado Matthew. Willow tiene un hermano, *o no*. Un hermano que leía *Ana, la de Tejas Verdes*.

—¿Tu hermano leía *Ana, la de Tejas Verdes*? —pregunto, tratando de ignorar lo extraño que suena todo: que Willow leyera una novela como *Ana, la de Tejas Verdes* con su hermano, cuando lo normal sería que la hubiera leído con su madre.

Quiero preguntarle por su madre. Preguntarle por qué no leyó la novela con ella. Pero no digo nada.

—Sí.

Noto que la nostalgia se apodera de ella cuando menciona a su hermano. Matthew. Una sombra de tristeza, un suspiro melancólico.

¿Quién es ese Matthew?, me pregunto. ¿Y dónde está?

Y entonces un grito espeluznante de Ruby hace que me acuerde del paracetamol. Procedo con pies de plomo.

—Creo que Ruby tiene fiebre —digo—. He comprado paracetamol en la farmacia. A lo mejor le sienta bien.

Le tiendo la caja para que vea que, en efecto, es paracetamol, que no intento drogar a su hija.

Me mira preocupada y su voz se vuelve la de una niña.

—¿Está malita? —pregunta, dejando traslucir su candor.

—No lo sé.

Pero veo que la niña tiene babas y mocos. Willow accede a que le dé el paracetamol y leo las indicaciones del prospecto. Willow la sostiene mientras yo le meto la medicina con sabor a fresa en la boca, y vemos que se queda callada y que luego se relame. Está rico, el paracetamol. Después, nos quedamos esperando a que la medicina haga efecto, a que Ruby deje de llorar. Esperamos y pensamos. Esperamos y pensamos. Esperamos y pensamos. Esperamos y pensamos.

¿Qué voy a hacer cuando Ruby pare de llorar, si es que para? ¿Decirles adiós y volver a casa? ¿Dejarlas allí, bajo la lluvia? ¿Con el pañal lleno de caca y la piel del culete y los genitales enrojecida, inflamada, en carne viva por el eccema (así al menos me la imagino bajo el pañal)? La sola idea me da ganas de ponerme a gritar.

—¿Cuándo fue la última vez que la llevaste al médico? —pregunto.

—No lo sé.

—¿No lo sabes? —insisto, sorprendida.

—No me *acuerdo* —puntualiza.

—Podríamos llevarla ahora.

—No.

—Puedo pagar yo. La factura. Las medicinas.

—No.

—Entonces a un albergue. Donde no esté a la intemperie. Y pueda dormir a gusto.

—Yo no voy a albergues —repite, igual que anoche en el restaurante, y el tono de su voz no deja lugar a dudas. Yo-no-voy-a-albergues.

Y no puedo reprochárselo. Yo también me lo pensaría muy bien antes de meterme en un albergue para indigentes. Pueden ser lugares peligrosos, llenos de mujeres y hombres desesperados a los que las circunstancias han convertido en depredadores violentos. Y de enfermedades contagiosas: tuberculosis, hepatitis y sida. Y a veces no se permite entrar a los indigentes con sus efectos personales. Lo que significa que Willow tendría que abandonar su maleta vieja y lo que guarda en ella como un tesoro. En los albergues hay drogas, yonquis y camellos, hay plagas de piojos y chinches, hay personas que te roban los zapatos quitándotelos de los pies mientras duermes. Durante los meses más fríos, la gente hace cola durante horas para asegurarse una cama. Y aun así corre el riesgo de que no haya sitio.

—Willow —le digo.

Hay tantas cosas que quiero decirle... El tren pasa a toda velocidad por las vías, encima de nosotras, ahogando el sonido de mi voz. Dudo, espero a que acabe de pasar y entonces digo:

—No puedes estar así siempre. Ruby necesita cosas. Y tú también.

Me mira con esos ojos del color de las flores de aciano, la piel apagada, los restos de maquillaje subrayando sus ojeras, la carga que arrastra bajo los ojos.

—¿Te crees que me gusta vivir en la calle? —pregunta. Y luego añade—: No tengo dónde ir.

CHRIS

Se abre la puerta y allí están, como dos ratas ahogadas. Heidi tiene un bebé en brazos, y la chica exhala un olor mucho peor que el del comino. Me froto los ojos, convencido de que estoy alucinando, de que *mi* Heidi jamás traería a una indigente a casa, a la casa en la que vive y respira nuestra hija. La chica es una desastrada, una granujilla callejera. No parece mucho mayor que Zoe. No me mira a los ojos ni cuando Heidi me dice que se llama Willow, ni cuando contesto abúlicamente (porque no quiero parecer un imbécil cuando salga el cámara para informarme de que voy a aparecer en un nuevo episodio de *Cámara oculta*) que yo me llamo Chris.

—Va a dormir en casa esta noche —anuncia Heidi, así, por las buenas, como con las dichosas gatas, y me quedo tan estupefacto que no digo ni sí ni no, ni le hago notar que no me ha pedido mi opinión.

Heidi hace entrar a la chica en *nuestra* casa y le dice que se quite las botas mojadas y, cuando se las quita, vierte por el suelo varios litros de agua. Lleva los pies desnudos debajo de las botas, sin calcetines. Los tiene macerados y cubiertos de ampollas. Hago una mueca y Heidi y la chica siguen mi mirada hasta sus pies descalzos. Sé que Heidi ya está pensando en qué hacer para curárselos, pero yo solo pienso que ojalá lo que tiene no sea contagioso.

Zoe sale de su cuarto, se queda pasmada, exclama:

—Pero ¿qué…?

Imagino que nuestra hija no está del todo familiarizada con el taco que suele dar comienzo a esa pregunta, y estoy a punto de decirlo por ella. «¿Qué cojones es esto, Heidi?». Pero Heidi ya le está enseñando la casa a la chica, le presenta a nuestra hija, que la mira atónita y luego me mira a mí en busca de una explicación. Pero yo solo puedo encogerme de hombros.

La chica se queda absorta mirando la tele, un partido de baloncesto: los Chicago Bulls contra los Pistons. Y yo me descubro preguntando a falta de algo mejor que decir:

—¿Te gusta el baloncesto?

Ella contesta apáticamente:

—No.

Y sin embargo mira la tele como si nunca hubiera visto un aparato eléctrico. Cuando habla noto un tufo a bacterias en fermentación: halitosis. Me pregunto cuándo se habrá lavado los dientes por última vez. Seguro que los tiene llenos de sarro. Desprende un olor asqueroso y, cuando me acerco a la ventana y la abro un poco, Heidi me pone mala cara.

—¿Qué pasa? —contesto—. Hace calor aquí dentro.

Y confío en que la lluvia nos dé un rato de tregua para que la habitación se oree.

La chica está nerviosa como un gato enjaulado, mira hacia todos lados buscando una cama debajo de la que meterse.

No sé qué es más raro: que esta chica esté en nuestra casa o que Heidi acune al bebé como si fuera suyo, sujetándole la cabeza con la palma de la mano y meciéndole automáticamente adelante y atrás. Lo mira con codicia y un canturreo casi inaudible sale de su boca mientras en la tele empieza un bloque de anuncios y la habitación queda en silencio una fracción de segundo.

—Me voy a mi cuarto —anuncia Zoe, y se va por el pasillo y cierra de un portazo.

—No te preocupes por ella —se disculpa Heidi ante la chica (Willow), y añade—: Es que… tiene doce años.

—No le he caído bien —dice Willow.

«No», pienso yo, «no le has caído bien».

Pero Heidi contesta:

—No, qué va, es que… —Se esfuerza por encontrar una respuesta adecuada, pero no lo consigue—. Es que lo odia todo —dice, como si en ese *todo* no estuviera incluida esta nueva y extraña incorporación a nuestro hogar.

—Puedes dormir aquí —dice Heidi mientras la acompaña por el pasillo hasta *mi* despacho, donde tenemos un sofá cama de piel para cuando vienen invitados. Solo que esta chica no es una invitada.

Miro desde la puerta mientras Heidi le devuelve el bebé y luego quita un montón de papeles míos del sofá y los pone sobre la mesa con un golpe sordo.

—Heidi —digo, pero no me hace caso, está demasiado atareada quitando los cojines del sofá y tirándolos al suelo.

—Lo que te hace falta —le dice a la chica, que está de pie, sosteniendo al bebé y una maleta empapada, tan incómoda como yo— es descansar en una buena cama. Y comer como es debido. ¿Te gusta el pollo? —pregunta, y la chica responde con una inclinación de cabeza casi invisible—. Vamos a cenar espaguetis con pollo. O, mejor, empanada de pollo. Una comida rica y casera. ¿Te gusta la empanada de pollo?

Y a mí solo se me pasa una cosa por la cabeza: «Creía que éramos vegetarianos». ¿Dónde ha tenido escondido el pollo todo este tiempo?

Con las prisas, Heidi tira al suelo una docena o más de hojas de Excel y mi sofisticada calculadora financiera. Yo pierdo la paciencia, entro a empujones y recojo las hojas una por una. La chica estira el brazo para recoger la calculadora y pasa los dedos por los números y las teclas antes de devolvérmela con nerviosismo.

—Gracias —digo de mala gana, y luego repito—: Heidi…

Pero pasa a mi lado rozándome y me deja a solas con la chica durante veinte segundos para ir a buscar un juego de sábanas de cambray al armario de la ropa blanca. Cojo mi portátil mientras la chica me mira, desenchufo la impresora de la pared y saco las dos cosas del despacho con esfuerzo, tropezándome con el cable de la impresora. Me cruzo con Heidi en la puerta y esta vez le digo con aspereza:

—Heidi. —Y cuando sus ojos castaños por fin me prestan atención gruño—: Tengo que hablar contigo. *Ahora mismo.*

Deja las sábanas sobre el sofá cama y me sigue, molesta, como si fuera yo el que se está comportando impulsiva y cerrilmente.

—¿Cómo demonios se te ocurre? —le suelto mientras vamos por el pasillo—. Traerte a esa chica a casa.

La impresora pesa. Pierdo el equilibro y choco con la pared. Heidi no se ofrece a ayudarme.

—No tenía dónde ir, Chris —insiste, parada delante de mí con esa espantosa bata lila y el pelo aplastado por la lluvia.

Tiene una mirada febril, extrañamente parecida a la que tenía aquella noche que volví de trabajar, hace doce años, y me la encontré en medio del cuarto de estar, desnuda y rodeada de velas por todas partes. Había una botella de Château Saint-Pierre abierta sobre la mesa y Heidi, con las piernas cruzadas y el cuerpo impecable, bebía de una copa hecha a mano, de las de diez dólares cada una que reservábamos para las ocasiones especiales.

—¿Cuánto tiempo va a quedarse? —pregunto.

Se encoge de hombros.

—No lo sé.

—¿Un día, una semana? ¿Cuánto, Heidi? —pregunto, subiendo la voz—. ¿Me lo puedes decir?

—La niña tiene fiebre.

—Pues llévala al médico —contesto.

Pero Heidi menea la cabeza.

—Ella no quiere —responde.

Cruzo la entrada y dejo mi despacho portátil sobre la mesa de la cocina. Levanto las manos, exasperado.

—¿Y a quién narices le importa lo que quiera ella, Heidi? Es una cría. Seguramente se ha escapado de casa. Estamos acogiendo a una menor huida. ¿Tienes idea de los problemas que podemos tener por acoger en casa a una menor? —pregunto mientras saco la guía telefónica de un cajón y empiezo a pasar las páginas buscando el número de la policía para casos no urgentes. ¿O acaso es una urgencia? Una chica desconocida en mi casa. A mí me suena a allanamiento de morada.

—Tiene dieciocho años —insiste Heidi.

—¿Y tú cómo lo sabes?

—Me lo ha dicho ella —contesta tontamente.

—No tiene dieciocho años —le aseguro yo—. Hay que informar a las *autoridades* —añado en tono imperioso.

—No podemos, Chris —dice quitándome la gruesa guía de las manos. La cierra de golpe, arrugando varias hojas entre las tapas amarillas—. ¿Cómo sabes que no la maltrataban, que no abusaban de ella? Si se ha escapado de casa, será porque tenía motivos para hacerlo.

—Pues entonces llama al Servicio de Protección al Menor. Que se ocupen ellos. Esto no es asunto tuyo.

Pero lo es, claro. Cualquier criatura abandonada, maltratada, olvidada, ignorada, extraviada, hambrienta, vapuleada y astrosa que haya sobre la faz de la Tierra es asunto de Heidi.

Entonces comprendo sin una sola sombra de duda que no puedo ganar esta discusión.

—¿Cómo sabes que no va a matarnos? —pregunto.

Y me parece una buena pregunta. Nos veo ya en las noticias matinales: *Una familia asesinada en su piso de Lincoln Park.*

Y allí está *la chica*, en la puerta del despacho, observándonos desde el fondo del pasillo. Tiene los ojos de un azul caprichoso, aunque cansados y enrojecidos. El pelo le cae sobre la cara, su boca se niega a sonreír y el cardenal que luce en la frente parece una constatación implícita de lo que acaba de decir Heidi.

—Yo podría preguntar lo mismo —mascolla, deslizando los ojos por la pared beis y posándolos en el techo de gotelé antes de añadir—: Cuando tengo miedo, pongo en ti mi fe.

Y entonces me convenzo de que de pronto va a irrumpir en el piso un presentador seguido por un cámara, y pregunto estúpidamente, boquiabierto por el asombro:

—¿En *mí*?

—En el Señor —contesta la chica, y Heidi me mira como si yo fuera un infiel y un ateo.

Me mira con enfado y luego gira sobre sus talones y, echando a andar por el pasillo, pregunta:

—¿Qué te parece si te preparo un baño caliente, Willow? Puedes bañarte mientras yo cojo a Ruby. Te sentará bien ponerte ropa limpia. Y seca. Creo que tienes más o menos la misma talla que Zoe. Seguro que no le importará prestarte algo.

«Y una mierda», pienso yo. Zoe no quiere ni compartir el oxígeno con esta chica, ¿cómo va a querer prestarle su ropa? Enciende el equipo de música de su habitación y la música de un grupo juvenil retumba en toda la casa.

Veo que Heidi coge al bebé en brazos y conduce a la chica al cuarto de baño.

Cuando se cierra la puerta, busco como un loco en los armarios un bote de *spray* desinfectante.

WILLOW

Ahora ya casi no me acuerdo de mi madre. No me quedan fotos para acordarme de su pelo largo y negro, de su piel morena y sus ojos azules, tan bonitos. Joseph se aseguró de que no me quedara ninguna. Dijo que no podía seguir viviendo en el pasado, lo dijo allí plantado, en aquella habitación que era la mía, la habitación con la colcha de retales y las ventanas por las que entraba la corriente y que en invierno nunca se calentaba y en verano era un horno, la habitación del papel amarillo con florecitas que se despegaba por las junturas y en las esquinas. Pero aun así todavía me viene algún recuerdo de ella de vez en cuando. Una imagen de mamá. Su cara de perfil en el espejo del cuarto de baño mientras le cortaba el pelo a la señora Dahl. Su risa cuando veía algo en la tele. Mamá tomando el sol en el césped reseco, echada en una tumbona de plástico vieja, y yo sentada en la hierba a su lado, hundiendo mis dedos sucios en la tierra en busca de lombrices. Mamá en la cocina, haciendo las recetas de los libros de Julia Child que sacábamos de la biblioteca pública, manoseados y medio rotos, o de pie con medio bote de mostaza de Dijon vertido sobre la camisa blanca, partiéndose de risa.

Vi a Joseph romper en dos las fotos que tenía de mamá delante de mis narices. Y luego las hizo mil pedacitos para que, si intentaba volver a pegarlas, no quedaran bien. Me hizo recoger los trozos del suelo. Me hizo bajar los escalones para tirarlas al cubo rebosante de basura mientras los niños me miraban, y luego me mandó a mi habitación. Como si fuera culpa mía.

«No quiero oír ni una palabra, ¿entendido?», me dijo, con sus dos metros de altura y esa barba de color calabaza que tenía, y esos ojos serios como los de un halcón. Y añadió: «Pídele a Dios que te perdone».

Como si querer a mamá fuera un pecado.

Después de aquello los recuerdos que tenía de ella se desparramaron, y ya nunca sabía si esas visiones eran verdaderas o no, y dudaba de todo: de cómo sonaba su risa, por ejemplo, o de la sensación que me producían sus dedos cuando los pasaba por mi pelo de color moco. Me tumbaba en mi cama, tapada con la colcha, y me estrujaba el cerebro para dar con una miguita de recuerdo que me ayudara a pasar la noche. La forma de su nariz, si tenía pecas o no, cómo sonaba su voz cuando decía mi nombre.

—¿Cómo murieron tus padres? —me pregunta ella.

Louise Flores. Se quita la chaqueta de traje azul marino de ese cuerpo destartalado que tiene, la dobla en dos con mucho cuidado, como si fuera una tarjeta de felicitación, y la pone encima de la mesa, al lado de la grabadora y el cronómetro.

—Seguro que ya lo sabe, señora.

Hay un policía en el rincón, un vigilante que monta guardia aunque haga como si no estuviera ahí. Ella me ha dicho que no tenía por qué contestar a sus preguntas, por lo menos todavía. Que podía esperar a que llegue la señora Amber Adler, o mi abogado. Pero me he imaginado la cara de decepción que va a poner la señora Adler cuando entre, y he pensado que lo mejor era cantar cuanto antes. Antes de que llegue ella.

—¿Y si me lo cuentas tú? —dice la señora del pelo canoso, aunque estoy segura de que lo tiene todo escrito en alguna hoja del cuaderno. Lo del viejo Datsun Bluebird de mamá. Lo del accidente, cuando se salieron de la carretera en la I-80, justo a las afueras de Ogallala, y dieron vueltas de campana (eso dijeron algunos).

Los testigos contaron que habían visto que el coche iba dando bandazos. Papá perdió el control y seguramente dio un volantazo y el coche volcó y empezó a dar vueltas. Me imagino el Bluebird de mamá dando saltos mortales por la autovía y a papá y a mamá agarrándose con todas sus fuerzas.

Lily y yo estábamos en casa. Solas. No teníamos canguro. Mamá me mandaba a mí que cuidara de Lily, aunque yo solo tenía ocho años. Se me daba muy bien cambiarle el pañal, meterla en la cama. Le cortaba manzanas y zanahorias en trocitos muy pequeños para que no se atragantara —como decía mamá— y siempre me aseguraba de que el cerrojo estuviera bien cerrado y no le abría la puerta a nadie, ni siquiera a la señora Grass, la vecina de al lado, que siempre estaba intentando robarnos la leche y los huevos. Cuando papá y mamá no estaban, Lily y yo nos tumbábamos delante de la tele a ver *Barrio Sésamo*, que era el programa favorito de Lily. El personaje que más le gustaba era Snuffleupagus, Snuffy, ese mamut tan grandullón. Siempre la hacía reír. Se tumbaba en el suelo del cuarto de estar, a mi lado, encima de la moqueta verde llena de enganchones, que a mí me recordaba un poco al pelo de Snuffy, señalaba con el dedo al mamut de la tele y se reía.

No es que mamá nos dejara solas muy a menudo, pero decía que «a veces un adulto tiene que hacer lo que tiene que hacer». Eso fue lo que me dijo la mañana que papá y ella se subieron al Bluebird y asomó la cabeza por la ventanilla cuando arrancaron, en el camino de grava. El viento le revolvió la melena, así que no pude verle la cara pero oí su voz: «Cuida bien de Lily», y «te quiero» o algo así. Te quiero como la abeja quiere a la miel. Te quiero como la mantequilla de cacahuete quiere a la mermelada. Te quiero como un pez quiere al agua.

Mamá me dijo que cuidara bien de Lily. Fue lo último que me dijo, la última imagen que tengo de ella: su cabeza asomando por la ventanilla del Datsun viejo y destartalado, y el viento tapándole la cara detrás de la mata de pelo negro. «Cuida bien de Lily». Y eso pensaba hacer yo.

Pero entonces Lily desapareció también, así como así.

HEIDI

Primero bañamos a Ruby. Pongo el agua tibia: caliente, pero no demasiado para la piel delicada del bebé. Estoy a punto de salir del cuarto de baño para que Willow tenga un poco de intimidad cuando se vuelve hacia mí y me pregunta en tono fatigado, con esos ojos rendidos y el cuerpo enervado, a punto de caerse de agotamiento:

—¿Puedes ayudarme, por favor?

Y le digo que sí, que claro, loca de alegría al sostener el cuerpo escurridizo de la niña mientras Willow le echa agua por encima con la mano. Mientras sostengo al bebé, me descubro pensando en Juliet, consciente de que su pérdida no representa para mí la pérdida de un solo bebé, sino de todos mis futuros hijos. De todos los bebés que iba a tener. Hubo un tiempo en que podía pasarme horas y horas pensando en la pequeña Juliet, fantaseando con ella y con cómo habría sido si hubiera dado a luz. ¿Tendría el pelo claro y escaso como Zoe al salir de mi vientre, o negro y abundante como contaba mi suegra que lo tenía Chris cuando nació, después de darle ardor de estómago durante meses, como decían las abuelas que pasaba con los niños que nacían con mucho pelo?

Hacía mucho tiempo que no me permitía pensar en la pequeña Juliet, dejar que su imagen se colara en mi cabeza. Pero aquí está otra vez, acomodándose en mi imaginación para recordarme a todos los niños que ya nunca tendré. «Juliet», he estado a punto de decir. «Juliet Wood». Ahora tendría once años y la seguiría una fila de pequeñines, uno cada dos años, puntuales como un reloj. Sophia y Alexis, y el pequeño Zach.

Y entonces Ruby chilla y yo vuelvo al presente, al aquí y al ahora. Veo que el agua de la bañera moja la chaqueta de Willow volviendo negras sus mangas verde caqui. Me he ofrecido a cogerle la chaqueta antes de que metiera los brazos en el agua pero me ha dicho que no. Sus manos callosas y ásperas tiemblan cuando las restriega para hacer espuma con el gel de vainilla y frota suavemente el cuero cabelludo del bebé, sus axilas y su culito. Ruby tiene las nalgas irritadas y rojas por el roce del pañal, como yo me imaginaba, pero el sarpullido no se limita a la zona genital. Lo tiene también debajo de los brazos y en otros pliegues de la piel, por todo el cuerpecito. Tiene una infección de hongos en el culito, una costra blanca que rodea el sarpullido. Voy haciendo una lista de la compra de cabeza: crema anti-rojeces, pomada para los hongos y (cuando el gel de vainilla se le mete por las comisuras de los ojos y suelta un chillido) champú para bebés. Willow no tiene pañales de repuesto, así que después del baño le envuelvo el culito a Ruby con una toalla orgánica de color azul grisáceo y se la sujeto con unos imperdibles. Otra cosa que añadir a la lista: pañales y toallitas.

Estoy a punto de llevarme a Ruby para que Willow se bañe tranquila cuando me para. Noto que no quiere perder de vista al bebé. No se fía de mí todavía. ¿Y por qué iba a hacerlo —pienso yo—, si soy una perfecta desconocida? ¿Acaso no le dije yo a la enfermera que no se llevara a Zoe de mi lado cuando nació, a pesar de que el médico me había ordenado descansar?

Aunque estoy deseando prepararle un biberón a Ruby y sentarme con ella en el cuarto de estar hasta que se quede dormida, extiendo otra toalla en el suelo de porcelana y dejo a la niña encima. Se chupa los preciosos deditos de los pies, y yo me quedo mirándola un momento mientras saca los pies de entre los pliegues de la toalla azul grisácea y se los mete en la boca con la agilidad de una gimnasta.

Willow cierra la puerta con pestillo cuando salgo. Me quedo allí, en el pasillo, con una mano apoyada en la pared, sin poder respirar, como si tuviera un aspirador que me hubiera sacado de golpe el aire de los pulmones.

Veo a Chris sentado a la mesa de la cocina, tecleando como un loco en su ordenador. La impresora está enchufada a la pared, un cable negro y feo cruza la habitación.

Un peligro en potencia.

Pero no me atrevo a decírselo. Me mira y sus ojos me recuerdan de nuevo cuánto le repugna mi decisión. Menea la cabeza enfadado y vuelve a fijar la mirada en la pantalla, en los números microscópicos que llenan los recuadros de sus incomprensibles hojas de cálculo. La música pop de Zoe inunda la casa haciendo temblar las paredes y moviendo las fotografías enmarcadas del pasillo. Miro las de Zoe: mi hija sonriendo con sus dientes mellados y luego, años después, con la nariz roja por el frío. Unos dientes torcidos, mucho más grandes de lo que permitía el espacio de su boca, y un aparato. A Zoe le encantaba el día de la foto en el colegio, el único día del año en que podía prescindir del uniforme. Cuando era más pequeña se dejaba aconsejar por mí sobre qué podía ponerse para la foto, y recurríamos a vestidos de raso y jerséis de lana, y a diademas con flores o pompones de tul para el pelo. Pero con el paso de los años, cuando la adolescencia empezó a apoderarse de mi niña, un cambio súbito alteró las fotografías, en las que dejaron de aparecer volantes y lazos, sustituidos por estampados animales y camisetas con leyendas, sudaderas con capucha y chalecos negros, prendas de ropa tan hoscas y herméticas como la persona a la que daban abrigo.

Apoyo los nudillos en la puerta del cuarto de Zoe.

—¿Qué pasa? —gruñe desde dentro.

Cuando entro, está sentada en la cama con su adorado cuaderno amarillo al alcance de la mano. El radiador está encendido, con el termostato a veinticuatro grados después de que le pidiera por favor que no convirtiera su habitación en un horno infernal. Y aun así está envuelta en una manta, enfurruñada. Lleva calentadores de brazos, otra moda pasajera que no consigo explicarme. Son negros con lentejuelas, regalo de una amiga.

—¿Tienes frío en los brazos? —le pregunté bruscamente el día que llegó del colegio con ellos puestos.

Su mirada confirmó lo que ella ya sabía: que su madre es idiota.

Hasta yo noto mi tono de cobardía, mi miedo al rechazo de una niña de doce años.

—¿Tienes algo que pueda ponerse Willow cuando acabe de bañarse? —pregunto, dudando en la puerta como un gato asustado.

—Será una broma —contesta mientras agarra el teléfono y empieza a mandar un mensaje subrepticiamente, moviendo los pulgares a toda velocidad. Me imagino las palabras que le estará enviando a Taylor a través de las torretas de telefonía móvil.

—Ni hablar —le digo, abalanzándome hacia la cama.

Le quito de la mano el teléfono y veo una serie de abreviaturas que para mí no tienen ningún sentido. *K furt kolga.*

—¡Eso es mío! —grita lanzándose a por el teléfono.

Intenta quitármelo pero le recuerdo:

—No, no es tuyo. La factura la pagamos tu padre y yo.

Me quedo firmemente delante de la cama, con el teléfono a la espalda. Ese era nuestro acuerdo: que podía tener móvil siempre y cuando Chris y yo pudiéramos leer sus mensajes de texto por si había algo sospechoso en ellos.

Pero me mira como si acabara de propinarle una bofetada.

—Dámelo —ordena mirándome con esos ojazos marrones que tiene, unos ojos desproporcionados, como de *anime*, que siempre tienen una mirada triste.

Extiende la mano con impaciencia y veo que tiene algo escrito en azul en el antebrazo. ¡Ay, cuánto me gustaría devolverle el teléfono y que no se enfade! Veo la indignación, la rabia que despide, y sé que su mente estalla de odio. De odio hacia mí.

¿Quién dijo que la maternidad era fácil?

Añoro la época en que nos mecíamos las dos delante de una ventana abierta, en la mecedora que tenemos olvidada hace tanto tiempo, esa con el asiento con botones del que tanto me costaba levantarme y los reposabrazos con volutas. La acunaba hasta que se quedaba dormida y luego seguía meciéndola durante horas, balanceándome adelante y atrás hasta que dejaban de oírse las nanas y el sol, blanco e incandescente, se escondía más allá del horizonte.

Veo más allá de la ventana de su habitación la silueta de la ciudad envuelta en nubes aborregadas. Vivimos en un cuarto piso, por encima de los edificios vecinos, y por el sur las vistas llegan hasta el Loop. Por eso nos enamoramos Chris y yo del piso hace catorce años, cuando decidimos comprarlo. Por las vistas. El Loop más allá de nuestras ventanas orientadas al sur, y un destello del lago Michigan por el este. No nos molestamos en regatear. Teníamos tantas ganas de comprar el piso, nos daba tanto miedo que alguien nos lo quitara, que pagamos lo que pedían.

—No podemos contarle a nadie lo de Willow —digo con calma—. Por lo menos todavía.

—Entonces, ¿tengo que *mentirle* a mi mejor amiga? —pregunta exasperada.

Y yo pienso, «Sí».

Pero me salgo por la tangente y repito:

—No podemos decírselo a nadie, Zoe. Todavía no.

—¿Y por qué no? ¿Es que está en un programa de protección de testigos o algo así? —pregunta como solo puede hacerlo una niña de doce años.

Pero yo me hago la sorda y pregunto otra vez:

—¿Tienes algo que se pueda poner cuando salga del baño?

Se levanta de la cama melodramáticamente y se acerca al armario con cara de rencor. Me doy cuenta de que el pantalón le queda grande por detrás: casi no se le nota el culo entre tanta tela.

—No se va a quedar mucho tiempo —me oigo decir, y añado—: Tenemos que ir a comprarte ropa dentro de poco. —Un torpe intento de llegar a una tregua.

—Sí, ya —contesta en un tono que rebosa sarcasmo y desdén—. No es más que una de tus *clientas*.

—No exactamente —contesto, dándome cuenta de que es lógico que haya relacionado a Willow con las personas analfabetas y sin recursos a las que atiendo en el trabajo y cuyas historias me traigo a casa a diario—. Necesita nuestra ayuda, Zoe.

Siempre confío en poder apelar a su sentido cívico, más que al de Chris. Cuando era más pequeña íbamos juntas caminando entre la nieve a llevar ropa de abrigo a un albergue para mujeres y niños sin techo; y recogíamos juguetes y libros para los pacientes del hospital infantil, sobre todo para los que sufrían leucemia y linfomas y otros cánceres que yo ni siquiera podía concebir que tuviera un niño. Le recordaba a Zoe que había otras personas menos afortunadas que nosotros y que era nuestro deber ayudarlas.

Saca del armario unos pantalones de color rosa, de los que se atan con cordel, y una camiseta a rayas moradas y grises. Al ponerme la ropa en las manos, masculla:

—De todos modos no me gustan.

Y yo me pregunto si se ha olvidado de que hay personas menos afortunadas, o si esto (su sarcasmo y su desdén) es lo único que puede ofrecer.

—Son muy feos —añade.

—Es solo temporal —murmullo yo en la puerta.

Cuando salgo al pasillo, Chris levanta la mirada de su portátil y vuelve a menear la cabeza.

Dejo la ropa limpia encima del sofá cama y espero en mi dormitorio hasta que Willow sale del baño lleno de vapor, envuelta en una toalla azul grisácea, con Ruby en las manos todavía mojadas. Entra de puntillas en el despacho y cierra la puerta.

Se oye el chasquido del pestillo al cerrarse.

Entro en el cuarto de baño y recojo el montón de ropa del suelo, lo meto en un cesto vacío y pongo encima el detergente, las toallitas para secadora y el quitamanchas. En la cocina, saco de un cajón el monedero donde guardo la calderilla y le digo a Chris que enseguida vuelvo, dispuesta a bajar los seis tramos de escaleras que hay hasta el sótano, donde está el cuarto de lavadoras del edificio. Antes de que salga, Chris me mira y pregunta:

—¿Y qué esperas que haga yo con *ella*?

—Son cinco minutos —le digo—, nada más.

Una respuesta inapropiada a su pregunta, pero salgo a toda prisa de la habitación antes de que pueda negarse.

El cuarto de las lavadoras está vacío. Es una habitación pequeña, con un anticuado suelo de parqué, cinco lavadoras y cinco secadoras que tragan más monedas de las que debieran. Pongo el pijamita de Ruby encima de la lavadora, le aplico quitamanchas y luego hago lo mismo con la mantita de felpilla rosa, que huele a sudor y a huevos podridos. Meto la mano en el cesto y saco la ropa de Willow: la chaqueta caqui, a la que le subo la cremallera y le abrocho los botones, y unos vaqueros que temo que tiñan de azul el pijamita blanco. Los pongo aparte para lavarlos en otra tanda. Y luego saco de debajo de un jersey una camiseta interior que en algún momento fue blanca.

Y me quedo helada.

Miro otra vez, casi segura de que es la mala luz del cuarto de las lavadoras lo que me hace ver salpicaduras de sangre en la camiseta. Es algo rojo, de eso estoy segura, pero intento convencerme a mí misma de que son manchas de kétchup. O de salsa barbacoa. O del jugo de una guinda. Olfateo la camiseta por si huele a tomate frito, a salsa Worcestershire, a vinagre, pero solo distingo un tufo a sudor. A sudor y a sangre. Echo un vistazo a las otras prendas: los pantalones rotos, el jersey deshilachado, el pijamita de Ruby. Tienen todas su costra de mugre, pero solo la camiseta interior presenta el color inconfundible de la sangre seca. Cojo atropelladamente el quitamanchas y me pongo a estrujarlo para sacarle hasta la última gota, pero entonces –de pronto– me paro, consciente de que las manchas de sangre seca es casi imposible quitarlas. Hago una pelota con la camiseta interior y de vuelta al cuarto piso la tiro por el bajante de la basura.

Visualizo la camiseta, con todos los secretos que oculta, cayendo desde el cuarto piso hasta el contenedor colocado junto a la puerta de servicio.

Chris no puede enterarse de esto.

WILLOW

Mamá solía decir que tenía una hermana, Annabeth, pero, si la tenía, nunca vino a reclamarnos a Lily y a mí.

—¿Cómo es que fuiste a vivir con Joseph y Miriam? —pregunta Louise Flores, la A.F.D. (ayudante del fiscal del distrito, me ha dicho que significa cuando se lo he preguntado).

El reloj de la pared marca las 2:37 de la tarde. Apoyo la cabeza en la mesa metálica y fría de la sala de interrogatorios y cierro los ojos.

—Claire —insiste la mujer ásperamente, y me pone la mano en el brazo y me zarandea para que me despierte.

No va a pasarme ni una, dice, no va a consentirme «tonterías». Me aparto de un tirón y escondo los dos brazos debajo de la mesa, donde no pueda agarrarme.

—Tengo hambre —digo.

No me acuerdo de cuándo fue la última vez que comí, pero sí que recuerdo que estuve rebuscando en un contenedor antes de que me cogiera la policía y que encontré un perrito caliente a medio comer, frío y cubierto de pepinillo y mostaza. La mostaza era muy espesa y pegajosa y el bollo tenía marcas de pintalabios. Pero no fue allí donde me pilló la policía, claro. Me pillaron justo en Michigan Avenue, mirando el escaparate de la tienda de Gucci.

—Comeremos cuando hayamos acabado —dice.

Tiene manos de vieja, arrugadas y con venas. Una alianza de oro tan apretada que se le clava en la carne. Y pellejos que cuelgan debajo de la barbilla y de los brazos.

Levanto la cabeza de la mesa y la miro, miro sus ojos grises detrás de las gafas rectangulares y digo otra vez:

—Tengo hambre.

Y vuelvo a apoyar la cabeza en la mesa y cierro los ojos.

Duda un momento. Luego le dice al guardia del rincón que me traiga algo de comer. Pone unas monedas encima de la mesa. Yo espero a que el hombre se vaya y entonces digo:

—También tengo sed.

Decido no levantar la cabeza hasta que llegue la comida. Ella sigue haciéndome preguntas, pero no le hago caso. «¿Cómo acabaste con Joseph y Miriam?», y «Háblame de Joseph. Es profesor, ¿verdad?».

Joseph es profesor. Era profesor. Por eso, cuando se presentó con Miriam diciendo que era primo segundo mío por parte de padre o algo así, la trabajadora social pensó que había tenido mucha suerte. Joseph y Miriam vivían con sus dos hijos, Isaac y Matthew, en una casa en Elkhorn, justo a las afueras de Omaha, la mayor ciudad de Nebraska. Elkhorn y Omaha estaban tan cerca que casi se tocaban. Su casa era bonita, mucho más bonita que nuestra casa prefabricada de Ogallala. Tenía dos plantas y tres habitaciones y unos ventanales muy grandes y antiguos que daban a las colinas de los alrededores. Vivíamos en un barrio con parque y campo de béisbol. Yo nunca vi el parque, ni el campo de béisbol, pero oía hablar de ellos a los niños del barrio a los que miraba por los grandes ventanales, montando en sus bicis calle arriba y calle abajo y gritándose unos a otros «¡coge el bate!» porque iban a jugar al béisbol.

Pero Joseph decía que yo tenía prohibido jugar con esos niños. Que no podía jugar.

Así que me pasaba el día haciendo las faenas de la casa, cuidando de Miriam y echando de menos a papá y mamá. El resto del tiempo me lo pasaba mirando a los niños por la ventana e inventando todos los «te quiero como…» que se me ocurrían.

«Te quiero como la canela al azúcar».

«Te quiero como los niños a los juguetes».

Cuando llegaron Joseph y Miriam, Lily ya no estaba.

Solo duró unas tres semanas en el hogar. Cuando murieron nuestros padres, nos mandaron a las dos a un hogar de acogida para niños huérfanos. *Huérfanos*. Yo nunca había oído esa palabra. Éramos ocho en aquel hogar, y había también un montón de adultos que iban y venían. Había una pareja, un hombre y una mujer (Tom y Anne), que vivían con nosotros todo el tiempo, pero los demás estaban de paso: los asistentes sociales de cada uno de nosotros, todos distintos; un tutor; y un hombre que andaba siempre intentando hurgarme dentro de la cabeza. «Dime por qué estás enfadada, Claire. Cuéntame cómo te sentiste cuando murieron tus padres».

El sitio no estaba mal, ahora que lo pienso. Más adelante, después de vivir con Joseph y Miriam, aquello me parecía un palacio. Pero para una niña de ocho años que acaba de quedarse *huérfana* era lo peor del mundo. Nadie quería estar allí, y menos yo. Algunos de los niños eran malos. Y otros se pasaban el día llorando. Eran niños a los que sus padres habían entregado o abandonado sin más, niños de los que se habían hecho cargo las autoridades. Que nuestros padres hubieran muerto era hasta cierto punto una suerte porque demostraba que alguien nos había querido, que habían querido que formáramos parte de sus vidas.

A Lily la adoptaron, lo que para una huérfana era el colmo de la buena suerte.

Huérfana. Yo era una niña pequeña de Ogallala y de un momento para otro me convertí en una *huérfana*. Había tantas cosas metidas dentro de esa palabra: la lástima con que me miraba la gente, su manera de mirar mi ropa, ropa barata que siempre me quedaba pequeña, donada por asociaciones benéficas, heredada de niños a los que ya no les servía, como tampoco me servía a mí. Su forma de decir «¡ah!» como si con decir «huérfana» se aclarara todo.

Eso explica mi mirada triste, mi mal genio, mi tendencia a enfurruñarme en un rincón y a llorar.

Paul y Lily (sí, *Lily*) Zeeger adoptaron a Lily, a *mi* Lily, a la pequeña Lily. A mi dulce y pequeña Lily con su pelo rizado y negro, tan negro como el de mamá, su manita regordeta que me agarraba el dedo, sus mofletes y su sonrisa generosa. Lily, a la que mamá me mandó que cuidara antes de morirse.

Escuché a escondidas su conversación con la trabajadora social. Tenía gracia que ella se llamara Lily, aunque no sé si fue cosa del destino o no.

«Tendremos que cambiarle el nombre, claro», dijo Lily la Grande como si hablara de un perro. Era una rubia muy guapa, con joyas de turquesa. «No podemos llamarnos las dos Lily».

Y la trabajadora social le dio la razón: «Claro, claro».

A mí me dio un ataque de rabia. Me puse a chillar. Les grité que mi madre le había puesto a Lily ese nombre y que no tenían ningún derecho a cambiárselo. Cogí a Lily y eché a correr, crucé la casa y salí por la puerta de atrás buscando un escondite. Me metí en el bosque, pero como llevaba a Lily en brazos me cogieron enseguida. Anne, la mujer que dirigía el hogar, me la quitó de los brazos y dijo: «Tiene que ser así».

Y Tom me regañó: «No querrás que se lleve un disgusto, ¿no?».

Vi que Lily estaba llorando, que me buscaba con sus brazos gorditos, pero Anne siguió andando, cada vez más lejos, cada vez más lejos, y Tom me sujetó, y yo me retorcía y pataleaba, y hasta puede que le mordiera. Recuerdo que soltó un grito y que por fin me soltó.

Entré corriendo en la casa y busqué a mi hermanita por todas partes.

«¡Lily! ¡Lily!», chillaba llorando.

La llamé tantas veces que su nombre empezó a sonarme raro. Entré en las habitaciones de los otros niños, en cuartos de baño ocupados.

Y entonces vi por la ventana el monovolumen plateado que bajaba por la calle.

Fue la antepenúltima vez que vi a mi hermana.

Le pusieron de nombre Rose.

No eran mala gente. De eso me di cuenta después. Pero cuando tienes ocho años y acabas de perder a tus padres y te quitan también a tu hermana, odias a todo el mundo. Y eso hacía yo. Odiaba a todo el mundo. Odiaba la vida en general.

—Háblame de Joseph —dice Louise Flores.

—No quiero hablar de Joseph —contesto. Apoyo la cabeza de lado sobre la mesa, donde no pueda verle los ojos, y pregunto mientras me pellizco la piel seca de las manos y veo cómo me sangra—: ¿Cómo nos han encontrado?

—¿Que cómo os hemos encontrado? —repite la mujer, y veo de reojo cómo tuerce la boca. No le gusto. No le gusto ni un pelo—. A *ti* te hemos encontrado de la manera más tonta —dice, y estoy segura de que cuando dice «tonta» se refiere a mí—. Pero si lo que quieres saber es cómo encontramos al *bebé*… Eso fue un soplo.

—¿Un soplo? —pregunto, y levanto la cabeza para verla, para ver su mirada de satisfacción.

«Eres tonta de verdad, ¿a que sí?», me dicen sus ojos.

—Sí, Claire, un soplo. Un aviso. Una llamada de un particular… —empieza a decir, y yo la interrumpo.

—¿De quién?

—De un *particular* —continúa— que desea permanecer en el anonimato.

—Pero ¿por qué? —pregunto en voz alta, aunque no hace falta estrujarse mucho el cerebro para dar con la respuesta.

Enseguida pienso en él. Nunca le gusté, eso está claro. Los oí, allí mismo, en la habitación de al lado, discutiendo por mí cuando creían que no podía oírlos.

—Háblame de Joseph —dice otra vez.

—Ya se lo he dicho. No quiero hablar de Joseph.

—De Miriam, entonces. Háblame de Miriam.

—Miriam es un gnomo —contesto, tirando al suelo mi bolsa de patatas fritas.

La mujer pone cara de palo.

—¿Un gnomo? ¿Cómo que un gnomo? —pregunta.

—Un duende —digo yo, y es la verdad: así era Miriam.

Nunca me cayó bien, claro. Pero me daba lástima. Era pequeñaja, debía de medir un metro veinte y tenía el pelo gris como de rata y la piel llena de bultos, como esas migas duras que tienen por encima las magdalenas. Estaba siempre sentada en su habitación, de día y de noche. A mí casi nunca me decía más de dos palabras. Solo hablaba con Joseph.

Pero no era así el día que Joseph y ella vinieron a recogerme al hogar con sus hijos. No, ese día Joseph le hizo ponerse un vestido bonito, a cuadros, de manga corta y cuello de pico, con un gran lazo que la envolvía como un abrazo. A Matthew y a Isaac también les hizo ponerse camisas bonitas y pantalones planchados. Hasta Joseph estaba guapo, con su camisa a rayas y su corbata, y una mirada bondadosa que no volví a ver nunca más, solo ese día. Se aseguró de que Miriam se tomaba sus pastillas, de que se pintaba los labios y de que sonreía cada vez que le daba un codazo. Por lo menos supongo que fue así, porque no recuerdo haber visto sonreír a Miriam ni un solo día después de aquello. No sé qué fue exactamente lo que convenció a la trabajadora social de que vivir con Joseph y Miriam sería maravilloso para mí. «Un golpe de suerte», dijo que era. Una desgracia, más bien. Dijo que Joseph y Miriam habían pasado por un proceso de selección y que habían ido a un cursillo para ser padres de acogida. Que tenían hijos propios y licencia para ser padres de acogida, y que «me venían como anillo al dedo». Eso dijo.

A mí nadie me preguntó si quería vivir con ellos. En aquel entonces tenía nueve años y a nadie le importaba un comino lo que quisiera yo. Se suponía que tenía que sentirme afortunada porque me acogiera una familia y no tener que quedarme en el hogar para siempre. Además, Joseph y Miriam eran primos lejanos míos, lo que también era una suerte. Supuestamente. Aunque mi parentesco con ellos era tan lejano que me costaba entenderlo.

Pero había «papeles», dijo la trabajadora social. Pruebas. Luego me hizo sentarme, me miró a los ojos y me dijo: «Tienes que entenderlo, Claire. No paras de crecer. Puede que esta sea tu última oportunidad de tener una familia».

Pero yo ya tenía una familia: mamá, papá y Lily. No quería tener otra.

A Lily se la llevaron en un abrir y cerrar de ojos porque tenía dos años. Las parejas estériles como Paul y Lily Zeeger solo buscaban eso: un bebé a ser posible, y, si no podía ser, un niño pequeño. Lily la Pequeña casi no se acordaba de papá y mamá. Con el tiempo no se acordaría de ellos para nada. Creería que Paul y Lily eran sus padres.

Pero a una niña de nueve años nadie la quería, y a una de diez o de once menos aún. El tiempo se agotaba, o eso decía mi trabajadora social, la señora Amber Adler.

Guardé en un bolso las pocas cosas que me habían dejado llevar conmigo: algo de ropa y unos libros, y las fotos de mamá que luego haría pedazos Joseph.

—¿Y Joseph? ¿También es un gnomo?

Me imagino a Joseph. Alto, con esos ojos siniestros, de águila, y esa nariz ganchuda, el pelo de color calabaza cortado casi al rape y aquella barba rasposa que me tenía en vela por las noches, cuando me quedaba muy quieta en la cama, atenta por si oía pasos en el suelo de madera, al otro lado de mi puerta.

Aquella barba rasposa que me arañaba la cara cuando se tumbaba a mi lado en la cama.

—No —contesto, mirando a los ojos a la señora de pelo canoso—. No, señora. Joseph es el demonio.

HEIDI

No me lo quito de la cabeza, lo de la sangre.

Al subir del cuarto de las lavadoras me cruzo con mi vecino, Graham, pero estoy tan nerviosa que al principio no le entiendo cuando me dice en ese tono suyo tan jovial:

—Cada vez que te veo estás más guapa.

Y tengo que pedirle que me lo repita.

—¿Qué? —pregunto, y él se ríe.

Entonces me acuerdo de mi bata y mi pelo revuelto, de que todavía no me he duchado. Me da vueltas la cabeza y me pregunto cuándo he comido por última vez. Apoyo una mano en la pared y observo a Graham, que se me acerca sin importarle lo más mínimo invadir mi espacio personal. Va tan impecable como siempre, con una chaqueta de punto con la cremallera subida hasta la mitad, unos vaqueros oscuros lavados y zapatos de piel.

Y no sé por qué, pero le creo, a pesar de que sé que estoy hecha un desastre, le creo cuando posa sus ojos en los míos y me dice que estoy preciosa. Me mira de arriba abajo como para demostrarme que es cierto. Me agarra de la mano juguetonamente y me suplica que salga con él esta noche, que le acompañe a no sé qué fiesta en el Café Spiaggia. No me le imagino sin la compañía de alguna rubia espectacular con vestidito negro y tacones de ocho centímetros.

Me tiemblan las manos incontrolablemente y, al verlo, Graham pregunta si me encuentro bien. Siento de pronto una necesidad

114

urgente de apoyarme en él, de esconder la cara en la lana gris de su chaqueta y hablarle de la chica. Del bebé. De la sangre.

Me mira preocupado, frunce el ceño y entre sus cejas aparece una arruga vertical. Me sostiene la mirada tratando de adivinar qué es lo que no le estoy contando, hasta que me veo obligada a desviar los ojos.

Se da cuenta de que algo no marcha bien, de que Heidi Wood, que siempre lo tiene todo bajo control, tiene los nervios deshechos.

—Estoy bien —miento—. Estoy bien.

Y es cierto que estoy bien físicamente, pero emocionalmente no. No me quito de la cabeza la sangre, la infección de hongos del culito del bebé, la mirada de Chris que parece decirme que lo que estoy haciendo (ayudar a una pobre chica que necesita ayuda urgente) es un error. Y la imagen de Juliet, que ha vuelto a atormentarme después de pasar tantos años desterrada de mi cabeza.

Pero Graham no se deja engañar tan fácilmente. No se desentiende del asunto como harían otros, tomándose al pie de la letra lo que le digo. Sigue mirándome hasta que le repito, esta vez con una sonrisa forzada, que estoy bien. Y pasado un rato se da por vencido.

—Entonces ven conmigo —me dice, y me tira de la mano, y yo siento que mis pies se arrastran por el pasillo enmoquetado. Me río. Graham siempre me hace reír.

—Ojalá pudiera —digo—. Ya sabes que me gustaría.

—Pues ven. Por favor. Tú sabes cuánto detesto las conversaciones banales —asegura, aunque no es cierto, ni mucho menos.

—Estoy en bata, Graham.

—Pues nos pasaremos por Tribeca. Buscaremos algo sofisticado que puedas ponerte.

—Hace años que no me pongo nada *sofisticado*.

—Pues entonces algo bonito y práctico —dice, cediendo.

Pero a mí me atrae la idea de ponerme algo sofisticado, de pasearme por la ciudad haciéndome pasar por su novia. A menudo me descubro preguntándome por qué sigue soltero, y si es o no gay, como afirma Chris. ¿Todas esas mujeres tan guapas son una tapadera, una especie de mecanismo de seguridad?

—Ya sabes que no puedo —digo, y pone cara de pena antes de decirme adiós y marcharse por el pasillo.

Me paro junto a mi puerta, pensando en todo esto, dejando que el cuento de hadas se prolongue una fracción de segundo antes de que la realidad le haga la zancadilla: Graham y un vestido sofisticado comprado en Tribeca, cena en el Café Spiaggia... Yo del brazo de Graham, haciéndome pasar por su chica.

En casa, Willow está sentada en el borde del sofá cama, con el bebé en brazos. Se ha puesto la ropa de Zoe y ha colgado la toalla mojada en la percha del baño.

—Mi ropa —dice, asustada—. ¿Qué has hecho con mi ropa? No estaba...

Le tiembla la voz. Sus ojos no paran quietos un momento. Y esa forma nerviosa de mecer a la niña, más espasmódica que tranquilizadora.

—La estoy lavando —la interrumpo al ver que el pánico se apodera de sus ojos azules e hinchados—. Tenía unas manchas —añado en voz baja, rápidamente, para que Chris no me oiga desde la mesa de la cocina, al fondo del pasillo.

La miro fijamente, instándola a explicarse para no tener que preguntarle directamente por la sangre. No quiero que se marche con el bebé, pero si su presencia aquí supone algún peligro para Zoe, para mi familia, entonces no puedo permitir que se quede. Si fuera por Chris, ya estaría saliendo por la puerta.

Pero no le digo nada, me limito a mirarla solícitamente, suplicándole con los ojos que se justifique. Que me explique lo de la sangre. Que me dé una excusa razonable, algo que...

—Me salió sangre por la nariz —dice de pronto, interrumpiendo mis pensamientos—. Me pasa a veces. —Y se queda mirando el suelo, como hace la gente cuando está nerviosa, o cuando miente, quizá—. No tenía con qué limpiarme —continúa—. Solo la camiseta.

116

Y yo pienso en el aire frío de la primavera, que irrita la mucosa nasal y la hace sangrar.

—¿Te salió sangre de la nariz? —pregunto, y asiente con la cabeza dócilmente—. Entonces, te salió sangre de la nariz —añado—. Eso lo explica todo.

Y sin decir nada más salgo de la habitación.

WILLOW

Mathew me dijo una vez que lo que su padre quería hacer, mucho antes de casarse con Miriam, era entrar en el seminario y hacerse cura católico. Pero que luego dejó preñada a Miriam y que sus esperanzas de ser sacerdote se esfumaron. Así como así.

«¿Preñada?», le pregunté.

Entonces todavía era pequeña, debía de tener diez años, once como mucho. Sabía lo que era el sexo: me lo había enseñado Joseph, aunque no se molestara en ponerle nombre a lo que me hacía cuando venía por las noches a mi habitación. Lo que no sabía era que lo que me hacía Joseph cuando se echaba encima de mí y me aplastaba contra el colchón, tapándome la boca para que no gritara con aquella mano húmeda y correosa, era lo mismo que se hacía para tener bebés.

«Sí». Matthew se encogió de hombros. Él era casi seis años mayor que yo, y sabía muchas más cosas. Montones de cosas. «Ya sabes, embarazada».

«Ah», contesté, aunque seguía sin entender qué tenía que ver lo de quedarse preñada o embarazada con que Joseph no se hubiera hecho cura.

Matthew puso cara de fastidio.

«Mira que eres boba».

Pero eso vino mucho, mucho después.

Al principio, Matthew e Isaac no querían saber nada de mí. Joseph les tenía prohibido que se me acercaran. Que hablaran conmigo. Que me miraran. No les dejaba hacer casi nada, igual que a mí. No podían ver la tele, ni jugar a la pelota, ni montar en bici como los niños del barrio, ni escuchar música, ni leer (como no fuera la Biblia, claro) y, cuando volvían del colegio con algún libro, Joseph ponía mala cara y decía que era un libro blasfemo.

Mis padres no eran nada religiosos. Solo pronunciaban el nombre de Dios «en vano» (eso lo aprendí después). No íbamos a la iglesia. En nuestra casa prefabricada no había más que una estampa de Jesús que mamá decía que era de sus padres y que teníamos colgada en la cocina para tapar un desconchón de la pared, de una vez que estaba jugando con papá y se me escapó la pelota sin querer. Que yo supiera, el hombre de aquel cuadro podía haber sido el presidente. O mi abuelo. Nunca hablábamos de aquel cuadro. Simplemente estaba *ahí*.

—Me estás diciendo que tu padre de acogida abusaba de ti —dice la señora Flores, aunque por su mirada está claro que piensa que es una trola—. ¿Se lo contaste alguna vez a tu trabajadora social?

—No, señora.

—¿Por qué? Estaba pendiente de ti, ¿no? Te llevaba cartas de Paul y Lily Zeeger.

Me encojo de hombros.

—Sí, señora.

—Entonces, ¿por qué no se lo dijiste?

Miro la ventana enrejada, tan alta que no veo lo que hay fuera. Solo se ve un trozo de cielo azul, unas nubes blancas y lanudas. Intento imaginarme lo que hay fuera: un aparcamiento, coches, árboles.

La trabajadora social era amable. No la odiaba. Tenía un coche que era una tartana e iba siempre cargada con medio millón de carpetas que llevaba en una bolsa Nike muy vieja. La bolsa pesaba tanto que, aunque ella solo tenía treinta años, o cuarenta, como mucho, iba encorvada como esas señoras mayores que tienen osteoporosis. Aquel coche era como su oficina, con todas las carpetas guardadas en el asiento de atrás. Iba de un hogar de acogida a otro para hablar con los niños que tenía a su cargo, y que cada vez eran más. Por lo visto tenía también un despacho no sé dónde, pero no creo que se pasara nunca por allí. Era bastante simpática, pero estaba de trabajo hasta el cuello (me lo dijo mil veces), y a menudo, cuando venía a verme, me llamaba Clarissa, y una o dos veces me llamó Clarice. Hablaba deprisa y se movía aún más deprisa. Quería hacerlo todo *ya*.

El día que me fui a vivir con Joseph y Miriam, se limitó a poner una crucecita en su lista de tareas pendientes.

—Verás, Claire, he visto tu expediente. Sé que tu trabajadora social visitaba la casa, la casa de Joseph y Miriam, y sé que nunca se habló de esos presuntos abusos sexuales. De lo que *sí* se hablaba en esas visitas… —dice la señora Flores, y mete la mano en el maletín que tiene a los pies, saca una carpeta verde muy gruesa y la hojea hasta llegar a una página que tiene marcada con notas amarillas— es de tus cambios de humor, de tu mal genio, de tu negativa a cumplir las normas, a hacer las tareas, a obedecer órdenes, de tus desafíos a la autoridad y de tus malas notas en la escuela. —Me clava la mirada desde el otro lado de la mesa, allí sentada, como un ratón, y añade—: De tus fantasías.

Llevaba un mes en aquella casa a las afueras de Omaha cuando Joseph se metió por primera vez en mi cama. Al principio solo quería ver partes de mi cuerpo que yo creía que no tenía por qué ver, pero luego quiso también tocarme en sitios donde yo no quería que me tocara. Cuando le decía que no quería hacer esas cosas, me decía con una amabilidad que se evaporaba en cuestión de segundos, en menos de lo que tardaba en quitarme la ropa: «Vamos, Claire. Ahora soy tu papá. No pasa nada porque te vea».

Y se quedaba mirándome fijamente cuando me quitaba la camiseta.

Hacía mucho tiempo que yo no estaba tan asustada, desde que Ivy Doone, en primer curso, me retó a invocar a María la Sanguinaria delante del espejo del cuarto de baño. Aquel primer mes casi no vi salir a Miriam de su habitación. Iba siempre en camisón, de día y de noche, siempre con el mismo camisón rancio y mugriento, y nunca se bañaba hasta que olía tan mal que su peste llenaba toda la casa. A los niños y a mí casi nunca nos decía más de dos palabras, solo hablaba con Joseph, cuando le pedía perdón por algo que había hecho. Se ponía de rodillas delante de él, lloraba y le besaba los pies, y le suplicaba «Por favor, Joseph, perdóname», y él la apartaba de una patada y pasaba de largo, y le decía que era una inútil, que estaba loca y que era patética. Una vez, en un ataque de rabia, le dijo que tendría que tirarla por la ventana y dejar que los perros callejeros se comieran su cadáver.

—¿Tienes algo que decir al respecto? —pregunta Louise Flores. Algún comentario acerca de mi mal comportamiento.

Joseph decía que nadie iba a creerme. Que era mi palabra contra la suya. Que nadie me creería si les contaba lo que me hacía.

Y, además, solo estaba haciendo lo que debía hacer un buen padre.

—No —contesto de mala gana.

La mujer pone cara de fastidio, cierra la carpeta que tiene delante y me dice:

—Esos *presuntos* abusos sexuales… Háblame de ellos.

Más adelante (cuando copiaba pasajes de la Biblia palabra por palabra, hasta que se me agarrotaba la mano y me dolían los músculos y ya casi no podía ni sujetar el lápiz sin que me temblara la mano: era el castigo que me ponía Joseph cuando me portaba mal), me enteré de que había una princesa fenicia llamada Jezabel a la que tiraron por la ventana por matar al profeta del Señor, y su sangre salpicó las paredes. La pisotearon unos caballos y la dejaron allí para que se la comieran los perros, y cuando volvieron a buscarla solo quedaban la calavera, los pies y las manos.

Cuando Isaac y Matthew se iban al colegio, Miriam y yo nos quedábamos solas en casa. Si alguien llamaba a la puerta, teníamos prohibido abrir. Teníamos que quedarnos muy calladitas para que nadie supiera que estábamos dentro. Joseph me decía que, si

121

abría la puerta, podía encontrarme con alguna persona que podía hacerme daño. Así que yo no me atrevía a abrirla. La casa era oscura, y las cortinas estaban siempre corridas. Menos en mi habitación, donde yo me asomaba a la ventana cuando Isaac y Matthew cruzaban la calle donde vivíamos, pasando junto a los niños que iban en bici con sus pelotas de béisbol o de fútbol, y las niñas con coletas que dibujaban con tiza en la acera. Isaac y Matthew esperaban al final de la manzana a que llegara el autobús amarillo para llevarlos al colegio. Yo veía que algunos niños los insultaban, porque en el barrio se les consideraba muy raros porque no montaban en bici y eran incapaces de coger una pelota. No tenían amigos, y si acaso algún niño del vecindario llamaba a la puerta para preguntarles si querían salir a jugar, tenían que quedarse los dos muy calladitos, igual que yo, y fingir que no había nadie en casa, así que los niños acabaron por cansarse y dejaron de venir a buscarlos. Empezaron a insultarlos en la parada del autobús, y a empujarlos y zarandearlos, y les tiraban bolas de nieve a la cara.

Yo creía a Joseph cuando venía a mi habitación noche tras noche y me decía, al oírme llorar por papá y mamá y por lo sola y lo asustada que me sentía, que él cuidaría de mí como debía hacer un buen padre. Eso decía: que lo que me hacía cuando se tumbaba sudoroso a mi lado debajo de la colcha de retales era lo que debía hacer un buen padre.

Decía que mis padres querían que yo viviera con ellos, con él y con Miriam, que esa había sido su última voluntad.

Y que, si no hacía lo que me mandaba, le haría algo malo a mi Lily.

«Sí», me decía cuando yo dudaba en desnudarme. «Y tú no quieres que le pase nada a Lily, ¿verdad que no?».

Pensaba en Lily todo el tiempo. Pensaba en Lily, por ahí, en alguna parte, y me preguntaba si aquello era también lo que habían querido mis padres: que Lily viviera con los Zeeger cuando ellos se murieran.

Pero no creía que fuera cierto.

En aquel entonces Lily tenía ya tres años. Para ella, su papá y su mamá eran Paul y Lily la Grande. Seguro que no se acordaba de sus otros padres, que estaban enterrados en el cementerio de Ogallala, cerca de la calle Quinta, y cuyos cadáveres se pudrían dentro de un cajón de pino, bajo un arce casi tan muerto como ellos. Yo soñaba con papá y mamá metidos en aquellos cajones que vi cómo bajaban al hoyo, antes de que la señora Amber Adler nos llevara a Lily y a mí en su tartana al hogar de acogida.

Soñaba que sus brazos esqueléticos intentaban romper los cajones de pino para cogerse de la mano.

CHRIS

Veo a Heidi saltear el pollo, las zanahorias, los guisantes y el apio en una sartén en la cocina. En un cazo echa mantequilla, cebolla y un bote de caldo de pollo. Doy gracias al cielo por poder cenar pollo de verdad y no un sucedáneo texturizado. Rellena la masa de empanada y la mete al horno. Trata de no mirarme. Cuando nuestros ojos se cruzan, dice:

—Necesita nuestra ayuda.

Así, sin más. Su nuevo lema, su latiguillo.

Pongo el portátil y la impresora en el suelo para que podamos comer en la mesa de la cocina. Exagero mis gestos para que Heidi note lo incómodo que es todo esto. Ella ignora mi gemido de queja, el golpe sordo de la impresora al tocar el suelo de tarima, mi exclamación («mierda») cuando se me enredan las piernas en el cable y estoy a punto de caerme. Todavía no se ha duchado, lleva aún la bata lila puesta, pero se ha recogido el pelo en un moño chapucero y se ha puesto las gafas.

Le tiemblan las manos cuando saca los platos del armario. Zoe está en su cuarto escuchando música y seguramente elaborando toda clase de planes para deshacerse de sus padres. Qué poco sospecha que tiene la solución al alcance de la mano, al otro lado de la pared de su cuarto, donde la chica descansa por sugerencia de Heidi. De vez en cuando oigo los gorgoritos del bebé, dopado con paracetamol para mantener a raya la fiebre.

124

—Estás temblando —le digo a Heidi.

Me mira con el ceño fruncido y contesta:

—No he comido nada en todo el día.

Pero supongo que no es solo por eso.

Su teléfono suena de pronto, colocado al filo de la encimera, junto al de Zoe, que sigue confiscado, y ella lo coge y le echa una ojeada antes de volver a dejarlo en su sitio sin atender la llamada.

—¿Quién era? —pregunto arqueando la espalda, dolorido por el peso de la impresora.

—Nadie —contesta—. Llamada comercial.

Pero cuando va a avisar a la chica de que la cena está lista, echo una ojeada al teléfono y veo que era otra vez Jennifer. Dos llamadas perdidas de Jennifer Marcue. Dos mensajes esperando en el buzón de voz.

Nos sentamos a la mesa como una gran familia feliz. Heidi coge a la bebé en brazos. La chica (Willow, me recuerda Heidi dándome una fuerte patada en la espinilla cuando la llamo Wilma por error) engulle la comida como si hiciera una semana que no come. Sigue sin mirarme a la cara, aunque de vez en cuando lanza una mirada a Heidi. Yo no tengo esa suerte. De mí procura mantenerse apartada, que haya siempre entre nosotros un metro de distancia o más. Ni que fuera a contagiarle la peste. Me digo que quizá se comporta así con todos los hombres, no solo conmigo. Se sobresalta cuando hago algún movimiento brusco, como cuando aparto la silla de la mesa y me levanto para ir a buscar un vaso de leche.

Heidi observa al bebé, vigila cómo oscilan sus ojos bajo los párpados traslúcidos mientras duerme. Una sonrisa juguetea en sus labios, y de pronto me pregunto cómo habría sido nuestra vida si Heidi hubiera tenido la familia numerosa de la que hablaba siempre. Quería tener muchos hijos, media docena, puede que más. Nunca he tenido muy claro qué sentía yo al respecto. Quería tener hijos, sí. Pero cinco o seis, como decía Heidi… No sé. Claro que en realidad importa poco lo que yo opine, porque no hubo oportunidad de que fuera así. Antes de que pudiera empezar a preocuparme por tener la casa llena de críos, el médico nos dio una noticia que alteró para siempre el curso de nuestras vidas.

De pronto ya no se trataba de cuántos hijos íbamos a tener. Se trataba de si mi mujer iba a vivir o no.

Aun sí, me pregunto cómo serían las cosas si Zoe no fuera hija única. ¿Serían las comidas familiares así, tensas y faltas de espontaneidad, acompañadas únicamente por el ruido de la masticación? ¿O la hora de la cena sería un momento alegre y ruidoso: tirones de pelo, chistes malos, insultos, niños pinchándose unos a otros en vez de encerrarse en un terco mutismo como hace nuestra única hija? Zoe parece cumplir todos los estereotipos relacionados con los hijos únicos: que son solitarios, egoístas e intratables. Observo a mi hija, que mira de reojo a la chica sentada a su lado, y me pregunto a qué obedece la expresión que cruza su semblante. ¿Es odio, envidia u otra cosa? ¿Algo distinto?

Zoe, sentada a la mesa, envuelta en una manta gris porque siempre tiene frío, saca el relleno de su trozo de empanada con el tenedor y pregunta:

—Pero ¿esto qué es? —Y mira con asco el caldo que inunda su plato como el agua de un dique.

—Empanada de pollo —contesta Heidi antes de meterse el tenedor en la boca—. Pruébala. Te va a gustar —afirma.

Veo cómo maneja al bebé mientras come: una madre que se maneja con soltura. A fin de cuentas no hace tanto tiempo que comía con Zoe en brazos, sentada a la mesa de la cocina.

Zoe dice que odia los guisantes, y la miramos todos mientras remueve el relleno con el tenedor, separando en montoncitos la zanahoria y los guisantes, el pollo y el apio. Pincha la masa y se mete un trocito en la boca, dejando que se le disuelva en la lengua.

—¿Qué clase de nombre es Willow? —pregunto cuando se hace el silencio.

La tele está puesta. Están emitiendo un resumen de los partidos de baloncesto de la jornada, pero, como siempre a la hora de la cena, el volumen está quitado. Veo pasar marcadores, repeticiones de tiros a canasta y remates.

—Chris —dice Heidi enfadada, como si le hubiera hecho una pregunta grosera, qué talla de sujetador usa o a quién vota.

Nadie podrá acusarme nunca de ser tímido. Lo paradójico del caso, claro, es que Heidi tiene la costumbre de interrogarme sobre lo que hago a diario y en cambio a esta desconocida la deja sentarse a nuestra mesa sin saber siquiera sus datos básicos, su apellido o si es una estafadora o una prófuga de la justicia.

—Es solo una pregunta. Tengo curiosidad, nada más. Nunca había oído ese nombre. Referido a una chica, al menos.

«A un árbol puede que sí».

—Es un nombre precioso. Como un sauce —contesta Heidi—, elegante y ligero.

—En mi clase de ciencias hay una Willow —comenta Zoe, sobresaltándonos a todos. Oírla hablar resulta casi tan sorprendente como si la propia Willow abriera la boca para decir algo—. Willow Toler. —Y luego añade—: Los chicos la llaman *Coñito*.

Y otra vez se hace un silencio incómodo en la cocina, menos por la dichosa gata negra, que araña la pared de ladrillo visto como si dentro hubiera cucarachas.

—¿Tienes apellido, Willow? —pregunto, y Heidi vuelve a saltar:

—¡Chris!

—Sí, señor —contesta en voz baja.

Esconde una especie de prístina simplicidad debajo de su coraza. No puedo definirlo con exactitud. Puede que sea el timbre de su voz, o quizás el hecho de que me haya llamado «señor». La observo mientras come trozos de empanada, tan grandes que casi no le caben en la boca. Prácticamente lame el plato, y Heidi le sirve otro pedazo sin preguntarle si quiere más. Se come primero el relleno y reserva la masa para el final. Su parte favorita. Masa precocinada, comprada en una tienda.

No tiene dieciocho años, de eso estoy seguro. Pero no sé cuántos años tiene. Me digo que tiene dieciocho porque de ese modo, cuando se presenten las autoridades en nuestra casa, podré alegar que no sabía que era menor de edad. «Pero, señor, ella me *dijo* que tenía dieciocho». Huele mejor que hace unas horas, se ha lavado y se ha puesto ropa vieja de Zoe, pero aun así sigue pareciendo una vagabunda. El tinte barato del pelo, la raya del ojo que se ha pintado chapuceramente después de ducharse, un agujero de pendiente infectado (puede que dos), las uñas comidas hasta la raíz. Los ojos erráticos que tratan de escapar a mi escrutinio. El moratón que asoma detrás de la cortina de pelo teñido.

—¿Te importa decírnoslo?

—Chris, por favor.

La chica masculla algo incomprensible. Me parece entender algo de índole religiosa, «fe» y «Dios». Pero cuando le pido que lo repita, susurra:

—Greer.

—¿Cómo? —pregunto.

La alarma de un coche empieza a pitar más allá de la ventana todavía abierta.

—Me llamo Willow Greer —repite en voz más alta.

Más tarde, cuando hemos acabado de cenar y hemos recogido los platos, apunto su nombre al dorso de un recibo que saco de mi cartera. Para no olvidarlo.

Por la mañana, cuando me despierto, hace sol. Después de días y días de lluvia y nublados, el sol tiene algo de desconcertante. Brilla. Brilla demasiado.

Tengo todo el cuerpo rígido. Como un viejo. Casi no me siento la cadera. Me giro para ponerme boca arriba y mi mano derecha choca con el borde metálico del somier. Se me pasan por la cabeza toda clase de improperios mientras trato de acordarme de por qué estoy en el suelo, de por qué mi mano dolorida estaba tan cerca del somier. Me descubro tumbado en la alfombra trenzada, más bien dura, que cubre el suelo de nuestro dormitorio, envuelto en el saco de dormir de color magenta de Zoe.

Y entonces me acuerdo: yo mismo me empeñé en dormir en el suelo para que Zoe no durmiera sola en su habitación estando esa desconocida en casa. Heidi me dijo que era una ridiculez y se ofreció a dormir ella en el cuarto de Zoe, pero le dije que no. Que quería a mi rebaño donde pudiera verlo. Al completo. Hasta dejamos que se quedaran las gatas en la habitación cerrada con pestillo, enfrente de la que ocupa la chica, con una silla encajada debajo del picaporte por si acaso intentaba entrar por la fuerza.

Me pongo de lado y veo la cama desde una perspectiva desconocida hasta ahora: desde abajo. Veo todo lo que suele encontrarse debajo de una cama: un calcetín polvoriento divorciado de su pareja hace tiempo, un conejito de peluche de Zoe que se perdió cuando tenía once años, la parte de atrás de un pendiente de mujer.

—¿Qué pasa? —pregunta Heidi cuando salgo del dormitorio y entro en la cocina.

Toda la casa huele a tortitas, huevos y café recién hecho. Heidi está muy atareada frente a la cocina, con la niña apoyada en la cadera, dando la vuelta a las tortitas con la otra mano. De pronto me parece increíblemente natural ver a Heidi con el bebé, como si hubiéramos entrado en una máquina del tiempo o algo así y tuviera a Zoe en brazos. La niña tiene agarrada la cadena de oro sin la que Heidi nunca sale de casa. La sujeta con su mano gordezuela y tira con fuerza. Veo la alianza de mi suegro colgando de su extremo, lo único que quiso conservar Heidi cuando murió su padre. Hizo un pacto con su madre: ella se quedaría con todo lo que tuviera valor sentimental, menos con el anillo, que sería para Heidi. No paró hasta encontrar una cadena de oro del mismo tono de amarillo, una cadena de oro de veinticuatro quilates que costó casi mil dólares. Y ahora la niña tira de ella, y el cierre cuelga de su manita como una úvula al fondo de una garganta.

—Nada —contesto al sacar una taza del armario y llenarla de café—. Buenos días, Willow —le digo a la chica.

Está sentada a la mesa, sola, engullendo tortitas y huevos, y una estela de sirope cruza la mesa de caoba y sube por la camiseta de rayas que le ha dejado Zoe.

Salgo un momento a comprar el *Tribune* al quiosco de la esquina y luego me instalo en la minúscula terraza del piso, con el suelo de madera ligeramente inclinado, a comerme mis tortitas. No soporto estar en la misma habitación que Heidi y la chica. El malestar llena la habitación como una niebla espesa. Fuera no puede hacer más de diez grados. Me quedo mirando mis pies descalzos, apoyados en la barandilla de la terraza, y pienso que me he dejado engañar por el sol. Al hojear el periódico descubro la máxima prevista para el día: trece grados. No puedo evitar buscar noticias sobre chicas desaparecidas: fotografías de adolescentes huidas de sus hogares, artículos sobre menores buscadas por la policía para interrogarlas por la muerte violenta de sus progenitores. Busco términos como «homicidio», «masacre» y «tortura», y me descubro preguntándome qué hicieron exactamente los padres de Lizzie Borden[3] para cabrearla de ese modo.

Anoche Heidi me mandó a comprar. Después de cenar me acerqué al supermercado, donde me descubrí mirando como un bobo la sección de pañales, en medio del pasillo desierto. «Soy demasiado mayor para comprar pañales», me dije cuando cogí una caja y me la metí bajo el brazo.

En casa, vi a Heidi tender a la niña en el suelo de tarima, quitarle la toalla azul cubierta de caca pegajosa y dejarla a un lado. La niña pataleaba, encantada de estar desnuda, mientras Heidi le limpiaba el culete con una de esas toallitas que huelen a polvos de talco e iba dejando las toallitas usadas encima de la toalla para tirarla luego por el bajante de la basura.

---

[3] Lizzie Borden (1860-1927) fue acusada del asesinato de su padre y su madrastra en 1892. Pese a que fue absuelta por los tribunales, su nombre se convirtió en sinónimo de parricida en la cultura popular estadounidense. (N. de la T.)

Cuando la levantó, casi me atraganté al ver sus ronchas: tiene el trasero en carne viva. Y mientras Heidi le aplicaba una capa de crema y luego otra, la chica la miraba como si nadie le hubiera dicho nunca que tenía que cambiarle el pañal al bebé, que pasar tanto tiempo con toda esa mierda y ese pis encima no puede ser bueno para su piel. Tenía una mirada triste cuando Heidi sacó un bodi blanco y unos pantalones con patucos de sus envoltorios de plástico y se los puso al bebé, tapando un antojo del tamaño de un dólar que la niña tiene en la pierna.

Cuando acabó de ponerle el pañal, Heidi se la devolvió a Willow, que la cogió torpemente, sin la evidente desenvoltura de Heidi y sin ese instinto maternal que se supone que las mujeres llevan incorporado al nacer. La vi cargar con la niña como si fuera un saco de patatas, y me pregunté si *de verdad* es su hija.

Pero no me atreví a comentárselo a Heidi porque sabía lo que me diría. Me recordaría que soy un cínico y un descreído. «Claro que es su hija», me diría, como si se lo dijera su sexto sentido, como si lo supiera a ciencia cierta.

Estuvimos viendo la tele un rato que se me hizo eterno: una hora o más sin que nadie abriera la boca, una auténtica tortura. Y luego, cuando ya no pude soportarlo más, apagué la tele y dije que era hora de acostarse. El reloj de la pared marcaba las 20:46.

Nadie protestó.

Antes de irnos a la cama, me llevé a Heidi aparte y le dije:

—Una noche, nada más.

Se encogió de hombros y me dijo:

—Ya veremos.

Saqué el saco de dormir de Heidi del armario de su cuarto y coloqué la silla delante de la puerta. Mientras tanto, Zoe no paró de refunfuñar. Decía que mi empeño en que durmiéramos todos juntos era un rollo, que me estaba poniendo insoportable y que esperaba que sus amigos no se enteraran de *esto*. «Nuestro pequeño *ménage à trois*», lo llamó.

¿Desde cuándo sabe una niña de doce años lo que es un *ménage à trois*?

WILLOW

Joseph era profesor de religión en un centro de formación municipal. Enseñaba la Biblia, pero sobre todo el Antiguo Testamento. Hablaba acerca de un dios que castigó al mundo con una gran inundación y que hacía llover fuego y azufre sobre pueblos enteros, matando a todos sus habitantes. Mujeres y niños, buenos y malos, él los mataba a todos por igual. Yo no sabía lo que era el azufre, pero Joseph me enseñaba los dibujos de sus libros de texto, en los que se veía caer fuego del cielo sobre los pueblos de Sodoma y Gomorra, y a la esposa de Lot convertida en estatua de sal.

«Esto», me decía con esa voz suya tan seria, con esa cara solemne y esponjosa que nunca sonreía, y esa barba anaranjada, espesa y asquerosa, «es la ira de Dios, y tú sabes lo que es la ira, ¿verdad, Claire?».

Cuando le dije que no, buscamos juntos la palabra en un diccionario muy gordo. *Enfado violento*, decía.

«Esto», dijo enseñándome otra vez los dibujos del fuego y el azufre, «es lo que hace Dios cuando se enfada».

Joseph me convenció de que, cuando tronaba, era por mi culpa. Que Dios se había enfadado por algo que yo había hecho. Vivía aterrorizada por los truenos, por los relámpagos y la lluvia. Cuando el cielo se ponía negro, como pasaba a menudo en Omaha en pleno verano, esos días de julio húmedos y bochornosos, cuando los nubarrones aparecían de pronto y se tragaban el cielo azul y en

132

calma, yo sabía que Dios venía a por mí. Y cuando empezaba a soplar el viento y los árboles se doblaban para tocarse los pies y a veces se partían en dos, y la basura del contenedor de la esquina salía volando por los aires, yo me ponía de rodillas, como me había enseñado Joseph, y rezaba una y otra vez pidiendo perdón a Dios.

Nunca sabía qué había hecho mal. El estallido de los relámpagos y el ruido de los truenos me dejaban paralizada, y una o dos veces (más, seguramente) me hice pis en las bragas mientras estaba allí arrodillada, en mi cuarto, rezando. Miraba por la ventana por si veía caer del cielo fuego y azufre. Me quedaba así, mirando fijamente el cielo, hasta que pasaba la tormenta, hasta que se iba a Iowa y luego a Illinois a castigar a otros pecadores como yo.

Joseph me hablaba del infierno. El sitio al que van los pecadores. Un lugar en el que los castigos y las torturas duran eternamente, con demonios y dragones, y el diablo en persona. Castigo eterno. Lagos de fuego. Un horno abrasador. Llamaradas imposibles de apagar. Fuego, fuego, fuego. Vivía temiendo el fuego.

Procuraba portarme bien. De verdad que sí. Limpiaba la casa cuando Joseph iba a sus clases y Matthew e Isaac estaban en el colegio; preparaba la cena para Joseph y los niños, y a Miriam se la llevaba en una bandeja, aunque pocas veces comía por propia voluntad, sin que Joseph la obligara.

Miriam se pasaba la vida amodorrada, con los ojos abiertos pero totalmente inmóvil, como una estatua, o se levantaba y le daban ataques de pánico y se arrojaba a los pies de Joseph y le suplicaba que la perdonase. Había días que estaba trastornada y que se encaraba con Joseph y con los niños porque le leían la mente, decía ella. Les decía que pararan, que dejaran de leerle el pensamiento. Y que se largaran, que salieran de allí, «¡fuera, fuera, fuera!», y se daba palmadas en la cabeza como si quisiera sacarlos por la fuerza de allí dentro, a Joseph, a Isaac y a Matthew. Esos días, Joseph la encerraba con llave en su cuarto. La llave la llevaba siempre encima, hasta cuando no estaba en casa, así que, cuando estábamos solas ella y yo, la oía gritar todo el día en su habitación, quejándose de que Joseph le leía la mente y le metía ideas dentro de la cabeza.

Yo creía que Miriam estaba loca. Me daba miedo. Pero no como Joseph, de otra manera.

Yo hacía mis tareas, limpiaba y lavaba la ropa y esas cosas, y tenía la cena preparada cuando Joseph y los niños volvían a casa. Y me pasaba el día canturreando para no oír los gritos de Miriam. Pero solo canturreaba cuando no estaba Joseph, porque estaba segura de que me diría que las canciones que cantaba (normalmente las de Patsy Cline que ponía mamá) no eran del agrado de Dios. Eran blasfemas, diría. Un sacrilegio.

Pero a mí Joseph nunca me encerraba en mi cuarto. Por lo menos en aquel entonces. Sabía que no iba a escaparme porque me decía una y otra vez lo de Lily. Que le haría cosas si me portaba mal. Así que yo hacía todo lo que me mandaban.

Cuando Miriam se quedaba inmóvil como una estatua, yo entraba en su habitación y parecía que ni se daba cuenta de que estaba allí. No me miraba, no me seguía con los ojos cuando la ayudaba a levantarse de la cama. Ni siquiera pestañeaba. Yo quitaba de vez en cuando las sábanas de su cama para lavarlas. Y luego volvía a entrar para ayudar a Miriam a meterse en la bañera, y le restregaba el cuerpo con las manos porque Joseph decía que tenía que hacerlo yo.

Hacía todo lo que me pedía Joseph, casi siempre.

Solo una vez le dije que no cuando se metió en la cama conmigo. Solo una vez reconocí que me estaba haciendo daño. Levanté las piernas todo lo que pude y me las rodeé con los brazos por si así no encontraba la manera de entrar, y se puso de pie enfrente de mí, delante de la cama, y me dijo: «Al que mira con desdén a su padre y rehúsa obedecer a su madre, que los cuervos del valle le saquen los ojos y se lo coman los buitres. Proverbios, 30:17».

Y yo me lo imaginaba. Me imaginaba que me comían los cuervos y los buitres. Que destrozaban mi cadáver con sus picos y sus garras porque Dios estaba enfadado conmigo. Porque le estaba negando a mi padre lo que era su deber y su obligación.

Así que abrí las piernas y dejé que se subiera encima de mí y me quedé muy quieta, como me decía mamá cuando íbamos al médico a que me pusieran una inyección: «Si te quedas muy quietecita, no te dolerá tanto».

Así que eso hice, me quedé muy quieta. Pero aun así me dolió.

Me dolió en aquel momento y también mucho rato después de que él se hubiera ido, después de decirme lo bien que me había portado y lo contento que estaba conmigo.

Estuve pensando mucho rato en eso, en portarme bien. Me preguntaba qué hacía falta, cuántas veces tendría que meterse Joseph en mi habitación para que acabara por volverme mala.

CHRIS

Acabo de desayunar y me meto en la ducha, pero primero refriego bien los azulejos para eliminar cualquier rastro de las llagas que tiene la chica en los pies. Media horas después, cuando me presento ante ella con mi maletín en la mano, Heidi se planta delante de mí con los brazos en jarras y me pregunta:

—¿En serio vas a marcharte?

Y yo contesto:

—Sí, en serio.

Le digo adiós a Zoe y me dirijo a la puerta.

Pero antes de irme tiro de Heidi para que salga. Su olor a desayuno invade el pasillo. Pasa un vecino, seguramente camino del quiosco de la esquina a comprar el periódico.

—Quiero que me llames —digo cuando se oye a lo lejos el tintineo del ascensor y el vecino empieza su descenso a la planta baja—. Cada hora, a en punto. Si te retrasas un solo minuto, llamo a la policía.

—Te estás poniendo histérico, Chris —me dice.

—Cada hora, Heidi —repito—. Es muy sencillo —añado, y pregunto retóricamente—: ¿Hasta qué punto se puede conocer a otra persona?

Y luego la beso y me marcho.

En el tren oigo las conversaciones de los jóvenes acerca de sus aventuras alcohólicas de la noche anterior. Hablan de sus jaquecas, y de si vomitaron o no al llegar a casa.

Más tarde, mientras disfruto de la apacible soledad de mi oficina, saco el recibo de mi cartera y echo un vistazo al nombre escrito al dorso: *Willow Greer*. Me estiro en mi silla de piel, en el piso treinta y dos de un rascacielos del North Loop, y me doy cuenta de que el memorando de oferta que tengo que redactar (el que pende sobre mi cabeza, mi excusa para irme a trabajar esta soleada mañana de domingo) no me importa lo más mínimo. Pienso un momento en el dosier que tengo que preparar detallando el funcionamiento de una empresa que vamos a vender (estado de cuentas, descripción del negocio, dinámica interna) y luego lo alejo de mi mente.

Enciendo el ordenador y tecleo *Willow Greer*.

Intro.

Mientras el ordenador piensa, me descubro mirando un punto fijo en la pared y me digo que debería haber parado a comprar un café antes de venir. Mi despacho no tiene ventanas, pero se supone que tengo que sentirme agradecido por tener un despacho propio, en vez de un cubículo gris y sin techo, como muchos de nuestros analistas. Revuelvo los cajones de la mesa en busca de dos moneditas relucientes, planeando una excursión a la máquina expendedora en cuanto resuelva el misterio de Willow Greer. Suena el teléfono y contesto bruscamente.

—Llamada de control de las once en punto —dice la voz sarcástica de Heidi al otro lado.

Miro los números de la esquina de mi monitor. Las 10:59. De fondo se oye llorar a la niña.

—¿Por qué llora? —pregunto.

—Otra vez tiene fiebre —contesta Heidi.

—¿Le has dado la medicina?

—Estamos esperando a que le haga efecto.

—Prueba a ponerle una compresa fría o a darle un baño con agua tibia —digo, acordándome de que a veces nos daba resultado con Zoe. Pero lo que de verdad me apetece decirle es «Te está bien empleado» o «Te lo dije».

—Sí, eso voy a hacer —responde, y colgamos, pero no sin que antes le recuerde:

—Una hora. Hablamos dentro de una hora.

Luego vuelvo a concentrarme en el ordenador.

Lo primero que hago es echar un vistazo a las imágenes, esperando ver la cara de Willow mirándome fijamente desde la pantalla. Pero solo encuentro a no sé qué famosa pelirroja que se llama igual. Y a una morena que aparece en varias páginas de las redes sociales, demasiado ligerita de ropa para ser nuestra Willow (las tetas se le salen por el escote de la camiseta y la barriga le rebosa por encima de unos pantalones cortados). También hay una localidad llamada Willow en el condado de Greer, Oklahoma. Y varias casas en venta en Greer, Carolina del Sur. Según la guía telefónica digital, en Estados Unidos viven seis personas llamadas Willow Greer. No confundir con Stephen Greer, que vive en Willow Ridge Drive, Cincinnati. En la guía solo figuran los datos de cuatro de las seis Willow Greer. Saco un folio de la impresora y empiezo a anotar. Willow Greer de Old Saybrook, Connecticut, tiene entre treinta y cuarenta y cuatro años. Demasiado mayor. Willow Greer de Billingsley, Alabama, es aún mayor: tiene más de sesenta y cinco años. Podría tener noventa. De todos modos anoto su número. Quizá la señora Greer de Billingsley, Alabama, sea la abuela de nuestra Willow. O su tía abuela. Los otros nombres no llevan aparejado ningún rango de edad.

Apunto los pocos datos que encuentro y luego se me ocurre preguntarme si hay que tener dieciocho años para figurar en la guía telefónica. O, lo que es aún más importante, si hay que tener una casa en propiedad.

Tecleo rápidamente *Zoe Wood* en Chicago, Illinois, y no obtengo ningún resultado.

Maldita sea.

Doy vueltas a los pulgares un segundo, pensando. ¿Dónde puedo encontrar a Zoe en Internet, si no es en la guía telefónica? Echo un vistazo rápido a las redes sociales que conozco, que son pocas. Facebook. MySpace. Seguramente obtendría muchos más resultados si pidiera ayuda a mi hija de doce años, igual que cuando me bloqueo con el móvil y le pido que me eche una mano. Pienso en llamarla a su móvil en secreto y entonces me acuerdo de que tiene el teléfono confiscado en la encimera, al lado del de Heidi. Mierda.

Empiezo a buscar variantes del nombre de Willow Greer. Pruebo con Willow G, y luego con Willow Grier. Busco Wilow, con una sola ele. Y, por si acaso, Willo, sin la uve doble final. Nunca se sabe.

Y entonces me encuentro con una cuenta de Twitter a nombre de W. Greer, nombre de usuario @LostWithoutU. No sé nada de Twitter, pero sus tuits me parecen turbios y deprimentes, compuestos por toda clase de insinuaciones suicidas. *Voy a hacerlo. Esta noche.* Pero la foto de perfil de *esta* W. Greer no es la de la chica que vive en mi casa. Esta es mayor, debe de tener dieciocho o diecinueve años cumplidos. Luce unas cicatrices en las muñecas y una sonrisa inquietante. El último tuit es de hace dos semanas. Me pregunto si lo hizo de verdad, si tomó la decisión de acabar con su vida.

Y cómo lo hizo.

—Hola, forastero.

Minimizo la pantalla a la velocidad del rayo, me relajo en la silla como si no acabaran de pillarme in fraganti, haciendo algo malo. ¿Seguirle la pista a alguien es un delito?

«Seguirle la pista, no», pienso. «Solo me estoy documentando».

Y sin embargo no me cabe duda de que se me nota en la cara que me siento culpable.

Cassidy Knudsen está en la puerta. Ha cambiado la falda de tubo y los taconazos por algo menos formal y mucho más atractivo en mi opinión: vaqueros ceñidos y un jersey ancho, de color negro, que le resbala por un hombro dejando a la vista el tirante rojo de su sujetador. Se tira del jersey como si intentara enderezarlo, pero vuelve a su sitio anterior. Cassidy se da por vencida, cruza los pies (no sé por qué, pero sus Converse All Stars me parecen mucho más sexis que los tacones de aguja) y se apoya contra el marco.

—Creía que este fin de semana trabajabas desde casa.

—Yo también —contesto mientras echo mano de mi recibo con las palabras *Willow Greer* escritas al dorso y hago una pelota con él—. Memorando de oferta —añado, pasándome la bolita de papel entre las manos—. En casa había cierto caos.

—¿Por Zoe? —pregunta porque, naturalmente, cualquiera pensaría que la causante del caos es la niña de doce años.

—Por Heidi, en realidad —confieso, y Cassidy se disculpa, comprensiva, como si yo acabara de hacer alusión a mis problemas matrimoniales.

Una expresión de profunda preocupación cruza su rostro: el cabello rubio, casi blanco, los ojos de un azul grisáceo, la piel clara.

—Cuánto lo siento, Chris —dice al entrar en el despacho sin que la invite y tomar asiento en una de las sillas verdeazuladas, sin brazos, que hay frente a mi mesa—. ¿Quieres hablar de ello? —Cruza las piernas y se inclina hacia delante como solo una mujer puede hacerlo.

Los hombres, cuando olisqueamos un rastro de melancolía, salimos huyendo. Las mujeres, en cambio, se inclinan dispuestas a escuchar, como si la necesidad de sacarlo todo a la luz fuera alimento para su espíritu.

—No pasa nada, es solo que Heidi es así —digo, y enseguida me arrepiento de haber dicho algo sobre mi matrimonio que pueda considerarse negativo—. Lo cual no es malo —añado avergonzado, y Cassidy contesta:

—Heidi es una buena persona.

—La mejor —convengo yo al mismo tiempo que intento ahuyentar de mi cabeza la imagen de Cassidy Knudsen en braguitas de satén y picardías con volantes.

Me casé con Heidi a los veinticinco años. Ella tenía veintitrés. Miro una foto de diez por quince de nuestra boda, clavada con una chincheta en el tablón de corcho de la pared.

—Qué elegante —comentó Heidi la última vez que estuvo en mi despacho, pasando los dedos por la foto.

Y yo me encogí de hombros y contesté:

—Se rompió el marco. Lo tiré al suelo sin querer un día que andaba con prisas de última hora.

Ella asintió comprensiva, sabedora de que toda mi carrera depende de esas prisas de última hora.

Pero aquella fotografía tenía algo de simbólico, pensé entonces. Nuestro cristal protector se había hecho añicos y allí estábamos nosotros, acribillados por agujeros microscópicos que tal vez algún día produjeran un desgarro. Todos esos agujeros tenían nombre: hipoteca, hija adolescente, falta de comunicación, fondo de pensiones, cáncer.

Observo cómo los dedos perfectamente cuidados de Cassidy (las largas uñas pintadas de brillo, rematadas por una franja blanca) acarician la lámpara de mi mesa, una de esas lámparas antiguas de banquero, con la pantalla de color verde botella. La veo acariciar la cadena, enrollársela en uno de sus finos dedos y dar un tironcito. Y pienso, «¿Infidelidad?».

No. Eso nunca. Heidi y yo, no.

Una tenue luz amarilla llena el despacho. Un contraste agradable con la luz cegadora de los fluorescentes del techo.

Solo llevábamos saliendo unos meses cuando le pedí a Heidi que se casara conmigo. Yo sabía que necesitaba estar con ella: lo necesitaba tanto como el aire. Y sabía que la quería, como si fuera el primer regalo de mi lista de Papá Noel de ese año. Estaba acostumbrado a conseguir lo que deseaba. Durante los años formativos de mi preadolescencia, llevaba un aparato de metal en los dientes que se sujetaba con una especie de casco. Me quejaba y me enfadaba por culpa del aparato, por cómo me hería las encías y me desgarraba el interior del moflete. «Algún día me darás las gracias», solía decirme mi madre, que llevaba toda la vida soportando sus dientes amontonados y los odiaba. Y tenía razón. Quiero decir que acabé agradeciéndoselo. Después de varios años de ortodoncia, conseguí una sonrisa capaz de atraer casi a cualquiera. Obraba maravillas en las fiestas de la fraternidad universitaria, en las entrevistas de trabajo, en las cenas con clientes y, cómo no, con las mujeres. Heidi solía decirme que fue mi sonrisa lo que primero le llamó la atención la noche que nos conocimos, en un baile benéfico. Era diciembre, de eso me acuerdo, y ella vestía de rojo. Yo había pagado cerca de doscientos pavos por ir al dichoso baile, azuzado por mi empresa. Nuestro lema de ese año era «Aportar a la sociedad». Supuestamente quedaba muy bien que nuestra empresa hubiera reservado dos mesas, entre dieciséis y veinte asientos a doscientos pavos por barba, aunque ni uno solo de nosotros supiera qué causa estábamos apoyando.

Yo solo me enteré más tarde, cuando me encontré en la pista de baile con Heidi. Entonces aprendí más sobre el problema del analfabetismo en Chicago de lo que jamás me había interesado saber.

Estaba acostumbrado a conseguir lo que quería. Antes de casarme con Heidi, quiero decir.

—Entonces, ¿cuál es el problema, señor Wood? —insiste Cassidy. Se recuesta en la silla y se pasa sus uñas perfectas por el pelo—. ¿Te apetece contármelo?

—No —contesto yo—. Mejor no.

Y pienso en la última vez que Heidi hizo lo que yo quería, cuando accedió a ponerse unos vaqueros antes de irse en busca de la chica. Y la vez anterior, cuando compró mantequilla de cacahuete con trocitos, en vez de en crema. Cosas triviales.

En lo que de verdad importa, siempre pierdo. Cada vez.

—*C'est la vie?* —pregunta Cassidy.

Y yo repito:

—*C'est la vie.*

Así es la vida.

Y entonces miro sus ojos azules grisáceos y me acuerdo de cómo me vertí un café por la pechera de la camisa de cuadros la primera vez que entró en la sala de reuniones, vestida con un traje rojo de pantalón tobillero muy ceñido, uno de esos pantalones que solo Cassidy Knudsen puede llevar, y unos zapatos negros con tacones de ocho o diez centímetros, cómo no. Mi jefe, que de pronto parecía bajito e impotente, la presentó como «la chica nueva del barrio» y le miró el culo cuando fue a sentarse en una silla vacía, a mi lado. Ella cogió una servilleta de papel de un montón que había sobrado de la cena de la noche anterior y empezó a limpiarme la camisa como solo podría hacerlo Cassidy Knudsen.

«Es un poco *femme fatale*, ¿no?», comentó Heidi aquel día en el jardín botánico, cuando se conocieron ella y Cassidy, el verano pasado en una comida de empresa, mientras la veía alejarse contoneando las caderas a un lado y a otro, como un péndulo, como si estuvieran de algún modo exentas, separadas del resto de su cuerpo.

«¿Qué es una *femme fatale*?», preguntó Zoe, y Heidi señaló con la cabeza a la mujer del vestido rojo sin tirantes y se limitó a contestar: «*Eso*».

Cojo las monedas que tengo en la mesa y anuncio que voy a pasarme por la máquina expendedora.

—¿Quieres algo? —pregunto, confiando en encontrar mi despacho vacío cuando regrese.

Cassidy dice que no, gracias, y yo me voy por el pasillo desierto, camino de la máquina de nuestra cocinita.

Pulso la tecla del refresco bien cargado de cafeína que me hace falta y abro la lata mientras regreso a mi mesa.

Voy pensando en cómo proseguir mi investigación acerca de Willow Greer cuando piso la moqueta amarillenta que separa mi despacho de las baldosas del pasillo central y veo a Cassidy a cuatro patas sobre la moqueta, recogiendo unos cuantos bolígrafos desparramados por el suelo. Su jersey negro casi arrastra por el suelo, dejando al descubierto la parte del sujetador rojo que antes estaba oculta: el escote en pico, el encaje de Chantilly, las copas de aros, el delicado lacito delantero.

Tiene mi móvil en la mano. Echo un vistazo al reloj de pared: son las 12:02, y el corazón me da un vuelco.

—Heidi —dice Cassidy tendiéndome el teléfono con una sonrisa, pero su sonrisa no es amable ni cortés—. Para ti. Espero que no te moleste que haya contestado.

HEIDI

—¿Por qué ha contestado esa a tu teléfono? —gruño cuando Chris me dice hola en tono cauteloso y remolón, rebosante de mala conciencia pero también extrañamente animado.

Paso por el cuarto de estar, donde Willow está sentada al borde del sofá, con la niña apoyada en el hombro sobre un paño de cocina, sacándole los gases con unas palmadas rítmicas como le he enseñado a hacer. Veo, sin embargo, que la niña tiene la cara apretada contra el paño y me pregunto si respira bien en esa postura. Su cuerpecillo, además, está torcido en un ángulo que no parece muy seguro. Ni muy cómodo.

—Hola, Heidi —dice Chris, tratando artificiosamente de parecer tranquilo, despreocupado, dueño de sí mismo—. ¿Va todo bien?

Me imagino a *esa mujer* sentada en su despacho insulso y cuadrado como una caja, escuchando nuestra conversación. Me imagino a Chris echando un vistazo a su reloj y haciéndole un ademán con la mano a Cassidy Knudsen, como diciendo bla, bla, bla para indicarle que mi bronca («¿Por qué ha contestado ella? ¿Y por qué no me has dicho que ibas al despacho a trabajar con *ella*? ¿Quién más está ahí? ¿Tom? ¿Henry?») ya ha durado demasiado. Siento que la sangre me sube lentamente por el cuello y enrojece mis mejillas. Me arden las orejas. Empieza a dolerme la cabeza. Me llevo dos dedos a los senos nasales y aprieto. Fuerte.

Pulso la tecla de fin de llamada, pero no resulta ni mucho menos tan satisfactorio como colgar el teléfono fijo estrellándolo contra su soporte. Me quedo en la cocina un momento, respirando agitadamente mientras me recuerdo todos los motivos por los que no me gusta Cassidy Knudsen. Porque es espectacular. Porque es inteligente, astuta. Y muy sofisticada, como si debiera estar en las páginas de una revista de moda en vez de pasarse el día mirando las insípidas hojas de cálculo de Chris.

Pero el principal motivo por el que me cae mal es mucho más claro y más sencillo, y es que mi marido pasa más tiempo con ella que conmigo: volando a bulliciosas metrópolis de todo el país, pasando la noche en lujosos hoteles con los que antes Chris y yo solo podíamos fantasear, cenando en restaurantes carísimos que nosotros reservábamos para ocasiones especiales (cumpleaños, aniversarios y cosas así), rebajándolos al nivel de lo corriente en días que no lo eran en absoluto.

Oigo reverberar en mi cabeza la voz estridente de Cassidy Knudsen, ese «Hola, Heidi» tan animado al responder al teléfono. «Chris acaba de salir del despacho. Vuelve enseguida. ¿Quieres que le diga que te llame?», me ha preguntado, pero le he dicho que no, que prefería esperar.

Y eso he hecho, esperar mirando la hora en el reloj del microondas. Cuatro minutos y pico ha tardado mi marido en ponerse, y entre tanto he oído a Cassidy Knudsen trastear con las cosas de su escritorio, he oído que algo se caía al suelo y me la he imaginado volcando su taza de los bolis (una taza de cerámica pintada que le hizo Zoe hace años), y los lápices y los bolígrafos desparramándose por el suelo. «Uy». Ha soltado una risita, como una adolescente escandalosa.

Supongo que en tiempos fue animadora, una de esas que llevan falditas de poliéster y camisetas minúsculas. Me la imagino tirando su lápiz al suelo delante del profesor de ciencias (un presunto pervertido) y agachándose a recogerlo con el culo en pompa para luego acusarle de ser un cerdo.

Mientras trato de dominarme para volver con Willow y Ruby, oigo el chirrido de una puerta. Zoe ha salido de su habitación, donde estaba escondida, y ha entrado en el cuarto de estar. Se hace un silencio y luego se oye la voz un poco tensa y espinosa de mi hija.

—¿Alguna vez has tenido miedo? —pregunta.

Me acerco sigilosamente a la cocina, preguntándome qué quiere decir. «¿Alguna vez has tenido miedo?».

—¿Qué? —pregunta Willow, y me la imagino vestida todavía con la ropa que le prestó Zoe ayer por la tarde, pegajosa de sirope y arrugada por haber dormido con ella puesta.

Está sentada al borde del sofá y, cuando Ruby suelta un eructo digno de un borrachín, se echan las dos a reír.

Nada como un poco de gas para romper el hielo.

—En la calle, quiero decir.

Y me imagino a Zoe apuntando con el dedo hacia la ventana, hacia el ajetreo de la ciudad: los taxis que circulan por la avenida en ambas direcciones, las sirenas, los cláxones, un sin techo tocando el saxofón en la esquina de la calle…

—Sí, supongo que sí —contesta Willow, y añade tímidamente—: No me gustan los truenos.

Y me sorprende de nuevo constatar que la joven sentada en mi cuarto de estar con un bebé en brazos, con su caparazón de molusco para proteger todo lo que de vulnerable y valioso lleva dentro, es solo una cría. Una cría que devora tortitas con nata montada y a la que le da miedo algo tan inofensivo como un trueno.

Perfiles, copa. Perfiles, copa.

Me imagino la vigorosa ciudad cuando por fin descansa, cuando el sol se pone en los barrios de las afueras y se encienden las luces del Loop. Es una imagen imponente. Pero aquí, en este vecindario, dos o tres kilómetros al norte del centro, la noche equivale a una oscuridad absoluta. Una negrura de alquitrán jalonada por alguna que otra farola que tal vez funcione o tal vez no. La hora del día a la que los zombis salen a jugar y merodean por los parques municipales y por los soportales a oscuras de los negocios cerrados que flanquean las calles Clark y Fullerton. Vivir en un barrio acomodado no nos protege del delito. Las noticias matinales hablan con frecuencia de olas de criminalidad en Lakeview y Lincoln Park, de atracos nocturnos, del incremento de los delitos violentos. Se oye hablar constantemente de mujeres agredidas cuando volvían a casa desde la parada del autobús o cuando entraban en su portal con las bolsas de la compra. De noche, este barrio extrañamente oscuro y poblado por un silencio ensordecedor debe de ser un sitio pavoroso. Espectral.

Entro en el cuarto de estar y encuentro a las chicas mirándose mutuamente con nerviosismo. Zoe da un respingo y me suelta «¿Qué quieres?» como si esta no fuera mi casa.

Le da vergüenza que la haya sorprendido hablando con Willow cuando no era estrictamente necesario, haber mostrado algún interés por ella.

—Quiero enseñaros una cosa —digo—, a las dos.

Y desaparezco por el pasillo.

El paracetamol de Ruby tardó una hora en hacer efecto y que le bajara la fiebre. Durante ese rato estuvo irritable y de mal humor. No había forma de calmarla, ni en mis brazos ni en los de Willow. Probamos a darle un biberón, la mecimos, le metimos el chupete en la boca abierta de par en par, pero todos nuestros esfuerzos fueron en vano. Y luego, como sugirió Chris, la metimos en la bañera con agua templada y pareció calmarse un poco. Le pusimos una buena capa de crema en el culete, un pañal limpio y la cambiamos de ropa. Como Chris solo compró unos pantaloncitos azules para conjuntarlos con el bodi blanco, saco la caja de ropa de bebé del armario de nuestra habitación (la que etiqueté mal aposta, poniendo *Heidi: trabajo*) y la llevo al cuarto de estar para que las chicas y yo seleccionemos entre vestiditos con volantes y peleles con estampados de animales, bodis con tutú, pijamitas de franela orgánica y bailarinas de raso hechas para los pies regordetes de un bebé.

—Shh —le digo a Zoe al retirar la tapa de color índigo—, no se lo digas a tu padre.

Veo por el rabillo del ojo que Willow estira el brazo y toca alguna prenda, pero enseguida aparta la mano como si le diera miedo romper o ensuciar algo. Tengo una súbita visión (un conato de clarividencia) en la que un adulto aparta de un tortazo la mano tímida de Willow de algo que ella desea. Ella retira la mano y baja los ojos, dolida.

—No pasa nada —le digo mientras saco la prenda más lujosa que encuentro y se la pongo en la mano.

La veo pasar los dedos por las estrías verticales, como si nunca hubiera tocado una prenda de pana. La levanta con cautela, se la acerca a la cara y frota la mejilla contra ella: un peto granate con flores en la pechera.

—¿Qué es todo esto? —pregunta Zoe al sacar de la caja un vestidito de terciopelo con falda de tafetán (talla dos años), y se queda boquiabierta al ver la cifra exorbitante de la etiqueta del precio—. ¿Noventa y cuatro dólares? —vuelve a preguntar mirando con estupor los noventa centímetros de tela que nadie se ha puesto nunca, el terciopelo azul noche y el lazo colosal. En algún lugar de la caja hay también unos leotardos a juego, igual de caros.

—Y eso fue hace diez años —contesto yo, y añado—: o más.

Me acuerdo de aquellos tiempos en que deambulaba por las tiendas del Loop a la hora de la comida, comprando un vestidito aquí, un bodi allá, siempre a escondidas de Chris. Si alguna vez me preguntaba, le decía que aquellas compras escandalosamente caras cargadas a nuestra tarjeta de crédito eran regalos para alguna compañera de trabajo embarazada o alguna amiga de la universidad que estaba a punto de dar a luz.

—¿Esta ropa era… *mía*? —pregunta Zoe.

Coge unos pololos con flores que van a juego con un vestido de verano. Los sujeta en alto y pienso: «¿Cómo voy a explicárselo?». Podría decirle que sí y no dar más explicaciones. Pero las etiquetas con el precio demuestran que la ropa está sin estrenar.

—Es una afición que tengo —reconozco—. Como coleccionar tapones de botellas o cromos de deportes. —Las chicas me miran como si acabara de salir de un nave marciana—. No me puedo resistir —añado—. Es todo tan bonito… —Levanto unos patucos peludos y se los enseño para demostrarles lo que quiero decir.

—Pero… —empieza a decir Zoe, que ha heredado su temperamento racional de Chris—. Yo nunca he llevado todo esto. ¿Para quién era esta ropa? —pregunta.

Las miro a las dos, a Zoe y a Willow, que me observan inquisitivamente. «Poli bueno, poli malo», me digo. Me resulta imposible mirar los grandes ojos marrones de Zoe, al mismo tiempo descreídos y exigentes, y reconocer que eran para Juliet; que a pesar de que el médico dijo que no podría tener más hijos yo seguí deseándolos y fantaseando con un mundo imaginario en el que Zoe y Juliet coexistían y jugaban con bloques de construcción o muñequitos en el suelo del cuarto de estar mientras yo, con una enorme barriga, esperaba mi tercer hijo. Me resisto a admitir que la idea de tener una sola hija me produjo una enorme amargura y una sensación de frío, como si nuestra casa, que siempre me imaginé rebosante de niños, fuera un lugar solitario incluso cuando estaba Zoe. Incluso cuando estaba Chris. De pronto mi familia (nosotros tres) me parecía insuficiente. Poco satisfactoria. Había un vacío, una laguna que rellené con Juliet, con aspiraciones y expectativas y una caja llena de ropa que algún día se pondría.

En lo más hondo de mi ser, estaba convencida de que Juliet existiría en algún momento. Solo que ese momento no había llegado aún.

Pero hago oídos sordos a la pregunta de Zoe y digo:

—¿Qué os parece si buscamos algo que pueda valerle a Ruby?

Y empezamos las tres a sacar cosas de la caja con renovado ímpetu, a pesar de que la visión de la ropa (y su olor: una extraña mezcla a perfume de tienda cara y optimismo) me recuerda el vacío de mi útero.

O del lugar donde antes estaba mi útero.

Nos decidimos por el peto granate y un bodi con los rebordes festoneados. Veo cómo Willow desviste al bebé y luego trata de meterle el bodi por la cabecita maleable. La niña suelta un chillido. Protesta tumbada en el suelo, patalea, se resiste. Willow continúa vistiéndola, indecisa, con gesto aprensivo. Mira fijamente el bodi, el agujero del cuello que parece demasiado pequeño para la cabeza redonda de Ruby, y luego intenta metérselo por la fuerza de nuevo, olvidando por completo dejar hueco para la nariz y pasárselo rápidamente por la boca para que la niña pueda respirar.

—Déjame a mí —le digo con más brusquedad de la que pretendía.

Siento sus ojos fijos en mí, pero me niego a mirarla. Ocupo su lugar y, estirando el elástico del bodi, se lo paso a Ruby por la cabeza sin vacilar. Cierro los corchetes de la entrepierna, la siento y cierro los corchetes de atrás.

—Ya está —digo mientras Ruby agarra la cadena de oro que cuelga de mi cuello con los ojos iluminados como un árbol de Navidad—. ¿Te gusta? —le pregunto, e interpreto como un sí sus ojos brillantes y su gran sonrisa babeante y desdentada.

Le pongo la alianza de mi padre en la palma de la mano y veo cómo sus deditos gordezuelos intentan apretarla.

—Era de mi papá —digo, y me concentro en la tarea que tengo entre manos: ponerle el peto granate encima del bodi y unos calcetines de encaje blanco en los pies, que no paran de moverse.

Ruby chilla encantada, y yo pego la cara a ella y le digo:

—Cuchi, cuchi, cu. —El tipo de carantoñas absurdas que tanto les gustan a los bebés.

Me olvido de que Willow y Zoe siguen en la habitación, observándome, y empiezo a hacer pedorretas en las partes del cuerpo de Ruby que están a la vista: la cara interna de los brazos y el cuello. No hago caso de la mirada que me lanza mi hija preadolescente mientras hablo con soltura la lengua de los bebés, una de esas habilidades que, como montar en bici, no se olvidan nunca.

—Cuchi, cuchi, cu —repito, y Zoe se levanta de repente y dice con esa voz aguda, en falsete, que solo puede conseguir una adolescente:

—¡Por Dios! ¡Vale ya de hacer tonterías! —Y se va por el pasillo y cierra de golpe la puerta de su habitación.

WILLOW

—¿Qué problema de salud *tenía* Miriam? ¿Era esquizofrénica? Digo que no con la cabeza.

—No lo sé.

Más allá de la ventana con barrotes que hay muy arriba, en la pared de bloques de cemento, el cielo está cambiando de color: el rojo y el naranja desplazan rápidamente al azul. El guardia del rincón bosteza, un bostezo largo y exagerado, y Louise Flores le mira con mala cara y pregunta:

—¿Le estamos aburriendo?

Y él se pone firme de repente: levanta la barbilla, saca pecho, endereza los hombros, mete tripa.

—No, señora —contesta, y ella, siempre tan antipática, se queda mirándole, y yo empiezo a ponerme colorada de vergüenza.

No sé qué le pasaba a Miriam, pero fuera lo que fuese estoy segura de que era culpa de Joseph.

—¿Y dices que Miriam tomaba medicinas de vez en cuando? —pregunta la señora Flores, y yo digo que sí—. ¿Qué clase de medicinas?

—Unas pastillitas blancas —contesto—. Y a veces otras, también.

Le digo que con las pastillas Miriam tenía mejor aspecto, que se sentía mejor y se levantaba un rato, pero que, si las tomaba mucho tiempo seguido, volvía a meterse en la cama.

El caso es que Miriam estaba siempre cansada, aunque se tomara las pastillas.

—¿Joseph la llevaba alguna vez al médico?

—No, señora. Miriam no salía nunca.

—¿No salía de casa?

—No, señora. Nunca.

—¿Y por qué no se medicaba todos los días?

—Joseph decía que, si Dios quisiera que se pusiera bien, la curaría.

—Pero ¿a veces le daba una medicina?

—Sí, señora. Cuando venía la señora Amber Adler.

—¿La trabajadora social?

—Sí, señora.

—¿De dónde sacaba Joseph las pastillas si no la llevaba al médico?

—Del armario del cuarto de baño.

—Sí, Claire, pero ¿cómo llegaban al armario del baño las pastillas si no la atendía ningún médico? Es muy probable que para comprar esas pastillas se necesite receta médica. Ir a la farmacia.

Le digo que no lo sé. Joseph me mandaba a buscar las bolsitas de plástico y... La señora Flores me interrumpe de pronto:

—¿Las bolsitas de plástico? —pregunta, y le digo que sí, y anota algo en su cuaderno, junto a la palabra *f-a-n-á-t-i-c-o*, que llevo ya media hora leyendo del revés y todavía no sé lo que significa.

Joseph sacaba unas pastillas y obligaba a Miriam a tomárselas. A veces tenía que abrirle la boca a la fuerza para que yo se las metiera y luego esperábamos el tiempo que hiciera falta para que se las tragara. A Miriam no le gustaban las pastillas.

Pero una o dos veces al año Joseph le hacía tomarse las pastillas una temporada y ella salía de su cuarto y se bañaba y abríamos todas las ventanas y yo me encargaba de ventilar la casa para quitarle aquella peste que echaba Miriam, antes de que llegara la señora Amber Adler en su tartana con esa bolsa Nike tan grandota. Joseph sacaba su caja de herramientas y se ponía a arreglar cosas de la casa y a pintar las manchas de las paredes. Solo cuando venía de visita la señora Amber Adler cambiaba las bombillas que estaban fundidas y engrasaba las bisagras.

Siempre tenía listo para mí un vestido nuevo, en vez de los trapos mohosos que me dejaba en mi cuarto, metidos en una bolsa de basura grande y blanca, como si los hubiera recogido en la acera enfrente de alguna casa el día que pasaba el camión de la basura. Una vez hasta me trajo un par de zapatos de charol. Me quedaban muy grandes pero aun así me dijo que me los pusiera para que me los viera la señora Adler.

La trabajadora social me traía cartas de Paul y Lily Zeeger. Decía que podía darles a los Zeeger mi dirección nueva, pero como Joseph había hecho cachitos las fotos de mamá, yo le decía que no, gracias, que prefería que me las trajera ella cuando viniera. Lily Zeeger escribía unas cartas preciosas sobre mi hermanita Rose (Lily), y ponía siempre su nombre entre paréntesis por si acaso yo no sabía de quién me estaba hablando. Decía que Rose (Lily) estaba cada día más grande y que por las fotos que había visto se parecía cada vez más a nuestra madre, que era guapísima, una mujer impresionante y fabulosa (como si con tanto cumplido pudiera olvidarme de que estaba muerta). Decía que Rose (Lily) estaba aprendiendo las letras del abecedario y a contar hasta diez, y que sabía cantar tan bien como las reinitas amarillas, unos pájaros que según decía Lily la Grande abundaban mucho en los alrededores de su casa en Colorado, y mandaba fotografías acompañando las cartas, fotografías de una cabaña preciosa, con el tejado triangular, en mitad del bosque, con montañas de fondo y un perro pequeño, un cocker spaniel o algo así, correteando alrededor de las piernas de mi Lily. Y allí estaba Lily, con sus tirabuzones negros, tan negros como los de mamá, y el pelo muy largo y recogido con horquillas de mariquitas, y un vestidito amarillo con volantes y un lazo tan grande como su cabeza. Y sonreía. Paul Zeeger estaba de pie en un balcón, con camisa y corbata de rayas, mirando a Lily la Pequeña, y yo me figuraba que era Lily la Grande quien había hecho la foto porque no se la veía por ninguna parte. Hasta el perro parecía contento. La carta decía que Rose (Lily) estaba yendo a clases de *ballet* y que le gustaba ensayar sus piruetas y sus *relevés* delante de Paul y Lily, y que le encantaban su tutú y su maillot rojo, y que en otoño empezaría a ir al colegio Montessori de su pueblo.

«¿Qué es un colegio Montessori?», le pregunté a la señora Amber Adler.

Me miró con una sonrisa y dijo «una cosa buena», y me dio unas palmaditas en la mano.

Le pregunté por qué Paul y Lily Zeeger no tenían hijos propios. ¿Por qué necesitaban a *mi* Lily? Y me contestó que algunas veces las cosas eran así. Que el hombre o la mujer no podían tener hijos, y que no se podía remediar. Y yo me acordé de eso que decía Joseph de que, si Dios quería que Miriam se curara, la curaría, y pensé que si Dios quería que Paul y Lily tuvieran hijos, se los habría dado. Hijos propios, quiero decir. No a mi Lily. Lily era mía.

Yo pensaba mucho en aquella cabaña en la que vivía Lily. Pensaba en esos árboles tan altos, y en las montañas y en el perro. Pensaba en cuánto me gustaría estar allí, en esa casa en el bosque, y volver a ver a mi Lily. Me preguntaba si podría verla alguna vez.

Lily la Grande decía que podía escribirle cartas a Rose (Lily) si quería, y que ella se las leería. Así que yo le escribía. Le hablaba de los tulipanes que había plantados delante de nuestra casa (aunque en realidad no había ninguno) y de lo que aprendía en el colegio (aunque no iba al colegio). Lo único que se leía en nuestra casa era la Biblia, y las únicas veces que escribía era cuando Joseph me hacía copiar el Deuteronomio o el Levítico palabra por palabra. Los boletines que Joseph le enseñaba a la trabajadora social con mis malas notas del colegio eran falsos: fotocopias de las notas de Matthew o Isaac a las que les ponía mi nombre, con suspensos en mates y ciencias y comentarios de la maestra hablando de mi mal comportamiento y mi desobediencia.

«¿No te gusta el colegio?», preguntaba la trabajadora social.

«Sí que me gusta», decía yo.

«¿Cuál es tu asignatura preferida?», quería saber ella.

Yo no sabía mucho de asignaturas, así que contestaba que matemáticas.

«Pero, Claire, aquí dice que suspendes en matemáticas».

Y yo me encogía de hombros y le decía que eran muy difíciles, y ella me recordaba, como hacía muchas veces, que era muy afortunada porque Joseph y Miriam se hubieran hecho cargo de mí. Que otras familias de acogida no eran tan flexibles ni tan comprensivas.

«Tienes que esforzarte más», me decía, y a Joseph y Miriam les sugería que me buscaran un profesor particular.

Yo en mis cartas le contaba a Lily la Pequeña cómo era vivir en una gran ciudad (Omaha) y le describía los edificios. Aunque no los había visto nunca, sabía que existían. Omaha era muy distinta de Ogallala. Yo lo notaba por los olores, por los ruidos, por los niños del otro lado de la ventana. Mamá solía hablarnos de Omaha cuando éramos pequeñas. De la gente y de los edificios, de los museos y los zoos. Yo en las cartas le hablaba a Lily de mis hermanos, a los que casi no conocía, y de los amigos que hacía en el colegio (aunque no tenía ninguno) y de lo buenos que eran mis profesores (que tampoco existían).

En sus respuestas, Lily la Grande me hablaba del regalo que le hicieron a Rose (Lily) cuando cumplió cuatro años: una bici nueva, de color verde y rosa, con ruedines y borlas en el manillar, y una cesta de mimbre blanco, y un sillín de los largos. Había fotos. Lily la Pequeña montada en la bici, con casco, y Paul Zeeger empujándola, y el pequeño cocker spaniel corriendo detrás de ellos. Lily la Grande me decía que iban a ir de vacaciones a California, a la playa. Y que sería la primera vez que Rose (Lily) vería el mar, y me preguntaba si yo lo había visto alguna vez. Le habían comprado un bañador nuevo y un vestidito playero para la ocasión.

La vez siguiente que vino la trabajadora social, me trajo dibujos hechos por Lily, dibujos del mar, con peces y unos pegotes en la arena que podían ser conchas, o no Y un sol amarillo brillante con rayos que se salían de la hoja. Por detrás, Lily la Grande había escrito con su letra perfecta *Rose (Lily), 4 años.*

No eran mala gente.

Con el tiempo lo entendí.

Pero saberlo con la cabeza y saberlo con el corazón son cosas muy distintas.

HEIDI

Por la mañana, Zoe le ofrece de mala gana a Willow algo más de ropa para que se vista. Esta vez son unas mallas negras que a ella le quedan un poco cortas y a Willow mucho más, una sudadera manchada de pintura por delante que el curso pasado se ponía como blusón en clase de plástica.

—Zoe, por favor —le digo—, esto está hecho un asco.

—Muy bien —contesta, y descuelga un jersey del colegio de una percha y se lo pone en las manos a Willow—, aquí tienes.

Las chicas desayunan (dos tazones llenos de cereales hasta rebosar) y luego Zoe desaparece para ducharse y vestirse. Ruby, que llevaba despierta y nerviosa desde las cinco de la mañana por culpa de la fiebre, se ha dormido por fin en mis brazos. Como a los bebés hay que acunarlos cuando lloran o están molestos (y no tenemos mecedora, claro), la sujeté contra mi pecho y me moví adelante y atrás, adelante y atrás, hasta que por fin se calmó y a mí empezaron a dolerme los músculos de la espalda. Pero no me importó. Fue muy gratificante, muy satisfactorio que Ruby se cansara por fin y fuera cerrando poco a poco los ojos.

Entonces me senté en el sillón de piel y miré absorta cómo le temblaban los párpados cuando dormía y cómo se doblaban sus deditos sobre mi pulgar, sin soltarlo, y cómo se quitaba el calcetín de encaje moviendo los deditos del pie izquierdo hasta que se cayó al suelo, y su pelito fino como hilo y la suavidad de su cuero cabelludo y de su piel blanquísima.

Estaba tan absorta, de hecho, que he perdido por completo la noción del tiempo y me he olvidado de que tenía que llevar a Zoe al colegio e irme a trabajar.

De repente, Zoe se planta delante de la puerta con su mochila a la espalda. Lleva el abrigo puesto, con la cremallera cerrada a medias, y un paraguas colgado de la muñeca por un cordel.

—¿Nos vamos? —pregunta, y yo miro mi atuendo: todavía estoy en bata y llevo puestas las zapatillas de cabritilla para calentarme los pies—. Mamá —añade en tono de reproche al darse cuenta de que estoy en pijama.

No hago intento de moverme, me da miedo despertar a Ruby de su siesta. Noto que abro la boca y que digo *shh* para que la voz de Zoe no despierte a la niña.

Frunce el ceño, enfadada, mira el reloj de la pared y luego me mira a mí, cada vez más nerviosa. De pronto parece encogerse, baja los hombros, los echa hacia delante y arquea los riñones. La mochila se le cae del hombro y queda colgada de su codo. Después, suspira y vuelve a subírsela.

—No voy a ir a trabajar —le digo en voz baja, así, de repente—. Tendrás que ir sola al colegio —añado, confiando en que dé botes de alegría porque lleva años pidiéndome que la deje ir sola, como hace Taylor, su mejor amiga.

Pero en lugar de manifestar alegría abre la boca y me dice con desdén:

—¿Cómo que no vas a ir a trabajar? Tú *siempre* vas a trabajar.

Y es verdad: he faltado al trabajo muy pocas veces, incluso cuando Zoe era pequeña y tenía la gripe. A menudo le pedía a Chris que se quedara él cuidándola y, si no podía, eran sus padres quienes venían desde su casa en la zona oeste de la ciudad. En momentos de apuro incluso recurríamos a Graham.

Pero el peso de Ruby dormida en mi regazo me recuerda que no puedo marcharme.

La manita gordezuela con la que me coge el dedo me ordena que me quede en casa.

—Me deben muchos días de vacaciones —digo en voz baja, y le recuerdo a Zoe que la bolsa de papel con su almuerzo está en la encimera de la cocina: palitos de apio con queso de untar y pasas por encima, una incorporación reciente, ahora que le preocupa tanto su peso.

Me pregunto si yo me preocupaba tanto por mi peso cuando tenía doce años, pero lo dudo. Creo que eso también vino después, en mi caso, cuando tenía dieciséis o diecisiete años. Agarra la bolsa y el papel cruje ruidosamente. Ruby se remueve en mi regazo y entreabre los ojos, pero estira los brazos por encima de la cabeza y vuelve a dormirse.

—Que tengas un buen día —le susurro a Zoe antes de que se marche, y contesta con un ambiguo «Vale» antes de desaparecer por el pasillo dejando la puerta abierta de par en par, de modo que tengo que pedirle a Willow que por favor la cierre.

Confío en que mi hija se acuerde de que no debe contarle a nadie lo de Willow, ni decirles a sus compañeros de clase y a sus maestros que tenemos una huésped en casa. Dar amparo a un menor huido durante más de cuarenta y ocho horas se considera delito: una falta grave punible con hasta un año de prisión, varios años de libertad condicional y una multa cuantiosa.

Pero una cosa es saberlo y otra creerlo. Me cuesta creer que puedan pillarme, o que la policía vaya a denunciarme por una falta grave cuando lo que estoy haciendo es ayudar a esta chica. Me gustaría saber dónde estaba la policía cuando alguien golpeó a Willow tan fuerte que le salió ese moratón ocre en la frente, o cuando algún cerdo se le echó encima. ¿Estaba sola cuando nació Ruby, arropada en algún oscuro callejón, de noche, debajo de una escalera de incendios oxidada o de máquinas de aire acondicionado que goteaban, junto a contenedores infestados de ratas, apoyados contra una pared de ladrillo cubierta de pintadas? ¿Ahogaron los ruidos de la ciudad sus gritos de dolor?

Es una imagen que tengo grabada en la mente, la imagen de Willow en un callejón a oscuras, dando a luz a su bebé. Mientras estoy sentada en el sillón de piel con Ruby profundamente dormida en mi regazo y Willow sentada junto a la ventana, en silencio, viendo ir y venir a los transeúntes, cuento cuatro meses atrás: marzo, febrero, enero, diciembre. Ruby tuvo que nacer en diciembre. Añado a mi imagen mental la nieve sucia y medio derretida y el frío helando la sangre que manaba del canal del parto.

En mi fantasía, Zoe ocupa el lugar de Willow: es una hija, una hija cualquiera.

¿Dónde está su madre?

¿Por qué no la ha protegido de un destino tan espantoso?

Me descubro mirándola fijamente, mirando el pelo que le cae sobre la cara y le tapa los ojos, que van cerrándose poco a poco, soñolientos, y la piel, que empieza a recuperarse de los estragos del frío aire primaveral. No es muy alta, le saco unos quince centímetros, de modo que le veo la coronilla, donde las raíces del pelo, intactas por el tinte rojizo, le crecen de un color castaño claro.

Estiro el brazo y, sin pensar, toco un momento los agujeros infectados de sus orejas, la piel roja y encostrada, el lóbulo que empieza a hincharse. Se aparta rápidamente y palidece como si acabara de darle una bofetada.

—Perdona —le digo retirando la mano—. Lo siento. No era... —Me interrumpo, trato de recuperar la compostura y lo intento otra vez—: Deberíamos curarte eso. A lo mejor con un poco de pomada antibiótica es suficiente.

Pero soy consciente de que, entre la fiebre constante de Ruby y *esto*, tendremos que ir pronto al médico.

Pasado un rato, Willow me pregunta con cierto temor si puedo prestarle mi ejemplar de *Anna, la de Tejas Verdes* y yo, claro, le digo que sí y la veo retirarse al despacho de Chris a leer. La veo llevarse el ejemplar desgastado pegado al pecho y me pregunto qué representa la novela para ella, por qué se sabe pasajes de memoria como si fueran versículos de la Biblia. Podría preguntárselo, podría preguntarle por el libro, pero me la imagino acurrucándose hasta hacerse una

160

bola, como un armadillo o una cochinilla de la humedad, y escondiéndose debajo de su caparazón.

Me levanto del sillón y me acomodo en la mesa de la cocina con mi portátil y una taza de café, y Ruby envuelta en una manta sobre mi regazo. Abro un buscador y escribo en el casillero *maltrato infantil*.

Descubro entonces que en Estados Unidos mueren anualmente más de mil niños debido al maltrato o el abandono de sus cuidadores. Cada año se denuncian más de tres millones de casos de maltrato infantil, denuncias presentadas por maestros, autoridades municipales, amigos de la familia, vecinos y un sinfín de llamadas anónimas a los servicios de bienestar social. El maltrato infantil puede tener como consecuencia lesiones físicas: hematomas y fracturas óseas, puntos de sutura, lesiones en el cuello y la columna vertebral, daños cerebrales, quemaduras de segundo y tercer grado, etcétera, etcétera. Pero en el plano emocional es también extremadamente dañino: conduce a la depresión incluso en las víctimas más jóvenes, genera introversión, conductas antisociales, trastornos alimenticios, intentos de suicidio, prácticas sexuales ilícitas. Y *embarazos adolescentes* (al leer esto, en mi mente se forma una imagen de Willow llevando a Ruby en su vientre). Las víctimas de maltrato infantil son más proclives a consumir alcohol y drogas y a participar en actividades delictivas, y por lo general sus resultados académicos son mucho peores que los de los niños que no sufren abusos.

«¿Quién es el padre de la niña?», me pregunto mientras me sirvo otro café, vertiendo accidentalmente un poco de leche en la encimera.

¿Un novio? ¿Un ligue? ¿Un profesor sádico que se aprovechó de su posición de poder para seducir a una alumna o tentarla con su sonrisa simpática y su campechanería? ¿O quizás el propio padre de Willow? ¿Un vecino? ¿Un hermano?

Y entonces me acuerdo: Matthew. Su hermano Matthew. El que leía *Anna, la de Tejas Verdes*.

¿Es Matthew el padre de la niña?

Me sobresalto al oír los pasos de Willow al otro lado de la habitación y cierro de golpe el portátil para que no vea las palabras dispersas al azar por la pantalla: *agresión, abusos sexuales, tocamientos*. Me levanto con la respiración agitada y trato de parecer relajada. Willow me pregunta si puede encender la tele y le digo que sí, claro, siempre y cuando no suba mucho el volumen. La veo sentarse en el sillón de piel y poner *Barrio Sésamo*, el tipo de programa infantil que Zoe no ve desde que tenía cuatro o cinco años. Me resulta muy, muy raro. Tanto, que no sé qué pensar al respecto.

Pero luego, no sé cómo, mi preocupación por Willow empieza a desvanecerse y me descubro otra vez concentrada en Ruby, y mi búsqueda en Internet acerca de los abusos sexuales en menores se convierte en una búsqueda de mecedoras. Me olvido del moratón ocre que tiene Willow en la cabeza y me pongo a pensar en la necesidad de mecerse que tiene la niña, y en sentarme con ella en brazos delante del ventanal y pasarme horas contemplando cómo cae la lluvia.

CHRIS

Una noche se convierte en dos.

Y luego dos en tres.

No estoy muy seguro de cómo sucede. Llego a casa del trabajo, dispuesto a decirle a Heidi que es hora de que Willow se vaya. Incluso tengo un plan: le daré cincuenta dólares a la chica (cincuenta, no cien: lo justo para que vaya tirando unos días); me informaré sobre los albergues para indigentes de la ciudad, para que Heidi piense que me preocupo por ella, y la llevaré yo mismo en un taxi. Me aseguraré de que entra en el albergue, y de que en el albergue aceptan bebés.

Repaso para mis adentros lo que voy a decirle a Heidi. Por el camino, de vuelta a casa, hago una lista numerada en mi agenda, pero el tren se mueve tanto que la letra me sale garrapateada. Al salir de la estación de Fullerton, mientras voy andando por la calle, pulo mi discurso de cabeza. Vamos a ser *generosos*, le diré. A darle *suficiente* dinero. A asegurarnos de que tiene todo lo que *necesita*.

Miraré los ojos marrones e hipnóticos de Heidi y le haré entender que no puede ser de otra manera. Derrocharé tacto y delicadeza y pondré a Zoe como excusa.

«Zoe podría pensar que te interesas más por las necesidades de Willow que por las suyas».

Así entrará en razón. Si contrapongo a Zoe y a Willow, se dará cuenta de que estoy en lo cierto.

Pero, como suele decirse, el hombre propone y Dios dispone.

Me falta menos de una manzana para llegar a casa cuando retumba un trueno a pesar de que la noche está serena y empieza a caer una lluvia espesa y fría. Un cúmulo de nubarrones semejante a un muro de bloques de cemento avanza sobre la ciudad. Echo a correr, consciente de que ha empezado a bajar la temperatura: de día hacía diez grados pero al hacerse de noche la temperatura ha caído por debajo de cero.

Sería un monstruo si pusiera a la chica de patitas en la calle con este chaparrón. Es lo que dirá Heidi, pienso mientras subo las escaleras sacudiéndome el agua de la chaqueta y el pelo.

Cuando entro, me encuentro a la chica en el sofá, con la malvada gata negra echada sobre las rodillas. Heidi y Zoe están sentadas a la mesa de la cocina, hablando de probabilidad. Probabilidad simple. Probabilidad conjunta.

«¿Qué probabilidad hay de que vuelva a llover otra noche durante el mes de abril más húmedo del que se conservan registros documentales?».

Heidi lleva ya dos días seguidos sin ir a trabajar. Cuarenta y ocho horas. Fui yo quien, hace dos días, le prohibí que dejara a *esa chica* sola en casa, indicándolo con una mirada a los documentos personales, joyeros, aparatos electrónicos y demás cosas que podía robarnos. Heidi miró el televisor de cuarenta pulgadas colgado de la pared, se imaginó a la chica caminando por Fullerton con él en brazos y preguntó «¿Lo dices en serio, Chris?», poniendo así en evidencia lo mal pensado que soy.

Y yo le dije: «No seas ingenua».

Pero ella lo ha utilizado en provecho propio, como excusa para no ir a trabajar y no tener que poner a la chica en la calle como yo esperaba que hiciese. Dijo que no podía dejar a Willow sola por miedo a que robara algo: la tele de cuarenta pulgadas o la alianza de su padre.

La niña está en el suelo, profundamente dormida. En la tele, los hombres del tiempo hablan de una serie de tormentas que van a sacudir la ciudad esta noche. El tipo de temporal que provoca tornados —dicen— y causa daños graves.

—Si viven en las localidades de Dixon o Eldena, busquen refugio cuanto antes.

Las tormentas vienen para acá desde el centro de Illinois y Iowa: puntitos naranjas intermitentes en el radar Doppler que los meteorólogos muestran en pantalla.

—¿Otra vez está lloviendo? —pregunta Heidi alzando la voz para hacerse oír por encima del tamborileo de la lluvia mientras cuelgo mi chaqueta empapada en el perchero, junto a la puerta, y me quito los zapatos.

Contesto que sí.

—Acaba de empezar —digo—. Y hace más frío, además.

Un trueno retumba en el cielo, haciendo temblar el edificio y a todos sus habitantes.

—Va a caer una buena —comenta Heidi acerca de la tormenta, y fija los ojos en Willow, que está al otro lado de la sala, acariciando al gato con la palma de la mano y mirando inexpresivamente por las ventanas ennegrecidas.

Un rayo ilumina el cielo y ella se sobresalta y se pega a los cojines del sofá como si quisiera esconderse.

Beso a Heidi y a Zoe en la mejilla, cojo el plato de mi cena, que está en la encimera tapado con una servilleta de papel y lo meto en el microondas para recalentarlo. Miro debajo de la servilleta y veo que son chuletas de cerdo. Puede que no esté tan mal que la chica viva aquí, después de todo.

El aire frío entra por las rendijas de las ventanas mal aisladas y se disemina por la casa. Fuera, el viento sopla y mece los árboles. Heidi se levanta del sillón, cruza la habitación y enciende la chimenea de gas.

Entonces veo de reojo que Willow se levanta de un salto, asustada, tirando al suelo a la gata negra. Tiene la mirada clavada en la chimenea, en el fuego que brilla, anaranjado, entre las ascuas artificiales. Observa cómo bailan teatralmente las llamas detrás de la pantalla de rejilla. Las gatas acuden, atraídas por el calor del fuego. Se tumban junto a la chimenea, ajenas a la angustia de Willow.

—Fuego —dice en voz baja y temblorosa, señalando la chimenea con sus negros remates, empotrada en la pared blanca y rodeada de estantes llenos de figurillas de Heidi: sus esferas de nieve y sus jarrones, y una colección de tarros antiguos—. Fuego —repite, y al verla pienso en los cavernícolas descubriendo el fuego. Tiene los ojos vidriosos como canicas. La cara se le ha puesto blanca.

Heidi apaga la chimenea automática como movida por un impulso reflejo. Desaparecen las llamas. Los troncos artificiales, negros, pintados a mano, vuelven a su estado normal.

—Willow —dice Heidi con voz tan temblorosa como cuando la chica ha dicho «fuego». Pero su voz posee una serenidad que no tiene la de Willow. Un atisbo de racionalidad.

Los demás nos quedamos callados. Las gatas miran la chimenea, que se enfría rápidamente.

—No pasa nada, Willow —dice Heidi—, no es más que una chimenea. No hay nada que temer. Absolutamente nada.

Y me mira suplicante, pidiéndome que le explique lo que acaba de ocurrir. Yo me encojo de hombros mientras Willow vuelve a sentarse en el sofá, intentando olvidarse de las llamas.

Me como la cena y me excuso alegando que tengo que entrar en el dormitorio para hacer una llamada. Una llamada de trabajo, añado para que no me interrumpan.

Pero no es una llamada de trabajo, ni mucho menos.

He estado indagando sobre Willow Greer y me he topado con un callejón sin salida tras otro. He ampliado la búsqueda, no limitándola a Google, y en cuanto tengo un segundo libre me meto en Internet a buscar información sobre la chica.

He entrado en el Centro Nacional para Menores Desaparecidos y Maltratados y he buscado en las alertas activas sobre menores secuestrados. Incluso me he suscrito para recibir alertas de niños desaparecidos a través del correo electrónico, y ahora me avisan cada vez que un cónyuge despechado trata de huir llevándose a su prole. Pero, de momento, nada. Cero.

Después de descubrir la cuenta de Twitter @LostWithoutU vinculada a W. Greer, pasé más tiempo del que querría reconocer leyendo los lúgubres tuits de la chica, sus amenazas de suicidio, y mirando las fotos que tenía colgadas en Internet, sus brazos cubiertos de arañazos, destrozados por el filo de una cuchilla de afeitar, o eso aseguraba ella. Sus cortes. Había comentarios de todo tipo, chalados que colgaban fotos de autolesiones a cual más espantosa, letras rojas y de bordes aserrados grabadas en la piel: *gorda*, *dolor* y *puta*. Y respuestas que retaban a la chica a cumplir sus amenazas de suicidio: *Hazlo* y *¿A que no te atreves?*

Había también fotografías de los tatuajes de la chica: diversos símbolos ocultistas en el hombro y la pierna y una especie de mariposa con las alas negras y amarillas extendidas sobre las palmas de las manos. Un primer plano de su cara y, ocultos detrás de su pelo rojo y lacio, un par de pendientes de cruz muy parecidos a los que lleva Willow. Unas alas de ángel extendidas.

¿Será una coincidencia? Miro atentamente esos pendientes y me digo: «Seguramente no».

¿Es posible que nuestra Willow Greer sea la misma chica, con una foto de perfil que no es la suya? Tal vez. Busco otras fotos del perfil: un perro, un gato, Marilyn Monroe. No hay ninguna ley que diga que tu foto tiene que ser *tu* foto. Dejándome llevar por un impulso, me abro una cuenta en Twitter, @MoneyMan3. Cargo una foto que encuentro en Internet, una foto de un modelo rubio y con ojos azules, sin camiseta y luciendo abdominales.

De ilusión también se vive.

Mando un tuit a @LostWithoutU.

¿Duele?, pregunto acerca de las cicatrices rojas que marcan su piel.

Y luego hago la llamada.

Tengo un amigo de la universidad que trabaja como investigador privado en Chicago, especializado en casos de adulterio. Martin

Miller. Cuenta unas anécdotas fabulosas acerca de mujeres de clase alta que acaban en hoteles de lo más cutre. En su página web asegura que es capaz de encontrar a antiguos amores, novias de la universidad y adolescentes huidos. Quizá pueda ayudarme.

Cuando contesta, le planteo nuestro problemilla. Promete actuar con absoluta discreción.

No quiero de ninguna manera que Heidi se entere de que he contratado a un detective. O que esa información acabe en manos de quien no debe. Si Martin se lo contara a las autoridades... «Pero no», pienso. Echo otro vistazo a su página. *Máxima discreción*, afirma. Y, además, conozco a Martin.

Pero, entonces, ¿cómo es que me ha hablado de esas mujeres de clase alta y de los hoteluchos que frecuentan? «No», pienso tratando de alejar esa idea de mi cabeza. Todavía le oigo reírse del asunto en algún garito de Logan Square. De eso hace unos cinco años, puede que más. Y estábamos los dos borrachos.

«Conozco a Martin».

Esta noche, mientras estoy tendido en el suelo, en el saco de dormir de color magenta, pienso en la chica, en la cara que puso al ver el fuego. ¿Cómo puede asustarse de un rayo una chica adolescente? ¿Y del fuego?

A Zoe no le dan miedo esas cosas desde que tenía ocho años.

Casi me da pena. Casi.

Claro que mostrarme comprensivo no es lo mío. Eso es cosa de Heidi.

HEIDI

Willow se va habituando a vivir en nuestra casa, como una roca que el tiempo desgasta poco a poco, rompiéndola en trocitos cada vez más pequeños. Convirtiéndola en guijarros. Cuenta muy pocas cosas sobre su vida, casi nada, en realidad, y también eso se convierte en un hábito. Dejo de hacerle preguntas, de intentar sonsacarle información acerca de ella, de su familia, de su pasado, sabedora de que las respuestas serán siempre escasas e incompletas.

Tiene un hermano. Un hermano llamado Matthew. Eso sí lo sé.

En el poco tiempo que lleva en casa cada uno de nosotros ha aprendido a relacionarse con ella a su manera. Chris de un modo sintético, con una empatía forzada y poco natural. Tolera su presencia, pero todos los días me pregunta cuánto tiempo más va a quedarse. «¿Una noche? ¿Dos?».

Yo le digo que no lo sé, y él menea la cabeza y dice «Heidi... Esto se nos está yendo de las manos, de verdad».

Y yo le hago ver que durante los días que lleva con nosotros no ha hecho ni una sola cosa reprochable: seguimos vivos y no nos ha robado los electrodomésticos mientras dormíamos.

«Es inofensiva», le digo. Pero él no está tan seguro.

Y sin embargo, de cuando en cuando, me acuerdo de la sangre de la camiseta interior que tiré por el bajante de la basura y que ahora debe de estar en algún vertedero de Dolton. Me pregunto si la sangre era de verdad suya, como me dijo, si era consecuencia del frío primaveral o si quizás… Pero ahí me detengo, negándome a considerar otras alternativas. El recuerdo de esas salpicaduras de sangre me asalta en los momentos más inoportunos: cuando estoy dándome una ducha o haciendo la cena. En momentos de quietud en los que mis pensamientos se dispersan, alejándose de los quehaceres cotidianos, y acaban desembocando en esas manchas de sangre.

Y cuando no estoy pensando en la sangre, me descubro constantemente pensando en la niña, en Ruby. Tenerla en brazos y escuchar su llanto me recuerda a todos esos hijos imaginarios que ansiaba tener. Los que iba a tener. Me sorprendo soñando con bebés noche tras noche: con bebés vivos, con bebés muertos, con angelitos y querubines de alas angelicales. Sueño con Juliet. Sueño con embriones y fetos, y con biberones y zapatitos de bebé. Me paso la noche soñando que doy a luz, y sueño con sangre, con sangre en una camiseta interior, con sangre que mana de entre mis piernas, roja y espesa, y que se coagula en mis bragas. Unas bragas que en algún momento fueron de un blanco deslumbrante, igual que la camiseta interior.

Me despierto sudorosa y aterrorizada. En cambio Chris y Zoe ni siquiera se mueven.

Zoe se relaciona con Willow igual que con el resto del mundo en este momento de su vida: con hostilidad. Hay días en que la mira desde el otro lado de la habitación con una expresión rayana en la repugnancia. Refunfuña por tener que compartir su ropa con ella, o por no poder ver algún programa hortera en la tele. Se niega a coger a Ruby aunque sea un segundo cuando Willow está en el baño y yo ocupada en otra cosa. Se niega a darle el biberón y, cuando llora, como pasa a menudo, con ese llanto patético y persistente, pone cara de fastidio y se marcha de la habitación.

Yo, por mi parte, preparo comidas de tres platos, contenta de que haya alguien que se coma hasta la última migaja. Preparo ensaladas y sopas, lasaña y espaguetis con pollo, y veo a Willow devorar los platos uno por uno, siempre dispuesta a repetir mientras Zoe mira desganadamente la comida y pregunta «¿Se puede saber qué es esto?» o «¿No éramos vegetarianos?» con voz chillona y quejosa y ese tono del que solo es capaz una preadolescente. Veo a mi hija picotear las hojas de lechuga de su ensalada como un conejo, y agradezco que, al otro lado de la mesa, Willow esté hambrienta y no permita que se tire nada a la basura.

Por la tarde, cuando Zoe está en el colegio, me descubro mirando a Willow. Y a Ruby. Observo la torpeza con que maneja a la niña hasta que se la quito de los brazos y digo: «Trae, déjame a mí». Y enseguida añado para no ofenderla: «Te sentará bien descansar un rato».

No sé cómo lo entiende ella, cómo encaja que le quite a la niña de los brazos. Y no estoy del todo segura de que me importe. Pego los labios a la frente de la niña y susurro: «Ya está, cielito». Y mientras tanto la mezo suavemente arriba y abajo, intentando que sonría.

Me siento en la mecedora nueva que he comprado por Internet y que me llegó esta mañana por mensajería (Chris todavía no la ha visto). He pagado casi cien dólares de más para que me la mandaran por envío urgente, pero eso no voy a decírselo. Apoyo la espalda en el soporte lumbar y la niña y yo empezamos a mecernos. Canturreo nanas de Patsy Cline en voz baja, canciones que me cantaba mi madre y que parecen interesar a Willow, aunque ella procure disimularlo.

Observo a la chica por el rabillo del ojo, preguntándome sombríamente cuándo querrá que le devuelva a la niña, cuándo se cansará de ver a los Teleñecos en la tele y querrá retirarse al despacho con *Anna, la de Tejas Verdes* y Ruby. Mis brazos se tensan automáticamente en torno a la niña, como un cinturón de seguridad en caso de accidente.

Willow lleva más de cuarenta y ocho horas en casa y lo único que sé de ella es su apellido, si es que es de verdad su apellido, como se empeña en recordarme Chris.

Y que tiene un hermano, Matthew.

No cuenta nada sobre sí misma ni yo le pregunto, convencida como estoy de que cualquier interrogatorio la asustará y la hará marcharse de casa llevándose a la niña. Compenso la falta de información inventándome toda clase de relatos acerca de cómo ha acabado formando parte de nuestras vidas, historias acerca de tornados primaverales que barren el Medio Oeste y la arrancan de su hogar, cuentos en los que escapa del cazador que ha de regresar al castillo llevando su corazón como prenda. De vez en cuando empieza a decir algo: se le escapa una palabra, o a veces una o dos sílabas, pero luego se para de repente y hace como si no se acordara de lo que iba a decir.

Es muy seria. Nunca sonríe. Podría ser una señora mayor, con el bagaje que arrastran esa mirada y esa actitud tan sumisa. Es muy callada, prácticamente muda. Se sienta en el sofá y mira absorta la tele. Ve sobre todo dibujos animados, casi siempre *Barrio Sésamo*, y mira la tele con aire soñador, hasta que Chris, Zoe o yo la sacamos de su ensimismamiento.

Come muy deprisa, con ansia, como si llevara casi toda su vida privada de comida casera, y por las noches, cuando me quedo en el pasillo después de darnos las buenas noches y de que entre en su cuarto, espero a que cierre la puerta, como hace siempre, echando el pestillo para que nadie se cuele en su habitación ni aceche en las sombras mientras duerme.

A veces la oigo de madrugada. La oigo murmurar inconscientemente una sola frase, dormida: «Ven conmigo». Una y otra vez, «Ven conmigo». A veces va subiendo la voz y sus palabras suenan casi desoladas, como si intentara frenéticamente convencer a alguien, como si su vida dependiera de ello.

«Ven conmigo. Ven conmigo».

Pero, ¿con quién habla?, me pregunto yo. ¿Y a dónde quiere que vaya esa persona?

Es limpia y ordenada: lleva sus platos al fregadero y los friega y seca a mano aunque le ruego que no lo haga.

«Por favor», le digo, «déjalos. Voy a poner el lavavajillas».

Pero ella friega de todos modos como si creyera que es su deber, y a veces comprueba dos y tres veces si quedan restos de comida en los platos o en los dientes de los tenedores, como si ese descuido sin importancia pudiera acarrearle un castigo, y me la imagino —me imagino a Willow— inclinada sobre una silla de cocina, recibiendo el número preceptivo de azotes por dejar restos en el plato, y luego, de propina, un coscorrón, de ahí el hematoma amarillento de su cabeza.

La niña y yo nos balanceamos en la mecedora mientras ella sigue sentada en el sofá, en silencio. Ruby se retuerce en mis brazos con el chupete puesto, incapaz de llorar a pesar de que nada le apetece más que soltar un chillido espeluznante. Veo su mirada agitada, sus ojos vidriosos por otro acceso de fiebre.

Humedezco un paño y se lo pongo en la frente, y sigo cantándole nanas en voz baja con la esperanza de que se calme.

Entones Willow se vuelve hacia mí y, en ese instante de silencio casi completo, su voz me sobresalta.

—¿Cómo es que no ha tenido más hijos si le gustan tanto? —pregunta en ese tono suyo, normalmente tímido y sumiso.

Y yo siento que el aire de la habitación se vuelve de pronto tan escaso que no puedo respirar.

Podría mentirle. Podría eludir por completo la cuestión. Nadie me lo ha preguntado nunca. Ni siquiera Zoe. Me retrotraigo once años atrás. El principio del fin, o eso me pareció en su momento. Zoe tenía menos de un año y era un ser adorable, daban ganas de estrujarla cuando no tenía un berrinche por culpa de los cólicos, de esos que hacían que los vecinos llamaran a la puerta para ver si podían hacer algo para ayudarnos a calmarla y que los dejara dormir. Debía de tener cinco o seis meses cuando descubrí que estaba embarazada otra vez, que llevaba dentro de mí a Juliet. No lo estábamos buscando, Chris y yo, pero tampoco tomábamos precauciones. Me puse loca de contento cuando me enteré, pensé que era solo el principio de esa enorme familia que quería tener.

No estoy del todo segura de cómo se lo tomó Chris.

«Es pronto», dijo el día que se lo conté, delante de la puerta del baño con el test de embarazo en la mano. «Ya tenemos un bebé».

Pero luego sonrió. Y nos abrazamos. Y hablamos durante esas semanas fugaces de qué nombre le pondríamos al bebé y de si debía compartir habitación con Zoe.

El primer síntoma fue la sangre: una secreción acuosa que se fue volviendo carmesí. Luego vino el dolor. Cuando vi las braguitas manchadas pensé enseguida que iba a abortar, pero el médico me aseguró que el feto estaba perfectamente.

Una biopsia confirmó que yo tenía cáncer de cuello de útero, en fase 1B.

El médico recomendó una histerectomía radical, para lo que previamente tendría que desembarazarme de Juliet.

«Es una operación muy sencilla», nos aseguró a Chris y a mí, y yo leí en Internet que me dilatarían el cérvix y procederían a limpiar mi útero raspando sus paredes, y me imaginé a Juliet como la pulpa de una calabaza extraída con una cuchara.

«No, ni hablar», dije, pero Chris se las arregló para convencerme de que tenía que abortar.

«Si llevaras más meses de embarazo…», argumentó repitiendo las palabras del médico. «O si el cáncer no estuviera tan avanzado…». Y añadió: «No puedo criar solo a Zoe, si te pasa algo».

Y yo pensé en Chris y Zoe solos, y en mí muerta, en una tumba. Si el cáncer no hubiera estado tan avanzado, podríamos haber pospuesto el tratamiento hasta después del parto. Pero no era así. Había que decidir entre el bebé y yo, y opté por salvarme yo, una decisión que me atormentará el resto de mi vida.

El médico y Chris me corregían cada vez que decía «bebé». Ellos lo llamaban «feto».

«No hay forma de saber si es una niña o no», dijo el médico antes de que tiraran a mi Juliet al contenedor de los despojos. «Los órganos reproductores no se desarrollan hasta el tercer mes de gestación».

Y sin embargo yo sabía que era una niña.

Miré los folletos que me dio el doctor en la consulta y me enfadé por haber estado tan atareada con el trabajo y con Zoe que no me había hecho una citología ni me había molestado en ir a la revisión posparto de las seis semanas. El cáncer cervical –afirmaban los folletos– podía detectarse con una citología rutinaria que yo me había saltado. Me enfadé porque mi perfil no encajaba con ninguno de los factores de riesgo: no fumaba, no estaba inmunodeprimida y, que yo supiera, no había entrado en contacto con el VPH.

Yo era la excepción a la regla. La rareza. El uno entre un millón.

Se suponía que no tenía que pasarme a mí.

El médico me extirpó el útero. Y, ya que estaba, pensó «qué demonios», y me extirpó también las trompas de Falopio y los ovarios, además del cérvix, parte de la vagina y los nódulos linfáticos.

Tardé casi un mes y medio en recuperarme. Físicamente. Porque anímicamente no me he recuperado nunca.

Lo que no me esperaba eran los sofocos, que aparecieron de la noche a la mañana. Esas oleadas de calor repentinas y abrasadoras que invadían todo mi cuerpo. La rosácea que se apoderó de mi piel. Las taquicardias, la necesidad de dejarme caer en una silla para recuperar el aliento como veía hacer a menudo a las señoras mayores (a las *señoras mayores*). Los sudores que me entraban por las noches y que me mantenían despierta, cuando no me tenía en vela mi hija pequeña. El insomnio que daba paso al mal humor y la irritabilidad. Y los sofocos leves y recurrentes que se prolongaron durante años después de que pasaran los más intensos.

Estaba teniendo la menopausia. Y aún no había cumplido los treinta.

Noté también que mi metabolismo se ralentizaba, que la grasa iba acumulándose poco a poco en mi cintura, antes tan esbelta. Chris decía que no lo notaba, pero yo sí, claro que lo notaba. Lo noté cuando pasé de una talla treinta y cuatro de pantalón a una treinta y ocho, cuando empecé a mirar como un monstruo de ojos verdes (verdes de envidia) a las mujeres como Cassidy Knudsen: jóvenes, delgadas y *fértiles*. Eran fecundas, fructíferas, productivas.

Mientras que yo era yerma. Reseca y árida, incapaz de generar nueva vida. Envejeciendo a marchas forzadas, demasiado rápido para una mujer de mi edad.

«Piensa que ya nunca más tendrás que preocuparte por la regla», decía Chris intentando animarme, y decía la palabra «regla» como si le diera asco. Para mí, en cambio, estaba cargada de melancolía. ¡Qué no daría yo por ir a la droguería a comprar una caja de tampones, por tener esa hemorragia mensual, ese recordatorio de que había vida dentro de mí! La expectación de una nueva vida en mi vientre.

—Cáncer —susurro, obligándome a pronunciar esa palabra tan fea—. Cáncer de cuello de útero. Tuvieron que extirparme la matriz.

Me pregunto si Willow entiende lo que quiero decir. Está sentada en el sofá, de cara a la tele. Aparecen Epi y Blas con su querido patito de goma. Epi se pone a cantar.

La voz de Willow es suave, como un tono de rosa muy pálido. Un rosa pastel muy sutil.

—Pero ¿quería tener más hijos? —pregunta.

—Sí —contesto, sintiéndome derrotada por ese vacío en el corazón: el hueco que dejó Juliet—. Lo deseaba muchísimo.

Chris dijo que podíamos adoptar. «A todos los huérfanos del mundo», dijo. «Hasta el último».

Pero después de dar a luz a un bebé que era carne de mi carne, yo no quería a esos niños. Quería hijos propios. La adopción ya no era una alternativa viable: no me imaginaba criando a un niño o una niña que no fueran míos. Me sentía engañada, estafada. Mi corazón se cerró en banda.

—Es usted una buena madre —afirma Willow, y deja vagar la mirada hacia los relámpagos de fuera y el fragor de los truenos que invaden la ciudad como un tumor canceroso, y añade más para sí misma que para mí—: Mi madre también era muy buena.

—Háblame de ella —digo en voz baja.

Y eso hace, indecisa.

Me habla de su pelo moreno.

De sus ojos azules.

Me dice su nombre. Holly.

Me cuenta que era peluquera. Que peinaba en el cuarto de baño de su casa. Cortes, permanentes y recogidos. Me dice que le gustaba cocinar pero que no se le daba muy bien. Que se le quemaban las cosas o que las dejaba poco hechas, y que el pollo estaba rosa por dentro cuando lo mordías. También le gustaba escuchar música. Música *country*. Dolly Parton, Loretta Lynn. Patsy Cline.

No me mira cuando habla, mira los Teleñecos de la pantalla, a la Gallina Caponata y a Elmo, y al Monstruo de las Galletas. Mira sus colores vivos, sus excentricidades.

—¿Dónde está tu madre? —pregunto, pero se hace la sorda.

Yo le hablo de mi padre y al hacerlo acerco instintivamente la mano a la alianza de boda que cuelga de la cadena de oro de mi cuello. Al oír citar a Patsy Cline, su voz se deja oír en mi memoria como una banda sonara. La muerte de Patsy Cline impresionó tanto a mi madre durante su adolescencia que canciones como *Crazy* y *Walkin' after midnight* pasaron a formar parte de mi infancia, al igual que la imagen de mis padres bailando sobre la moqueta marrón rojiza del cuarto de estar de casa, cogidos de la mano, con las mejillas pegadas.

—Ese anillo —dice Willow señalando la alianza—, ¿es suyo?

Y yo le digo que sí, que lo es.

Y entonces, no sé por qué, le hablo de lo mucho que nos costó a Chris y a mí encontrar una cadena de oro a juego con la alianza. Tenía que conjuntar a la perfección. No me conformaba con que se *pareciera*: habría sido como hacerle un desaire a mi padre. Chris encargó fabricar la cadena a propósito y pagó por ella más de mil dólares.

«Con ese dinero podríamos comprar una tele. O un ordenador nuevo», dijo. «O ahorrarlo para las vacaciones».

Pero yo le dije que no. Quería tener la cadena.

«Ese anillo», le dije a Chris aquel día, en Wabash, en medio de Jewelers Row, con los ojos cansados e insomnes llenos de lágrimas, unos ojos que no dormían desde antes de morir mi padre, «es lo único que me queda de mi padre; lo demás ha desaparecido».

No le digo a Willow que al morir mi padre caí en una depresión profunda. Murió plácidamente después de una breve escaramuza con el cáncer de pulmón, un cáncer de pulmón de células pequeñas que se le extendió al cerebro, el hígado y los huesos antes de que él se diera cuenta de que existía. No le digo que se negó a recibir tratamiento. Que siguió fumando. Marlboro. Medio paquete diario. Ni le digo que mi madre le enterró con un cartón de Marlboro y un encendedor de color verde neón, para que siguiera fumando en el más allá.

Le hablo, en cambio, del espléndido día de otoño en que le enterramos en el cementerio de al lado de la iglesia, debajo de un arce que se puso de color mandarina de la noche a la mañana. Le cuento cómo sacaron los porteadores el ataúd de la iglesia y cómo subieron por una colina esponjosa y mullida hasta el cementerio. La víspera había llovido y el suelo estaba mojado. Le cuento cómo seguimos el ataúd mi madre y yo. Cómo agarraba yo a mi madre para que no resbalase, pero sobre todo porque no quería soltarla, porque ya iba a enterrar a mi padre y no soportaba la idea de perderla a ella también. Le cuento que vimos bajar el féretro a la tumba y que echamos rosas sobre el ataúd. Rosas de color lavanda, iguales que las que llevó mi madre el día de su boda.

Entonces me mira con sus ojos cansados de color aciano y dice:
—Odio las rosas.

No lo dice como si afirmara que odia el olor de las palomitas quemadas o ver a una mujer gorda con camiseta corta; no es ese tono el que emplea. Lo dice como si afirmara que odia a los terroristas o a los nazis, como si de verdad fueran una abominación repugnante. Yo procuro no ofenderme y me digo que cada cual tiene sus gustos. Pero aun así me parece una manera muy extraña de responder a mi confesión.

Y entonces, tras un silencio tan largo que estoy segura de que ya ha pasado el momento de las confidencias, añade:

—Mi madre está muerta.

Y dice esa palabra, «muerta», en tono ambiguo, como si no estuviera del todo segura de si está muerta o no, o de lo que significa de verdad ese término para ella. Como si alguien le hubiera dicho «tu madre está muerta» como quien dice «una aguja en un pajar» o «pan comido». Como si fuera una frase hecha. Una expresión sin sentido lógico.

«Mi madre está muerta».

—¿De qué murió? —pregunto, pero no me lo dice.

Se hace una bola, escondiéndose dentro de su caparazón de armadillo. Sus ojos siguen fijos en la tele, pero se han vuelto vidriosos e inexpresivos, como si se empeñara en no llorar.

—¿Willow? —insisto yo, pero no me hace caso. Es como si no oyera mi voz, como si no notara que tengo los ojos fijos en ella, clavados en su pelo rebelde y sus labios embadurnados de protector labial, ansiosa por obtener una respuesta.

Una respuesta que no llega.

Y entonces, pasado un rato –cuando se cansa de que la mire fijamente, quizá–, me quita a la niña de los brazos y sale de la habitación.

CHRIS

Voy hacia el andén del tren elevado, bajando los peldaños de dos en dos, cuando suena mi móvil. Es Henry. Me paro en seco, vuelvo al nivel de la calle y me apoyo contra la barandilla que rodea la entrada a la estación subterránea. La calle está llena de coches y peatones que vuelven de trabajar. Todavía no ha oscurecido: es uno de esos raros días en que salgo de la oficina a mi hora. En la calzada, un autobús parado embotella el tráfico. Un conductor forastero o de alguna zona suburbana trata de adelantarlo y está a punto de llevarse por delante a media docena de peatones. Chirrían los frenos. Suena un claxon. Alguien grita:

—¡Gilipollas! —Y le enseña el dedo al conductor.

Me protejo los ojos del sol haciéndome pantalla con la mano:

—No quiero saber nada —digo al contestar al teléfono.

Me cuesta oír a Henry entre el estruendo de la calle, pero distingo su risa, alta y chirriante como un clavo arañando una pizarra.

—Hola, Wood —dice, y me lo imagino sentado en el váter, con los pantalones a la altura de las rodillas. Tiene una revista abierta sobre el regazo. Un *Playboy*—. Dale un beso de despedida a tu linda mujercita. Nos vamos por la mañana.

—¿Y ahora qué pasa? —pregunto, y contesta:

—Nos vamos de gira. A Denver pasando por Nueva York.

—Maldita sea —digo.

No es que me pille por sorpresa. Llevamos semanas preparándonos para este circo. Pero aun así me fastidia. Y Heidi se va a cabrear.

El trayecto de vuelta a casa es tranquilo. Me bajo del tren en Fullerton y bajo los escalones hasta la calle. Hay un indigente apoyado contra la verja de hierro, al lado del puesto de periódicos, con los ojos cerrados como si estuviera dormido. Tiene al lado una bolsa de basura negra con todas sus posesiones terrenales. Tirita en sueños: hoy la temperatura no pasa de diez grados.

Lo primero que pienso es que sus piernas larguiruchas, perdidas dentro de un pantalón azul de hospital, están en medio de mi camino. Como el resto de la gente que avanza por la calle, paso por encima de ellas dando una gran zancada. Pero entonces algo me hace detenerme y darme la vuelta. Me fijo en sus mejillas y sus orejas coloradas, en cómo agarra la bolsa de basura con una mano por si acaso alguien intenta robársela mientras duerme. Me saco la cartera del bolsillo de atrás y busco dentro de ella, intentando no oír la voz de Heidi, que resuena dentro de mi cabeza. Dejo caer un billete de diez dólares junto al hombre, confiando en que el viento no se lo lleve antes de que abra los ojos.

Sería mala suerte que mi buena obra pasara inadvertida.

Cuando entro en el piso la tele está puesta. *Barrio Sésamo.* Heidi tiene a la niña tendida delante de la tele y está enseñando a Willow el difícil arte de mantener a un bebé boca abajo, con la esperanza de que los monstruos peludos distraigan a la niña lo suficiente para que se olvide de cuánto detesta estar en esa postura, debatiéndose como un pez fuera del agua.

Zoe está en la cocina mirando fijamente su móvil, que sigue sobre la encimera. Se sobresalta cuando entro, como si la hubiera pillado haciendo algo malo. Se aleja lentamente, paso a paso, antes de que Heidi note que andaba cerca del teléfono.

—Pensaba que ibas a llegar temprano —dice Heidi a modo de saludo.

Apenas levanta la mirada del bebé, al que obsequia con toda clase de mimos y carantoñas. Para mí, en cambio, no hay nada.

Son casi las siete de la tarde.

—¿Podemos hablar un momento, Heidi? —pregunto al colgar la chaqueta junto a la puerta.

Me mira un momento mientras levanta a la niña del suelo y se la pasa a la chica, que la coge con tanta torpeza que por un momento pienso que se le va a caer. Y entonces aparece en la tele ese ridículo mamut lanudo, Aloysius Snuffleupagus, y la chica se queda mirándolo embobada, y yo caigo en la cuenta de que Zoe no ve *Barrio Sésamo* desde que tenía unos dos años.

Heidi me sigue al dormitorio. Sus pasos son tan ligeros que casi parece que no pisa el suelo. Yo, en cambio, camino pesadamente, golpeando el suelo con los pies como si tuviera algo que demostrar. Las gatas se escabullen para que no les pise el rabo y van a esconderse debajo de la cama. Mientras me quito la camisa del trabajo y me pongo una sudadera blanca y granate (de mi antigua facultad, claro: ¡Vamos, Phoenix, vamos!) le cuento a Heidi lo del viaje. Que voy a estar en Nueva York un día o dos y que luego iré a Denver un par de días más. Que me marcho por la mañana.

Me espero una bronca: que me señale acusadoramente con el dedo, que ponga los ojos en blanco, que haga algún comentario desdeñoso sobre Cassidy Knudsen, o que me pregunte si «esa zorrita» va a acompañarme. Pero no dice nada. Se queda callada un segundo y luego se encoge de hombros y dice:

—Vale.

Y baja el cesto de la colada para asegurarse de que tengo suficientes calzoncillos limpios que meter en la maleta.

Debería preocuparme, lo sé. Pero me siento aliviado porque no me eche la bronca como si fuera un niño de diez años.

Hago la maleta. Recaliento lo que ha sobrado de la *pizza* de la cena mientras Heidi recoge algo de calderilla y dice que va a bajar a poner la secadora. Zoe está en su cuarto, haciendo un trabajo de ciencias, o eso dice, porque la veo sentada en la cama con el cuaderno amarillo sobre las rodillas, ese en el que anota sus pensamientos íntimos acerca de lo tonto que es su padre y lo loca que está su madre. O pueda que escriba sobre Austin, o quizá sobre Willow. ¿Cómo voy a saberlo? Puede que en realidad sea una poeta y que llene las páginas con odas y epigramas.

En el cuarto de estar, a solas con Willow, tengo la sensación de que falta el aire. Solo se oyen ruidos de bebé: gorgoritos, chillidos, gruñidos y cosas así.

Me descubro mirándole las palmas de las manos por si tiene algún tatuaje, esa mariposa con las alas negras y amarillas. Me pregunto: ¿y si se lo ha quitado? ¿Tendría una cicatriz? ¿La piel blanquecina? ¿Restos de tinta?

Pero no tiene nada en las manos. Nada. Y sin embargo están esos pendientes, los mismos pendientes de la foto de Twitter. ¿Cómo es posible?

Le lanzo una ojeada para asegurarme de que no me está observando, y miro a hurtadillas mi cuenta de Twitter para ver si @LostWithoutU ha respondido a mi tuit. No ha habido suerte. Pero tengo ocho seguidores nuevos: un logro que se me sube a la cabeza.

¿Cómo va a contestar Willow, me pregunto, si no tiene acceso a un ordenador? ¿O sí lo tiene? Me acuerdo de la maleta vieja y fea con la que llegó, la que ha dejado en el rincón de mi despacho, deformada y con el cuero agrietado. ¿Hay dentro un portátil, o quizás un móvil con conexión wifi desde el que pueda responder a los tuits? Si es así, nunca lo he oído sonar, ni la he visto con él.

Bastante le cuesta ya manejar el mando a distancia. No me la imagino manejando un *smartphone* o un ordenador. Pero nunca se sabe. El mío y el de Heidi tienen contraseña; es imposible que se conecte con ellos por las noches.

La chica mira inexpresivamente la tele. He puesto las noticias. Un resumen de los partidos de béisbol de la jornada, la primera de la liga. Imagino que le importa un bledo el béisbol, pero de todos modos mira fijamente la tele para no tener que hablar conmigo. Se ha sentado muy lejos, todo lo lejos que ha podido, en el rincón del sofá, a pesar de que yo estoy en la mesa de la cocina, a tres metros y pico de distancia. Bebe un vaso de agua y noto que le tiembla la mano y que se forman ondas en la superficie del agua.

—¿De dónde eres? —le pregunto.

No soporto el silencio. Pero no se trata solo de eso: es también que me acuerdo de que soy la única persona en esta casa que tiene algún interés en descubrir de qué va esta chica. Y puede que esta sea mi única oportunidad de interrogarla a solas, durante unos minutos, sin que nos interrumpa Heidi con su mirada vigilante y sus directrices.

Me mira. No con una mirada descarada, sino más bien al contrario: tímida, dócil.

Pero no dice nada.

—¿No quieres decírmelo? —pregunto.

Al principio parece que no va a contestar, pero luego sacude la cabeza con un movimiento tan sutil que, si hubiera parpadeado, no lo habría visto.

—No, señor —susurra.

Me gusta que me llame «señor».

—¿Y eso por qué? —insisto.

Escucho atentamente su voz tratando de situar su acento, pero no sirve de nada. Suena a acento típico del Medio Oeste. Igual que el mío. Inglés americano estándar.

—Porque a lo mejor me obliga a irme a casa —contesta con cautela, en voz tan baja que tengo que inclinarme para oírla entre los gorgoritos del bebé.

—¿Y hay alguna razón para que no quieras volver a casa? —pregunto precavidamente.

En la tele, el resumen de los partidos de la jornada ha dado paso a los titulares de las principales noticias del día. En South Ashland ha habido un asalto a una vivienda que se ha saldado con varias muertes por arma blanca. La noticia capta de inmediato el interés de la chica. Yo cojo el mando a distancia y cambio de canal en el momento en que se ve cómo sacan de la casa varias bolsas negras tendidas sobre camillas. Pongo un canal de teletienda.

—Willow —digo, confiando en ganar puntos por decir bien su nombre—. ¿Hay algún motivo por el que no quieras volver a casa, Willow?

—Sí, señor —reconoce mientras pellizca el reborde de un cojín. No me mira a la cara.

—¿Qué motivo es ese?

—Es que... —titubea—. Es solo que...

Pienso que no va a acabar la frase, pero entonces dice:

—No me gusta mucho aquello, eso es todo.

Una respuesta vaga donde las haya.

—¿Por qué no? —insisto. Como no responde, pregunto otra vez en tono más enérgico—: ¿Willow?

Estoy perdiendo la paciencia. Heidi volverá enseguida.

Una muralla invisible se levanta de pronto en torno a la chica. No soporta la impaciencia. Primero hay que abonar el terreno, prepararla como se preparan las semillas de las flores empapándolas bien en agua por las noches para que germinen más deprisa. No se abrirá hasta que ablandemos su cascarón exterior.

Bajo la voz y pongo en juego todo mi encanto. Sonrío y pruebo otra vez.

—¿Alguien se portó mal contigo? —pregunto en el tono más comprensivo de que soy capaz. No soy muy dado a la compasión, pero lo intento.

Me mira. Sus ojos azules parecen arrastrar una carga muy pesada para alguien de su edad: tiene los vasos sanguíneos hinchados y el tejido de alrededor de los ojos flácido, y la sangre se le acumula debajo de la piel formando ojeras. Yo espero sentado al borde de la silla, ansioso por oír lo que tiene que decir. Abre la boca para hablar. Para decírmelo.

—No pasa nada —digo—. Puedes contármelo.

Entonces oigo el ruido de las llaves de Heidi en la cerradura y deseo para mis adentros que vuelva abajo, al cuarto de las lavadoras. Willow da un respingo al oírla: el tintineo inofensivo de las llaves le da un susto de muerte. Veo el miedo reflejado en sus ojos, y el vaso de agua le resbala de la mano y cae al suelo. No se rompe al chocar con la alfombra, pero el agua se derrama. Por todas partes. Ella se pone de rodillas, frenética, y empieza a limpiarla, a secarla con el borde de la camiseta, mirándonos a Heidi y a mí como si temiera que fuéramos a castigarla por su torpeza.

Farfulla en voz baja algo incomprensible acerca del perdón y el pecado.

Llaves. Llaves en una cerradura. ¿Ha estado encerrada?

Tomo nota de ello.

No soy una persona que se deje conmover fácilmente, pero por un instante me da un poco de pena la chica que se afana en el suelo, implorando piedad a los dioses.

—Cariño, por favor —le suplica Heidi mientras saca un paño del cajón de la cocina y se acerca a ella apresuradamente—, por favor, no te preocupes por eso.

Yo también pongo mi granito de arena: me inclino y recojo el vaso del suelo.

Pero veo el terror pintado en los ojos de la chica y comprendo que no puedo deshacer lo que ya está hecho.

Dormimos Heidi, Zoe, los gatos y yo encerrados en el dormitorio. Por la mañana temprano, antes de irme, mientras el sol se frota los ojos y se prepara para empezar el día, despierto a Heidi y le recuerdo que deben dormir así mientras yo esté fuera: Zoe y ella juntas en la habitación, con la puerta cerrada.

A las cinco ya estoy fuera, atravesando el portal con mi maleta y mi maletín para tomar un taxi con destino a O'Hare.

La chica y su bebé están todavía acostadas cuando me voy, con la puerta cerrada, seguramente con el pestillo echado y mi silla de despacho apoyada debajo del picaporte para que no intentemos entrar mientras duermen.

Está empezando a salir el sol, pintando el cielo de oro. Mientras el taxista circula a toda velocidad por la I-90, entre la cháchara de la radio y el olor sofocante del ambientador a pino, coloco mi maletín en el asiento, a mi lado, y meto la mano dentro para sacar un cuaderno y un boli, pensando en adelantar algo de trabajo durante el trayecto. Se tarda más de media hora en llegar a O'Hare si las cosas no se complican y, a juzgar por la cantidad de coches que hay ya en la autovía, hoy se van a complicar.

Abro el maletín y de repente veo una nota adhesiva de color lila, escrita a mano. La respuesta a la pregunta que anoche quedó sin contestar.

Una nota que hace que de pronto el interior del taxi se quede sin oxígeno.

Una letra que no he visto nunca antes.

Y una sola palabra escrita: *Sí*.

WILLOW

Louise Flores quiere que le cuente más cosas sobre Matthew e Isaac, mis «hermanos de acogida», por llamarlos de alguna manera. La palabra «hermano» da a entender un vínculo familiar, y no había ninguno. Ni con Joseph, ni con Miriam, ni con Isaac.

En cambio Matthew... Matthew era distinto.

Aquí sentada, en la sala vacía, frente a Louise F-l-o-r-e-s, me imagino a Matthew: alto como su padre, pero con el pelo del color de los bizcochos de chocolate que hacía mamá y los ojos marrones oscuros. Supongo que Miriam también tuvo que ser así en tiempos, hace muchos años, antes de volverse gris como un ratón. Isaac, en cambio, era igualito que Joseph: pelirrojo y con el pelo de los brazos, las piernas y la barbilla de color naranja.

—¿Qué pasa con ellos? —pregunto, y la señora contesta:

—¿Os llevabais bien? ¿Participaban en esos presuntos abusos sexuales, junto a su padre, o también eran víctimas? ¿Cómo era su relación con su madre catatónica?

—¿Catatónica? —pregunto.

—Sí. Ida. Como un vegetal.

Dice que, por lo que le he contado, imagina que Miriam sufría una enfermedad llamada esquizofrenia catatónica.

—Si lo que dices es cierto, claro —añade, dando siempre a entender que lo duda.

Un gnomo, pienso yo. Un duende. Me imagino a Miriam aparcada en el rincón de su cuarto, en el sillón de mimbre, con la mirada perdida, mientras en la habitación de al lado su marido hacía lo que quería.

Mi cuarto compartía tabique con el de Matthew e Isaac, y durante el primer año, más o menos, esa fue la única relación que tuve con ellos. No comíamos juntos. Desviábamos los ojos o mirábamos al suelo cuando nos cruzábamos por el pasillo. Les habían obligado a compartir habitación cuando llegué yo, y no sabía si eso les gustaba o no, porque en aquella casa prácticamente no se hablaba. Matthew e Isaac pasaban casi todo el día en el colegio y, cuando estaban en casa, se metían en su cuarto a hacer los deberes o a leer la Biblia. Joseph no me permitía hablar con ellos, y a menudo, si me miraban aunque fuera por casualidad, les recordaba que «las malas compañías arruinan la virtud».

En ese aspecto, Isaac continuó igual. O en todo caso se volvió cada vez más parecido a Joseph: un lemming dispuesto a tirarse por un acantilado si su padre se lo mandaba. Pero Matthew era distinto.

Me acuerdo de aquella noche, de la primera vez que hablamos de verdad. Yo tenía diez años. Llevaba casi un año viviendo en aquella casa y en ese tiempo Joseph había ido a mi cama veinte veces o más. Estaba tumbada en la cama, despierta aunque era más de medianoche, incapaz de dormir, como casi siempre. Pensaba en papá y mamá e inventaba todos los «te quiero como…» que se me ocurrían. Y entonces oí pasos en el pasillo, avanzando por el suelo de madera, hacia la puerta de mi cuarto. Contuve la respiración y esperé a que entrara Joseph y tendiera su cuerpo pegajoso en la cama, a mi lado. Empecé a temblar, como me pasaba siempre que oía los pasos de Joseph en el pasillo. Aquel ruido me trastornaba por completo: el corazón empezaba a latirme como si se me fuera a salir del pecho, me sudaban las manos, me sudaba todo el cuerpo, veía borroso y notaba un pitido en los oídos.

Y entonces se abrió la puerta y allí, en la oscuridad, vi una silueta muy distinta a la que estaba acostumbrada a ver. Y su voz también era distinta, más baja, más suave, e igual de asustada que la mía.

«¿Sabías que las cucarachas pueden vivir una semana sin cabeza?», preguntó.

Y entonces me di cuenta, por sus susurros, de que era Matthew.

«¿Sí?», pregunté en voz baja, y me incorporé un poco, apoyándome en los codos.

La habitación estaba casi a oscuras, la única luz que entraba era la de una farola de la calle que había allí cerca y que se encendía y se apagaba, se encendía y se apagaba. Así toda la noche.

«Sí», contestó. «Un mes, a veces. Se mueren por falta de agua».

«Ah».

Y nos quedamos así, completamente callados, un minuto o más, y entonces él cerró la puerta y se fue a su cuarto.

Al día siguiente encontré un libro debajo del colchón, metido entre la colcha de retales y el faldón de la cama: *Guía infantil de insectos y arácnidos*. Me di cuenta enseguida de que era de Matthew. Cuando Joseph se fue a trabajar y Matthew e Isaac desaparecieron por la calle para ir a la parada del autobús, donde se reunían con los otros niños, los que les pegaban y los insultaban, yo me senté en mi cama y devoré el libro.

Mamá me había mandado al colegio en Ogallala, y allí me enseñaron a leer, y mamá solía pedirme que le leyera todas las noches antes de dormir, todo tipo de cosas: revistas de moda, y los libros de cocina de Julia Child, y también el correo. Se me daba bien leer. Me leí el libro de Matthew de un tirón, el primer día, y luego se lo llevé a su cuarto, lo metí debajo de su cama antes de que volvieran a casa. Aprendí todo lo que pude sobre tijeretas y mantis, cigarras y libélulas. Me enteré de que los tábanos viven entre treinta y sesenta días, de que las abejas reinas hibernan enterradas durante el invierno, de que las cigarras magicicadas solo aparecen cada trece o diecisiete años.

Unos días después llegó otro libro: *Anémonas marinas*. Leí que las anémonas parecían flores, pero que no lo eran. Eran depredadores marinos. No envejecían, como otras plantas y animales. Podían vivir para siempre, ser *inmortales*, decía el libro. Fue así como aprendí que la anémona marina inyecta veneno en sus presas, un veneno que las paraliza para que la anémona pueda meterse pececitos, gambas y plancton en su boca carnívora.

No me gustaron ni un pelo esas anémonas marinas, tan bonitas e inocentes, y tan mortíferas. Asesinas en potencia, de cuerpo delicado y angelical. No me parecía justo. Era un truco, una trampa, un espejismo.

Unos días después apareció *Rocas y minerales*. Y luego otro libro, y otro. Casi todas las semanas Matthew me metía un libro de la biblioteca del colegio debajo del colchón: *La telaraña de Carlota*, el *Diario de Anna Frank* y *Los archivos secretos de la señora de Basil E. Frankweiler*. Yo los leía a ratos, cuando no estaba limpiando la casa o bañando a Miriam, o haciendo sándwiches de ensalada de atún para cenar.

De vez en cuando Matthew aparecía en la puerta de mi habitación de madrugada, cuando iba al baño o a la cocina a por un vaso de agua. Aprendí a distinguir sus pasos de los de Joseph. Los de Matthew eran ligeros y suaves cuando avanzaban por el pasillo; luego, un poco vacilantes cuando se acercaban a mi cuarto, como si no supiera si pararse o no en mi puerta. Los de Joseph, en cambio, eran muy decididos. Se acercaban a mi cuarto y cruzaban la puerta blanca sin dudar ni un momento, sin pensárselo dos veces.

Matthew abría la puerta con mucho cuidado para que no chirriara. En cambio Joseph la abría de golpe, sin importarle que el ruido despertara a alguien. Matthew se quedaba solo unos segundos, como mucho, y me daba algún dato que a mí en realidad me importaba un comino y seguramente a él también. Pero yo me daba cuenta de que lo importante no era lo que me contaba: era el pacto, el vínculo.

Yo no estaba sola.

Una noche decía: «¿Sabías que los cocodrilos no pueden sacar la lengua?». Y otra: «¿Sabías que no hay ninguna palabra que rime con indio?».

Y yo reconocía que no, que no lo sabía, y me pasaba el resto de la noche en vela tratando de dar con una palabra que rimara con «indio» para poder decírsela la próxima vez que se pasara por mi cuarto. Mindio. Pindio. Flindio.

No. Ninguna.

«¿Sabías que Venus es el planeta más caliente? Su superficie puede alcanzar los cuatrocientos cincuenta grados Celsius. Más de ochocientos grados Fahrenheit».

Y yo me quedaba mirándole porque, la verdad, no sabía qué era eso de Celsius y Fahrenheit, y se me estaba empezando a olvidar qué era Venus. Hacía ya mucho tiempo que no iba a clase, desde que vivía en Ogallala y estudiábamos los planetas, el tiempo y todo eso en el colegio.

Al día siguiente había otro libro: uno de astronomía.

Una noche se pasó por mi cuarto y me dijo: «¿Sabías que mis padres reciben casi veinte dólares diarios por tenerte en casa?».

«¿Qué?», pregunté. Era la primera noticia que tenía. «¿Quién se los da?».

Quería saber si ese dinero procedía de lo poco que tenían papá y mamá, o si se lo pagaba mi trabajadora social. Pero Matthew meneó la cabeza, casi a oscuras, y me dijo: «Se lo da el estado de Nebraska».

Se quedó en la puerta, con los pantalones de cuadros con los que dormía todas las noches y una camiseta interior blanca manchada de amarillo por delante que le quedaba muy corta.

«¿Y por Lily también pagan?», pregunté, pensando en si Paul y Lily Zeeger también ganaban veinte dólares diarios por cuidar de Lily.

Pero Matthew me dijo que no.

«No, porque la han adoptado. Los Zeeger tuvieron que pagar por ella. Unos diez mil dólares o así».

«¿Qué?», pregunté, incrédula.

Diez mil dólares era un montón de dinero. Los Zeeger habían comprado a mi Lily como quien compra una camisa en una tienda.

Yo no sabía qué pensar, no sabía si tenía que alegrarme porque hubieran dado tanto dinero por tener a mi Lily o si tenía que enfadarme porque fuera como cualquier producto que se compra en el supermercado. Ropa. Mantequilla de cacahuete. Espray para los bichos.

Me preguntaba si algún día, si conseguía más de diez mil dólares, podría volver a comprar a mi Lily. O si los Zeeger querrían devolverla, como una camisa que no les quedaba bien. Quizás algún día Lily volvería a estar en venta y yo encontraría un modo de comprarla.

Pero lo que de verdad me ponía enferma era que a Joseph y Miriam les pagaran por tenerme a mí. Ellos no me habían comprado, como los Zeeger habían comprado a Lily.

«¿Cómo lo sabes?», pregunté.

Se encogió de hombros como diciendo «no seas tonta».

«Lo sé y ya está».

Y luego cerró la puerta y se marchó.

—¿Por qué no intentaste escapar? —pregunta la señora Flores.

El hombre del rincón, el guardia, se ha inclinado un poco hacia delante y tengo la sensación de que se está preguntando lo mismo. ¿Por qué no intenté escaparme? Le miro. Sus ojos marrones me observan desde detrás de ese uniforme azul marino que parece que le ha prestado su padre. Es un crío, no un hombre. «A ver», dicen esos ojos, «¿por qué no lo intentaste?».

—Tenía miedo —digo—. Me daba miedo quedarme y me daba miedo irme. Dios se enfadaría conmigo si desobedecía a Joseph. Era lo que me decía él. Lo que me hizo creer.

Estaba convencida de que no había forma de que me marchara. Por lo menos al principio. Y no solo porque no tuviera dónde ir, sino porque si me marchaba Joseph le haría algo malo a Lily (me lo había dicho un millón de veces) y, si no se lo hacía por lo que fuese, Dios mandaría sus tormentas de truenos y sus buitres a buscarme, y estaría perdida. Me convertiría en estatua de sal. Me ahogaría en un diluvio.

—Era una niña —le recuerdo a la señora Flores.

Antes de ir a vivir con Joseph y Miriam creía en Papá Noel, en el hada de los dientes y el conejito de Pascua. Hasta que se me cayó un colmillo y lo metí debajo de la almohada de mi cama y esperé toda la noche a que el hada de los dientes me trajera una de esas monedas relucientes que me traía en Ogallala.

Pero esa vez no vino.

Pensé que no me había encontrado en aquella casa de Omaha, y que estaría revoloteando por Ogallala, buscándome.

Y luego empecé a pensar en cosas de allí, en nuestra casa prefabricada de Canyon Drive. Pensé si otra familia habría ocupado la casa, *mi* casa, y si alguna otra niña pequeña estaría durmiendo en *mi* cama. En la habitación con la colcha rosa de puntitos naranjas y las cortinas de encaje de color azul que hizo mamá con un retal que encontró de saldo, aunque no pegaban con nada. Me preguntaba si esa niña pequeña estaría abrazando a *mi* gatito de peluche preferido, el de color morado, y si estaría arropada con *mi* colcha rosa, leyendo en voz alta *mis* libros favoritos con su mamá y si por la mañana, cuando se despertara, encontraría *mi* moneda dorada y reluciente metida debajo de *mi* almohada blandita.

Se lo dije a Matthew una noche que se pasó por mi cuarto. Le dije que el Hada de los Dientes no me encontraba. Que todavía tenía el colmillo que se me había caído y que no sabía qué hacer con él, cómo hacérselo llegar al hada de los dientes para que construyera su castillo blanco y deslumbrante en el País de las Hadas.

«¿En el País de las Hadas?», susurró él.

Y le dije que el Hada de los Dientes usaba los millones y millones de dientes que recogía para construir un castillo resplandeciente y un pueblecito para ella y para sus amigas las hadas. Y que el país donde vivían se llamaba el País de las Hadas.

Se quedó mirándome pasmado, como si no supiera qué decir. Y luego dijo tartamudeando: «El Hada de los Dientes no existe, Claire». Nos quedamos callados un buen rato, y entonces dijo: «Tira el diente».

Y una parte de mí murió ese día, lo mismo que el día que murieron papá y mamá.

Me daba mucho miedo preguntar por Papá Noel y por el conejito de Pascua. Pero cuando pasaron las Navidades sin que hubiera regalos, comprendí cuál era el motivo. Y no era porque ese año me hubiera portado mal.

Unos días después Matthew me dejó otro libro debajo del colchón: un libro de cuentos. *Ricitos de oro*, *Los tres cerditos*, *El enano saltarín*.

Pero el que más me interesó fue *El flautista de Hamelín*, el cuento de un hombre con una ropa muy graciosa que tocaba una flauta mágica con la que se llevaba a los niños lejos del pueblo, y ya nunca se los volvía a ver. Me imaginaba a Joseph vestido como un bufón medieval sacado de las hojas de aquel libro de cuentos, con leotardos y una chaqueta de colorines, tocando su flauta por las calles de Ogallala para hacer salir a los niños de sus casas. A niños como yo.

No sé qué me daba más miedo de vivir con Joseph y Miriam: Joseph, con sus ojos de halcón y su nariz aguileña, o el Dios vengativo del que me hablaba, o las cosas que decía que le haría a mi Lily si me portaba mal. Que la atraparía y la desollaría viva, decía. Y además me contaba cómo lo haría: que la colgaría de los pies y que le cortaría la yugular y la carótida con un cuchillo para que se desangrase. Luego me pasaba los dedos fríos por la garganta muy despacio, para que yo entendiera perfectamente lo que quería decir. Decía cosas como «fibras nerviosas» y «glóbulos sanguíneos», palabras que yo no entendía pero que me daban terror.

Tiene gracia que pensar en el Dios de Joseph y en todas las cosas que le haría Joseph a Lily si yo me portaba mal hiciera que me sintiera segura dentro de aquella casa, viendo a los niños montar en bici en la calle y a las niñas con sus tizas, niños y niñas como yo, que no tenían ni idea de lo que pasaba dentro de la casa de Joseph y Miriam. Para ellos solo éramos los chalados del barrio, como decía mamá de la señora Waters, nuestra vecina de un poco más abajo, una viuda que iba por ahí hablando con su marido muerto como si hablara por teléfono. Me imaginaba a esos niños de más allá de la ventana, a esos niños con sus bicis y sus tizas, y a sus padres diciéndoles que no jugaran con Isaac y Matthew porque eran raros, y que no hablaran con Joseph porque era «un chalado». Y después, más adelante, cuando pasó todo, fueron esos mismos padres y madres los que les dijeron a la policía que tenían la sensación de que en aquella casa pasaba algo raro, que presentían desde el principio que había gato encerrado, aunque no supieran decir a ciencia cierta de qué se trataba.

Pero no hicieron nada al respecto.

HEIDI

Salgo de la cama en cuanto se marcha Chris, sin hacer ruido para no despertar a Zoe, que duerme a mi lado como una recién nacida, tumbada de espaldas con los brazos estirados como una estrella de mar, mientras el sol del amanecer pinta su cara de un suave tono dorado. La miro dormir: su desafío, su descaro depuestos temporalmente, las facciones relajadas, los labios esbozando una sonrisa. Me pregunto qué estará soñando cuando suelta un suspiro y se gira, ocupando el hueco cálido que acaba de dejar mi cuerpo en las sábanas de color marfil. Cojo el edredón de los pies de la cama y se lo echo sobre los hombros, y cierro las persianas para que la luz incipiente del sol no le dé en los ojos.

Salgo al pasillo, tiro de la puerta y me descubro acercándome al despacho cerrado. Apoyo la mano en el pomo de latón satinado y pegó el oído a la puerta, pero no se oye ningún ruido que indique movimiento. El corazón me late a toda prisa, estruendosamente. Empiezan a sudarme las manos.

Un impulso repentino se apodera de mí, una necesidad humana muy básica, como la de alimento, cobijo y ropa.

La necesidad de tener a la niña en brazos.

No empleo la lógica mientras estoy allí con la mano sudorosa apoyada sobre el pomo de latón. Es un instinto reflejo, un comportamiento innato.

Sé que no debería hacerlo y sin embargo lo hago: giro el pomo sin hacer ruido y me sorprende descubrir que el pestillo no está echado.

Es una señal.

Están tumbadas la una junto a la otra en el sofá camá, Willow y la niña, tapadas con una manta de felpilla verde. Willow está de espaldas al bebé, con una almohada encima de la cabeza como si no quisiera oír los lloros o los gorjeos nocturnos de la niña, o quizás el ruido de la ducha que se ha dado Chris esta mañana, antes de marcharse a Nueva York. Respira profundamente, señal de que duerme a pierna suelta. Cruzo el despacho de puntillas, maldiciendo a la gata que ha entrado detrás de mí y que se mete debajo del sofá cama buscando un sitio donde esconderse. Las cortinas están corridas, no se ve el mundo exterior y finísimas franjas de luz se cuelan por la rendija del medio: la luz purísima de primera hora de la mañana, teñida de rosa y oro.

Willow, profundamente dormida, no nota que cruzo la habitación enmoquetada pisando con todo cuidado, y yo, por mi parte, no la veo a ella ni veo el sofá cama.

Solo veo una preciosa bebé en un moisés, esperando a que alguien acuda.

Cuando mis ojos se acostumbran por fin a la penumbra de la habitación y la veo claramente, me doy cuenta de que la niña tiene los ojos abiertos de par en par. Mira con asombro el techo blanco y, al verme, sonríe. Empieza a mover las piernas, emocionada, y a agitar los brazos. Deslizo las manos bajo su cuerpo y la levantó de la cama. Willow suelta un suspiro soñoliento, pero no abre los ojos.

Me aprieto a la niña contra el pecho, pego los labios a su cabecita y salimos juntas del despacho.

Me instalo en la mecedora con ella.

—Ya está —digo en voz alta mientras comienzo a mecerme rítmicamente, con la niña apoyada en el regazo.

Cuento los dedos de sus manos y sus pies. Paso la mano por su cabeza sedosa y respiro el silencio de la habitación. Solo se oye el tictac constante del reloj de pared de madera de color blanco roto cuyos números romanos apenas se distinguen a la luz del amanecer. Fuera, el sol empieza a elevarse por encima del lago Michigan tiñendo de oro las paredes de los edificios que dan al este. Hay nubes en el cielo, nubes algodonosas con matices de gris y rosa, un rosa pálido prendido a sus bordes como un ribete. Una bandada de pájaros cruza el cielo, gorriones, supongo, y una tórtola me observa a través de la ventana, posada en la barandilla de madera del balcón. Nos observa a la niña y a mí con ojos relucientes, moviendo la cabecita de un lado a otro, como si formulara una pregunta que solo ella conoce. Abajo, en la calle, todo está tranquilo, solo pasa de vez en cuando un peatón que va al trabajo o sale a correr un rato. Los autobuses municipales circulan velozmente, sin molestarse en parar en las marquesinas vacías. Los taxis recorren la calle sin detenerse.

Apoyo los pies descalzos en el suelo de tarima y muevo la mecedora adelante y atrás, adelante y atrás, consciente de que la niña aprieta la cara contra mi pijama de franela buscando comida, un pezón del que alimentarse, como un lechón hambriento busca la teta de su madre para mamar.

Yo creía firmemente que debía dar el pecho a Zoe mientras pudiera, aunque Chris y yo nunca hablamos de ello: era cosa mía. Y Chris de todos modos no iba a oponerse: a fin de cuentas, si daba el pecho a Zoe, él no tendría que levantarse de madrugada para darle el biberón, ni le despertarían sus llantos en plena noche cuando tuviera hambre. Podía dormir de un tirón mientras yo me pasaba horas sin fin en el sillón del cuarto de la niña, dando de mamar a Zoe.

La lactancia materna tenía muchas ventajas. Ventajas de todo tipo, económicas y de salud porque la leche materna ayudaba a combatir posibles enfermedades, aunque Chris pusiera cara de asco cada vez que me veía darle el pecho a Zoe. Para mí, además, tenía otra ventaja añadida: era mucho más cómodo ponerme a la niña al pecho cuando se despertaba por las noches y tenía hambre, y dejar que mamara a su antojo. No hacía falta preparar biberones ni lavarlos, pero sobre todo yo sentía que de esa manera estaba íntimamente ligada a mi hija recién nacida, que era indispensable para ella, una sensación que no tengo desde hace ya muchos años. Zoe me necesitaba. Necesitaba que la acunara para dormir y que le cambiara el pañal, pero esas cosas podía hacerlas otra persona. En cambio, el pecho solo podía dárselo yo. Eso era algo que solo podía obtener de mí.

Tenía pensado seguir dándole el pecho hasta que tuviera un año. Pero cuando caí enferma y cuidar de mi salud se volvió prioritario, tuve que cambiar de planes. Desteté a Zoe de un día para otro y empecé a darle biberones con leche de fórmula. Ella no se lo tomó muy bien. Yo estaba casi segura de que mi niña iba a resentirse conmigo por ese cambio repentino, por no haberle pedido su opinión antes de meterle una tetina de silicona en la boca. Cuando le daba el biberón se ponía a chillar y se negaba a chupar aquel objeto extraño y desconocido, a tomar aquella leche ajena. Con el tiempo se acostumbró, claro, pero fue a base de ensayo y error: tuvimos que probar media docena de tetinas y biberones distintos y otras tantas marcas de leche hasta que encontramos una que no rechazaba, que estaba dispuesta a tomarse y que le sentaba bien a su estómago.

A Willow, en cambio (pienso mientras noto cómo busca la niña entre los pliegues de mi chaqueta de pijama) nunca la he visto dar el pecho.

¿Por qué, entonces, busca la niña en la chaqueta de franela de mi pijama? ¿Por qué retuerce su cuerpecillo cuando no consigue traspasar los botones de plástico y no encuentra mi pecho?

Pero no tengo tiempo para pensarlo, para dar con una lista de respuestas razonables (que Willow sufriera una mastitis o no tuviera leche suficiente, por ejemplo) porque de pronto aparece delante de mí. Tiene el pelo echado sobre la cara, de modo que solo le veo los ojos: unos ojos desconfiados y huraños que aterrizan sobre mí como meteoros caídos del cielo. Unos ojos que hacen que me pregunte de pronto hasta qué punto es buena esta chica, hasta qué punto es de fiar.

Y de nuevo me acuerdo de la camiseta manchada de sangre.

—Se ha llevado a la niña —dice—. Te has llevado a Ruby de mi habitación.

Y yo contesto con calma:

—Sí, me la he llevado. —Y luego pienso atropelladamente en una excusa que ofrecerle—. No quería despertarte —digo—. De todos modos estaba levantada. Iba a ponerme a hacer café cuando la he oído lloriquear.

—Tiene hambre —me dice Willow en voz baja, observándome mientras yo veo a la niña hociquear en mi pecho.

—Sí —contesto—. Justo ahora iba a hacerle un biberón.

Pero Willow dice con una firmeza que no recuerdo haberle oído nunca antes:

—Yo se lo hago.

Y sus ojos se posan en la cafetera, donde los restos del café de ayer siguen fríos y espesos como jarabe.

—No se ha tomado su café —añade, y me digo que solo quiere ser de ayuda, echar una mano.

Me digo que su voz no tiene un filo áspero cuando coge a la niña torpemente y me la quita del regazo. De pronto tengo la sensación de que me han arrebatado algo, algo que era mío.

Quizá Willow no sea tan ingenua, tan cándida como me ha hecho creer.

Se ha llevado al bebé y ahora está en mi cocina, con la niña apoyada desmañadamente en la cadera, tratando de prepararle un biberón. La niña se retuerce furiosa en sus brazos, con lágrimas en los ojos. Me mira y tiende los brazos hacia mí (estoy segura) mientras sigo sentada en la mecedora, incapaz de levantarme y preparar café porque no puedo pensar en nada, excepto en cuánto deseo que me devuelva a la niña. Me está subiendo la tensión, el sudor se me acumula debajo de las axilas, se me pega al pijama. De pronto siento que no puedo respirar, que no hay oxígeno suficiente para llenarme los pulmones.

La niña me mira, fija los ojos en mí mientras todo lo demás empieza a dar vueltas. Da patadas a Willow, le tira con rabia del

201

pelo de color sepia. Su piel se ha vuelto de color remolacha, y la lentitud de Willow la hace chillar. Willow actúa como si no la oyera, y sin embargo se mueve con torpeza, tira al suelo sin querer el biberón y el polvillo blanco se mete entre las rendijas de la tarima. Yo podría ayudarla. Podría, pero estoy paralizada como una estatua, el cuerpo pegado a la mecedora, los ojos fijos en el bebé.

Se abre una puerta en el pasillo y un momento después se oye la voz de Zoe, enfadada y medio dormida. La niña que hace años se pegaba a mi pecho, la que me necesitaba a mí y solo a mí, ahora no quiere ni verme.

—¿Es que en esta casa nadie duerme? —pregunta, irritada, sin mirarnos a Willow ni a mí cuando entra.

—Buenos días —consigo decir con voz jadeante, y Zoe se aleja amodorrada por el pasillo, con el pelo rojizo en pie de guerra, completamente revuelto.

No dice nada. Se deja caer en el sofá y pone la tele, la MTV, el equivalente juvenil de la cafeína.

—Buenos días para ti también —mascullo yo en tono sarcástico, sin dejar de mirar al bebé con deseo, ansiando otra oportunidad de hacer las cosas bien.

WILLOW

La señora Flores quiere saber más sobre Matthew. No sé por qué, pero solo oír hablar de él me hace sonreír. No le digo nada, pero la señora Flores ve mi sonrisa y dice:

—Te cae bien Matthew, ¿verdad?

Y de pronto mi sonrisa se borra. Así, de pronto.

—Matthew es mi amigo.

Le cuento que se pasaba por mi cuarto por las noches, que me dejaba libros debajo del colchón para que no me convirtiera en un zote, como Miriam.

Pero eso fue antes.

Matthew tenía seis años más que yo. Tenía quince cuando me fui a vivir a aquella casa de Omaha. Yo tenía nueve. Al poco tiempo dejó los estudios y cuando yo tenía doce o trece años, o puede que catorce, se marchó de casa. Un buen día, mientras Joseph estaba en el trabajo, recogió sus cosas y decidió largarse. Pero no fue muy lejos.

En vez de irse a la universidad como hacían los chicos de su edad (él no podía permitírselo), se puso a trabajar en la gasolinera que había calle abajo y, durante un tiempo, en vez de traerme libros como cuando estaba en el colegio, me traía chocolatinas y bolsas de patatas fritas cuando venía de visita, chucherías que Joseph decía que eran cosa del diablo.

Yo no sabía dónde dormía Matthew. No hablaba mucho de eso. A veces decía que vivía en un edificio alto y grande, de ladrillo,

203

con aire acondicionado y una tele de las de pantalla grande, pero hasta yo sabía que era mentira. Otros días decía que iba viajando por el río Misuri en una gabarra. No quería que me preocupara por él, eso es todo. Pero cualquier cosa era mejor que vivir allí, claro, en aquella casa con Joseph y Miriam, y con Isaac, cuyos ojos empezaban a tener esa misma ansia que yo veía en los de su padre las noches que venía a mi cuarto.

A veces Matthew venía a la casa de Omaha cuando Isaac estaba en clase y Joseph en el trabajo, y Miriam en su cuarto, claro, sin darse cuenta de nada. Me decía que a lo mejor se apuntaba al ejército y que estaba ganando más dinero del que yo podía imaginar en aquella gasolinera, calle abajo.

Pero hasta yo me daba cuenta de que tenía los ojos cansados, de que a veces olía como si hiciera días que no se bañaba, de que su ropa siempre olía mal, de que a veces se quedaba dormido en mi cama mientras yo le lavaba la camisa o los vaqueros o rebuscaba en los armarios algo que pudiera comer. De vez en cuando registraba la casa por si encontraba dinero, algún billete de dólar, unas monedas olvidadas que corría a guardarse en el bolsillo, y yo me convencí de que vivía solo de ese dinero, o del dinero que podía sisarle a Joseph. Una vez encontramos un billete de veinte en el bolsillo de un abrigo viejo que Joseph ya no se ponía, y Matthew puso una cara como si hubiera encontrado oro.

Matthew quería sacarme de aquella casa. Pero no sabía cómo sacarme de allí, eso es todo. Juraba que algún día lo haría, cuando tuviera más dinero. Igual que mi madre, Matthew empezó a hablar mucho de lo que pasaría «algún día». Algún día tendría dinero suficiente. Algún día me llevaría muy, muy lejos de allí.

Yo pensaba en el dinero que recibían Joseph y Miriam por tenerme en su casa, y deseaba que fuera Matthew quien me acogiera.

Pero era la niña que llevaba dentro la que hablaba, porque en el fondo yo sabía que eso nunca iba a pasar.

Me di cuenta de que Matthew estaba cambiando. Ahora ya no hablaba de cucarachas y de planetas, sino de cosas mucho más importantes. Hablaba de sacarme de aquella casa, de alejarme de Joseph. De las personas sin techo que vivían en la calle.

Siguió trayéndome libros que sacaba de la biblioteca pública. Yo fantaseaba con esa biblioteca, pensando que allí una podía leer cientos de miles de libros gratis, sin pagar ningún dinero. Matthew me hablaba de ella una y otra vez, de sus cuatro plantas llenas de libros, y yo intentaba calcular cuánto tiempo tardaría en leerlos todos. Matthew me traía uno o dos libros cuando venía de visita, y dejaba que me los quedara hasta la vez siguiente, y cuando acababa de limpiar y lavar la ropa y volvía de tirar la basura, me tumbaba en mi cama y leía cualquier libro que me hubiera traído.

A veces nos sentábamos en el borde de mi cama (él parecía enorme en aquella habitación tan pequeña, como un hombre de tamaño normal metido en una casita de muñecas) y leíamos juntos. Yo notaba que ya no era el niño que se pasaba por mi cuarto y me hablaba de Venus y me contaba bobadas sobre bichos. Ya no era como un palillo, era un joven fornido, un hombre hecho y derecho. Tenía la voz más grave y una mirada mucho más complicada que en aquellos tiempos, cuando Isaac y él volvían del colegio mirando el suelo de cemento, intentando no hacer caso de los golpes y los insultos que les lanzaban.

Yo también notaba que algo estaba cambiando dentro de mí. Me notaba distinta con Matthew. Nerviosa, como la primera vez que entró en mi cuarto, cuando no sabía lo que iba a hacer. Él me miraba como no me había mirado nadie más. Me hablaba como no me hablaba nadie desde que murieron papá y mamá. Leíamos juntos algún libro (mi favorito era *Anna, la de Tejas Verdes*: debí de pedirle que lo sacara cien veces de aquella biblioteca de cuatro plantas) y, cuando llegábamos a una palabra difícil que me costaba pronunciar, Matthew me ayudaba y nunca me miraba como si fuera tonta.

Aprendí mucho en aquellos libros, de ciencias y de naturaleza, de la inestabilidad que pueden causar las tormentas, y de lugares del mundo en los que hay tormentas a diario. Aprendí que los relámpagos eran en realidad *buenos* para las personas y para las plantas, y no algo que temer.

Empecé a preguntarme si Joseph se equivocaba, empecé a dudar del fuego y el azufre y de todas esas cosas. Empecé a pensar que a lo mejor cuando un trueno sacudía el campo y hacía temblar nuestra casita de Omaha, no era porque Dios viniera a por mí porque estaba enfadado, sino simplemente porque había tormenta.

Pero no me atreví a decírselo a Joseph.

Un día llegó Matthew con quemaduras en los brazos y las manos y la piel en carne viva, roja y llena de ampollas. Me di cuenta de que tenía que dolerle mucho. Se sujetaba una mano con la otra y tenía un brazo vendado. Entró en casa sin hacer ruido, como si no estuviera seguro de que quisiera que le viera así. Me quedé de piedra al verle y corrí a la cocina a traerle una bolsa de hielo.

Me dijo que había habido un incendio en el sitio donde dormía. Cuando le pregunté dónde era eso, me dijo que en un albergue para indigentes. Me acordé de mamá, de cuando recogía nuestra ropa vieja para «los indigentes», pero, aparte de eso, aquella palabra no tenía mucho significado para mí. Me imaginé a Matthew vestido con ropa vieja y durmiendo encima de una colcha raída, y me puse triste al pensarlo.

Supe que Matthew no mentía en lo del albergue porque cuando me lo contó me miró a los ojos. En cambio, cuando me hablaba de las gabarras del río Misuri desviaba la mirada, miraba el papel despegado de la pared de mi cuarto o la pintura vieja que había debajo.

Llevaba metido en una bolsa casi todo lo que tenía. Decía que no pensaba volver allí, ni a ningún otro albergue para indigentes. Que estaba harto.

Al principio no me contó qué había pasado, cómo se había hecho las quemaduras. Pero sí me habló del albergue. De que estaba lleno de gente. De que no había camas suficientes para todos, de que algunas noches tenía que dormir en el suelo. De que guardaba sus cosas debajo de la cama, y de que tenía suerte si al día siguiente seguían allí. Me habló de las filas de literas idénticas, de los colchones finos y las colchas que no pegaban unas con otras, unas manchadas y rotas, otras nuevecitas. «Donadas», decía, «porque a los demás ya no les sirven», y yo veía en sus ojos que era así como se sentía, como si para los demás no tuviera ningún valor, y me daban ganas de decirle que no era cierto.

Me contó que la mayoría de los que iban allí eran drogadictos y borrachos, y que a la gente que llevaba el albergue les importaban un bledo. Me dijo que a veces, para conseguir sábanas limpias o una comida, tenía que hacer cosas que no quería.

«¿Como qué?», pregunté.

«Más vale que no lo sepas», me dijo.

Y entonces me contó lo que había pasado en aquel albergue, cómo se hizo las quemaduras. No me lo dijo porque se lo preguntara, sino porque no se lo pregunté. Y tampoco estaba segura de querer saberlo.

Me contó lo del incendio. Un cable en mal estado, quizá, aunque seguramente había sido intencionado. Le pregunté qué quería decir con eso y me dijo que alguien se había enfadado porque no había sitio suficiente en el albergue para pasar la noche y le había prendido fuego al edificio. Había habido dos muertos, un hombre y su hijo de diez años. Las salidas de emergencia estaban tapadas con camas y cachivaches, y solo había una forma de entrar o salir.

Miré atentamente sus quemaduras, la piel inflamada y roja de sus manos. Me imaginé un edificio devorado por el fuego, como contaba Matthew, con las paredes renegridas y todo lo de dentro achicharrado. Entonces me acordé de ese sitio del que me hablaba Joseph, ese al que iban los pecadores. El infierno. Un lugar donde los castigos y las torturas duraban toda la eternidad, con demonios y dragones y el diablo en persona. Castigo eterno. Lagos de fuego. El calor de un horno. Un fuego inextinguible. Fuego, fuego, fuego por todas partes.

Y en ese momento decidí que jamás pisaría un albergue para indigentes, aunque en realidad no supiera lo que era eso.

—¿Adónde fue Matthew cuando dejó el albergue? —pregunta la señora Flores.

Su voz me sobresalta. Estaba pensando en Matthew y en aquella mirada suya, tan complicada, una mirada que a mí me gustaba porque no sé por qué sus ojos parecían más marrones que antes, y también más cálidos, como el sirope de chocolate que vertía mamá encima del helado de nata.

Eso pensaba yo de los ojos de Matthew: que eran cálidos y dulces como el chocolate caliente, intensos y deliciosos.

—Claire —me dice la señora Flores—, ¿me estás oyendo?

Antes de que me dé tiempo a contestar suena un teléfono y la señora Flores mete la mano en su bolso y lo saca. Mira la pantalla y sus cejas se arrugan como pasas.

Retira bruscamente la silla de la mesa y yo doy un brinco, asustada.

—Espera —me dice—. Enseguida hablamos de Matthew. —Y luego le dice al chico del rincón—: Vigílela, enseguida vuelvo.

Y sale de la habitación fría y se oye el ruido de sus tacones en el suelo de cemento.

Cuando la señora Flores sale y otro guardia cierra por fuera la puerta de barrotes, el chico del rincón me dice en voz baja:

—Yo que tú, también los habría matado.

HEIDI

Por la mañana llaman a la puerta.

Zoe está en su habitación preparándose para ir al colegio, vistiéndose, peinándose y esas cosas. Willow está en el cuarto de baño. Paso por delante de la puerta al ir a abrir. El timbre me ha hecho salir del dormitorio a medio vestir, con unos pantalones de *tweed* y una camiseta. El jersey lo he dejado encima de la cama. Tengo el pelo mojado, pero se me está secando más rápido de lo que querría.

Llevo a la niña apoyada en la cadera cuando paso delante del baño y veo que Willow ha dejado la puerta entornada. La veo un segundo reflejada en el espejo, observando su propia cara. Todavía tiene el pelo mojado, igual que yo. Le gotea lentamente sobre la camiseta de Zoe. Se ha pintado la raya de un solo ojo. Se inclina hacia el espejo para pintarse el otro, pero duda y luego se baja el cuello de la camiseta hasta la piel tierna de uno de los pechos. Yo contengo de pronto la respiración y deseo que la niña no haga ningún ruido. Willow se pasa los dedos por una lesión que tiene en la piel lechosa, tan cerca de la areola que distingo dónde cambia de color el pigmento. Me inclino instintivamente hacia delante, ansiosa por ver mejor. Parecen marcas de dientes, huellas de incisivos y colmillos, señales de mordiscos tan fuertes como para desfigurar irremediablemente la piel.

Entonces llaman otra vez y doy un brinco, y cruzo rápidamente el pasillo para que Willow no pueda verme con la boca abierta por el asombro, por el horror de la cicatriz. Para que no me sorprenda espiándola.

Graham está al otro lado de la puerta. Lleva en las manos dos tazas de café con un dibujo del *skyline* de Chicago. Al ver al bebé pasa por mi lado y deja las tazas en la mesa de la cocina.

—Así que a esta monada es a quien tengo que agradecerle el jaleo de estas últimas noches —dice—. No me habías dicho que ibas a tener compañía.

Y se sienta y aparta una silla con la puntera del pie, invitándome a sentarme con él en la mesa de mi cocina.

—¿Dónde está Chris? —pregunta, y recorre con la mirada el desorden que se ha apoderado de mi casa.

Las cosas del bebé ocupan mucho más espacio del que deberían: hay biberones en el fregadero, pañales apilados y paquetes de toallitas en el suelo del cuarto de estar, un cesto de ropa lleno a rebosar junto a la puerta del piso, y el cubo de la basura desprende un espantoso olor a heces.

—¿Ya se ha ido a trabajar? —pregunta, esforzándose por no arrugar la nariz.

Aún no son las siete de la mañana.

—Está en Nueva York.

Me dejo caer en la silla, a su lado, y noto el olor delicioso de su perfume, esa fragancia a pachulí mezclado con el aroma embriagador del café. Me acerco la taza a los labios y aspiro.

Él va tan impecable como siempre: el pelo rubio peinado de punta, a la perfección, vaqueros y jersey de cuello redondo muy ajustado. Dice que se ha levantado a las cinco para escribir, como hace casi todas las mañanas. Durante el horario normal trabaja como periodista *free lance* escribiendo para páginas web y revistas, y a veces también para el periódico. Pero las primeras horas del día las dedica a su verdadera pasión: la literatura. Lleva no sé cuántos años trabajando en una novela (su vástago, su orgullo y su alegría) que espera que algún día ocupe un lugar en algún estante de la librería independiente del barrio. Yo he leído algunos pasajes sueltos, un honor del que me hice acreedora solo después de tomar tres o cuatro copas de vino, después de mucho rogarle y suplicarle, halagarle y dorarle la píldora. Me pareció buena. Los fragmentos que leí, por lo menos. Había contratado a Graham para que mejorara la redacción de la página web de la ONG en la que trabajo, y para que nos ayudara con los folletos y escribiera nuestro llamamiento anual. Habíamos pasado muchas noches juntos, hasta muy tarde, afinando el texto acompañados por una botella o dos de mi *riesling* favorito, mientras Chris y Zoe estaban en casa, en la puerta de al lado. Volvía a casa tarde, borracha y aturdida, y no me parecía que Chris se pusiera celoso como sin duda me habría puesto yo si hubieran cambiado las tornas.

«¿Y por qué tendría que ponerme celoso?», me preguntó Chris cuando se lo reproché, cosa que nunca habría hecho de haber estado sobria. Y entonces dijo algo que me dolió mucho: «No creo que seas su tipo».

Recuerdo la cara de satisfacción que puso. Cómo se regodeó al decir aquello en voz alta.

Me pasé días, meses, años preguntándome qué había querido decir exactamente. ¿Que no era el tipo de Graham porque no me parecía a esas mujeres despampanantes que frecuentaban su cama y que hacían que el tabique que separaba nuestras casas temblara de vez en cuando y que las figurillas se desplazaran peligrosamente hasta el borde de las estanterías? ¿A eso se refería Chris? ¿A que no estaba a la altura de Graham? ¿A que era la vecina de al lado, una mujer envejecida, con el cabello castaño invadido de canas y la piel asediada por las arrugas? ¿A que era su amiga, su confidente, su camarada, pero nunca podría ser otra cosa?

¿O quizá solo se refería a que a Graham no le gustaban las mujeres, a que prefería a los hombres?

Nunca lo he sabido. Y ahora, mientras estoy sentada frente a él, me pregunto si en otra vida, si en un universo paralelo, Graham podría haberme visto de otra manera, como si no fuera solo la vecina de al lado.

En el fondo, sin embargo, sigo pensando en Willow, en el cuarto de baño, en cómo se ha pasado los dedos por esa cicatriz que le desfigura el pecho. Marcas de dientes. De dientes *humanos*.

Y entonces aparece ella como si la hubiera invocado mi mente, aparece de pie en el pasillo y Graham la mira y sonríe, le dedica su sonrisa más seductora y la saluda educadamente. Willow no dice nada. Veo que sus pies empiezan a moverse, que se dispone a escapar y que luego se deja ganar por aquella sonrisa cálida y acogedora, absolutamente amable y bondadosa, y ella también sonríe.

Es prácticamente imposible ver la sonrisa de Graham y no sonreír.

—Willow —digo—, este es Graham, el vecino de al lado.

—¿Qué tal? —dice él.

—Bien —contesta Willow, y añade—: ¿Está despierta?

Se refiere a la niña, y entonces veo que sí, que está despierta.

Willow pregunta si hay más pasta de dientes y yo le digo que mire en el armario de la ropa de casa, al final del pasillo. En cuanto se pierde de vista, Graham se vuelve hacia mí con los ojos llenos de curiosidad, como si acabara de darle una idea para el argumento de su próxima novela.

—Cuéntame —dice, adivinando al instante la relación entre el bebé que sostengo en el regazo y la adolescente que está hurgando en el armario de la ropa blanca en busca de un tubo de pasta de dientes.

Nos sentamos en el tren, la una al lado de la otra, y cuando arranca, en dirección norte, la niña se queda embelesada por su vaivén, por la luz brillante del sol y los edificios que pasan tan deprisa que sus colores y formas comienzan a emborronarse y el ladrillo rojo se desangra convirtiéndose en hormigón armado y estructuras de acero. Voy sentada tan cerca de Willow que nuestras piernas se tocan un instante y, al tocarse, ella se aparta instintivamente a pesar de que en el tren atestado de gente no hay espacio para moverse.

Estar cerca de otras personas la inquieta, se diría que casi le hace daño físicamente por cómo tuerce el gesto y se remueve, como si estar de pie o sentada junto a otra persona le resultara tan penoso como recibir una bofetada. Prefiere que los demás permanezcan literalmente a la distancia de un brazo, en ese espacio extrapersonal en el que Willow no puede tocar ni (lo que posiblemente es más importante) ser tocada.

No le gusta que la toquen. Da un respingo al sentir el menor roce. Procura no mirar a la cara a los demás.

¿Es el comportamiento propio de una persona que ha sufrido maltrato?, me pregunto mientras miro de reojo el pelo desordenado con que se cubre parcialmente la cara. ¿O más bien de quien ha maltratado a otros? Esa mirada turbia y sombría, la malicia con que observa a Chris y a Zoe, y a mí, ¿son un efecto del maltrato o un indicio de su conducta agresiva? Observo a la gente fijarse en la chica sentada a mi lado con el bebé en su regazo, la chica con la mirada perdida, teletransportada mentalmente a alguna esfera lejana, fuera de este vagón abarrotado, mientras yo acaricio a hurtadillas los pies de la niña con un solo dedo para que Willow no me vea.

¿Ven estas personas algo que yo no consigo percibir?

¿Les asalta alguna idea, alguna sospecha que a mí ni siquiera se me pasa por la cabeza? ¿O quizá sí se me ha pasado por la cabeza, esa desconfianza hacia Willow, y he preferido obviarla, como decidí obviar la sangre de la camiseta, creer lo que me dijo y no darle más vueltas? Una hemorragia nasal, dijo que era.

Y sin embargo en el tiempo que lleva con nosotros no le ha sangrado la nariz ni una sola vez.

El tren nos lleva hasta una clínica de Lakeview. La fiebre de la niña no acaba de desaparecer, espera agazapada para volver a asomar su fea cara en los momentos más inoportunos. El paracetamol la alivia, sí, pero solo temporalmente. Hay que ir a la raíz de la fiebre, de ese malestar que la hace padecer horas y horas.

Ir al pediatra de Zoe estaba descartado, eso lo tenía claro desde el principio. Podría hacer preguntas. Es mucho mejor ir a una clínica privada de atención primaria en la que puedo pagar en metálico. Muchísimo mejor.

Nos bajamos del tren y recorremos una o dos manzanas hasta la clínica, situada en una esquina, en un cruce de calles muy transitado y ruidoso a esta hora del día: los coches pasan rugiendo y hay vallas y cinta rodeando tramos de acera que las lluvias de abril han convertido en estanques. La gente se baja del bordillo para sortearlos, invade la calzada y algún que otro conductor recurre al claxon y pita.

Willow lleva a la niña metida dentro de su chaqueta, la misma chaqueta caqui de la que sobresalen penachos de felpilla rosa como el día en que las vi por primera vez rondando por la estación de Fullerton bajo la lluvia. Me ofrezco a llevar a la niña pero Willow me mira y dice que no.

—No, gracias —contesta, pero yo solo oigo el no.

Una negativa, un rechazo. Me pongo colorada de vergüenza.

Así que espero a estar en el vestíbulo de la clínica, ese espacio apacible entre puertas de cristal, para quitarle bruscamente a la niña de los brazos, tan de repente que no le da tiempo a reaccionar (y no puede reaccionar porque las personas que hay al otro lado de la mampara de cristal podrían vernos) y le digo:

—Vamos a decir que es mía. Así resulta más creíble. Harán menos preguntas.

Y cruzo la segunda puerta de cristal para entrar en la sala de espera de la clínica sin esperar su respuesta.

Se queda rezagada, a medio paso o más de mí, observándome, y el fuego de sus ojos azules como el hielo perfora un agujero en mi camisa.

WILLOW

—Nunca había salido de la casa —le digo—. Fue la primera vez.

Le cuento a la señora Flores que Matthew se presentó cuando Joseph e Isaac ya se habían marchado y que traía un par de zapatillas de deporte viejas, que me ayudó a atarme los cordones y que me dijo que tenía que ponérmelas porque nos íbamos. Y no podía irme descalza.

No sé de dónde sacó los zapatos. No se lo pregunté. Tampoco le pregunté de dónde había sacado la chaqueta, una sudadera fina con capucha, de color mandarina, que me ayudó a ponerme.

«¿Adónde vamos?», le pregunté, y luego volví a preguntárselo otras dos veces.

«Ya lo verás», me contestó, y salimos por la puerta de aquella casa de Omaha.

—¿Me estás diciendo que no saliste de aquella casa en... en seis años? —pregunta la señora Flores con desconfianza.

Hunde una bolsita de té en una taza de agua caliente y la mueve arriba y abajo, arriba y abajo como un yoyó porque no tiene paciencia para dejarla en remojo.

A mamá le encantaba el té. El té verde. Huelo el té de la señora Flores y enseguida me recuerda a mamá, a eso que decía de que el té verde combatía el cáncer, las enfermedades del corazón y el envejecimiento. Lástima que no pudiera impedir que el Bluebird se saliera de la carretera.

—Sí, señora —contesto, intentando no hacer caso de sus ojos grises, que me llaman mentirosa—. Fue la primera vez que salí, menos para ir al patio de atrás —añado, y hasta esas salidas eran raras.

—¿Y no te pareció mala idea? —pregunta ella.

Vuelvo a pensar en aquel día, cuando Matthew y yo salimos de la casa de Omaha. Le digo a la señora Flores que hacía frío. Era otoño. Había nubes grandes y espesas. Todavía lo veo todo tal cual, aquel primer día que Matthew me llevó a la calle.

—Sí, señora.

—¿Se lo dijiste a Matthew? ¿Le dijiste que era mala idea?

—No, señora.

Saca la bolsita de té de la taza y la deja sobre una servilleta de papel.

—¿Y por qué no se lo dijiste, Claire? Si sabías que no era buena idea, ¿por qué no se lo dijiste a Matthew? —pregunta, y noto que me encojo de hombros.

Recuerdo que caminaba cerca de Matthew, aterrorizada por estar en la calle. Me daba pánico cómo sacudía los árboles el viento. Pánico que los coches pasaran a toda velocidad, esos coches que solo había visto desde la ventana de mi cuarto. No me subía a un coche desde aquel día, seis años antes, cuando Joseph y Miriam me llevaron a su casa. Odiaba los coches. Papá y mamá habían muerto en uno. Y un coche me había llevado allí, a casa de Joseph y Miriam.

Recuerdo que Matthew me tiró de la manga y que cruzamos la calle. Miré hacia atrás para ver la casa por fuera. Era casi, casi bonita. No era la más nueva del barrio, pero aun así tenía encanto, con su pintura blanca y sus contraventanas negras, y el zócalo de piedra gris que la rodeaba. La puerta delantera era roja.

Era la primera vez que veía la casa desde ese ángulo, desde fuera, desde el jardín de delante.

Y entonces, no sé por qué, me entró miedo. Y eché a correr.

«Espera, espera», dijo Matthew tirándome de la chaqueta para que parara.

Las zapatillas de deporte me quedaban grandes y pesaban mucho: las suelas parecían pesar cinco kilos cada una. No estaba acostumbrada a llevar zapatos. Por la casa iba siempre descalza.

«¿Qué prisa tienes?», preguntó Matthew, y cuando me di la vuelta notó en mis ojos que tenía miedo, que estaba asustada. Se dio cuenta de que estaba temblando. «¿Qué pasa, Claire? ¿Te ocurre algo?».

Y entonces le dije que me daban miedo los coches, las nubes, los árboles sin hojas que temblaban al aire frío de noviembre. Los niños que miraban desde detrás de las cortinas de sus casas, los niños de las bicis y las tizas, y sus insultos: subnormal, retrasado.

Él me agarró de la mano. Era la primera vez que lo hacía. Hacía muchísimo tiempo que nadie me agarraba de la mano, desde que era pequeña y vivía con mamá. Me gustó. Tenía la mano calentita. La mía, en cambio, parecía un cubito de hielo.

Seguimos andando por la calle y doblamos una esquina, y Matthew me llevó hasta una señal azul muy rara.

«Esta es nuestra parada», dijo.

Yo no sabía qué quería decir con eso de «nuestra parada», pero le seguí hasta la señal y nos quedamos allí de pie, esperando, mucho rato. Había también otras personas, gente que rondaba alrededor de la señal. Esperando.

Matthew me soltó la mano y se sacó del bolsillo del pantalón un puñado de monedas, y en ese momento se levantó el aire frío de noviembre y me sacudió el pelo. Pasó un coche con la música muy alta y de pronto noté que me costaba respirar, que me ahogaba en aquel aire tan fresco, sentí que todo el mundo me miraba. «Ojos que no ven, corazón que no siente», pensé, y me apreté contra Matthew tratando de olvidarme del frío, de la música y de aquellos ojos que me miraban descaradamente.

Un autobús grande (blanco y azul, con las ventanas tintadas de negro) se paró justo delante de nosotros.

«Es el nuestro», dijo Matthew, y al subir los enormes peldaños junto con el resto de la gente y notar que yo dudaba, añadió: «No pasa nada. Nadie va a hacerte daño».

Luego metió unas cuantas monedas en una máquina y me llevó por el pasillo sucio, hasta una asiento azul y duro. El autobús arrancó con una sacudida y yo sentí que me iba a caer del asiento. Me quedé mirando el suelo, donde había una lata de refresco de la que todavía salía líquido, un envoltorio de caramelo viejo y porquería dejada por los zapatos de otras personas.

«¿Adónde vamos?», le pregunté otra vez a Matthew, y otra vez me dijo: «Ya lo verás».

El autobús avanzaba haciendo eses por la calle llena de tráfico, meciéndome en aquel asiento de plástico duro y parándose en cada manzana para que entrara más y más gente, hasta que estuvo casi lleno.

Yo hice lo que solía hacer cuando estaba asustada. Pensé en mamá, con su melena negra y sus ojos azules. Pensé en Ogallala. Cualquier recuerdo que se me ocurriera. Últimamente eran pocos y muy dispersos: ir sentada dentro del carro de la compra, en Safeway, mirando una lista abandonada por otro cliente en la cestita del carro, la tinta azul corrida y una letra cursiva y ondulada que yo no podía leer, y Lily sentada en el asiento del carro. Morder un melocotón maduro y echarme a reír con mamá cuando el jugo me chorreaba por la barbilla, y estar sentada debajo de aquel roble gigante que casi ocupaba por completo el jardín de atrás de nuestra casa prefabricada, leyéndole a mamá libros que eran para adultos.

—Si estabas tan asustada, ¿por qué no le dijiste a Matthew que no querías ir?

Me quedo pensándolo uno o dos minutos. Veo a Louise Flores mordisquear una galletita de jengibre envasada y pienso en su pregunta. Estaba asustada por muchas razones. Me daba miedo la gente de fuera, pero más miedo aún me daba que Joseph se enterara de que habíamos salido. Yo sabía que estaba en el trabajo y que Isaac iría primero a clase y luego a trabajar, como hacía siempre, pero de todas formas no las tenía todas conmigo. ¿Y Miriam? Bueno, Miriam casi no se enteraba de que yo estaba en casa. Pero aun así tenía miedo.

Entonces, ¿por qué no le dije a Matthew que no quería ir con él? En realidad es muy sencillo. *Quería* ir. Estaba aterrorizada, pero también emocionada. Hacía muchísimo tiempo que no salía de aquella casa. Tenía ya catorce o quince años. Salir de aquella casa era el tercer gran deseo que tenía desde hacía seis años (el primero era que mamá y papá volvieran a la vida, y el segundo recuperar a Lily, a mi Lily). Confiaba en Matthew como no había confiado en nadie durante esos seis años, incluso más que en la señora Amber Adler, que vino a la casa de Ogallala con un policía a decirnos a Lily y a mí que nuestros padres habían muerto, y se puso de rodillas delante de mí en el suelo laminado y con una sonrisa bondadosa en esa cara suya tan franca prometió cuidar de Lily y de mí y buscarnos un buen hogar.

No pensé ni una sola vez que estuviera mintiendo. Ella creía que había hecho eso exactamente: cuidar de nosotras.

Pero Matthew era distinto. Si Matthew decía que no pasaba nada, entonces es que no pasaba nada. Si decía que nadie iba a hacerme daño, es que nadie iba a hacerme daño. Pero aun así estaba aterrorizada cuando nos apeamos de aquel autobús blanco y azul y subimos a otro, y luego a otro. Seguí pensando en todos los recuerdos de mamá que conseguía sacar de mi cabeza (la señora Dahl y su ganado, lo mucho que le gustaban a mamá los sándwiches de plátano con mayonesa, y cómo se comía primero toda la corteza dejando la miga para el final: «el mondongo», lo llamaba ella), porque pensando en mamá me olvidaba de que estaba muerta de miedo.

«Te quiero como los plátanos a la mayonesa», decía, y yo meneaba la cabeza y me reía, y la veía pavonearse por nuestra casa con sus túnicas negras y sus moños altos.

El autobús pasó por delante de edificios que parecían de viviendas, como los que yo recordaba de Ogallala, y por edificios bajos que se extendían sobre la hierba parda, hechos con ladrillos de arcilla prensada, de color rojo. Había aparcamientos tan anchos como los propios edificios. Cables eléctricos tendidos a lo largo de la calle que hacían chisporrotear el aire más allá de la ventana abierta del autobús. Pasamos por barrios cochambrosos, por delante de casas medio en ruinas y con las puertas y las ventanas tapiadas, de coches destrozados y gente con mala pinta que rondaba por las aceras agrietadas, holgazaneando. Pasamos frente a banderas estadounidenses que un viento obstinado hacía ondear, junto a franjas de césped moribundo entre las que asomaban calvas de tierra, junto a arbustos cuyas hojas, marrones y esmirriadas, caían al suelo, y árboles sin hojas, cientos de árboles.

Pasamos por un aparcamiento enorme lleno de coches destrozados. Cuando pregunté por aquellos coches, Matthew me dijo que era un desguace, y le pregunté para qué quería nadie un coche que no tenía ruedas o puertas.

«Se utilizan las piezas», contestó, y yo me pregunté para qué podían servir unas ruedas o unas puertas sin un coche.

Pero aun así me puse a buscar el Bluebird de papá y mamá, el coche volcado, el capó hundido, los faros rotos, los espejos colgando de la puerta por un hilito, los parachoques reducidos a la mitad de su tamaño. Era la imagen que había tenido en la cabeza todos esos años, una fotografía de la primera página del periódico: *Un accidente de tráfico en la I-80 se salda con dos muertos.* No aparecían los nombres de papá y mamá. Los llamaban «víctimas», una palabra que yo no conocía entonces.

«¿Adónde vamos?», pregunté por tercera y última vez.

Estuvo a punto de sonreír y dijo: «Ya lo verás».

—¿Dónde te llevó Matthew aquel día? —pregunta Louise Flores.

Pienso en Matthew, viviendo en aquella casa conmigo todos esos años, todos esos años en los que Joseph me tuvo encerrada. Me preguntaba qué pensaba Matthew de eso, o si era consciente de lo que pasaba, porque a fin de cuentas era un crío y Joseph era su padre, y a lo mejor no le parecía nada raro. Después de tanto tiempo, vivir en aquella casa con Joseph y Miriam se había vuelto normal para mí. Tenía que buscar muy dentro de mi corazón para darme

220

cuenta de que estar así enjaulada no podía ser bueno. Quizás a Matthew le pasara lo mismo. Para él, las cosas habían sido siempre así, desde pequeño. Nunca veía ir y venir a Miriam. Y a mí nunca me veía salir.

Y, además, Joseph decía que nadie me creería. Ni una sola persona. Era su palabra contra la mía. Y yo era una cría. Una cría a la que no quería nadie –*nadie*–, aparte de él y Miriam.

—¿Dónde te llevó? —pregunta otra vez la señora Flores, y le digo:

—Al zoo.

—¿Al zoo? —dice como si hubiera mil sitios a los que preferiría ir antes que al zoo.

Y yo le digo «Sí, señora» con una sonrisa de oreja a oreja porque no hay ningún sitio del mundo en el que yo hubiera preferido estar, excepto con papá y mamá, quizá.

El zoo. Había estado en un zoo muy pequeñito una vez, en Lincoln, pero al de Omaha no habíamos ido nunca. Aquel día vimos antílopes y leopardos, y gorilas y rinocerontes. Montamos en un trenecito y entramos en una cúpula gigante que por dentro parecía el desierto, un desierto de verdad. Matthew se gastó hasta el último penique que tenía, ¡y hasta me compró palomitas!

A mí me encantó, disfruté cada segundo, aunque la verdad es que me daba un poco de miedo la gente. Había muchísima. Y yo en aquel entonces no sabía mucho de la gente, y lo que sabía procedía de las pocas personas que formaban parte de mi vida, que podían agruparse todas en tres categorías: buenos, malos y otros. Y no porque hiciera años que no salía de aquella casa de Omaha, sino porque no veía a nadie, solo a Joseph y Miriam, Isaac, Matthew y, de vez en cuando, cada seis meses o así, a la señora Amber Adler. Miraba a la gente con la que nos cruzábamos y me preguntaba una y otra vez si eran buenas personas o malas.

O a lo mejor no eran ni buenas ni malas.

Matthew no me soltó la mano en todo ese tiempo. Ni una sola vez. Yo me sentía a salvo cuando estaba con él, como si fuera a protegerme, aunque sabía que tarde o temprano tendría que volver a casa, a la casa de Joseph y Miriam. Y la hora llegó bastante pronto, porque Matthew dijo que no podíamos arriesgarnos a que Joseph volviera a casa antes que nosotros. No podía correr el riesgo de que se enterase de que había salido.

Porque entonces se enfadaría, dijo. Se enfadaría de verdad.

Y yo me preguntaba qué haría en ese caso.

Esa noche soñé con antílopes. Con una manada de antílopes que corrían por la sabana africana. Libres y despreocupados, como deseaba yo correr.

HEIDI

Nos estamos preparando para irnos a la cama cuando Willow entra en mi dormitorio para darnos las buenas noches en ese tono temeroso que emplea casi siempre. Zoe está en mi cama, mirando distraídamente una telecomedia, y yo hago una mueca para mis adentros cada vez que alguien dice en pantalla la palabra «coño» o «joder» o cuando una pareja se besa. No estoy segura de cuándo pasamos del Canal Disney a *esto*. ¿Mi hija de doce años es lo bastante mayor para ver *esto*, para entender las insinuaciones sexuales y el humor adulto que vierte la televisión?

Pero Zoe mira la pantalla vagamente, sin hacerse eco de las risas enlatadas cuando un hombre resbala con una placa de hielo en un aparcamiento, se cae de culo y la caja de huevos que lleva en las manos sale despedida.

Mira a Willow cuando entra, una mirada fría en sus cálidos ojos marrones.

Busca a tientas el mando a distancia y sube el volumen para no oír el desganado «buenas noches» de Willow.

Zoe está enfadada conmigo, enfadada porque haya olvidado ir a buscarla al entrenamiento de fútbol, por haberme entretenido en la clínica con Willow y el bebé. Por haber tenido que esperar una hora o más con Sam, el entrenador, que me llamó varias veces al móvil para recordarme que mi hija me estaba esperando en Eckhart Park mientras el sol se ponía en Chicago. Cuando por fin llegamos, sus compañeras de equipo se habían marchado hacía rato y Sam tenía frío y estaba nervioso, pero compuso una sonrisa y me dijo que no pasaba nada cuando me disculpé por enésima vez por mi retraso.

Zoe no me habló cuando llegamos a casa, ni tampoco habló a Willow. Se duchó y se metió en la cama, dijo que quería estar sola. A mí no me sorprendió lo más mínimo, claro, y vi en su mirada vacua, en la expresión enfurruñada que se apoderó de su cara, que me odiaba como lo odia casi todo. He pasado a formar parte de esa lista interminable que incluye los deberes de matemáticas, las judías y a la pesada de su maestra sustituta. La lista de cosas que odia. Entre ellas, yo.

Pero la niña... La niña, en cambio, era toda sonrisas. Sonrisas desdentadas y tiernos gorgoritos de bebé que llenaban la habitación como nanas espumosas. Me aferré a ella con avaricia, no quería compartirla con nadie. Le preparé un biberón cuando empezó a hociquear entre los pliegues de mi camisa, buscándome el pecho, y me escabullí en la cocina sin decirle a Willow adónde iba, ni preguntarle si le parecía bien que diera de comer a la niña porque si lo hacía quizá me dijera que no, que se encargaba ella, y entonces tendría que devolverle a la niña, dejarla a su cuidado, y la idea me resultaba insoportable. Así que me quedé en las sombras de la cocina dando el biberón a Ruby y haciéndole cosquillitas en los pies, y le limpié con un paño suave las gotas de leche que se le escapaban y que resbalaban por su barbilla en zigzag.

Y entonces dijo Willow: «Es la hora de su medicina, señora».

Apareció de repente en la cocina, como un relámpago en medio de una noche tranquila. Me había pillado con las manos en la masa, como suele decirse.

Habló sin aspereza, y sin embargo sus ojos se clavaron en mí como una barrena, allí, en la cocina. No tuvo que decir nada para que yo entendiera que había hecho mal. De pronto me dio miedo Willow, me dio miedo que me hiciera daño, que hiciera daño a la niña.

Su imagen volvió a dar un giro de ciento ochenta grados ante mis ojos: la chica indefensa a la que le encantaba el chocolate, la delincuente juvenil que se las había arreglado para meterse en mi casa.

Se quedó allí de pie, en la cocina, con los brazos extendidos para que le devolviera a la niña. Iba vestida otra vez con ropa desechada por Zoe: unos vaqueros con un agujero en la rodilla, una camiseta de manga larga que a ella le quedaba corta y dejaba ver el extremo de sus brazos, con la carne de gallina y el vello erizado por el frío. Tenía un agujero grande en los calcetines, a la altura del dedo gordo, y al mirarlo me descubrí pensando hasta qué punto había sido una ingenua por traer a Willow a mi casa.

¿Y si Chris tenía razón después de todo?

No me había parado a considerar el efecto que tendría aquello sobre el bienestar de mi familia, porque estaba demasiado preocupada por el bienestar de Willow.

¿Y si Willow no era de fiar?

Miré el cajón donde guardábamos la navaja suiza, escondida entre un montón de cachivaches (velas de cumpleaños, cerillas, linternas que no funcionaban) y de pronto me sentí asustada, me pregunté quién era esta chica, quién era de verdad y por qué estaba en mi casa.

Mientras estaba allí, mirándome, no me preguntó lo evidente, qué estaba haciendo. Pero me quitó a la niña de las manos. Así como así. Se la llevó sin más, dejándome indefensa y casi sin respiración. Me quedé en la cocina y la ayudé a darle el antibiótico a la niña, y luego me quedé petrificada de horror cuando dio media vuelta con el bebé en brazos. El bebé al que yo acababa de acunar, al que había dado de comer. Sin ella, sin Ruby, me sentía como si de pronto me faltara algo. Vi a Willow sentarse con las piernas cruzadas en el sofá y tumbar a la niña sobre su regazo, envuelta en la manta de felpa rosa como un gusano en su capullo.

Me dieron ganas de llorar al ver el biberón casi vacío que tenía en la mano, el hueco que había dejado la niña en mis brazos. Me descubrí anhelante, consumida por una necesidad vehemente de coger a la niña, obsesionada con la imagen de Juliet, de Juliet siendo extraída de mi útero, raspada con una cureta. Me costaba respirar, me era casi imposible, mientras mis pensamientos oscilaban entre el anhelo de ese bebé (el anhelo de Ruby) y la añoranza de mi Juliet, de mi Juliet arrojada a la basura como un desecho orgánico.

No sé cuánto tiempo estuve así. Me quedé parada en el umbral entre la cocina y el cuarto de estar, hiperventilando. El dióxido de carbono escapaba de mi sangre a velocidad alarmante. Empezaron a cosquillearme los labios, los dedos de los pies y las manos, y me agarré con fuerza, con tanta fuerza que se me marcó el blanco de los nudillos, a la encimera de granito para no desmayarme o caerme al suelo. Imaginé mi cuerpo convulsionándose sobre la tarima, vi a Willow y a Zoe allí paradas, sin hacer nada, mirando *Barrio Sésamo* o una telecomedia, y empecé a detestarlas a las dos por su indiferencia, aunque solo fuese hipotética.

Y ahora estoy en el cuarto de baño de mi habitación. Zoe está arropada en la cama viendo ese absurdo programa de televisión mientras Willow nos da las buenas noches. Ha entrado en el dormitorio y se ha quedado ahí parada, al lado de la puerta del cuarto de baño, mirándome mientras cuelgo mi preciada cadena de oro de un gancho de la pared, un gancho con un pajarito pintado de rojo envejecido.

No la miro al mascullar:

—Buenas noches.

Y espero a que salga de la habitación para respirar. Me pongo un camisón de raso, cierro con pestillo la puerta del dormitorio y me acuesto al lado de Zoe, deslizando la navaja suiza debajo de la almohada.

Paso la noche en vela, dando vueltas en la cama, esforzándome por no despertar a Zoe, que se ha vuelto de espaldas a mí y se ha abrazado al otro extremo del colchón para que nuestros cuerpos no se toquen. Zoe, la que solía meterse en la cama con Chris y conmigo, la que nos rogaba que le permitiéramos llenar ese espacio vacío que quedaba entre los cuerpos acogedores de mamá y papá. Ahora en cambio se aparta tanto de mí que corre el riesgo de caerse de la cama.

Cuando por fin me duermo, sueño con bebés. Con bebés y con sangre. No son sueños alegres, no son esos querubines y esos bebés angelicales con los que he soñado otras veces, sino bebés sanguinolentos, bebés muertos, cunas vacías. Corro de habitación en habitación con mi camisón de raso buscando a la pequeña Juliet sin encontrarla por ninguna parte. En sueños, vuelvo sobre mis pasos como si pudiera no haberla visto tendida en medio de una habitación, envuelta en su mantita de felpa. Miro en los escondites preferidos de los gatos: en el armario, detrás de la puerta de la despensa, debajo de la cama. No está por ninguna parte.

Y entonces bajo los ojos y veo que tengo el camisón embadurnado de sangre. Como kétchup en pan de hamburguesa. Tengo sangre en el camisón, en las manos y, al mirarme al espejo (diez años más vieja que cuando me fui a la cama) veo que también tengo sangre en el pelo, que en algún momento fue rojizo.

Me despierto sudando, convencida (absolutamente convencida) de que oigo a lo lejos el llanto de un bebé.

Me levanto de la cama y cruzo la habitación de puntillas. Los números digitales del despertador marcan las 2:17 de la madrugada. El pasillo está a oscuras, salvo por la luz tenue de la placa de la cocina, que llega hasta el pasillo. Todo está en silencio cuando pego el oído a la puerta del despacho: no se oye ningún ruido. Ningún niño llorando.

Y sin embargo estaba tan segura…

Pongo la mano en el pomo de latón satinado y lo giro.

Está echado el pestillo.

Pruebo otra vez para asegurarme y el corazón se me empieza a acelerar en el pecho. Me preocupa que pase algo malo al otro lado de la puerta, un millón de ideas angustiosas se me agolpan en la cabeza, todo tipo de cosas, desde que Willow se ha girado en la cama y ha asfixiado a la niña sin querer, a que un loco ha subido por la escalera de incendios y ha escapado llevándose a Ruby en brazos.

Tengo que entrar en la habitación. Tengo que asegurarme de que está bien.

Podría llamar a la puerta y despertar a Willow, obligarla a abrir para asegurarme de que las ventanas están bien cerradas y la niña se encuentra bien. Podría decirle que me preocupaba que le hubiera pasado algo al bebé.

Y si tengo razón mi angustia estaría justificada. Y si me equivoco...

Si me equivoco, las chicas (Willow y Zoe, las dos) pensarán que estoy loca.

Recorro el pasillo y me acerco al cajón de la cocina donde guardamos un montón de llaves distintas. La cerradura del despacho es de las que pueden abrirse simplemente con un objeto punzante. Con un clip valdría. Vuelvo a la puerta del despacho y meto la llave improvisada, la giro en el sentido de las agujas del reloj y *voilà*.

La cerradura se abre en un santiamén.

Giro el pomo muy despacio para no despertar a Willow. La puerta se abre el ancho de una rendija y allí está ella, igual que la noche anterior, de espaldas a la niña, con una almohada encima de la cabeza. Ruby duerme profundamente, respira tranquila. Ha apartado la manta verde de su cuerpecito y está completamente desarropada, así que veo subir y bajar su pecho y sé que está viva, que no se ha ahogado en sangre como me han hecho creer mis sueños.

Duerme a pierna suelta, con los ojos y las extremidades completamente relajados, inertes.

Me dan ganas de cogerla en brazos y llevármela por el pasillo, a la mecedora del cuarto de estar. Quiero abrazarla mientras duerme, hasta que salga el sol, mientras contemplo por la ventana cómo van apareciendo en la calle los primeros autobuses y taxis del día. Quiero ver amanecer con Ruby en mis brazos, ver los matices dorados y rosas del sol decolorar el cielo negro de abril.

Y entonces otros pensamientos comienzan a agolpárseme en la cabeza, la idea de irme con la niña donde Willow no pueda encontrarme.

Pegada a las sombras del cuarto, convertida en una simple silueta, en una forma difusa recortada en la pared, por la luz pálida de la luna que entra por las cortinas de color gris peltre, por esas cortinas plisadas que a mí siempre me parecen hechas un desastre, arrugadas, fruncidas, miro fijamente a Ruby. Me imagino convertida en una de esas siluetas icónicas: la de Jane Austen o la de Beethoven, o la de una de esas chicas tan horteras que adornan la parte trasera de los tráileres y las camionetas de los palurdos, esas chicas con sus cinturitas de avispa y sus pechos enormes.

Apoyo las manos en la pared para sostenerme y me digo que no debo respirar para no despertar a Ruby. Procuro estirar al máximo los segundos que transcurren entre cada inhalación, hasta que empiezo a sentirme aturdida y mareada.

En este cuarto también hay un reloj. Sus números digitales pasan de las 2:21 a las 4:18 en un abrir y cerrar de ojos mientras sigo allí, al pie del sofá cama, deseando tapar a la niña con la manta, cambiarla de postura, apartarla del cuerpo de Willow para no tener que preocuparme porque la asfixie o la aplaste.

Quiero cogerla y sacarla de aquí.

Pero no puedo.

Porque si lo hago Willow se enterará.

Y quizá se marche.

WILLOW

Aquí llevamos monos naranjas con la palabra *menor* bordada por detrás. Dormimos en habitaciones de ladrillo, dos por celda, en literas metálicas, y unos gruesos barrotes nos separan del pasillo de cemento por el que las guardias (tiranas con cuerpos que parecen de hombre) se pasean toda la noche. Comemos en mesas largas en el comedor, en bandejas desconchadas de colores pastel, cargadas con raciones de cada uno de los cuatro grandes grupos de alimentos: carne, pan, fruta y verdura, más un vaso de leche.

No está tan mal, comparado con tener que rebuscar comida en la basura y dormir en la calle.

Mi compañera de celda es una chica que dice que se llama Diva. Las guardias la llaman Shelby. Tiene el pelo de color morado como una ciruela, pero las cejas las tiene normales, de color marrón corriente. Canta. Constantemente. Se pasa la noche cantando. Las guardias y las otras presas le dicen que se calle, que se meta un calcetín en la boca, que cierre el pico de una vez. Le gritan desde sitios que desde aquí no podemos ver. Yo le pregunto por qué está aquí, detrás de los barrotes, igual que yo, sentada en el suelo de cemento porque dice que la cama tiene explosivos, pero solo me dice:

—Más vale que no lo sepas.

Así que me quedo con la duda.

Tiene quince años, puede que dieciséis, igual que yo. Veo los agujeros que tiene en la piel, de los *piercings* que le han hecho quitarse: en el labio, en el tabique nasal, en el cartílago de la oreja. Saca la lengua y me enseña el agujero que tiene también ahí, y me dice que se le hinchó la lengua cuando se lo hicieron, que se le puso el doble de grande y que estuvo días sin poder hablar. Que a una chica que conocía se le rajó la lengua por la mitad cuando se hizo un *piercing*. Dice que también tiene uno en el pezón, y otro en el ombligo. Empieza a contarme que tiene también otro agujero debajo de los pantalones del mono, y que una guardia la estuvo mirando cuando la obligaron a quitarse la barra que llevaba en el clítoris, antes de meterla en la trena, y luego farfulla en voz baja:

—Esa puta boyera.

Yo me doy la vuelta, avergonzada, y ella se pone a cantar. Alguien le dice que cierre la boca de una puta vez. Pero ella se pone a cantar más alto, con una voz tan aguda que parece que chirría, como cuando un tren de mercancías frena de pronto.

Una guardia viene a buscarme a la celda. Me pone las esposas y me lleva del brazo hasta donde me espera Louise Flores, en esa sala tan fría, la de la mesa de hierro. Hoy, cuando entro, está de pie en el rincón, mirando por la ventana, de espaldas a mí. Lleva una chaqueta de punto que parece rasposa, de color humo, y unos pantalones negros. Hay una taza de té encima de la mesa, y un vaso de zumo para mí.

—Buenos días, Claire —dice cuando ocupamos nuestros sitios en la mesa.

No sonríe. El reloj de la pared marca las diez pasadas.

La señora Flores le hace una seña a la guardia para que me quite las esposas.

El guardia de ayer hoy no está. No se le ve por ninguna parte. En su lugar hay una señora de mediana edad, con el pelo gris envuelto en un moño. Se apoya entre las dos paredes y cruza los brazos, con el mango de la pistola asomando de la funda.

—Te he traído un zumo —dice la señora Flores— y un dónut —añade al poner una bolsa de papel encima de la mesa.

Soborno.

Como cuando Joseph, de vez en cuando, venía a casa con una galleta de chocolate de la cafetería del centro donde trabajaba, envuelta en celofán. Para que más tarde, por la noche, no me lo pensara dos veces y me subiera la camiseta vieja que me ponía para dormir y le dejara bajarme las bragas.

La señora Flores se apoya las gafas en el puente de la nariz y echa un vistazo a las notas del día anterior. *Salí de la casa de Omaha con Matthew. Fuimos en autobús hasta el zoo.*

—¿Qué pasó cuando llegaste a casa esa tarde? —pregunta.

—Nada, señora —contesto mientras meto la mano en la bolsa y saco el dónut, uno con doble cobertura de chocolate y fideos de colores, y le doy un mordisco—. Volví mucho antes de que llegara Joseph —digo con la boca llena—. Y también Isaac. Miriam estaba en su cuarto, pero ni se había enterado. Le preparé la comida y me puse a lavar la ropa para que cuando le dijera después a Joseph que me había pasado el día haciendo la colada hubiera pruebas: ropa tendida. Así no se enteraría de que era mentira.

Me pasa una servilleta y me señala la mejilla. Me limpio la mancha de chocolate y luego me lamo los dedos hasta dejarlos limpios. Me bebo el zumo de un trago.

Le cuento que lo de las salidas en autobús con Matthew se convirtió en una costumbre. Al zoo solo fuimos esa vez porque era muy caro y Matthew no tenía dinero, pero íbamos a parques, y Matthew me enseñó a columpiarme, porque a mí se me había olvidado cómo se hacía. A veces no hacíamos nada más que caminar por las calles de Omaha, delante de los grandes edificios y entre toda aquella gente.

Luego, un día, Matthew me llevó a la biblioteca. Me acordé entonces de cuánto me gustaba ir a la biblioteca con mamá. Me encantó el olor, y ver tantos libros juntos. Miles de libros. ¡Millones de libros! Matthew me preguntó sobre qué quería leer (podía ser cualquier cosa en el mundo) y estuve pensándomelo un buen rato. Luego le dije que quería saber más sobre los planetas. Dijo que sí con la cabeza y añadió: «Muy bien. Astronomía, entonces».

Echó a andar por la biblioteca como Pedro por su casa, y yo le seguí. Me llevó hasta un sitio donde había un montón de libros de astronomía, como decía él: el sol, la luna, las estrellas... La biblioteca estaba en silencio, y en el pasillo de los libros de astronomía estábamos solos él y yo, resguardados entre las altas estanterías como si fuéramos las dos únicas personas que había en el mundo. Nos sentamos en el suelo y nos apoyamos contra los estantes, y yo empecé a sacar los libros uno por uno y a mirar las portadas: el firmamento negro todo plagado de estrellas.

Como me crie sin madre, había cosas que quería saber pero no tenía a quién preguntárselas. Como por qué de vez en cuando me ponía a sangrar y tenía que ponerme burujos de papel higiénico para que no se me estropearan las bragas. O por qué me estaba saliendo pelo donde antes no tenía, y por qué me estaban creciendo algunas partes del cuerpo sin venir a cuento. No conocía a ninguna mujer a la que pudiera preguntárselo, solo a la trabajadora social, pero a ella no podía hablarle de esas cosas, claro, porque entonces querría saber por qué no se lo preguntaba a Miriam, que cada vez que venía la señora Amber Adler se tomaba aquellas pastillitas blancas y se comportaba casi como si fuera normal. Casi. Pero no lo era ni de lejos.

Todas esas preguntas eran sobre cosas de fuera, pero también tenía dudas sobre las cosas que me pasaban por dentro. Especialmente sobre Matthew y las cosas tan raras que sentía cuando estaba con él. Me daban muchas ganas de estar cerca de él, y me sentía sola cuando no estaba. Esperaba cada día que apareciera en la puerta cuando Joseph e Isaac ya se habían ido, y los días que no venía me ponía triste.

Desde que venía a buscarme para sacarme de aquella casa, estaba viendo cosas que no había visto nunca: mujeres guapísimas con el pelo ondulado de color paja o canela, o naranja como los macarrones con queso, maquilladas y vestidas maravillosamente, con botas de piel altas con mucho tacón y faldas estrechas, o con pantalones de cuero, o zapatos de color turquesa, o con montones de pulseras en el brazo, o con camisetas escotadas, o con jerséis con caladitos de color granate, o verde, o azul por los que se les veía el sujetador. Mujeres y hombres cogidos de la mano y besándose. Fumando, o hablando por teléfono.

Tenía un solo sujetador que me trajo Joseph con el último paquete de ropa. Había también jerséis y rebecas marrones que me daban ganas de llorar de lo aburridos que eran, cuando yo lo que quería era ponerme tacones de aguja y pulseras. Quería ponerme una de aquellas camisetas con trasparencias encima del sujetador y que Matthew me viera.

Cuando Matthew y yo nos tumbábamos en mi cama a leer los libros que me traía, nos poníamos muy juntos, pegados los dos, con la cabeza apoyada en la almohada llena de bultos. Matthew se apoyaba en el cabecero de la cama y curvaba las piernas y el pecho alrededor de mi cuerpo, y giraba la cabeza hacia la mía para que viéramos los dos la letra microscópica del libro. Uno de mis preferidos era *Anna, la de Tejas Verdes*. Debí de pedirle a Matthew que lo sacara de la biblioteca un millón de veces, y aunque sabía que debía de estar harto de él, nunca se quejaba. Aunque tampoco decía que le gustara.

Pero, por más que me gustara aquel libro, a mí me costaba concentrarme, no podía pensar más que en la mano de Matthew, que rozaba la mía cuando volvíamos la página, y en sus vaqueros, que me rozaban la pierna desnuda por debajo de la manta, o en su codo, que a veces me tocaba el pecho sin querer cuando cambiaba de postura. Mientras Matthew leía en voz alta sobre Anne Shirley y los Cuthbert, yo me quedaba embelesada con el tono de su voz y con su olor (un batiburrillo de olor a musgo y a humo de tabaco), y con la forma de sus uñas, y me preguntaba qué sentiría si metía esas manos calentitas por debajo de mi sudadera y me tocaba los pechos.

Sería muy distinto a lo que sentía con Joseph, de eso estaba segura. Joseph, cuyos dientes me habían marcado la piel amarillenta como se marca al ganado.

Matthew y yo pasábamos muchos ratos tumbados así, juntos en la cama, y luego, a veces, él se incorporaba de repente y se apartaba hacia el otro lado de la cama.

Como si estuviéramos haciendo algo malo.

La señora Amber Adler seguía viniendo cada seis meses, más o menos. Los días antes de su visita, yo ayudaba a Joseph a darle las pastillas a Miriam. Y enseguida Miriam empezaba a sentirse mejor y se levantaba, y ventilábamos la casa para que dejara de oler a la peste que echaba ella. Yo me ponía a limpiar y Joseph se presentaba con un vestido nuevecito y me hacía sentarme en la mesa de la cocina y me cortaba un poco el pelo, y el día que aparecía la trabajadora social con aquel coche suyo que era una cafetera y el bolsón de Nike, la casa olía a limón y Miriam se portaba como si fuera más o menos normal, y sujeta a la puerta de la nevera había una redacción sobre un libro que Joseph había escrito a máquina, con mi nombre puesto en la parte de arriba.

«¿Esto lo has escrito tú?», preguntaba la señora Amber Adler agarrando el papel con su manita, y yo mentía. «Sí, señora».

Nunca escribí ninguna redacción, claro. No iba al colegio. Pero Joseph miraba a la trabajadora social como si fuera la pura verdad y decía que yo leía y escribía muy bien, pero que seguía siendo «muy desobediente», y entonces la señora Amber Adler me llevaba aparte y me recordaba que tenía mucha suerte por vivir con Joseph y Miriam y que tenía que esforzarme más y «mostrar un poco de respeto».

La trabajadora social seguía trayéndome cartas de Paul y Lily Zeeger, y de mi pequeña Lily. Lily la Grande me contaba que Rose (Lily) había crecido mucho. Que quería dejarse el pelo muy, muy largo, y que hacía poco que se había cortado el flequillo. Que tenía muchos amigos: Peyton, Morgan y Faith. Y que le encantaba la escuela, y que era una niña inteligentísima y que la asignatura que más le gustaba era la música. Me preguntaba si yo tocaba algún instrumento. ¿Me gustaba cantar? Me decía que Rose (Lily) tenía talento natural para la música. Y quería saber si era cosa de familia. Cuando Lily aprendió a leer y a escribir, empezó a mandarme notitas también ella, escritas en papel de carta adornado con un dibujo de un pájaro posado en la rama de un árbol. El papel llevaba su nombre grabado por delante, Rose Zeeger, y todos los otoños, metida dentro del sobre, venía una fotografía de Lily hecha en el colegio. Mi Lily siempre parecía contenta, siempre estaba sonriendo, y yo veía por las fotos que se estaba haciendo mayor y que cada día se parecía más a nuestra madre. Yo, cuando me miraba al espejo, no veía que me pareciera nada a mamá, pero veía sus rasgos en Lily, en esos retratos que Joseph me obligaba a romper en trocitos en cuanto se iba la trabajadora social.

—Empecé a alegrarme por Lily —le digo a la señora Flores.

—¿Y eso por qué? —pregunta.

—Porque era feliz con los Zeeger. Y no habría sido igual de feliz si se hubiera quedado conmigo.

Pensaba en Joseph haciéndole a Lily lo que me hacía a mí, y solo con pensarlo me daban ganas de machacarle la cabeza con una sartén. Empecé a pensar cosas así, a llenarme la cabeza con esas ideas, a medida que crecía, entre los ocho y los quince años, cuando me di cuenta, cuando supe con toda certeza, que Joseph no tenía por qué entrar en mi habitación.

—¿Por qué no le contaste a la trabajadora social lo de Joseph? —pregunta la señora Flores—. Si lo que dices es cierto —añade dando a entender que no lo es.

Yo miro para otro lado, me niego a contestar. Ya he contestado a esa pregunta.

—Claire —me dice en tono seco. Y luego, como no contesto, añade con los ojos fijos en sus notas, sin mirarme—: Que yo sepa, Claire, no hiciste absolutamente nada por salir de esa situación. Podrías haberle dicho a la señora Adler lo que según tú te estaba haciendo Joseph. Podrías haber informado a… —Mira sus notas para asegurarse de que no se equivoca de nombre—. A Matthew. Pero no lo hiciste. Preferiste tomarte la justicia por tu mano.

Me niego a contestar. Apoyo la cabeza en la mesa y cierro los ojos.

De pronto da un manotazo en la mesa y yo me asusto. La guardia del rincón da un brinco.

—¡Claire! —grita la señora Flores.

Pero no voy a levantar la cabeza. No pienso abrir los ojos. Me imagino a mamá cogiéndome de la mano. «Si te quedas muy quietecita, no te dolerá tanto».

—Jovencita —dice—, más te vale cooperar. Ignorarme no te va a servir de nada. Estás metida en un buen lío. En un lío más gordo de lo que imaginas. Te enfrentas a dos acusaciones de asesinato, además de…

Entonces levanto la cabeza de la mesa y la miro, miro fijamente a la señora Louise Flores, sus ojos grises y su pelo largo y canoso, su chaqueta áspera, su piel arrugada, sus dientes de caballo. Las paredes de ladrillo gris del cuartito se me vienen encima de golpe, el sol que entra por la ventana me deslumbra. Empieza a dolerme la cabeza de repente. Me imagino un cadáver, sangre, tripas desparramadas por el suelo. La puerta de la casa abierta. Mis piernas temblando como gelatina. Y una voz que me dice que me vaya. «¡Vete!».

Y pienso, «¿Dos?».

CHRIS

Se oye lloriquear a la niña cuando por fin consigo hablar con Heidi. Le pregunto qué pasa, pero solo me dice:

—Estamos esperando a que le haga efecto el paracetamol.

Y su voz vibra, se estremece como si estuviera meneando a la cría, moviéndola arriba y abajo, para intentar calmarla. Para que se calle.

—¿Tiene fiebre? —pregunto mientras tecleo en mi portátil.

Las garantías que se ofrecen son por tanto extremadamente precarias... Apenas escucho a Heidi mientras me cuenta que la fiebre no es muy alta (cita una cifra que no podría recordar ni aunque mi vida dependiera de ello) y continúa hablándome de la cita con el médico en la clínica de Lakeview.

—Departamento de Protección al Menor.

Una llamada rápida y sencilla que podría solventar todo este lío. Pero ella se limita a contestarme:

—No empieces, Chris. —Y luego se queda callada.

No quiere oírme hablar mal de la chica y decir que me parece una locura que siga conviviendo con nosotros, en un piso, además, que ya es pequeño para tres, cuanto más para cinco. Ni quiere oírme decir que todo este lío podría llevarnos a la cárcel.

Las acciones se ponen a la venta sin...

Me cuenta que ha llevado a la niña al médico de cabecera de la clínica de Lakeview y que ha dicho que era hija suya para no levantar sospechas, y me quedo pensando en eso, imaginándome a Heidi, a

238

su edad, con un bebé de pocos meses. No es que Heidi sea *mayor* para tener un bebé, sino que hace mucho tiempo que dejamos atrás esa etapa (la etapa de los pañales y los biberones y todo ese rollo).

Por lo visto daba igual de quién fuera la niña, porque a la doctora solo le preocupaba la fiebre. Estaba ansiosa por encontrar un elixir, alguna poción que aliviara al bebé.

Noto por su voz que Heidi está cansada. Y de pronto me la imagino despeinada, con el pelo hecho un desastre. Seguramente no se habrá duchado en todo el día y tendrá el pelo apelmazado, como en espaguetis, como le pasa siempre cuando no se lo lava. Tiene bolsas debajo de los ojos marrones y ojerosos, bolsas grandes, hinchadas, tumefactas. Y está muy torpe, lo noto porque, mientras estamos hablando, una lata se cae del borde de la encimera y se estrella contra el suelo.

Se oye un estruendo y me imagino el líquido pegajoso derramándose por la tarima.

—Mierda —salta Heidi, ella que nunca dice palabrotas.

La veo poniéndose a cuatro patas para limpiar el refresco con papel de cocina. El pelo le cae sobre la cara y se lo aparta de un soplido. Está hecha un asco, necesita urgentemente una ducha y dormir a pierna suelta, toda la noche. Tiene la mirada extraviada y se le agolpan mil ideas en la cabeza, atropellándose unas a otras.

Esta situación la está desquiciando.

Me cuenta que estos últimos días le ha puesto tanta crema a la niña en el culete que la doctora casi no se ha fijado en la erupción cutánea. Después de descartar otras posibles causas que explicaran la fiebre, la doctora extrajo una muestra de orina con un catéter y le diagnosticó a la niña una infección del tracto urinario.

—¿Y cómo ha cogido esa infección? —le pregunto a Heidi, haciendo una mueca al pensar en esa sensación de quemazón cada vez que la niña orine, y en el catéter subiendo por la uretra e introduciéndose en su minúscula vejiga.

—Mala higiene —contesta ella sencillamente, y me acuerdo entonces de la niña con el pañal lleno de caca puesto desde hacía sabe Dios cuánto tiempo. Las bacterias fecales subiendo por la vejiga y los riñones, infectándolo todo.

La niña está tomando antibióticos y, por orden del médico, su madre tiene que limpiarla de delante a atrás. Lo mismo que Heidi me repetía machaconamente cuando Zoe todavía usaba pañales. Me imagino a Willow sentada en el sofá, mirando embobada la tele, como hace siempre. No tiene dieciocho años, me digo, y pienso en una cría a la que todavía hay que recordarle que se lave las manos. Que coma verdura. Que se haga la cama. Que le limpie el culete a su hija de delante a atrás.

Todavía no he tenido noticias de Martin Miller, el detective. Estoy pensando en cómo puedo agilizar un poco las cosas, en algún dato más que pueda darle, pero mis búsquedas en Internet han llegado a un callejón sin salida. He pensado en hacerle llegar una fotografía, pero dudo mucho que Willow Greer vaya a dejarme que le haga una foto, o de que Heidi me dé permiso para hacerlo. Pienso en esa vieja maleta marrón y raída, la que guarda debajo del sofá cama cuando no está en la habitación, como si fuéramos a olvidarnos de que está ahí. Se me ha pasado por la cabeza echarle un vistazo, a ver si encuentro algo, una pista, un permiso de conducir o algún carné, o un teléfono móvil con un número de contacto.

Martin me habló también de sus huellas dactilares, me sugirió que cogiera un vaso o el mando de la tele, algo que ella toque y que nos sirva para comprobar su identidad sin que pueda engañarnos. Me dijo también cómo hacerlo, cómo conservar las huellas para mandárselas al laboratorio.

Pero todo esto tendrá que esperar hasta que vuelva de viaje.

W. Greer todavía no ha respondido a mi tuit, lo que me induce a creer que está muerta. Que se mató, como decía que haría, que puso fin a su vida.

O puede que esté escondida en un piso de Chicago, haciendo creer a todo el mundo que está muerta. ¿Cómo demonios voy a saberlo? Pero aun así lo compruebo todos los días, por si acaso.

—El antojo le interesó mucho —me dice Heidi, interrumpiendo mis cavilaciones.

—¿A quién?

—A la doctora.

—¿El antojo de la niña? —Me acuerdo de la mancha de nacimiento que vi en la pierna de la niña cuando Heidi le quitó la toalla azul y le limpió el culete.

—Sí. Dice que las llaman «manchas de vino de Oporto».

Y me imagino una copa de *merlot* derramada sobre la pierna de la niña, y Heidi dice algo sobre malformaciones vasculares, y capilares y vasos sanguíneos dilatados debajo de la piel del bebé. Y entonces es cuando me dice que, según la doctora, tendríamos que quitarle la mancha. Con un tratamiento láser. Lo dice como si de verdad tuviéramos que pensárnoslo seriamente. Nosotros. Ella y yo. Como si estuviéramos hablando de nuestra hija.

Me imagino a mi mujer hablando por teléfono, ojerosa y con el pelo sucio, afirmando inexpresivamente:

—La doctora dice que esas manchas pueden acomplejar a los niños a medida que crecen. Y que es más fácil tratarlas en la infancia porque los vasos sanguíneos son más pequeños.

Me quedo sin habla. No puedo responder. Abro la boca y vuelvo a cerrarla. Y luego, a falta de algo mejor que decir, pregunto:

—¿Qué tal está Zoe?

Y Heidi dice:

—Bien.

De la mancha de nacimiento, no digo nada.

Y al pasar la conversación de los antojos al tiempo, me doy cuenta de lo agotada que parece Heidi, de lo deshecha que está, como un muñeco flexible al que hubieran estirado demasiado y ya no pudiera volver a su forma original. Casi me da pena. Casi.

Pero luego vuelvo a pensar en nosotros, en Heidi y en mí, antes de que naciera Zoe y antes de que el aborto pusiera su vida patas arriba (aunque ella se niegue a admitirlo), cuando subíamos de dos en dos los escalones de la azotea del apartamento en el que vivíamos entonces para ver los fuegos artificiales de Navy Pier todos los sábados por la noche. Pienso en cómo nos sentábamos juntos en la misma tumbona y bebíamos de la misma botella de cerveza y mirábamos el horizonte de la ciudad: el edificio John Hancock, la Torre Sears mucho antes de que le cambiaran el nombre... Teníamos tantas aspiraciones en aquel entonces: viajar por el mundo y ver cosas (la Gran Muralla china, las cuevas azules griegas), competir juntos en un triatlón... Nunca quise que fuéramos uno de esos matrimonios tan centrados en sus ambiciones personales y en sus hijos que descuidan su relación de pareja, que la relegan para dar prioridad a otros aspectos aparentemente más importantes de la vida.

Yo quería que fuéramos un equipo. Heidi y yo. Ahora, en cambio, da la impresión de que somos oponentes, jugadores pertenecientes a equipos rivales. Empiezo a tenerle lástima, atrapada en este lío, con esa chica y el bebé, ella sola.

Y sin embargo –pienso acordándome de sus ojos cansados y su pelo sucio– todo esto es culpa *suya*.

Pero aun así no puedo quitarme de la cabeza esa nota, la que encontré en el maletín, con una sola palabra escrita: *Sí*. La saqué en el aeropuerto, y también cuando iba en el avión. La saqué otra vez cuando llegamos al hotel, un hotel de lujo en el centro mismo de Nueva York. La saqué después de despedirme de Cassidy, Tom y Henry en el mostrador de recepción, cuando Cassidy me dijo «Hasta lueguito» moviendo un solo dedo en señal de despedida. Me senté en la cama blanca y tiesa de mi imponente habitación y miré por la ventana: un panorama a vista de pájaro del edificio de al lado, únicamente ladrillo y ventanas, a menos de tres metros de distancia. Saqué la nota y la sostuve en la mano. Me sorprendí preguntándome de dónde había sacado Willow aquella nota adhesiva de color lila y por qué su letra era tan irregular. ¿Estaba nerviosa cuando la escribió? ¿Tenía poco tiempo? ¿La estaba molestando el bebé? ¿O simplemente es que tiene aún peor letra que yo?

Me pregunto cuándo escribió la nota: ¿a las diez, justo después de que nos fuéramos a la cama, cuando oyó por las rendijas de la puerta que la respiración de Zoe se convertía en un ronquido, o en algún momento de la madrugada? ¿Se acercó a mi maletín impelida por el insomnio o atormentada por recuerdos de agresiones que la hacían pasarse toda la noche en vela, dando vueltas en la cama? ¿O quizá fue a primera hora de la mañana, cuando la despertó el sonido del despertador, y se acercó de puntillas al maletín, junto a la puerta del piso, cuando abrí los grifos y me metí en la ducha?

Quién sabe.

Y ahora, un día después, cuando ya he terminado las reuniones de hoy y he quedado en encontrarme con Tom, Henry y Cassidy en el bar del hotel dentro de veinte minutos, dudo si decirle a Heidi lo de la nota. Pero ¿para qué? ¿Para que Heidi se lance a tumba abierta, para eso? Si tiene pruebas de que a la chica la maltrataban (o se entera de que eso es lo que dice ella), le faltará tiempo para proponer que se quede con nosotros. Para siempre. Igual que con las dichosas gatas. «Se quedan».

Llaman a la puerta. Casi no me entero de que han llamado cuando Heidi me pregunta bruscamente:

—¿Quién es?

Y yo miento y contesto:

—El servicio de habitaciones.

Porque me niego a decirle que Cassidy se ha ofrecido a pasarse por mi habitación para que corrijamos juntos el memorando de oferta (el informe jurídico y financiero de una empresa que intentamos vender) antes de que bajemos todos al bar del hotel a tomar una copa.

Me traslado de la puerta a la cama y le digo a Heidi que he pedido algo al servicio de habitaciones. Que voy a quedarme levantado hasta tarde para acabar el memorando que se suponía que tenía que haber terminado el fin de semana pasado. Que he pedido un sándwich de pavo y tarta de queso y que a lo mejor veo el final del partido de los Cubs, si termino el memorando a tiempo.

Abro la puerta sin hacer ruido y, como me esperaba, me encuentro a Cassidy al otro lado. Lleva los labios tan bien perfilados de rojo que no puedo pensar en otra cosa, más que en esos labios.

Me llevo un dedo a la boca y le indico que no haga ruido. Y luego añado en voz alta para que Heidi lo oiga:

—¿Ha traído kétchup?

Y veo que Cassidy intenta sofocar la risa.

«Voy a ir derechito al infierno», pienso mientras le doy las gracias al presunto camarero del servicio de habitaciones y cierro la puerta, y me alegro cuando Heidi me dice que me deja ya, que si no se me va a enfriar la comida.

—Te quiero —digo, y ella contesta:

—Yo también.

Tiro el teléfono a la cama.

Veo que Cassidy cruza la habitación con descaro. Como si fuera la suya. No vacila, no duda en la puerta esperando a que la invite a entrar. Cassidy, no.

Se ha cambiado de ropa. Solo Cassidy se cambiaría para bajar a tomar una copa, se quitaría el traje negro para ponerse un elegante vestido de corte griego, ajustado y sin mangas, del color del óxido. Se sienta en una butaca amarilla baja, cruza las piernas y pregunta primero por el memorando de oferta y luego por Heidi.

—Está bien —digo mientras abro el memorando en mi portátil y se lo paso, con cuidado de no tocarla cuando el ordenador cambia de manos—. Sí, está bien.

Y entonces me excuso antes de que me dé tiempo a repetirlo por segunda vez y me obligo a mirarla a los ojos y no a las piernas ni a los labios, ni a los pechos, debajo del vestido de color óxido. No son grandes, pero tampoco pequeños. Del tamaño justo para su figura esbelta y espigada. Demasiado peso estropearía el conjunto. Estaría desproporcionada, pienso al levantarme, y me quedo mirando el surtido de productos de tocador que hay en el lavabo negro del cuarto de baño (champú, acondicionador, crema, jabón), desenvuelvo el jabón y me lavo la cara, salpicándome la piel con agua fría para dejar de pensar en las tetas de Cassidy.

O en sus piernas largas.

O en sus labios. Sus labios rojos. Del color de la cayena.

Me llama desde la habitación y yo salgo del baño secándome la cara con la toalla. Me siento en la otra butaca amarilla, a su lado, y me acerco a la mesa redonda.

Repasamos juntos la oferta. Procuro concentrarme en términos como «acciones», «participaciones» y «por unidad», y no en sus manos cuidadas, que se agitan frente a la pantalla del ordenador, o en la falda del vestido de color óxido, a escasos milímetros de mi pierna.

Cuando acabamos, bajamos al bar, el uno al lado del otro en el ascensor. Cassidy se inclina hacia mí para burlarse de un hombre que baja con nosotros, un tipo con un tupé horroroso. Alarga el cuello y se ríe en voz alta, rozando con las uñas mi antebrazo.

Me pregunto qué piensan los demás de nosotros: yo con anillo de casado y Cassidy sin él.

¿Nos ven como compañeros de trabajo en viaje de negocios, o como algo más: a mí como a un adúltero y a ella como mi amante?

En el bar del hotel, ocupo una silla metálica, obligando a Cassidy a sentarse en un sofá bajo, con Tom y Henry. Bebemos. Demasiado. Hablamos. Cotilleamos. Nos burlamos de compañeros y clientes, lo que resulta muy fácil. Ridiculizamos a nuestras parejas y luego decimos que era broma cuando la esposa de alguien se convierte en motivo de irrisión.

Heidi, por ejemplo.

Cassidy bebe un *manhattan* dejando marcas rojas en el borde de la copa y dice:

—¿Lo ven, caballeros? Por eso no me casaré nunca.

Y me pregunto si se refiere a que se niega a que la ridiculicen a sus espaldas o a mofarse de la persona a la que juró amar en lo bueno y en lo malo. En la salud y en la enfermedad. Hasta que la muerte os separe.

O quizá sea la monogamia lo que la disuade.

Luego, cuando estoy en el aseo, Henry, borracho como una cuba, me regala un condón.

—Por si acaso lo necesitas luego —dice, y suelta una carcajada estridente, con ese sentido del humor tan rijoso que le caracteriza.

—No creo que Heidi y yo lo necesitemos —le contesto, pero de todos modos acepto el condón y me lo guardo en el bolsillo del pantalón. No quiero dejarlo en el lavabo del aseo, sería una guarrería.

Henry se inclina hacia mí (apesta a Jack Daniel's del bueno; le tiene querencia al *whisky* de Tennessee, nostalgia de sus tiempos de paleto) y me dice en voz baja:

—No me refería a Heidi. —Y me guiña un ojo.

Perdemos la noción del tiempo. Tom pide otra ronda (invita él): una cerveza para él y para mí, más Jack Daniel's para Henry y un *alabama slammer* para Cassidy. Cassidy saca la fruta de la copa (una rodaja de naranja y una guinda) y se la come primero. El barman anuncia:

—Vamos a cerrar.

Me olvido completamente de mi móvil, que dejé tirado en la cama, escondido debajo de los pliegues de la colcha blanca.

HEIDI

Zoe se va temprano a la cama, le duele la cabeza y tiene la nariz atascada. El regreso de la temporada de alergia primaveral, o puede que sea solo un resfriado. Como ocurre casi siempre en esta época del año, es imposible saber cuándo están más altos los niveles de polen, pero la temporada de los resfriados y las gripes todavía no ha remitido del todo. Así que le doy un antihistamínico y un calmante, se mete en la cama y cae casi enseguida en un sopor inducido por los fármacos. La beso en la frente con cuidado, dejo la tele puesta en mi habitación y el sonido de un programa de telerrealidad traspasa las paredes.

Willow y yo nos sentamos en el cuarto de estar: ella, leyendo en silencio *Anna, la de Tejas Verdes*, y yo con mi portátil, fingiendo que trabajo aunque en lo que menos pienso en estos momentos es en el trabajo. Hace tres días que no aparezco por la oficina, tres días que ni siquiera me acuerdo del trabajo.

Mis compañeros, en cambio, sí se acuerdan de mí, y un alegre ramo de rosas y lirios ocupa ahora la mesa de la cocina con una tarjeta que dice *Recupérate pronto*. Cada mañana preparo mi voz más quejumbrosa, llamo a Dana, nuestra estupenda recepcionista, y le digo que sigo mala, que tengo la gripe, creo, y que he sido tonta por no vacunarme. Mi temperatura gira en torno a los treinta y nueve grados, dependiendo del día, y me duele todo el cuerpo, desde el pelo de la cabeza a los dedos de los pies. Me he envuelto en mantas y en capas y capas de ropa y aun así tengo escalofríos, no consigo entrar en calor y rezo porque Zoe no se ponga mala aunque, como soy muy buena madre, a ella sí la vacuné.

—Pero aun así… —digo antes de que me dé un ataque de tos que parece auténtico, y me felicito para mis adentros por ese talento interpretativo que ignoraba poseer: la constricción de los pulmones, las mucosidades que brotan de mi pecho como lava caliente del Mauna Loa—. Nunca se sabe —añado.

Es todo mentira, claro.

Resulta que se me da bastante bien mentir.

Miro ansiosamente a la niña dormida en el suelo, esperando con impaciencia el primer indicio de movimiento (el temblor de los párpados, el titilar de una mano) que me hará salir disparada de mi silla para acudir a su lado una fracción de segundo antes que Willow, como niñas jugando al pañuelo: listas para ser las primeras en llegar.

Escribo palabras al azar en la pantalla del ordenador, pruebas de que estoy trabajando.

Miro de Ruby a Willow y de Willow al ordenador, y vuelta otra vez, un círculo inacabable que hace que me maree, sacudida por una repentina sensación de vértigo.

Aguzo el oído cuando por la pared medianera se oyen las risas de Graham y de su nuevo ligue, y por el tono de la voz de ella (coqueto e insincero) deduzco que se trata de una aventura pasajera, nada más. La especialidad de Graham. Noto que Willow levanta los ojos del libro y presta atención, escucha la risa seductora y la voz aguda y, al cruzarse con los míos, sus ojos azules como el hielo traspasan mis órbitas nerviosas y me descubro apartando la mirada rápidamente, pensando otra vez en el hematoma y preguntándome qué hará falta para que alguien como Willow pierda los nervios. ¿Cuántos malos tratos, cuántas agresiones puede soportar alguien antes de perder el control?

No puedo mirarla, no puedo mirar esos ojos que me amenazan. En lugar de mirarlos miro las paredes blancas, un *collage* de fotos de

Chris, Zoe y yo, fotografías en blanco y negro en marcos de madera, las gatas en otro marco, la palabra «familia» tallada en aglomerado, pintada a mano y colgada en medio del despliegue de imágenes.

Palpo el bolsillo de mi bata morada y noto dentro la navaja suiza. Una precaución. Hago caso a la advertencia de Chris: «¿Hasta qué punto se puede conocer a otra persona?».

Y entonces la niña empieza a rebullirse, tiemblan sus párpados y su mano se mueve, pero es Willow, no yo, quien con la velocidad del rayo llega primero junto a ella y la coge del suelo con esa torpeza suya, con los brazos temblorosos, tan desgarbadamente que por un segundo creo que Ruby se le va a caer. Noto que me levanto y que me acerco a agarrar a la niña, pero entonces la mirada de Willow hace que me pare en seco: me mira con soberbia, regodeándose en mi angustia. «¡Ja!», parece que dicen sus ojos burlándose de mí. O «Te gané», como si supiera desde el principio que estaba esperando, esperando pacientemente para coger a la niña en brazos. Para acunar en mis brazos a esa niña preciosa en cuanto se despertara.

Me llevo una mano a la boca para sofocar el grito que amenaza con salirme de dentro.

—¿Está bien? —me pregunta mientras vuelve al sillón, arropando a Ruby en la manta rosa. Y entonces, como no respondo enseguida, pregunta—: ¿Señora?

Me llevo la mano al corazón desgarrado y miento:

—Sí, sí, estoy bien.

Y descubro que mentir es muy fácil cuando una serenidad aparente oculta mi estado de turbación: las nubes tempestuosas que preceden a la tormenta.

De pronto me doy cuenta de que la tele está encendida en el dormitorio, con el volumen muy alto. El *reality show* ha dado paso a los anuncios, que de pronto nos gritan, nos regañan y nos increpan instándonos a comprar no sé qué suavizante que huele a hojas de eucalipto. De pronto me enfado: me enfado por el ruido, por esas voces enfáticas que podrían despertar a Zoe de su sueño. Maldigo en voz alta el dichoso anuncio, maldigo la tele y a la cadena de televisión y al suavizante con olor a eucalipto que nunca compraré. Recorro el pasillo para apagar la tele y pulso el botón con tanta fuerza que el aparato se desliza unos centímetros sobre la mesa baja y araña la pared. Detrás de mí, en la cama de matrimonio, debajo del edredón bordado, Zoe se vuelve de lado, sujetando aún el mando a distancia a pesar de que está dormida.

Deja escapar un suspiro soñoliento.

El corazón me late a toda prisa en el pecho, abrumado por esa sensación de haber perdido por completo el control. De estar indefensa. A punto de volverme loca. Mientras estoy aquí parada, en el dormitorio, mirando la pantalla apagada de la tele, me invade una oleada de náuseas repentina, se me aflojan las rodillas y por un segundo pienso que me está dando un ataque al corazón.

Entro en el cuarto de baño mientras la oscuridad salpica mis ojos, como si rociaran con limpiacristales un cristal sucio. Me siento en el borde de la bañera y pongo la cabeza entre las piernas para que la sangre me vuelva al cerebro.

Alargo la mano hacia el lavabo y abro el grifo para que Zoe no me oiga llorar si se despierta de su sopor. Y es entonces cuando lo veo: el pajarito de hierro forjado pintado de un rojo envejecido, el gancho de la pared. Y el agujero de al lado, tapado chapuceramente con yeso y pintura, un recordatorio de que, cuando Chris colgó el gancho, lo colgó torcido.

Compré ese gancho en un mercadillo en el condado de Kane, en una excursión que hice con Jennifer hace seis o siete años. Los setenta kilómetros, aproximadamente, que hay entre Chicago y Saint Charles fueron lo más parecido a un día libre que teníamos desde hacía una eternidad. Mientras rebuscábamos cosas que no necesitábamos entre antigüedades y objetos de almoneda, las niñas, Zoe y Taylor, iban detrás de nosotras montadas en un carrito rojo, atiborrándose de perritos calientes y palomitas para que estuvieran contentas y calladitas.

El gancho está vacío.

Me palpo el cuello y, como imaginaba, no tengo la cadena: recuerdo perfectamente haberla colgado del gancho, la cadena de oro con la alianza de boda de mi padre con las palabras *El principio de la eternidad* grabadas por dentro, antes de darle un beso de buenas noches a Zoe. Antes de salir del dormitorio (apagando la luz) y volver a la cocina para recoger las cacerolas que me esperaban en la placa todavía caliente. Antes de notar el olor apestoso de la bolsa del cubo de la basura y salir al pasillo a tirarla por el bajante. Antes de sentarme con mi portátil a escribir palabras sin sentido, aguardando en vano a que Ruby se despertara.

Willow ha cogido la alianza de boda de mi padre.

De repente es como si mi padre hubiera muerto otra vez. Me retrotraigo a la mañana en que mi madre me llamó desde su casa de Cleveland. Mi padre llevaba meses enfermo, así que su muerte no debería haberme sorprendido. Y sin embargo la noticia, aquellas palabras que salieron de la boca de mi madre en tono más excitado que triste («Ha muerto») me dejaron estupefacta, completamente destrozada. Durante varias semanas seguí pensando que era un error, un malentendido. Estaba convencida de que no podía ser cierto. Hubo un entierro y un funeral, claro, y vi que un hombre que se parecía a mi padre (pero frío y gomoso, con las facciones distorsionadas y maleables) era bajado a la tumba. Y yo, como una hija obediente que era, eché mis rosas encima del ataúd porque eran iguales a las que llevaba mi madre el día de su boda. Rosas de color lavanda. Aunque en mi fuero interno seguía creyendo que el que estaba allí, dentro de la caja, no era mi padre.

Le llamaba al móvil todos los días, y me angustiaba cuando no contestaba. De vez en cuando respondía mi madre, y en su tono más amable y tierno me decía «Heidi, cariño, no puedes seguir llamando a este número».

Y cuando seguí llamando nos sugirió a Chris y a mí que fuera a ver a alguien que me ayudara a superar la pena. Pero yo me negué.

Igual que me negué a ver a nadie (a un terapeuta, a un psiquiatra) cuando el tocoginecólogo me lo sugirió, después de matar a Juliet y apropiarse de mi útero.

251

Son casi las diez de la noche en Nueva York. Llamo a Chris con mi móvil, que llevo en el bolsillo, para decirle que Willow me ha robado, pero su teléfono suena y suena sin que nadie conteste.

Espero diez minutos y luego vuelvo a llamar, consciente de que Chris es un noctámbulo, convencida de que estará puliendo no sé qué informe que tiene que escribir.

O eso me ha dicho.

Como sigue sin contestar, le mando un mensaje: *Llámame en cuanto puedas.* Y espero inútilmente veinte minutos o más.

Y entonces empiezo a enfurecerme.

Busco en Internet el número de teléfono del hotel de Manhattan, llamo a recepción y pido que me pasen con la habitación de Chris Wood. Hablo en voz baja para que no me oiga Zoe, y la recepcionista me pide varias veces que repita lo que he dicho. Se hace un silencio mientras trata de pasar la llamada, pero luego vuelve a ponerse y me dice en tono de disculpa:

—No contestan en esa habitación, señora. ¿Quiere dejar un mensaje?

Cuelgo el teléfono.

Pienso en llamar otra vez y pedir que me pasen con la habitación de Cassidy Knudsen.

Pienso en coger un vuelo nocturno a Nueva York, en presentarme por sorpresa en el vestíbulo del hotel, dispuesta a pillarlos desprevenidos, riéndose de alguna broma que solo conocen ellos. Veo a Cassidy con su albornoz del hotel y a Chris con el suyo, tomando champán que les habrá llevado el servicio de habitaciones, y también fresas. Fresas también, cómo no.

Y el cartel de *No molesten* colgado del picaporte.

Noto cómo me sube la sangre por el cuello, cómo me zumban los oídos. Me late tan fuerte el pulso que estoy segura de que Zoe puede oírlo hasta dormida. Tengo el corazón desbocado, me noto mareada y vuelvo a bajar la cabeza entre las piernas para recuperar el aliento mientras pienso cosas horribles de mi marido y *esa* mujer, e imagino aviones con destino a Denver que estallan en llamas y se estrellan contra el suelo.

—Es la hora de la medicina de Ruby —oigo entonces, la voz tímida de *esa chica*, de la cleptómana que me ha robado la alianza de mi padre.

Me dan ganas de gritar, pero no lo hago. Con un control asombroso, digo:

—Has cogido la alianza de boda de mi padre. Te has llevado el anillo.

Y siento el impulso de agarrarla por el cuello y zarandearla violentamente por haberme quitado mi tesoro más preciado.

Pero me quedo sentada al borde de la bañera, pasándome la mano por la bata de felpa, por el borde recto de la navaja suiza que llevo guardada en el bolsillo, pensando en sus muchos utensilios, o armas, según se mire: sacacorchos, tijeras, una barrena y, cómo no, una navaja.

—¿Qué? —pregunta débilmente, dolida, como si la hubiera vilipendiado. Como si fuera yo quien la ha ofendido y robado. Su voz apenas se oye mientras menea frenéticamente la cabeza, desesperada, y susurra—: No.

Pero no me mira a los ojos y ha empezado a retorcerse las manos. Parpadea rápidamente, su piel blanca se vuelve roja. Signos evidentes de que está mintiendo. Me pongo de pie y ella retrocede rápidamente y sale del cuarto de baño mascullando algo acerca de Jesús, del perdón y la piedad.

Una confesión.

—¿Dónde está? —pregunto siguiéndola al cuarto de estar con paso leve pero rápido, más rápido que el suyo, de modo que en seguida la alcanzo.

Cruzo la habitación con mis zapatillas de cabritilla y la agarro del brazo para obligarla a mirarme, a sostenerme la mirada como solo podría hacerlo un embustero consumado. Se aparta rápidamente (he invadido su espacio vital) y echa los brazos hacia atrás para que no pueda volver a tocarla.

—¿Dónde está el anillo de mi padre? —pregunto, consciente de que la niña nos observa desde el suelo, mordisqueando un calcetín de puntitos que se ha quitado del pie. Agita los deditos rosas en el aire, completamente ajena a la tensión que la rodea, que satura la habitación y hace que cueste respirar.

—Yo no lo tengo —miente Willow con una voz blanda como una lombriz o una sanguijuela—. Se lo prometo, señora, yo no tengo el anillo —insiste, pero sigue mirándome con nerviosismo, calculadoramente, y en vez de verla como una joven impresionable e ingenua, como la veía antes, de pronto me parece astuta y taimada. Marrullera y calculadora.

Evita mi mirada, se remueve incómoda, como si de pronto a su piel le hubieran salido púas de puercoespín.

Está fingiendo.

Las palabras le salen abruptas, secas y entrecortadas, un torrente de negaciones: «yo no he sido» y «se lo juro». Hace aspavientos, se pone roja.

Una farsa.

Se mofa de mí con sus mentiras y sus bobadas, con esos ojos cándidos que no lo son en absoluto. Sabía perfectamente lo que hacía desde el primer día que la vi en la estación de Fullerton, esperando bajo la lluvia.

Estaba esperando a que alguien como yo picara el anzuelo.

—¿Qué has hecho con él? —pregunto, desquiciada—. ¿Qué has hecho con el anillo?

—Yo no lo tengo —repite—. No tengo el anillo. —Sacude la cabeza enérgicamente con el balanceo de un péndulo.

Pero yo insisto:

—Sí que lo tienes. Lo has cogido tú. Del gancho del cuarto de baño. Me has quitado el anillo de mi padre.

—Señora —suplica, y su voz suena casi patética, estremecedora si no fuera porque es impostada.

Da un paso atrás y yo la sigo rápidamente, y la brusquedad del movimiento, de ese solo paso, hace que dé un respingo y que se le escape un gemido.

Agarro la navaja suiza que llevo en el bolsillo de la bata morada, la aprieto con fuerza mientras digo:

—Vete.

Noto cómo tiembla en mi mano la navaja. Y pienso: «No me obligues a…».

Sacude rápidamente la cabeza, el pelo de color sepia le cae sobre los ojos saltones, sus labios se abren para pronunciar una palabra:

—No.

Y entonces empieza a suplicarme que le permita quedarse, me ruega que no la eche a la calle. Fuera ha empezado otra vez a llover, las gotas de lluvia tamborilean en el ventanal (*tap, tap, tap*), pero es un chubasco, no una tormenta, al menos todavía.

Aunque es imposible saber qué nos deparará la noche.

—Vete —repito—. Vete inmediatamente. Antes de que llame a la policía. —Y doy un paso hacia el teléfono que hay sobre la encimera de la cocina.

—No, por favor —me suplica, y añade—: Por favor, no me eche. —Y mira la lluvia por la ventana.

—Has cogido el anillo —repito—. Devuélvemelo.

—Por favor, señora —dice, y luego continúa—: Heidi. —Como si tratara de apelar a una presunta familiaridad que a mí me resulta inaceptable, presuntuosa incluso.

Su audacia me recuerda su imprudencia, su soberbia. Lo demás no es más que fingimiento, pura ficción. Un despliegue de patetismo con intención de introducirse en mi casa y robarme. Me pregunto qué más habrá cogido: la cerámica polaca, las perlas de mi abuela, el anillo de la facultad de Chris.

—*Señora* Wood —le espeto.

—Yo no tengo el anillo, señora Wood. Se lo juro. No lo tengo.

—Entonces es que lo has vendido —afirmo—. ¿Dónde lo has vendido, Willow? ¿En una tienda de empeño?

Hay una en Lincoln Park. Veo claramente el escaparate en Clark con el cartel *Compramos oro*. Me acuerdo de que esta tarde me he echado un rato a dormir la siesta. ¿Ha ido a empeñar el anillo mientras yo estaba durmiendo? Pero no, he colgado la cadena en el gancho esta misma noche, antes de darle un beso a Zoe y apagar la luz, antes de recoger la cocina y sentarme a trabajar con el ordenador. O a fingir que trabajaba, más bien.

O puede que fuera anoche, me digo sintiéndome de pronto confusa y desorientada. Ya no sé qué día es, ni dónde tengo la cabeza. Pero estoy segura de que el anillo lo ha cogido ella.

—¿Cuánto te han dado por él? —pregunto de repente y, como no responde, insisto—: ¿Cuánto te han dado por el anillo de boda de mi padre?

«¿Quinientos? ¿Mil dólares?», me pregunto sin dejar de manosear las cachas suaves de la navaja suiza, pasando el pulgar por la hoja hasta que me sangra. No noto la sangre pero la visualizo, una gota, dos, mojando la bata morada.

Y entonces Willow empieza a recoger sus cosas desperdigadas por la casa: los biberones y la leche de la niña, los vaqueros rotos y las botas de cordones, la chaqueta caqui, la maleta vieja que siempre deja en el despacho. Lo lleva todo a la puerta del piso y lo deja allí amontonado, y se vuelve hacia mí con una mirada hosca. Su desesperación fingida ha dejado paso a una expresión estoica.

Pero cuando va a levantar a la niña del suelo, le corto el paso.

«Por encima de mi cadáver», pienso, pero lo que digo es:

—Tú no puedes ocuparte de ella. Lo sabes tan bien como yo. Se habría muerto por culpa de esa infección si no fuera por mí.

Una infección urinaria sin tratar puede derivar en septicemia.

Sin tratamiento, puede ser mortal.

No fui yo quien lo dijo: fue la doctora de la clínica, ¿no es cierto? Fue ella quien nos lo dijo, quien preguntó cuánto tiempo duraba ya aquello, desde cuándo presentaba la niña fiebre y síntomas de irritabilidad persistente.

«Una semana, puede que dos», contestó Willow compungida, pero yo me mofé de su franqueza y dije: «Solo un par de días, cariño, no hace ni una semana».

Sabía perfectamente lo que pensaría la doctora de nosotras si se enteraba de que habíamos permitido que la infección y la fiebre se prolongaran durante semanas sin hacer nada. Miré a la médica con cara de fastidio, en aquella consulta chabacana y sórdida, y le dije refiriéndome a Willow: «No tiene noción del tiempo. Los adolescentes, ya se sabe. Un día, una semana, a ellos qué más les da».

Y la doctora, que quizá también era madre de un adolescente o un preadolescente, asintió con la cabeza y me dio la razón.

Últimamente me cuesta tan poco mentir... Me sale de manera natural, automáticamente, hasta el punto de que ya no distingo qué es verdad y qué es ficción.

—Si te llevas a la niña —digo—, me veré obligada a llamar a la policía. Negligencia en el cuidado de un menor, además de robo. Ruby está mejor aquí, conmigo.

Tiene que entender que la niña estará mejor a mi cuidado.

—Cuando te conocí —le recuerdo—, tenía fiebre. Ampollas en el culete, y ronchas de eccema en toda la piel. Hacía semanas que no la bañabas, y prácticamente no tenías qué darle de comer. Es un milagro que no se muriera de hipotermia o de hambre. Además —añado mientras me acerco poco a poco a la niña, sabiendo perfectamente que estoy dispuesta a luchar por ella si hace falta, que sacaré la navaja de la bata y alegaré que fue en defensa propia.

Pero noto ya por la resignación de su mirada que no va a ser necesario. Para ella, la niña es una carga, un estorbo. Los sentimientos viscerales (la necesidad inapelable de coger al bebé en brazos, la sensación de ir flotando a la deriva, sin objeto, cuando no la tengo conmigo) soy yo quien los tiene. Solo yo. Ese anhelo que me brota de las puntas de los dedos de los pies y me sube hasta las entrañas es solo mío.

—No necesitas un bebé, lo único que puede hacer es estorbarte —añado, sabiendo tan bien como ella que seguramente alguien está siguiéndole la pista.

No sé quién será, pero me doy cuenta de que ella sí lo sabe. El hombre o la mujer que le hizo ese hematoma de color ocre, imagino.

—Cuidará de ella —afirma. No es una pregunta, sino la afirmación de una necesidad: necesita que cuide de ella.

Le digo que sí. Mi rostro se suaviza por el bien del bebé, y las palabras me brotan de la boca como una cascada:

—Claro que cuidaré de ella —prometo—. Voy a cuidarla de maravilla —añado como una niña a la que le han regalado un gatito nuevo—. Pero a ti no puedo tenerte en mi casa. —Mi voz se crispa mientras avanzo por esa fina línea que separa mi necesidad de quedarme con la niña y el deseo de echar a Willow de mi casa—. Me has robado —añado.

—Yo no he... —protesta, y yo la interrumpo:

—Vete.

No quiero oír más mentiras, más negaciones, más excusas de que necesita dinero para esto o aquello cuando no me trago su historia desde el principio. Me ha robado la alianza de boda de mi padre, lisa y llanamente, y la ha vendido en la tienda de empeño.

Y ahora tiene que marcharse.

No me dice adiós. Vuelve a preguntar:

—¿Cuidará de ella? ¿De Ruby? —Pero las palabras le salen desganadas, insinceras.

Debe de pensar que es lo más pertinente: asegurarse de que el bebé va a estar en buenas manos antes de marcharse. Pero aun así duda un momento, una breve vacilación mientras mira al bebé y sus ojos azules parecen llenarse de lágrimas. Lágrimas falsas, me digo, solo eso.

Y entonces se acerca a la niña y le pasa la mano por la cabeza. Le dice adiós en voz baja antes de marcharse y se limpia esas lágrimas de pacotilla con la manga.

—Voy a tratarla como si fuera hija mía —prometo antes de cerrar la puerta con llave.

Miro desde la ventana para asegurarme de que se va, de que baja por la calle en medio del frío aguacero de abril. Y entonces me vuelvo hacia la niña, completamente extasiada por sus mofletes carnosos, por su pelito casi blanco, por su boca desdentada que se despliega en una sonrisa radiante, y pienso: «Mía. Solo mía».

WILLOW

En algún momento, sin darme cuenta, cumplí dieciséis años.

Y entonces fue cuando pasó todo, en unas tres semanas.

Era finales de invierno y yo estaba deseando que llegara la primavera, pero no sé por qué razón seguía cayendo nieve y el cielo estaba gris y enrabietado. Me congelaba cada vez que Matthew y yo cogíamos el autobús para dar una vuelta por la ciudad, y la sudadera y las zapatillas no me servían de gran cosa. En las paradas de autobús soplaba un aire frío, y como casi toda la ropa que tenía eran jerséis de Joseph y vestidos, llevaba las piernas al aire.

Por las noches dormía en aquella cama, con su colcha fina de retales y una camiseta ancha para abrigarme, y tiritaba y se me ponía la carne de gallina, sobre todo cuando Joseph me levantaba la camiseta y me la sacaba por la cabeza.

Pensaba en todas las formas en que lo mataría si pudiera. Dejé de pensar tanto en mamá y en sus «te quiero como…» y empecé a pensar en formas de matar a Joseph. Tirarle por la escalera. Darle un golpe en la cabeza con una sartén. Prender fuego a la casa mientras dormía.

Pero ¿qué haría luego?

«Te odio como los aracnofóbicos odian a las arañas. Te odio como los gatos odian a los perros».

Un áspero día de invierno, Matthew y yo cogimos el autobús para ir a la biblioteca. Recuerdo que estaba emocionada porque

Matthew iba a enseñarme a usar los ordenadores. Era la primera vez.

No habíamos avanzado más de una manzana cuando Matthew me preguntó si tenía frío y, cuando le dije que sí, me pasó un brazo por la espalda y me apretó contra él. A partir de ese instante fue como si no hubiera nadie más en el autobús: solo él y yo. Como si todos los demás hubieran desaparecido. El brazo de Matthew era fuerte, cálido, firme.

Volví la cabeza y le miré, y me pregunté si esos ojos de color chocolate podían explicarme qué era lo que acababa de pasar. Por qué notaba que me derretía por dentro, por qué sentía las manos pegajosas. Pero Matthew no decía nada, ni sus ojos tampoco. Miraba por la ventana del autobús como si no notara lo que había pasado, pero yo me preguntaba para mis adentros si él también lo habría sentido, aquel cambio.

Fuimos a la biblioteca, arrimamos dos sillas a un ordenador y Matthew me enseñó un mundo que yo desconocía. Me enseñó una cosa llamada Internet, en la que podía buscar todo lo que quisiera saber sobre los planetas o los animales de la selva o las arañas, y me enseñó a jugar a videojuegos.

También había música en el ordenador. Nos pusimos unos cascos de la biblioteca y Matthew puso música, muy alta, pero me gustó. Me gustaba oír el bajo justo en la oreja. Me acordé de mamá. De cómo bailaba dando vueltas por la habitación, escuchando a Patsy Cline.

Ir a la biblioteca se convirtió en una costumbre. Era lo que más me gustaba hacer. La biblioteca era un sitio tranquilo y calentito, aunque más allá de sus grandes puertas de cristal hubiera ruido y frío. Era un edificio grande, de cuatro plantas o más, rodeado por edificios enormes. A veces me gustaba simplemente subir y bajar en el ascensor, aunque no tuviéramos dónde ir. Hablábamos mucho allí, Matthew y yo, y él me decía una y mil veces que iba a sacarme de aquella casa y a alejarme de Joseph. Lo único que tenía que hacer era descubrir cómo. Yo había empezado a pensar continuamente en el mundo que había más allá de Omaha, y la vida con Joseph y Miriam se me hacía insoportable. Deseaba con todas mis fuerzas marcharme de allí, escapar lo más lejos que pudiera, pero Matthew decía que tenía que esperar. Que él se encargaba de todo, que no me preocupara. Así que yo no me preocupaba.

Pero lo que de verdad me gustaba de ir a la biblioteca era que nos metiéramos juntos en algún pasillo vacío, solos los dos. Nos sentábamos en el suelo, estirábamos las piernas y nos apoyábamos contra aquellas estanterías tan altas. Hojeábamos los libros buscando datos al azar y nos turnábamos para decirlos en voz alta. «¿Sabías que los huevos frescos se hunden y que los huevos podridos flotan?» o «¿Sabías que el 89 por ciento del cerebro humano está hecho de agua?». Igual que hacíamos cuando éramos pequeños y Matthew se pasaba por mi cuarto por las noches. Yo leía libros sobre Audrey Hepburn y Patsy Cline. Busqué el sitio donde vivía Lily, en Colorado, y me enteré de muchas cosas sobre las llanuras del estado treinta y ocho y la Divisoria Continental. Leí acerca de la Milla Magnífica de la que hablaba mamá, y sobre Chicago, la Ciudad del Viento, la Ciudad de los Hombros Anchos.

«¿Sabías que Arthur Rubloff inventó el nombre de Milla Magnífica en 1947?», pregunté, pero Matthew solo me dijo: «¿Qué es la Milla Magnífica?».

Y luego, un día, estábamos allí sentados, en uno de esos pasillos desiertos, cuando de repente Matthew encontró mi mano metida en el bolsillo de aquella sudadera naranja y me la apretó. No era la primera vez que me cogía de la mano, en el autobús o cuando estaba asustada, pero esa vez fue distinto, porque noté que él también estaba asustado. Tenía la mano sudada y, cuando cogió la mía, noté que el corazón se me hacía el triple de grande, como si fuera a explotarme en el pecho. No sabía qué era lo que estaba sintiendo y tenía muchísimas ganas de preguntárselo a alguien, a quien fuese.

Pero sobre todo quería preguntárselo a mamá.

Estuvimos mucho rato fingiendo que no pasaba nada, que no estábamos cogidos de la mano. Seguimos buscando datos al azar en los libros con las manos libres, mientras las otras, las que estaban cogidas, eran como seres independientes o algo así. Eran otra cosa.

A mí, de todos modos, siguió latiéndome el corazón a mil por hora, y mi cabeza era incapaz de comprender las palabras que había dentro de aquellos libros tan gruesos de la biblioteca.

Y entonces, de repente, Matthew se arrimó a mí y ya no recuerdo qué pasó. No recuerdo cómo fue, pero de pronto su pierna se apretaba contra la mía y su cadera tocaba la mía, y empezamos a leer del mismo libro y dejamos el otro a un lado. Un libro sobre ingeniería, a saber qué era. Yo no habría entendido ni papa aunque lo hubiera intentado, pero ni siquiera lo intenté porque solo podía pensar en mi mano, cogida entre las de Matthew, y en cómo sonaba su voz cuando volvía la cabeza y decía en voz baja mi nombre.

«Claire».

Decía mi nombre susurrando y, más que oírle, yo sentía salir el aliento de sus labios.

Me volví para mirarle y estaba muy cerca. Justo a mi lado. Notaba su aliento. Nuestras narices casi se tocaban.

No sabía qué tenía que hacer: si inclinarme hacia él o retirarme. Pero sabía, en mi fuero interno, lo que quería, así que me incliné hacia Matthew y puse mis labios sobre los suyos. Los tenía agrietados y secos, pero también tiernos y deliciosos, pensé yo cuando una lengua se deslizó entre mis labios y se metió en mi boca, y entonces noté que me derretía entera por dentro.

En ese momento comprendí qué era lo que me pasaba: estaba enamorada de Matthew.

Su lengua desapareció casi tan rápido como había aparecido y su boca se separó de la mía. Se apartó pero no me soltó la mano, volvió a mirar aquel libro de ingeniería y se puso a soltar datos sin sentido, nervioso, a hablar de kilómetros y vatios aunque yo no entendía qué significaba aquello. No tenía ni idea de qué quería decir. Casi no oía sus palabras. No podía dejar de pensar en sus labios, y en su lengua, y en su mano.

En cómo sabía.

En cómo olía.

Después de aquello, cuando íbamos a la biblioteca ya no nos entretenían tanto los libros, ni pasábamos tanto tiempo buscando datos absurdos para contárnoslos el uno al otro. Nos metíamos por cualquier pasillo que estuviera vacío y allí, escondidos entre las altísimas estanterías, Matthew pegaba sus labios a los míos y deslizaba su lengua en mi boca. A veces me cogía de las manos y otras me las soltaba y sus manos vagaban por mi cara, mis brazos, mi pecho, entre mis piernas, y se metían, frías y temblorosas, por debajo de la camiseta naranja y del único sujetador que me había dado Joseph.

CHRIS

Paso por Chicago camino de Denver para reunirme con un posible cliente. Las reuniones cara a cara son cruciales en el mundillo de la banca de inversiones. En nuestra empresa cada uno tiene asignada una cuota de reuniones a las que tiene que asistir al mes. Veinte. Es lo que dice el consejero delegado. Veinte reuniones cara a cara con clientes. No sirve con Skype. Ni con FaceTime. Aunque esté a mil trescientos kilómetros de distancia, haciendo presentaciones para tratar de atraer a posibles inversores para que compren acciones de una OPA para otro cliente, tengo que pasarme por la oficina para ver al cliente y luego, hoy mismo, reunirme en Denver con Tom, Henry, Cassidy y el resto del equipo.

Cojo el primer vuelo, el que sale de La Guardia a las seis de mañana y aterrizo en Chicago a las 7:28, hora local. La reunión es a las nueve: tengo el tiempo justo para recoger mi equipaje y tomar un taxi para ir al Loop.

La reunión con el cliente va como la seda. Es lo normal. Por lo visto tengo un encanto que desconozco, una cara simpática que hace que la gente se fíe de mí. Por eso suelen encargarme que me reúna con clientes potenciales, no por el impresionante máster en administración de empresas, ni por los años de experiencia que tengo a cuestas. Se trata únicamente de mi sonrisa y de esa cara de buen chico que, según decía mi madre, algún día me traería problemas.

Mi vuelo hacia la Ciudad de la Milla de Altitud sale esta tarde de O'Hare. No tengo tiempo de ir a casa a ducharme, afeitarme y quitarme la chaqueta sudada que llevo desde hace varios días, aunque ando escaso de calcetines limpios y ropa interior, y no tengo mi corbata de la suerte para este viaje interminable de ida y vuelta al infierno. Llamo a Heidi pensando que ni loca va a querer hacerme ese favor, pero me lo hace: mete en una bolsa algo de ropa y se ofrece a reunirse conmigo en una parrilla asiática para comer algo rápido.

Solo hace cuarenta y tantas horas que no la veo, y sin embargo está cambiada: tiene un aire de despreocupación, de indiferencia, que no cuadra con la Heidi que dejé en casa el otro día, dormida en la cama, con la Heidi reflexiva y controladora en la que se ha convertido en algún momento, durante nuestro matrimonio. Lo noto en su paso mientras camina enérgicamente por Michigan Avenue, allí, en el puente, donde la Milla Magnífica cruza el río Chicago, completamente ajena al ajetreo de la ciudad. Camina con paso alegre y se ha puesto un vestido, un vestido de color tostado que le roza los tobillos, sorprendentemente ceñido y elegante. No estoy acostumbrado a verla así. Está guapísima. Pero lleva a la dichosa niña en uno de esos pañolones para bebés y cuando le pregunto qué cojones es eso me dice que se llama «bandolera» como si fuera lo más normal del mundo que lleve un bebé ajeno colgado como si fuera una bolsa.

—¿Dónde está la madre? —pregunto mirando a derecha e izquierda, arriba y abajo—. ¿No la habrás dejado sola en casa? —añado, dispuesto a montar una bronca, a decirle que la chica podría robarme el televisor de pantalla grande, y que bajo ningún concepto hay que dejarla sola en casa.

Pero Heidi sonríe dulcemente y me dice que la ha dejado en la biblioteca antes de venir a comer conmigo. Que la chica quería sacar unos libros: *Belleza negra*, dice, y *Una arruga en el tiempo*. Que quiere ponerse al día con «los clásicos», dice, aunque sabe perfectamente que yo de pequeño solo leía el *Wall Street Journal*. Dice que ha pensado que yo preferiría que no viniera a comer con nosotros, y no se lo discuto, pero ojalá hubiera dejado también a la niña en la biblioteca.

Y entonces se acerca y me da un beso, un beso espontáneo, no muy corto y tiernísimo, una de esas cosas que mi Heidi no hace casi nunca, por lo menos en público. Heidi es una firme enemiga de las muestras de afecto en público. Es así desde hace años, desde siempre quizá. Arruga el ceño cada vez que ve a una pareja besándose en una esquina o en la parada del autobús, aunque sea solo un pico, uno de esos besos de «que tengas un buen día» que se dan las parejas continuamente. Se aprieta contra mí, con la niña entre los dos, y me pasa las manos por los brazos. Las tiene calentitas, vulnerables como pocas veces. Sus labios se aprietan firmemente contra los míos, con decisión, y susurra:

—Te echaba de menos.

Y yo me aparto lentamente. Conozco esas palabras, esas palabras sencillas y preciadas, y el tono de deseo de su voz me acompaña el resto del día.

Comemos. Yo pido rangún de cangrejo y Heidi pollo a la tailandesa. Le cuento qué tal me ha ido la semana, y ella hace lo mismo. Le pido disculpas por enésima vez por no haber contestado al teléfono anoche, pero, a pesar del mensaje rabioso que me dejó no hace ni doce horas, se encoge hombros y dice que no pasa nada. Le cuento que me quedé dormido como un tronco, rendido por el ajetreo de esos días. Que me había tomado una cerveza o dos (puede que tres) con la cena, y que no oí sonar el teléfono.

No le cuento lo de las copas en el bar del hotel. Ni que Cassidy vino a mi habitación a corregir el memorando de oferta. Sería una insensatez. De hecho, sería un disparate. No le hablo de la figura espigada de Cassidy ni del perfil de sus pechos con aquel vestido de color óxido, aunque todavía lo tengo grabado en la memoria, como un niño deseando ávidamente un caramelo.

—¿Qué tenías que decirme? —pregunto, y mientras el camarero rellena nuestros vasos de agua se ríe con ganas y contesta:

—Ya ni me acuerdo.

Tiene una sonrisa comprensiva, la personificación misma de la esposa dócil y sumisa. Llevaba el pelo limpio (lo de los espaguetis grasientos pasó a la historia) y despide una fragancia almizclada, un olor que ya casi no reconozco viniendo de mi mujer. Ni siquiera sabía que todavía tuviera un perfume. O puede que sea su champú.

—Debes de estar agotado, Chris —dice en tono solícito—. Siempre de acá para allá.

Y reconozco que lo estoy, que estoy cansado. Y entonces me habla del bebé, y me dice que desde que está tomando el antibiótico se encuentra mejor y duerme bien, lo que significa que ella, Heidi, también está durmiendo. Noto que sus ojos parecen descansados, que ha encontrado tiempo para ducharse y maquillarse, no mucho (solo un poco de colorete y un toque de brillo en los labios), pero lo suficiente para tener un poco de color y no estar blanca como un fantasma.

Quizá solo necesitara eso, pienso. Dormir bien una noche.

—Cuando llegue a casa —digo—, vamos a tener que hablar de este asunto. De la situación con Willow.

Y aunque me espero alguna réplica desagradable (que la Heidi tiesa y envarada sustituya otra vez a esta Heidi despreocupada y espontánea), no llega.

Se limita a decir:

—Claro. Sí, tendremos que hablar. Cuando vuelvas de Denver. Pero... —añade acariciando mi mano libre (con la que no estoy metiéndome empanadillas fritas en la boca como si hiciera una semana que no pruebo bocado), y luego entrelaza sus dedos con los míos y me los aprieta—. Tengo el presentimiento de que va a salir todo bien. Ya lo verás. Todo se va a arreglar.

Y no sé por qué pero me convenzo de que así va a ser: de que todo se va a arreglar.

Nos despedimos e intercambiamos las bolsas: yo me llevo los calcetines y los calzoncillos limpios, y mi corbata de la suerte, y Heidi se lleva mi ropa sucia, como un ama de casa obediente de los años cincuenta.

La veo alejarse por la calle, sorteando a la gente, en dirección contraria a la biblioteca.

Echo un vistazo dentro de la bolsa para asegurarme de que me ha traído la calculadora financiera, porque le dije que las de la oficina son un asco, que tienen unas teclas y unos números microscópicos, aunque ella no me preguntó por qué quería la calculadora. La verdad es que es lo único que recuerdo que la tal Willow Greer haya tocado en casa, el primer día, en mi despacho, cuando se agachó para recogerla del suelo y recorrió con su mano temblorosa todas las teclas, dejando en ellas su identidad indiscutible, aunque ni ella ni yo pudiéramos verla. La única cosa que podía pedirle razonablemente a Heidi que me trajera.

No iba a pedirle que me trajera el mando a distancia, o un biberón, o esa maleta vieja.

Y entonces corro a encontrarme con Martin Miller antes de montar en el próximo avión.

WILLOW

En una de sus visitas de rutina, la señora Adler trajo una carta de los Zeeger, como siempre, solo que esta era completamente distinta. La señora Adler apareció en el umbral y dio unos zapatazos para quitarse la nieve de las botas forradas antes de entrar en la casa. Joseph le cogió el abrigo y lo puso en el brazo de una silla, y entramos todos en la cocina, donde nos sentamos, como siempre, alrededor de la mesa de madera y Miriam, atiborrada de pastillas, nos sirvió té con galletas.

La carta no trataba de mi Lily y de lo bien que le iba en el colegio y de lo grande que estaba. No, era una carta completamente distinta. Aquella carta hizo que se me helara la sangre en las venas y que me costara respirar, como si de pronto faltara el aire en la habitación. Cogí la carta con manos temblorosas y la leí en voz alta (Joseph siempre me obligaba a leerlas en voz alta, para no perderse nada). Decía que diez meses antes, Lily la Grande había descubierto de repente que estaba embarazada y que Rose (Lily) había tenido una hermanita en diciembre. La carta seguía hablando de los ojos claros de la niña y de su pelito, de lo tierna que era y de los ruiditos musicales que hacía. Era, decía Lily la Grande, lo que siempre habían soñado Paul y ella: tener una hija propia. Le habían puesto de nombre Cala, como un tipo de lirio, y mi Lily (que ya no se llamaba Lily, sino Rose) había quedado excluida. La habían dejado a un lado. No era el bebé con el que siempre habían soñado Paul y ella.

«Pero ¿cómo?», gemí. «¿No era…? Pensaba que…».

Dejé la carta encima de la mesa y tragué saliva porque notaba un nudo en la garganta.

No quería que Joseph me viera llorar, ni tampoco Isaac, que estaba apartado, con la espalda pegada a la pared, y me miraba con una sonrisa burlona en esa cara tan fea que tenía.

La trabajadora social era toda sonrisas.

«Qué maravilla», dijo. «Qué sorpresa tan estupenda. Imagínate, Rose con una hermanita». Como si Rose no tuviera una hermana desde el principio. Yo. Su hermana. «A veces», me explicó como si yo fuera idiota, «pasan estas cosas. Supongo que en realidad no eran estériles de verdad. Solo que…». Dudó un segundo antes de añadir: «Solo que no tenían suerte».

No tenían suerte por tener a mi pequeña Lily a su lado, en vez de a esa bebé con la que siempre habían soñado.

No se mencionaba a mi Lily en aquella carta. Solo se decía que ahora era la hermana mayor. Todo lo demás eran detalles sobre la vida de Cala: que si dormía tranquilamente toda la noche, que para Lily dar a luz había sido sublime… Había también una foto: de Lily la Grande con Cala, y mi Lily de fondo, como un pegote. Tenía el pelo revuelto y una mancha de salsa roja en la camiseta blanca.

Cala en cambio estaba preciosa, con su pelele de color malva, que parecía suavísimo, y una cinta en la cabeza con un lazo.

No venía ninguna nota de Lily. Ni una foto del colegio, ni aquellas hojas con el árbol y el pajarito azul y un nombre impreso por delante: *Rose Zeeger*.

Habían reemplazado a mi Lily.

Aquello me obsesionó durante días. Me quedaba despierta por las noches preguntándome qué sería ahora de mi Lily. ¿La descuidarían para siempre los Zeeger, ahora que tenían una hija que era carne de su carne? ¿Decidirían que dos hijas eran demasiadas y mandarían a Lily otra vez a aquella residencia, a la espera de que surgiera un hogar de acogida tan asqueroso como el mío? ¿Se quedaría para siempre en la residencia, o hasta que cumpliera dieciocho años y la echaran a la calle, a valerse sola, a vivir en la calle de alguna ciudad de Colorado o Nebraska? Imaginaba cosas. Veía a los Zeeger ignorándola, obligándola a llevar el resto de su vida aquella camiseta blanca manchada. Aquel nombre me atormentaba por las noches: Cala, Cala.

Lo odiaba. Odiaba a Cala.

Cala había arruinado la vida de mi Lily.

Fueron pasando los días. Me pasaba el día leyendo y releyendo la carta de Lily la Grande, mirando su foto con el bebé, y a mi Lily detrás, tan al fondo que casi se salía de la imagen.

Joseph dejó que me quedara con aquella foto, no como con las demás. De hecho, la colgó con celo del papel de flores de la pared para que me acordara siempre de que aquel bebé, aquella tal Cala, estaba destrozando la infancia feliz de mi Lily.

Pero ¿qué podía hacer yo?

HEIDI

Paso la noche en la mecedora, casi incapaz de apartar los ojos de mi dulce bebé. Cuando Zoe se despierta y pregunta dónde está Willow, mirando con enfado la puerta cerrada del despacho mientras recorre el pasillo con paso soñoliento, le digo en voz baja:

—Está durmiendo. —Aunque sé perfectamente que no es cierto.

No pienso para nada en ella. No pienso en Willow.

Zoe se va al colegio y el día pasa casi sin que me dé cuenta. Aparte del rato que pasé comiendo con Chris, casi no salgo de casa. Pasamos casi todo el día en la mecedora, la niña y yo, y yo me mezo con cuidado, rítmicamente, mientras Ruby duerme profundamente, como un recién nacido. No puedo pensar más que en la forma de sus ojos, no puedo hacer otra cosa que contar las engordaderas de su nariz. Veo salir el sol por la ventana, y un momento después empieza a ponerse otra vez detrás de los enormes rascacielos que jalonan el cielo de la ciudad, pintando las nubes diáfanas de un rosa profundo, de azul marino y salmón. Allá fuera, la gente se despierta y comienza la jornada. Regresan a casa un segundo después, acabado el día. Pasan el desayuno, la comida, la cena. Suena mi teléfono, se oye el pitido del portero automático (alguien me reclama desde la planta baja), pero no hago caso, no me molesto en contestar, no puedo apartar los ojos de la niña, que duerme y se despierta, duerme y se despierta, y rebusca entre los pliegues de mi vestido cuando quiere comer, y solo entonces me levanto de la mecedora para prepararle un biberón. Cuando la tarde da paso a la noche, la miro dormir mientras los rayos del crepúsculo inundan el cielo, líneas rectas que arroja el sol poniente. Haces de luz, Dedos de Dios.

Me olvido del reloj, hago caso omiso de la manecilla de aluminio que gira por su esfera circular, señalando un número romano y luego otro. Un número romano y luego otro. Oigo a los vecinos en el pasillo, volviendo del trabajo; noto el olor de sus cenas colándose por debajo de mi puerta y por las paredes: enchiladas, pollo asado, chuletas de cerdo. Suena mi teléfono, y luego vuelve a sonar, pero no me molesto en levantarme de la mecedora para responder. Me digo que será algún teleoperador, o un mensaje automatizado del jefe de estudios de Zoe avisándome de que hay una reunión en el colegio que no me incumbe, que solo atañe a los padres de los alumnos de último curso o a los padres de alumnos con necesidades especiales.

Y entonces se abre de golpe la puerta del piso y allí está Zoe, con su camiseta rosa y sus pantalones cortos y los pies enfundados en unas zapatillas de fútbol llenas de barro. Lleva puestas las espinilleras, y los calcetines fucsias, que le llegan casi hasta las rodillas, tienen una buena capa de barro. Lleva dos trenzas francesas, un peinado distintivo que la madre de una de sus compañeras de equipo les hace a todas antes de cada partido, rematada con un coletero hecho en casa que combina con el uniforme.

—¿Dónde estabas? —pregunta al tirar violentamente la mochila al suelo.

Me mira desde la puerta abierta y veo que un vecino pasa detrás de ella con una caja de *pizza* en la mano, haciendo como que no oye el tono furioso de mi hija. El olor de la *pizza* se cuela en la habitación, y entonces caigo en la cuenta de que tengo hambre.

—Te has perdido el partido —dice sin darme tiempo a inventar una excusa para contestar a su pregunta. «Se me ha olvidado», o «Me he liado en el trabajo y no he podido ir».

Pero solo consigo decir «lo siento», consciente de que mis palabras suenan a falsas porque, de hecho, lo son. No lo siento, no lamento haberme perdido el partido de Zoe porque entonces no habría podido estar con Ruby, y mecerme con ella en brazos.

—Te he llamado —añade Zoe con los brazos en jarras y un mohín en la cara.

Mira hacia la cocina y vuelve a mirarme. Se ha dado cuenta de que no me he puesto a hacer la cena, de que es casi de noche y estoy aquí sentada, prácticamente a oscuras. Pulsa el interruptor que hay encima de la mesa de la cocina y la luz me deslumbra, tengo que esperar a que se me acostumbren los ojos.

La bebé deja escapar un gemido.

—No pasa nada —le digo ronroneando, y me pregunto si es la luz repentina o el tono agrio de Zoe lo que la ha molestado.

—¿Por qué no cogías el teléfono? —me espeta Zoe—. Te he estado llamando. Te has perdido el partido. Te lo has perdido entero —grita, y por un instante me imagino la escena: Zoe en el campo con el resto del equipo, las Talismanes de la Suerte, haciendo como que no ve a su padre, como hace en cada partido. Es todo un dilema: no quiere que esté allí, y al mismo tiempo no quiere ser la única a la que no acompaña su madre.

Pero yo no contesto. No contesto a su pregunta. «¿Por qué no cogías el teléfono?».

—¿Cómo has venido? —pregunto.

—¿Me has oído, mamá? —dice, y me doy cuenta de que no me gusta ni un pelo su tono. Ese tono agrio con que se dirige a mí, como si fuera ella quien está al mando y yo quien tiene que obedecer.

—Sí, Zoe, te he oído, pero yo también te he hecho una pregunta. ¿Cómo has venido?

Resopla. Entra en la cocina y empieza a registrar los armarios en busca de algo que comer, cerrándolos de golpe. Y luego dice:

—El entrenador me ha pagado un taxi. No podía quedarse allí toda la tarde, esperando, ¿sabes? Como la otra noche. Tiene cosas que hacer. —Una pausa, y luego—: Le debes catorce dólares. —Saca una botella de agua de la nevera y dice—: La señora

Marcue me ha dicho que te ha estado llamando. Y que no le has devuelto las llamadas.

Después sale de la habitación con una caja de galletas saladas y la botella de agua. No ha dado ni cinco pasos cuando se para en seco junto a la puerta del despacho y pregunta:

—¿Por qué no la has llamado?

—He estado muy ocupada, Zoe. Ya lo sabes —respondo, aunque sé que, con su mentalidad preadolescente, es incapaz de entender que ocuparse de un bebé pueda considerarse «estar ocupada».

Estar ocupada es pintarrajearse el brazo y mandar mensajes a las amigas, saltarse los deberes y fantasear con Sam, el entrenador, tan guapo él, no dedicarse horas sin fin a criar a un hijo.

—Bueno, ¿y vas a llamarla o qué? —pregunta.

Las puntas de las trenzas se le enroscan a los lados del cuello. Cuando no sonríe y no se le ve el aparato de los dientes, parece mayor de lo que es. Reparo por primera vez desde hace siglos en que de repente tiene pechos. ¿Llevan ahí mucho tiempo y yo no me había fijado, o es que de la noche a la mañana se ha convertido en una jovencita?

—Sí, claro —contesto.

—¿Cuándo?

—Pronto. La llamaré pronto.

—Ese bebé no es tuyo, ¿sabes? —dice sin venir a cuento al fijarse en la ternura con que acuno a Ruby en brazos, en cómo acaricio su cabecita.

—¿Por qué dices eso? —pregunto en voz baja, dolida.

—Porque parece que crees que lo es. Y es muy raro. ¿Dónde está Willow? —pregunta secamente, como si sus palabras no acabaran de dejarme noqueada, como si no acabara de asestarme un puñetazo en la barriga.

Y le contesto resentida, jadeante todavía por el golpe:

—No se encontraba bien y se ha ido a la cama temprano. —Lo digo en voz baja para que se lo crea—. La gripe hace estragos.

Pero Zoe, pensando quizás en mis llamadas fraudulentas a Dana, la recepcionista, pone cara de fastidio y dice con sorna:

—Sí, ya.

Y luego se va, recorre el pasillo, entra en su cuarto y cierra de un portazo.

Y yo vuelvo con Ruby, sigo meciéndola en mi regazo hasta que la negrura se apodera del cielo, hasta que más allá de la ventana ya no se ven más que algunas estrellas desparramadas y edificios iluminados aquí y allá, por todas partes.

WILLOW

Empecé a ver a Matthew cada vez más. Íbamos casi siempre a la biblioteca, y nos escondíamos en los pasillos a leer, a veces, y a besarnos. Íbamos lo más temprano que podíamos, después de que Joseph e Isaac salieran de aquella casa de Omaha, porque si esperábamos mucho había colegiales ocupando las mesas de estudio que había al final de los pasillos, niños odiosos armando jaleo, incluso en la sección de ingeniería, donde no iba casi nadie. Pero si llegábamos temprano, a eso del mediodía, la biblioteca estaba casi en silencio, los niños no habían salido aún del colegio, los adultos estaban trabajando y podíamos movernos por aquel pasillo como si estuviéramos solos en el mundo. Por allí no iban ni los bibliotecarios: como nadie consultaba la sección de ingeniería, nunca había libros que colocar. Solo una vez nos paró una bibliotecaria y nos preguntó en tono de curiosidad más que de reproche si no teníamos clase. Y aunque me paré en seco y me dio un vuelco el corazón (convencida de que aquella mujer iba a mandarme de vuelta con Joseph), Matthew contestó como si tuviera la respuesta preparada desde hacía muchísimo tiempo «Estudiamos en casa» y la bibliotecaria asintió con la cabeza y dijo: «Qué bien». Y se alejó.

Yo ni siquiera sabía qué quería decir eso de «estudiar en casa». Pero Matthew sí lo sabía.

Y eso fue todo. Nadie volvió a preguntarnos qué hacíamos allí: dos chavales fuera de clase en pleno día.

Matthew me tocaba de manera muy distinta a como me tocaba Joseph. Me tocaba con delicadeza, no como su padre. Sus manos se movían despacio, suavemente, no como las de Joseph. Yo pensaba en las manos de Matthew como en una especie de goma de borrar, como si al tocarme pudieran borrar de mi cabeza esa otra imagen de las manos de Joseph.

Matthew hablaba cada vez más de sacarme de aquella casa, pero sabía que su padre no me dejaría marchar. Y además no tenía dinero para sobrevivir, así que menos aún para mantenerme a mí. Nunca me dijo dónde vivía, después de dejar el albergue para indigentes. Por lo menos no me dijo la verdad. Me decía que estaba durmiendo en el sofá de un colega, o que un amigo que tenía una tienda le dejaba dormir allí, en un catre, pero cuando me contaba esas cosas miraba para otro lado, como cuando me contaba que navegaba en gabarra por el río Misuri y yo sabía que estaba mintiendo. Matthew siempre parecía cansado. Empezaba a parecer mayor. Tenía la piel curtida como si viviera en la calle, no sé dónde.

Pero aun así seguía hablando de sacarme de aquella casa. Hablaba de sitios fuera de Omaha que quería ver. De las montañas, de la playa. Hablaba de ahorrar. Y de otras formas de ganar dinero: robar bolsos o un banco. Yo no creía que tuviera valor para hacerlo, pero con tal de salir de aquella casa me parecía bien. Con tal de que no hubiera heridos...

«Quizás», decía, y «Algún día».

A veces quería besarme allí, en la casa de Omaha, en mi cuarto. A veces quería tumbarse en la cama, a mi lado, y no solo para leer.

Yo no sabía lo que hacía Matthew, igual que no sabía lo que hacía Joseph cuando venía a mi cuarto. Me daba miedo decírselo a Matthew por si no me creía. «Es mi palabra contra la tuya», decía Joseph. «Nadie te creerá».

Y además, me recordaba Joseph, a mí nadie me quería. Nadie excepto Miriam y él.

Seguí yendo con Matthew a la biblioteca todo el otoño y el invierno. Hubo un par de semanas (puede que más) que Joseph se quedó en casa y no fue a trabajar. «Vacaciones de invierno», decía, y se quedaba en la casa conmigo todo el santo día, y yo no podía ver a Matthew. Pero pensaba en él. Pensaba en sus manos, en sus labios tocando los míos, en cómo decía mi nombre. «Claire...». La nieve caía densa y pesada, cubriendo la hierba con una capa blanca. Yo miraba por la ventana aquella nevada interminable y pensaba en muñecos de nieve y trineos, y en las batallas de bolas de nieve que hacíamos con papá y mamá en Ogallala. Aquí, en cambio, la nieve no era más que otra razón para quedarse en casa. Hacía mucho frío, fuera y dentro de aquella casa de Omaha: las ventanas no cerraban bien y la temperatura de los radiadores no llegaba a veinte grados. Tenía frío constantemente.

Joseph volvió al trabajo y Matthew regresó. El invierno siguió alargándose como si no fuera a acabar nunca y, aunque estábamos ya en marzo, no había ni rastro de primavera. El cielo estaba frío y gris, y de los tejados de las casas de nuestra calle colgaban carámbanos.

Y luego, un día de principios de marzo, Matthew vino a buscarme para ir a la biblioteca. Quería enseñarme un programa nuevo que había descubierto en el ordenador y ese día, cuando llegó, estaba muy emocionado. Hacía mucho tiempo que no le veía tan animado. El cielo estaba de color carbón, y nos salía vaho de la boca, como humo, cada vez que respirábamos.

Pero lo que Matthew y yo no sabíamos era que Joseph no se encontraba bien ese día. No sabíamos, cuando subimos a aquel autobús azul y pasamos delante del edificio Woodman, que estaba dando clase y que empezó a dolerle la cabeza y que, mientras nosotros arrimábamos nuestras sillas al ordenador, él estaba pensando en cancelar las clases que tenía esa tarde para irse a casa a descansar. No podíamos saber, mientras metíamos monedas en la máquina para comprar unas patatas fritas, que estaba recogiendo sus cosas y metiéndolas en su mochila negra para marcharse a casa, o que, cuando nos acomodamos en el pasillo de ingeniería para hojear libros y besarnos, Joseph iba en el coche de vuelta a casa.

La casa estaba en silencio cuando entramos, y el viento frío casi nos metió dentro de un empujón. Matthew me estaba hablando de su madre, de Miriam. Decía que, si alguna vez se convertía en un vegetal, como ella, preferiría que alguien le pegara un tiro y le ahorrara sufrimientos.

Yo estaba pasmada, mirándole con la boca abierta, y no vi a Joseph sentado en la butaca de pana, observándonos con sus malvados ojos de halcón. No se movía, estaba inmóvil como una estatua. Matthew se quedó de pronto parado en la puerta y yo me paré también, y al volverme vi a Joseph con el pie de una lámpara en las manos. La pantalla de la lámpara estaba tirada en el suelo, al lado de sus botas grandes y gruesas.

Lo que pasó después me cuesta explicarlo. Joseph habló con mucha calma. Nos preguntó dónde habíamos estado.

«Hemos ido a dar un paseo», contestó Matthew, y Joseph no dijo nada. Se enrolló el cable de la lámpara en la mano y le dio un tironcito para comprobar si estaba bien tenso.

Y luego preguntó de dónde había sacado yo aquella ropa, la que me guardaba Matthew para que su padre no la descubriera.

Hacía bastante tiempo que Matthew y Joseph no se veían. Y Joseph no tenía forma de saber que, mientras él estaba en el trabajo, su hijo entraba y salía de aquella casa.

Quiso que se lo contara yo, que le dijera que habíamos ido a dar un paseo, porque las mentiras, igual que los pensamientos malvados, eran una abominación contraria a Dios. Quería que lo dijera en voz alta. Que aquellas palabras salieran de mi boca.

Yo obedecí.

Entonces miró a su hijo y dijo: «¿Qué te he enseñado siempre, Matthew? Que las malas compañías arruinan la virtud. ¿No es lo que digo siempre?».

Y fue entonces cuando pasó, así, de repente. Joseph cruzó la habitación y golpeó a Matthew con el pie de la lámpara una y otra vez en la cabeza. Oí gritar a voz en cuello palabras que mi madre solo decía en voz baja.

Intenté detener a Joseph, impedir que siguiera golpeando a Matthew, pero me tiró al suelo duro y frío. Tardé un minuto en recuperarme del golpe, en volver a ponerme en pie, pero antes de que me diera tiempo a reaccionar volvió a tirarme al suelo, y empezó a sangrarme la nariz, una sangre espesa, muy roja y pegajosa.

Fue todo muy rápido.

El ruido del pie de la lámpara al chocar contra el hueso.

Un chorro de sangre salió disparado por el aire, salpicando la pared de color gachas de avena.

Insultos mascullados entre jadeo y jadeo: «hijo de puta», y «cabrón», y «malnacido». Objetos cogidos aquí y allá y usados como armas: el teléfono, un jarrón. El mando a distancia de la tele. Cristales rotos. Un grito. Más sangre.

Acurrucada en el suelo, sentí que el piso temblaba como si hubiera un terremoto.

Y entonces llegó también Isaac del colegio, o del trabajo, supongo, y se pusieron los dos a pegar a Matthew tan fuerte que no sé cómo podía mantenerse en pie. Yo gritaba: «¡Parad!» y «¡Dejadle en paz!», pero nadie me hacía caso. Matthew agarró un candelero y consiguió darle un golpe a Isaac en la cabeza, dejándole paralizado un momento.

Isaac perdió el equilibrio y se tambaleó, se llevó la mano a la cabeza.

Pero cuando Matthew levantó el candelero, Joseph se lo quitó de la mano de un golpe.

No sé cuánto tiempo siguieron así. ¿Treinta segundos? ¿Medio minuto? Se hizo eterno, eso seguro.

Y yo no podía hacer nada.

—Entonces, ¿fue en defensa propia? —pregunta Louise Flores—. ¿Eso es lo que quieres dar a entender?

Se levanta las mangas de la chaqueta rasposa y se abanica la cabeza con una hoja de papel. Está sudando. Fuera debe de hacer calor, la primavera se está convirtiendo en verano. Se le forman gotitas de sudor en el puente de la nariz y en los pliegues de la piel arrugada como una pasa. Veo entrar el sol por la única ventana. Se derrama por la habitación desangelada, llenando de luz la oscuridad.

—Sí, señora Flores —contesto—, claro que sí.

Todavía veo a Matthew cuando cierro los ojos: lo veo con el pelo castaño oscuro manchado de sangre, con la sangre corriéndole por la cara. Aquel día, en el cuarto de estar, mientras Joseph e Isaac le pegaban, estaba igual que cuando tenía diez años. Yo odiaba no poder hacer nada por impedirlo, y odiaba aún más saber cómo se estaba sintiendo: débil e impotente. Esquivaba mi mirada, y yo sabía que, más que cualquier otra cosa, sentía vergüenza.

—Pasado un rato —le digo a la señora Flores—, Matthew se fue. No quería irse, ¿sabe? No quería dejarme en aquella casa, con ellos. Pero no podía hacer nada.

Le cuento cómo consiguió cruzar la puerta a rastras y salir de allí aquella fea tarde de marzo. Todavía le veo saliendo a gatas por la puerta. Todavía oigo a Joseph y a Isaac riéndose.

Les oigo lanzarle pullas mientras se arrastraba.

—¿Adónde fue? —pregunta ella—. ¿Adónde fue Matthew?

—No lo sé —contesto—. No lo sé.

Lo veo aún: sus ojos tristes clavándose en mí un momento antes de que se diera la vuelta y saliera por la puerta. Y Joseph e Isaac riéndose, burlándose de él.

Creían que habían ganado.

Pero yo sabía que aquello no había acabado, ni mucho menos.

—¿Y después qué pasó? ¿Cuando se marchó Matthew?

Me retiro el pelo y le enseño la brecha que me hizo Joseph al golpearme con la lámpara. Esperó a que Matthew ya no nos viera (Isaac seguía burlándose de él, seguía llamándole marica por la ventana) y entonces se volvió hacia mí y me lanzó la mirada más malvada que he visto nunca. Recogió del suelo el pie de la lámpara, abollado por los dos extremos, y me dio con él un golpe a un lado de la cabeza. No recuerdo que me doliera mucho, pero sí que me dejó paralizada: dejé de sentirme el cuerpo, ya no podía sostenerme en pie, me desplomé y entonces Isaac se acercó, riéndose y señalándome con el dedo. Recuerdo que empecé a ver un cerco oscuro, y que luego ya no veía nada, y que los insultos y las voces que oía de fondo fueron remitiendo hasta que todo quedó en silencio.

Cuando desperté estaba en mi habitación, en la cama, encima de la colcha de retales, con la puerta cerrada por fuera.

CHRIS

Estoy en mi habitación, en el hotel de Denver, aseándome para meterme en la cama, muerto de cansancio.

Tengo la habitación más pequeña del hotel, y hasta esa cuesta más de doscientos pavos la noche. El panorama que se ve desde la ventana podría ser de cualquier otra ciudad, cualquier otra noche. A mí todas me parecen iguales: grandes edificios y millares de luces.

Me he puesto los pantalones del pijama, de algodón azul, y una camiseta interior ajustada. Tengo el portátil abierto encima de la cama.

El periódico del día, el *Denver Post*, que compré al salir del aeropuerto, sigue intacto. Solo he leído un titular de primera plana sobre el tiempo (frío) y los números de la lotería.

No he resultado agraciado.

Estoy cansado, con el cansancio pintado en la cara. Me miro en el espejo y pienso que parezco mayor. Que me estoy haciendo viejo. Que no puedo seguir manteniendo este ritmo mucho más tiempo. Mientras me lavo los dientes, pienso en posibles trabajos: profesor universitario, consultor de gestión quizá. Me imagino frente a un auditorio lleno, delante del atril, disertando acerca del capitalismo global ante un montón de jovencitos engreídos, como lo era yo antes. Cuando me obsesionaba el dinero. Dinero, dinero, dinero. Si me dedicara a la enseñanza ganaría mucho menos, eso seguro, pero

Heidi y yo nos las arreglaríamos, pienso mientras escupo la pasta de dientes en el lavabo.

Pondríamos el piso en venta o lo alquilaríamos una temporada, quizá. Y a lo mejor Zoe podría ir a un instituto público, aunque sé que eso no va a colar. O puede que sí. Qué demonios, podríamos mudarnos a las afueras, comprarnos una casa unifamiliar con un jardín vallado y tener un perro. Cogeríamos el tren para ir a trabajar. Viviríamos el auténtico sueño americano.

Quizá funcionase.

Pienso en cómo sería ir a cenar a casa todas las noches, acostarme en la cama junto a mi esposa cada noche. Me imagino a Heidi como la vi esa tarde en el restaurante asiático, cuando se inclinó hacia mí y me besó en la boca. Puso su mano sobre la mía y dijo aquello, «Debes de estar agotado, Chris», preocupada por una vez por *mí*, por su marido y no por los refugiados extranjeros venidos de cualquier parte del mundo. Pensando en *mis* necesidades y no solo en las de una chica sin hogar o unos gatos callejeros.

Tal vez algo estuviera cambiando.

Añoro los viejos tiempos: Heidi en aquella cena benéfica, con su vestido rojo, bailando conmigo cuando todos los demás ya se habían marchado, cuando volvieron a encenderse las luces atenuadas para el baile y el personal del *catering* comenzó a recoger el salón. En aquellos tiempos todavía estaba estudiando y vivía en un colegio mayor. Yo acababa de salir de la facultad y tenía tantos préstamos universitarios que pagar que aquello parecía la deuda nacional. Era pobre como una rata y vivía en un estudio en Roscoe Village. Cogimos un taxi para ir hasta allí y subimos las escaleras como locos, yo de frente, delante de ella, y Heidi caminando hacia atrás, desvistiéndonos el uno al otro por el camino.

No llegamos a la cama. Nos tiramos al suelo nada más cruzar la puerta.

Por la mañana, yo temía que se hubiera ido. Porque seguro que una chica tan increíble, con aquellos preciosos ojos marrones, no querría saber nada de mí a la luz del día.

Pero me equivocaba.

Nos quedamos en la cama medio día, viendo a la gente ir de un lado a otro por Belmont a través de las ventanas. Eso y *El precio justo*. Más tarde, cuando por fin nos levantamos y nos vestimos, Heidi con mi sudadera de los Bears echada sobre el vestido rojo, fuimos a comprar antigüedades, y compramos el mango de un viejo grifo de cerveza porque era lo único que podíamos permitirnos.

Heidi se quedó conmigo tres días. Se ponía mis calzoncillos y mis camisetas y sobrevivíamos a base de comida para llevar. Yo me iba a trabajar por las mañanas y cuando volvía ella estaba allí.

Estaba siempre de buen humor, y yo pensaba que sería así siempre, pero eso fue mucho antes de que naciera Zoe, y del cáncer, y de que la realidad dejara sentir su peso aplastante. Pienso ahora en ese peso, en cómo debe agotarla. Pienso en Heidi, en cómo se preocupa por todo el mundo, por las necesidades insaciables de los demás, en vez de preocuparse por las suyas propias.

Estoy en el cuarto de baño de este hotel de Denver pensando que echo de menos a Heidi cuando de pronto llaman a la puerta, un ligero ra-ta-tá, y adivino quién es antes de mirar por la mirilla.

Abro la puerta y allí está ella. Heidi, no, claro, aunque por un momento pienso «¿Y si…?». ¿Y si es Heidi, que ha cogido un avión hasta Denver para verme, abandonando a la chica y al bebé que se han adueñado de nuestro hogar y se han tragado entera a mi mujer? ¿Y si ha llevado a Zoe a casa de Jennifer, ha cogido un avión a Denver y ha venido a pasar la noche conmigo?

Pero la escena que se ofrece ante mis ojos es muy distinta: Cassidy Knudsen entrando en mi habitación. Lleva unas mallas negras y ajustadas y una especie de túnica ancha cuyo cuello de pico deja ver su canalillo, un valle, un desfiladero entre colinas, la piel suave y pálida a plena vista. Se ha puesto un collar con una larga cadena de color cobre que conduce la mirada hacia el escote de la túnica, que te obliga a bajar los ojos hasta el lugar donde el colgante se pierde bajo la camisa, al extremo de la cadena. Casi no lleva maquillaje, solo ese carmín rojo que ya se ha convertido en norma, en su sello distintivo. Lleva tacones, tacones de diez centímetros, rojos igual que su pintalabios.

Entra, como siempre, sin esperar a que la invite.

Y allí estoy yo, con mi pantalón de pijama y mi camiseta interior, y el cepillo de dientes todavía en la mano.

—No sabía que ibas a pasarte —digo—. Si no... —Me interrumpo y ya no sé qué decir.

Echo un vistazo a la habitación y veo la ropa que me he quitado tirada en el suelo, esos pantalones de hilo que se me pegan a las piernas como papel film.

No hace falta que me diga a qué ha venido. Ya lo sé. Se mueve rápidamente, me toca, pega sus labios a los míos y dice en voz baja:

—No sabes cuánto tiempo llevaba deseando hacer esto.

Y yo digo:

—Cassidy... —Aunque no estoy seguro de si me sale en tono de reproche o de seducción.

Hago un intento poco convincente de apartarme, de ponerme fuera de su alcance, aunque en el fondo me estoy muriendo de ganas de dejarla seguir adelante. De olvidarme de esos recuerdos de Heidi y dejar que Cassidy haga lo que le venga en gana, lo que haya venido a hacer.

Y entonces empieza a tocarme, pero tiene las manos frías, distintas a las de Heidi en muchos sentidos. Descaradas y presuntuosas, no esperan a familiarizarse con algo antes de lanzarse a tumba abierta, de cabeza. Lo está haciendo todo mal, no como lo haría Heidi. Heidi, que siempre me toca con delicadeza, con ternura, y de pronto me descubro pensando en ella con ansia, deseando que sea ella la que esté aquí, en esta habitación de hotel, conmigo.

Estoy pensando en lo que diría Heidi si supiera lo que está pasando ahora mismo, en cómo se sentiría. Heidi, tan íntegra siempre, tan generosa. Heidi, la que se niega a aplastar una araña con el zapato.

—Para —digo apartándola, suavemente al principio y luego con más firmeza—. Para, Cassidy —repito—. No puedo. No puedo hacerle esto a Heidi.

Deseo a Heidi. Echo de menos a Heidi.

Echo de menos a mi mujer.

Pero Cassidy me mira lánguidamente y dice:

—Será una broma, Chris.

Y no porque se sienta dolida ni porque se sienta avergonzada por mi rechazo.

—¿*Heidi?* —pregunta, y me mira con ojos de cachorrito, grandes y azules, haciendo un mohín, pronunciando el nombre de mi mujer como si fuera una cosa despreciable.

No es que no se crea que la esté rechazando. Es que no se cree que la esté rechazando por Heidi.

Echo de menos a Heidi y su bondad, su virtud. Echo de menos que se preocupe por los gatos callejeros y por los hombres analfabetos, y por los niños de países cuyos nombres ni siquiera sé pronunciar: Azerbaiyán, Kirguistán, Baréin.

No soporto estar aquí, en esta habitación, con Cassidy. El pulso me zumba en los oídos. Noto las manos pegajosas, me falla el equilibrio cuando meto los pies en los mocasines que esperan junto a la puerta. Oigo la voz de Cassidy llamándome a lo lejos, se ríe, dice «no te vayas». Estoy mareado. Tengo vértigo. Apoyo la mano en la pared para sostenerme mientras Cassidy sigue canturreando mi nombre, desnudándose ante mí como si así fuera a hacerme cambiar de idea.

WILLOW

Le digo a la señora Flores que Joseph me traía comida dos veces al día, y que dos veces al día volvía a sacarla de mi habitación. Le digo que no me dejaba salir ni siquiera a hacer pis. De vez en cuando venía a vaciar el frasco que me había dado (aunque el olor a orines no se iba cuando se llevaba el frasco) y que todas las noches abría la puerta del cuarto y me decía que me desnudara.

Le digo que todas las noches, después de que se iba a la cama, yo comprobaba la puerta para asegurarme de que estaba bien cerrada.

Le digo que me quedaba allí sentada, días tras día, rezando por que algún día se olvidara de cerrar la puerta por fuera.

Le digo que Matthew no volvió a venir, que no volví a verle después de aquel día, cuando salió arrastrándose por la puerta.

Le digo que tampoco veía a Isaac, aunque sí oía su voz retumbar por la casa y sabía que estaba allí, que salía y entraba de un mundo que yo ya no podía ver.

Le digo que miraba por la ventana de la habitación mientras se derretía la nieve dejando charcos en las aceras y en la calle llena de baches.

Le digo que una vez al día me permitían salir de la habitación para defecar. Le digo que Joseph se quedaba en la puerta, vigilándome. Le digo que una vez no llegué a tiempo al váter y que Joseph me obligó a pasar varios días con la caca en el culo, hasta que me salió un sarpullido como el que les sale a los bebés. Le digo que se rio, que luego les oí comentar a él y a Isaac que me había cagado en las bragas.

Le digo que una noche, por la gracia de Dios, después de hacerme una visita Joseph salió del dormitorio y olvidó cerrar la puerta con llave. Yo me senté en la cama y esperé a oír el horrible ruido metálico de la llave al entrar en la cerradura, pero no lo oí. Solo oí el crujido de la tarima cuando cruzaba la casa, el ruido que hizo al acostarse, el chirrido de los muelles del colchón cuando echó sobre él su cuerpo inmenso. Esperé una hora por lo menos, para estar segura. Luego me levanté de la cama y crucé la habitación helada, apoyé la mano temblorosa en el picaporte de bronce, muy despacio, y abrí la puerta.

Le digo a la señora Flores que saqué el cuchillo de un cajón de la cocina, el más grande de la cubertería de doce piezas, un cuchillo de cocinero de veinte centímetros por lo menos, puede que más. Le digo que me quedé allí parada, en la cocina a oscuras, mirando el suave resplandor de la luna a lo lejos y pensando, aunque en realidad no había nada que pensar porque ya lo tenía decidido. La casa estaba en silencio, solo se oía el siseo de la caldera y el movimiento del agua en las cañerías.

Pero yo, claro, no sabía nada, porque esa noche, antes de que llegara Matthew, no puse un pie fuera de mi habitación.

Le digo que entré de puntillas en el dormitorio y que vi dormido a Joseph. Que estuve un rato observando su cuerpo repugnante encima de la cama de matrimonio, oyéndole roncar. La señora Flores escribe a toda prisa en su hoja para asegurarse de que no pierde detalle. Le cuento cómo abrió Joseph los ojos cuando me acerqué a la cama. Debió de despertarle el chirrido de la tarima. Que se incorporó de pronto y que me miró confuso, pero no asustado. Que masculló «¿Cómo has…?» antes de que le clavara el cuchillo en el pecho. «¿Cómo has salido de tu habitación?», iba a preguntarme. Pero no le di tiempo. Eso es lo que le digo. Sus ojos, su boca abierta, las manos con que palpó a ciegas el cuchillo antes de que se lo sacara de un tirón y volviera a clavárselo. Una y otra vez. Hasta seis, contaron. Fue lo que dijeron cuando me encontraron.

Pero, claro, ¿cómo voy a saberlo yo si esa noche no pisé la habitación de Joseph y Miriam?

Lo que sí sabía y no le digo a la señora Flores es que a alguien con más de dieciocho años le juzgarían como a un adulto. Pero no a una chica de dieciséis como yo, que nunca había tenido problemas con la ley. No me metería en un lío tan gordo como Matthew si se enteraban, si sabían la verdad. Yo lo sabía porque papá me lo dijo cuando era una cría y estábamos viendo no sé qué cosa en las noticias. Me dijo que a veces los chavales se iban de rositas y que los adultos en cambio acababan en la cárcel, lisa y llanamente. Si es que no los ejecutaban. Recuerdo que le pregunté qué era «ejecutar». No me lo dijo, pero de todos modos lo adiviné.

—¿Y Miriam? —pregunta la señora Flores.

—¿Qué pasa con Miriam?

—Dime qué pasó con Miriam.

—Que no se despertó —contesto, y no porque lo sepa, porque no estaba allí, en la habitación.

Le digo que siguió allí acostada, profundamente dormida, mientras yo le clavaba el cuchillo a Joseph en el pecho una y otra vez. Pero la señora Flores es una mujer firme y decidida. Deja su boli encima de la mesa y vuelve a mirar la grabadora para asegurarse de que está funcionando. Tiene que grabarlo todo. Mi confesión.

—Entonces, ¿por qué la mataste a ella también? —pregunta, y a mí se me atasca la saliva en la garganta y me atraganto.

«¿A Miriam?», estoy a punto de preguntar en voz alta.

Pero entonces oigo la voz de Matthew dentro de mi cabeza y, muy despacio, muy poquito a poco, empiezo a comprender.

«Si alguna vez me convierto en un vegetal como mi madre, me gustaría que alguien me pegara un tiro. Para ahorrarme sufrimientos».

Y eso fue justo lo que hizo.

HEIDI

A primera hora de la tarde, cuando Ruby está dormida, recorro el piso recogiendo prendas de ropa tiradas aquí y allá: pijamitas de Ruby metidos entre los cojines del sofá, calcetines de Zoe dejados junto a la puerta del piso. Lo meto todo en el cesto de la ropa sucia, entro en mi dormitorio y cojo un sujetador viejo que cuelga del picaporte. Levanto la maleta de Chris del suelo, la que me dio en el restaurante asiático de Michigan Avenue, y echo un vistazo a su contenido: camisas Oxford, pantalones hechos una bola en un rincón de la maleta. Los saco y reviso los bolsillos por si tiene bolígrafos o capuchas de bolígrafos, o monedas, el tipo de cosas que suelen surgir de los bolsillos de Chris en la lavadora. Tapones de botella y clips, un paquete entero de pañuelos de papel que se desintegran en mil pedacitos y...

Toco algo que reconozco casi al instante, antes incluso de sacar el envoltorio azul brillante del bolsillo, y al ver las palabras *El placer es mutuo* siento como si me hubieran dado un puñetazo en la tripa. Me doblo delante de la cama, dejando caer el cesto de la ropa sucia. Una especie de gruñido me sale de dentro, un jadeo rasposo, desesperado. Me llevo la mano —las dos manos— a la boca para acallar el grito que me brota de dentro, una tormenta repentina y violenta que se agita en mis entrañas.

Miro el envoltorio del preservativo, que confirma todo lo que sospechaba.

Mi marido está teniendo una aventura con Cassidy Knudsen.

Me los imagino a los dos en lujosos hoteles de San Francisco, Nueva York y ahora Denver, fundiendo sus cuerpos entre sábanas de algodón egipcio. Los veo en el despacho deshabitado de Chris a horas en que la oficina está cerrada, mientras yo me trago como una tonta cualquier excusa: que tenía que acabar un memorando o redactar una propuesta, que tenía que hacer un informe de no sé qué empresa.

Todos esos agobios (las jornadas interminables, los viajes constantes) eran su coartada, su intento de camuflar una relación clandestina con otra mujer.

Me da vueltas la cabeza al imaginarme a Chris en la cocina, reconociendo sumisamente que Cassidy Knudsen también iba a ir a su último viaje. Me los imagino juntos en su habitación del hotel, riéndose del asunto, riéndose de cómo me había enfadado al descubrir que ella estaba allí. Me los imagino regodeándose en mi angustia, en mi inseguridad, en mis celos.

«Es un viaje de trabajo», me dijo Chris. «Estrictamente de trabajo».

Y sin embargo...

De repente todo encaja: la llamada que no cogió, el preservativo en el bolsillo de sus pantalones. La prueba que deseaba desde hace tanto tiempo.

Cruzo el dormitorio y saco del cajón de arriba de la cómoda un par de cosas que pongo sobre la cama: un juego de ropa interior (sujetador de encaje y bragas), de un tono rosa claro.

Me quedo mirándolos fijamente, largo rato, sabedora de lo que tengo que hacer para igualar el marcador.

WILLOW

No todo lo que le conté a Louise Flores era verdad, claro.

Me hizo escribirlo con mis propias palabras en una hoja de cuaderno. Se paseaba por la sala, haciendo ruido con los tacones en el suelo de cemento, mientras yo escribía lo del cuchillo, y lo de Joseph con los ojos abiertos como platos. Hasta me inventé un par de cosas sobre Miriam: que estaba dormida cuando entré en la habitación pero que aun así la maté porque podía.

Me mira meneando la cabeza y dice:

—Tienes suerte de ser menor, Claire. ¿Tienes idea de lo que te pasaría si te juzgaran como una persona adulta?

Me encojo de hombros y digo:

—En Illinois no hay pena de muerte.

Deja de pasearse de repente y me mira por encima del hombro.

—Pero el crimen no lo cometiste en Illinois, Claire —dice—. Estabas en Nebraska.

Y yo sé muy bien que allí a los asesinos los matan con una inyección letal.

A los que tienen más de dieciocho años, a los que cometen asesinatos premeditados, a propósito.

Como esperar a que alguien esté dormido para colarte en su habitación con un cuchillo.

No quería que Matthew se metiera en líos. Porque sé que lo que hizo lo hizo por mí. No dejé de pensar en él ni un solo día, ni uno solo desde que se fue. Pensaba en él a diario, y también de noche, cuando estaba acostada. Pensaba en él y lloraba en voz baja para que no me oyeran el señor y la señora Wood. Me preguntaba dónde estaba. Y si estaba bien.

Cuando por fin lo tiene todo, la confesión completa grabada y por escrito, la señora Flores le dice a la guardia que me lleve otra vez a mi celda, donde Diva sigue sentada en el suelo, cantando y siguiendo el compás golpeando los barrotes de nuestra jaula con las largas uñas pintadas de rojo vivo, aunque alguien le grita que se calle. No le hago caso cuando me pregunta dónde he estado todo el día y me subo a mi litera y me arropo hasta la cabeza con la sábana blanca y fina.

Cierro los ojos y me acuerdo de aquella noche, de las cosas que no le he contado a la señora Flores.

HEIDI

A mi lado, en la cama, hay un juego de ropa interior, braguitas y sujetador de encaje en tono rosa claro. Me lo pongo y me acerco a las puertas abiertas del armario. Meto la mano dentro y, muy al fondo, encuentro lo que estoy buscando, colgado de una percha de unos grandes almacenes, cubierto todavía con una funda de plástico cerrada con un nudo en la parte de abajo. Nunca me lo he puesto. Deshago el nudo y levanto con cuidado la bolsa de plástico para destapar el vestido. Al tirarla al suelo me acuerdo del día que compré el vestido, hace siete meses, el día que llamé al asador favorito de Chris, en un viejo edificio reformado de Ontario Street, y reservé una mesa tranquila lejos de la barra, la misma en la que me pidió que me casara con él. Tenía pensado que Zoe se quedara a dormir con Jennifer y Taylor, salí pronto del trabajo para ir a la peluquería, donde me hicieron un moño ladeado a tono con mi vestido nuevo, y compré unos zapatos negros de taconcito bajo.

Descuelgo el vestido de la percha y me acuerdo de que Chris llamó antes de que me diera tiempo a ponérmelo. Dijo que le había surgido un asunto de última hora, y de fondo oí su voz, la de Cassidy, llamando a mi marido, robándomele el día de nuestro aniversario.

«Te compensaré», prometió Chris, pero su tono de decepción sonó diluido a través de la línea telefónica, como si quizá (solo quizá) no le importara en absoluto. «Pronto», añadió.

Paso los dedos por el vestido, un vestido de crepé negro, con botones a la espalda. Me lo paso por la cabeza y dejo que se deslice por encima del sujetador y las braguitas rosas, y me miro en el espejo de cuerpo entero. Me acuerdo de aquella noche de octubre, la noche de nuestro aniversario. Me acuerdo de que fue Graham quien vino a hacerme compañía, atraído por el sonido de la televisión una noche en que yo no debía estar en casa. Apareció en la puerta y puso cara de pena, sabiendo lo que había ocurrido sin necesidad de que se lo dijera: yo en bata y zapatillas en vez de con aquel vestidito negro, el pelo recogido en un moño ladeado y, en la tele, *El precio justo*. Una cena precocinada calentándose en el horno.

«No te merece», dijo, y luego, recordando nuestros tiempos en la universidad, jugamos a ver quién bebía más chupitos de cerveza, de la adorada cerveza rubia de Chris, hasta que estuvimos borrachos y abotargados y el recuerdo del plantón que me había dado mi marido, ese obseso del trabajo, se hizo difuso y opaco. Me quedé dormida en el sofá y a la mañana siguiente, cuando me desperté, había más de una docena de botellas de cerveza vacías desperdigadas por la mesa baja y el suelo, y un jarrón con flores en el medio: el torpe intento de Chris de pedirme perdón.

Se marchó antes de que me despertara.

Me perfilo los ojos de negro y me pongo sombra gris oscura en los párpados. Me pinto los labios de burdeos, me los froto uno contra otro y me quito el exceso de carmín con un pañuelo de papel. Me recojo el pelo en un moño flojo en la coronilla, penoso comparado con aquel precioso moño de sesenta dólares –creo– y busco al fondo del armario la caja que contiene los zapatos negros de taconcito bajo. Me pongo unas medias de nailon, me calzo y me coloco frente al espejo.

Paso junto a la niña, que duerme profundamente en el suelo, sobre la manta de felpa rosa. La miro solo un momento porque no quiero que me distraiga, que me aparte de mi camino. Compruebo que está dormida, que no va a percatarse de mi ausencia, salgo al pasillo y cierro la puerta sin hacer ruido.

No me doy tiempo a recuperar el aliento. Me niego a pararme a pensar.

Graham abre la puerta antes de que toque con los nudillos por segunda vez. Allí está, impecable y sonriente, con sus vaqueros y una camiseta interior. Se fija en el vestido, en el pelo y en el maquillaje, me mira de arriba abajo.

—Oh, la, la —dice cuando estiró el brazo hacia atrás y empiezo a desabrocharme los botones del vestido.

Ha dejado el portátil abandonado sobre los cojines del sofá. La voz temblorosa de Nina Simone resuena en la habitación.

—¿Qué estás...? —empieza a decir mientras me hace pasar y cierra la puerta.

Me saco el vestido por la cabeza, dejando al descubierto la lencería rosa. Clava los ojos en el encaje rosa y se distrae el tiempo suficiente para demostrarme que lo que afirma Chris sobre él no es verdad.

—En realidad no quieres hacer esto —me dice, pero le digo que sí quiero.

Me acerco a él, contemplando su cuerpo ideal, esa figura modélica que representa Graham, y dejo que sus manos cálidas resbalen por mi cintura y se deslicen por mi espalda.

Como un buen amigo que es, me sigue la corriente encantado. Está feliz de hacerme este favor. Un acto de caridad. Un gesto de buena educación, pienso mientras me conduce más allá del sofá, hasta una cama deshecha.

WILLOW

Era tarde. La casa estaba en silencio. Joseph había venido y se había ido.

Me despertó un grito, un grito ronco y áspero que hizo que me incorporara en la cama.

Recuerdo haber visto la luna por la ventana, incandescente en medio de la noche negrísima. Recuerdo que después del grito siguió el silencio, un silencio tan grande que me pregunté si habría sido un sueño. Me quedé tumbada en la cama mirando la luna, intentando que el corazón no me latiera tan deprisa y que me volviera la respiración, que se había ido no sé dónde cuando oí aquel grito. Las nubes pasaban flotando delante de la luna, lentas y perezosas, y los brazos nudosos de los grandes y viejos árboles eran sombras entre la penumbra. Se agitaban al aire estirando las ramas para tocarse unos a otros, para cogerse de las manos.

Oí entonces el tintineo de una llave en la cerradura, el giro frenético del pomo de la puerta. Esperaba ver a Joseph, su silueta recortada contra el leve resplandor de la luz del pasillo. Pero fue Matthew quien irrumpió en mi cuarto con la mirada trastornada y empuñando en la mano temblorosa un cuchillo afilado que goteó sangre sobre mi cama.

«Vamos, Claire. Levántate».

Y yo agarré su mano tendida y dejé que tirara de mí.

«Tienes que irte, Claire», me dijo, abrazándome con fuerza. «Tienes que huir».

Me puso la ropa en las manos (la sudadera y las zapatillas, unos pantalones enormes) y me dijo que me vistiera.

«Date prisa», dijo con voz entrecortada.

«¿Por qué?», pregunté, y luego: «¿Adónde vamos?».

«Hay una bolsa junto a la puerta», dijo. «Una maleta. Dentro tienes todo lo que necesitas».

Y tirando de mí me llevó por el pasillo y cruzamos la casa, que estaba casi en silencio. La puerta de la habitación de Joseph y Miriam cerrada y me encogí al pasar por delante, temiendo lo que podía haber o no haber al otro lado.

No sabía qué era peor, si lo que había allí dentro o lo que imaginaba yo que había. Imposible saberlo.

«Pero ¿y Joseph?», pregunté a pesar de que sabía (por la sangre y la puerta cerrada, y porque Matthew y yo bajamos tranquilamente los escalones sin hacer ningún esfuerzo por que no chirriara el suelo de madera) que Joseph estaba muerto.

Sabía que aquel grito lo había dado Joseph.

Y que la sangre del cuchillo era suya.

Matthew me agarró de la mano cuando llegamos al escalón de abajo y volvió a abrazarme.

«Sé lo que te hacía», me dijo al oído, y sentí que me fallaban las piernas al comprender que conocía mi secreto.

Que conocía el secreto de Joseph. Fue como si me quitara un peso de encima, como si no tuviera que seguir llevando aquella carga yo sola. Me imaginé a Matthew durante todos aquellos años, mientras Joseph se me metía en la cama, escuchando al otro lado de la pared. Y me aferré a él allí, al pie de la escalera, sin querer soltarle a pesar de que volvió a decirme: «Tienes que irte, Claire. Tienes que irte *ya*». Y me obligó a quitar la mano de su espalda.

«¿Adónde?», pregunté, nerviosa y asustada. Nunca, en toda mi vida, había estado sola.

«Hay un taxi fuera», dijo. «Esperando. Te llevará a la estación de autobuses».

Y entonces vi los faros de un coche aparcado junto a la acera.

«Pero yo no quiero irme», sollocé, mirando a Matthew, desdibujado en la oscuridad. «Quiero quedarme contigo».

Y me aferré a él como un velcro, me abracé a su espalda y él me lo permitió un segundo, una fracción de segundo. Después me obligó a separar los dedos y a apartarme. Yo lloraba, lloraba con un llanto jadeante que me salía de muy adentro.

«Ven conmigo», le supliqué, llorando tan fuerte que me costó hablar entre respiración y respiración.

Ven conmigo. Matthew era la única persona que tenía en el mundo. Mi madre me había dejado. Lily me había dejado. Y ahora Matthew también iba a dejarme.

—Claire...

«Ven conmigo», le supliqué como la niña que era. Di un zapatazo y crucé los brazos frunciendo el ceño. «Ven conmigo, ven conmigo».

Y traté de tirarle del brazo y de llevarle hacia la puerta, hacia aquella puerta que permanecía abierta. La ventana de al lado estaba rota y había trozos de cristal tirados por el suelo.

Me quedé petrificada un segundo, mirando aquello.

Así era como había entrado Matthew.

«Tienes que irte, Claire».

Me puso dinero en la mano, un fajo de billetes, y corrió a coger la maleta de piel, tirando de mí.

«Vamos», dijo, «antes de que...». Pero no acabó la frase. «Vete», ordenó, pero al mismo tiempo me atrajo hacia sí y me apretó entre sus brazos.

Estaba temblando. Sudaba con un sudor frío. Él tampoco quería que me fuera. Yo lo sabía. Y aun así me puso la maleta en la mano temblona y me empujó (me empujó de verdad) para que cruzara la puerta, y yo pasé con cuidado por encima de los cristales rotos.

Miré atrás una vez, solamente una, y le vi parado en la puerta, con el cuchillo escondido detrás de la espalda y una expresión acongojada y melancólica. Él también estaba triste.

Recuerdo que hacía frío esa noche, pero que solo mi cerebro lo percibía; el resto de mi cuerpo, no. Sabía que hacía frío, como si alguien me lo hubiera dicho o algo así, pero no notaba la temperatura. Me oía a mí misma sollozar como si lo estuviera viendo en la tele. Como si fuera una observadora y aquello no fuera conmigo. No recuerdo haberle dicho al taxista (un hombre bajo y borroso: una voz confusa y unos ojos reflejados en el retrovisor) dónde tenía que llevarme. Era como si ya lo supiera. Subí al coche y arrancó, bajó por la calle llena de baches conduciendo a sacudidas y recuerdo que, como iba tan deprisa, pensé que debía de haberle oído decir a Matthew que tenía que darme prisa. Puede que se lo dijera Matthew. Yo me agarré al tirador de la puerta, sujetándome con fuerza cada vez que tomaba una curva, y me pregunté si habría sido así cuando murió mamá, cuando aquel Datsun Bluebird empezó a dar vueltas de campana por la carretera.

Paró delante de un edificio bajo y gris, en cuya pared de ladrillos ponía *Greyhound* escrito con grandes letras azules. Estaba en la esquina de una calle, desierta a esas horas de la noche. Fuera había una señora mayor, canosa y casi calva, fumando un cigarro, con la mano libre metida en el bolsillo de un abrigo fino.

«Diecisiete dólares», dijo el taxista con voz rasposa, y yo, sentada en el asiento de atrás, pregunté como una mema: «¿Qué?».

Señaló el dinero que yo tenía en la mano temblorosa y dijo otra vez: «Diecisiete dólares».

Y yo conté los billetes, separándolos del fajo que me había dado Matthew, y llevé dentro la maleta de piel. Al pasar, miré a la señora.

«¿Una limosna?», me dijo, pero yo doblé el dinero y cerré el puño muy, muy fuerte para que no lo viera.

Dentro encontré una máquina de refrescos y lo primero que hice fue meter un dólar y apretar el botón rojo. El refresco salió más rápido de lo que yo esperaba, lo cogí y fui a recostarme en una fila de asientos vacíos. Más allá de la cristalera seguía estando oscuro, pero el primer barrunto del día asomaba por la parte baja del cielo. En la taquilla había un viejo gruñón que contaba los billetes de dólar de la caja sin dejar de refunfuñar. Yo oía una tele aunque no la veía: sonaban las noticias de la mañana, el tiempo y el estado del tráfico.

Yo no sabía qué hacía allí. No sabía qué tenía que hacer, dónde debía ir. Aún no había asimilado que Joseph estaba muerto. Las lágrimas se me habían pegado a las mejillas y notaba los ojos hinchados de tanto llorar. El corazón seguía latiéndome muy deprisa, con un galope incansable que hacía que me diera vueltas la cabeza. La camiseta blanca que llevaba debajo de la sudadera tenía salpicaduras de sangre, de cuando Matthew había entrado en mi cuarto.

Sangre de Joseph.

Estaba segura. Hice un esfuerzo por juntar las piezas del rompecabezas: el cristal roto, el cuchillo, el grito ronco que me despertó, Matthew apareciendo en la puerta de mi habitación y sus palabras, «Vamos, antes de que…». ¿Antes de que qué? Me quedé allí sentada, preguntándomelo. Antes de que llegara la policía. Antes de que se presentara Isaac. Aún no había comprendido que estaba sola. Que ya no le pertenecía a Joseph. Que no volvería a entrar en mi cuarto.

No sé cuánto tiempo estuve allí sentada. Me bebí despacio el refresco, a sorbitos, mientras escuchaba la tele. Hacía calor en la estación y había mucha luz. Estuve un rato mirando un fluorescente que se encendía y se apagaba en el techo, y vi entrar a un hombre vestido con vaqueros y una camiseta vieja, y una gorra de los Huskers en la cabeza. Pensé que debía de tener frío solo con la camiseta, pero no parecía tenerlo. Me miró de reojo, como disimulando, pero yo noté que me miraba. Llevaba en una mano una bolsa de viaje muy llena, tan llena que la cremallera parecía a punto de reventar.

Movió la cabeza un poco, como si dijera «Te estoy viendo» y luego se acercó a un panel que había en la pared, se paró delante y se quedó mirándolo. Miré lo que ponía en la pared, encima del panel.

Salidas.

Llegadas.

El horario de los autobuses.

Esperé hasta que el hombre le compró un billete para Chicago al viejo gruñón de la taquilla. Luego fue a sentarse en uno de aquellos asientos tan duros, al otro lado de la estación, se tapó los ojos con la gorra y pareció quedarse dormido. Yo me levanté, me limpié los ojos con la manga y me acerqué al panel. Había tantas letras y tantos números que me aturdí. Kearney. Columbus. Chicago. Cincinnati.

Y entonces vi dos palabras tan inesperadas que supe enseguida que eran para mí: *Fort Collins.*

Fort Collins. Las mismas palabras que había visto una y otra vez en el remite de aquellas cartas que me mandaba Lily la Grande desde su casa en Colorado. Mi Lily, la pequeña Lily, vivía en Fort Collins, Colorado.

Era hora de ir con ella. De volver a ver a mi hermana.

HEIDI

Graham está a un metro de distancia, en la habitación en penumbra, mirándome con ojos glotones mientras dejo caer mi ropa interior, y el sujetador de encaje rosa cae sobre los tacones y las bragas rosas, al lado de las medias transparentes hechas una bola y abandonadas en el suelo.

Me mira de arriba abajo premeditadamente, sin prisas, y se detiene un instante en la cicatriz oblicua, roja y omnipresente, que me atraviesa el vientre de arriba abajo, perdiéndose entre el vello de mi pubis. Un recordatorio constante.

Procuro olvidarme de ella diciéndome que no es verdad, acordándome del bebé que duerme profundamente sobre la mantita de felpa rosa, en el piso de al lado.

Graham no dice nada cuando posa sus manos cálidas sobre mi cintura y me lleva a la cama y me hace sentarme sobre el edredón gris que resbala casi hasta el suelo, junto a unos almohadones que no ha cambiado aún desde esta mañana. Yo miro más allá de él, hacia el ventilador del techo (con el cuerpo plateado y las hojas de color cereza) que levanta uno por uno los papeles que hay encima de una cómoda y los tira al suelo. Es la novela que está escribiendo Graham, pero él está tan absorto que no se da cuenta, que no se percata de que la corriente que levanta el ventilador me está poniendo la carne de gallina en los brazos desnudos, en las piernas, en el pecho.

Se para junto a un extremo de la cama y se saca la camiseta, y mientras se la quita, en el momento en que me inclinó para pasar las manos por los músculos oblicuos de su abdomen, por su leve vello rubio, por el hueco de su ombligo, por el botón metálico de sus vaqueros, oigo el llanto del bebé, más fuerte que el bocinazo de un claxon, como un trueno sorpresivo, como el bramido de una máquina de vapor.

Me incorporo rápidamente, recojo mi ropa del suelo del dormitorio y del cuarto de estar. Graham, sordo al llanto del bebé, me suplica que no me vaya.

—Heidi —dice en un tono apaciguador que estoy segura de que resulta irresistible para las mujeres—, ¿qué ocurre?

Me mira fijamente, me mira a los ojos mientras me pongo el vestido, con las medias y las bragas en la mano, y me abrocho mal los botones de la espalda, desparejados.

—Es que... —digo notándome acalorada, incapaz de desprenderme de la sensación que han dejado sus ojos y sus manos sobre el cuerpo, esa mirada que Chris ya nunca me dedica—. Había olvidado que tengo una cosa... una cosa que hacer.

Oigo el llanto cuando estoy aún en la puerta de Graham, un llanto potente, rabioso, y echo a correr, y mis taconcitos tamborilean frenéticamente sobre el suelo de madera mientras Graham me llama por mi nombre.

—¡Heidi!

Pero no me sigue.

Y cuando entro en mi casa allí está la niña, tendida sobre la manta rosa, en el suelo.

Profundamente dormida.

No es lo que yo imaginaba.

Esperaba encontrarme la manta plegada sobre la niña como los bordes de una tortilla, y a la niña agarrando en su puñito un poco de tela. Y su piel enrojecida, y sus gritos espinosos como cardos, ásperos, rasposos, como si llevara llorando días o semanas, o aún más tiempo.

Pero está callada: solo se oye el ruido delicado de su respiración al inhalar y exhalar. Yace inerte sobre la manta rosa, con el semblante sereno y en calma mientras yo la observo desde la puerta, jadeante.

«Está dormida», me digo, pero me parece absolutamente imposible porque estoy segura de que he oído llorar a un bebé, tan segura como de que estoy viva y respiro.

Me acerco corriendo a la niña y levanto su cuerpecillo del suelo, la tomo en brazos y la despierto de su sopor.

—Ea, ya está —le susurro al oído—. Mamá está aquí. Mamá no va a volver a dejarte nunca.

WILLOW

Matthew me había metido en la maleta casi todo lo que podía necesitar: un montón de dinero y algo de comer, galletas, barritas de cereales y chocolatinas. No sé con seguridad cómo consiguió el dinero. Me monté en el autobús aferrada a aquella maleta –lo único que tenía en el mundo– y, mientras el autobús cruzaba Nebraska y el sol ascendía en el cielo de finales del invierno, me puse la maleta sobre las rodillas huesudas y, al abrir el cierre, vi un libro como los que Matthew solía llevarme a escondidas cuando era pequeña: *Los cincuenta estados*. Me puse a hojearlo. Era un libro muy grueso y vi que me había dejado mensajes entre las páginas resbaladizas, escritos en tinta negra, medio emborronados. Al lado de Alaska ponía: *Demasiado frío*. Nebraska: *Ni hablar*. Illinois: *Quizá*. Una guía para mi futuro: esa era la intención de Matthew.

Montana: *Un buen sitio para esconderse*.

Me pregunté si era eso lo que tenía que hacer: buscar un sitio donde esconderme. ¿Me estaría buscando alguien? Joseph, quizá, o la policía. No, me dije. Joseph, no. Joseph estaba muerto.

Cerré los ojos y procuré dormir, pero no me venía el sueño. Solo veía los ojos enloquecidos de Matthew al entrar en mi habitación y la sangre acuosa del cuchillo, incolora en la oscuridad del cuarto. Oía el grito de Joseph una y otra vez –un pitido en los oídos– e intentaba no imaginarme lo que había ocurrido cuando me marché, no preguntarme dónde estaría Matthew ni si estaría bien.

Tenía la sospecha de que todo el mundo me miraba, de que todos lo *sabían*. Me hundí en el asiento y procuré esconderme, no mirar a nadie a los ojos, no mascullar un hola a regañadientes, ni siquiera para saludar al hombre que se sentó al otro lado del pasillo, en su asiento de color verde azulado, con un traje negro y un alzacuellos, y se puso a hojear una Biblia muy sobada.

Sobre todo, procuré no mirar al hombre del otro lado del pasillo.

Cerré los ojos e hice como que no estaba allí, como que no podía adivinar mis pecados, olerlos como un sabueso olería un rastro.

Después del mediodía, no sé cuándo, empecé a reconocer el paisaje que se veía más allá de la ventana tintada del autobús, gigantescos indicadores verdes con nombres de poblaciones que conocía, escritos en letras blancas: North Platte, Sutherland, Roscoe... En un cartel que había junto a la carretera leí: *Está usted entrando en el Condado de Keith*. Establos encalados y vallas para el ganado, una casa de madera abandonada, tan ladeada que ya ocho años antes, la última vez que la había visto, estaba segura de que se desplomaría sobre la hierba amarillenta. Me descubrí incorporándome y pegando la nariz al cristal helado. Oía la voz de mamá entre el zumbido del motor del autobús: «Te amo como los cerdos aman la porquería».

Y entonces el autobús se desvió hacia la Carretera 61, y los letreros comenzaron a marcar el camino hacia el lago McConaughy, donde una vez, de pequeña, hice un castillo de arena. A veces mamá se despertaba con ganas de disfrutar de los días más radiantes del verano y nos metía a Lily y a mí en el Bluebird para recorrer el corto trayecto hasta el lago. Nunca se acordaba de la crema protectora y acabábamos las tres achicharradas, y luego comparábamos nuestras pecas y nuestras narices rojas y nos apretábamos la punta de la nariz hasta que se ponía blanca. Miré por la ventanilla mientras el autobús entraba en el aparcamiento de la gasolinera Conoco, al lado del Super 8 y el Comfort Inn y justo enfrente del Wendy's, donde mamá y yo habíamos comido una vez, hacía tanto tiempo que parecía que había pasado en otra vida. El Pamida seguía allí, y también la parada de camiones, igual que los recordaba. Me acordaba de todo. El autobús pasaba por Ogallala, camino de Fort Collins. Aquello era Ogallala.

Había vuelto a casa.

Cuando se paró el autobús y los pasajeros se bajaron y se dirigieron a la gasolinera para usar el aseo y comprar algo de comer, me entraron unas ganas inmensas de agarrar la maleta y echar a correr. El corazón me latía como un tambor en el pecho, y me temblaban las manos y los brazos. Llegué a apearme, abriéndome paso entre los nuevos pasajeros que empezaban a montar en el autobús para hacer la siguiente etapa del viaje. «Perdón», «disculpe» mascullaba mientras avanzaba a trompicones por el estrecho pasillo con la maleta por delante. Más de uno me puso mala cara. Una chica con el pelo largo del color de los pralinés me soltó «perdonada» cuando pasé por su lado y le pisé su elegante zapatito. Pero a mí me dio igual.

Estaba convencida de que sabría orientarme y llegar a casa, a aquella casa prefabricada, aunque es muy probable que no supiera el camino ni cuando tenía ocho años. Pero tampoco me importó. Podría haberme tumbado en una zanja de la cuneta en algún lugar de Ogallala e igualmente me habría sentido en casa. Lo sentía en la sangre y en los poros de la piel. Ogallala. Mi hogar. Y, acompañando a todo aquello, mamá y papá. Todavía tenía esa idea absurda, la idea de que tal vez mamá estuviera allí. Quizás hubiera sido todo un enorme malentendido. Iría andando hasta la casa y allí estarían mamá y papá y la pequeña Lily, que no se llamaba Rose ni tenía otra hermana que no era yo. Y de repente, al cruzar la puerta mosquitera, que siempre chirriaba, volvería a tener ocho años y sería como si nada hubiera pasado. El tiempo se habría detenido. Mamá estaría viva, y su energía y su entusiasmo llenarían las habitaciones insulsas de aquella casita minúscula, igual que antes. La casa estaría exactamente igual que cuando nos marchamos. No habría otra familia viviendo allí, ni una niña pequeña durmiendo en mi cama. Y yo nunca habría oído hablar de un tal Joseph. «Un error, nada más», me decía cuando bajé los peldaños del enorme autocar para salir al aparcamiento de la gasolinera. El aire frío me dio un susto, me suplicó que cambiara de idea, pero yo no le hice caso. Eché a andar por el aparcamiento, hacia la calle, con una mirada desafiante estampada en la cara. Me negaba a creer lo que en el fondo sabía que era cierto. «Ha sido todo un enorme malentendido. Mamá está viva. Papá está vivo.»

Mis pasos, rápidos y decididos, resonaban en el pavimento. La maleta pesaba y me golpeaba la pierna derecha cada vez que daba un paso.

Y descubrí que sí sabía cómo llegar a aquella casa prefabricada. Puede que mi mente no lo supiera, pero mis pies sí conocían el camino, porque me sacaron del aparcamiento y me llevaron directamente por Prospector Drive. La maleta no me molestaba, ni tampoco el aire gélido. Llevaba el piloto automático puesto, o el control de velocidad, como me dijo papá una vez cuando le pregunté cómo es que no se cansaba de tanto conducir. Yo tenía la mente fija en mamá y en mi ilusión de que siguiera viva mientras pasaba por delante de los viejos edificios de ladrillo que recordaba de mi niñez, bajo los árboles sin hojas dispersos por las calles Primera, Segunda, Tercera y Cuarta, junto a las casas blancas, todas idénticas, como calcadas, y bajo los cables de teléfono, que colgaban a escasa distancia por encima de mi cabeza. Al poco rato los árboles y las casas empezaron a multiplicarse y el pueblecito casi desierto quedó atrás. Y entonces entré en Spruce Street, con sus casas móviles, sus descampados y sus vallas publicitarias, un paseo de casi dos kilómetros. Los coches pasaban tan deprisa que la corriente que levantaban me revolvía el pelo.

Me ardían las piernas cuando llegué a Canyon Drive, tenía los dedos entumecidos y la nariz me moqueaba. El brazo casi se me había dormido por el peso de la maleta, y seguramente tenía la pierna arañada por culpa del roce, adelante y atrás, adelante y atrás, todo el camino.

La casa era más pequeña de lo que recordaba, y las tablas blancas de fuera tenían el color de las gachas de avena, más que de la nieve. Lo que antes me parecía una señora escalera no eran más que cuatro escaloncitos torcidos. A la barandilla de aluminio le faltaban la mitad de los barrotes grises y serpenteantes. Había una canasta de baloncesto que antes no estaba y, aparcado en el camino de entrada, un Honda pequeño de color rojo, no el Bluebird que yo estaba acostumbrada a ver.

Me paré enfrente, al otro lado de Canyon Drive, y me quedé mirando aquella casa que antes había sido la mía. Me armé de valor para girar el pomo de la puerta, rezando por encontrar a mamá al otro lado. En el fondo sabía, claro, que estaba muerta, pero me esforzaba por olvidarlo y por imaginar qué pasaría si estuviera viva. Se me pasó por la cabeza que si no lo intentaba nunca lo sabría, y que no saberlo era bueno, mejor que comprobar que papá y mamá estaban muertos, pero fue una idea pasajera. A fin de cuentas, yo entonces tenía ocho años y era una niña sin conocimiento. A lo mejor todas esas cosas que me habían contado eran mentira, una más de las mentiras que me había dicho Joseph. Me convencí de que mamá me había estado buscando todo ese tiempo, que yo era como una de esas niñas desaparecidas cuya cara aparece en la parte de atrás de los envases de leche, esos retratos en blanco y negro con una foto retocada al lado, con el aspecto que algún listillo pensaba que podía tener a los dieciséis años. *Si cree haber visto a Claire, por favor, llame al 1-800-Personas desaparecidas.* Me imaginaba el texto del cartel: *Claire fue vista por última vez en su casa de Canyon Drive, Ogallala, Nebraska. Su cabello es de color moco y sus ojos de un azul muy raro. Tiene una pequeña cicatriz debajo de la barbilla y un hueco entre los dos paletos. La última vez que se la vio vestía…*

¿Qué llevaba puesto aquella noche, cuando Amber Adler vino a decirme que mis padres habían muerto? Aquella camiseta lila, la que tenía dibujado un pintalabios rojo y ponía *MUAC*, con marcas de besos alrededor. O puede que un vestidito de fiesta, o una camiseta con puntos, o quizá...

En eso estaba pensando cuando de pronto se abrió la puerta de la casa prefabricada y las voces de unos niños discutiendo aniquilaron el silencio. Se oyó la voz de una madre: no la de mi madre, sino la de *una* madre cualquiera, severa y cansada. «Callaos la boca», les dijo. «Por favor».

Y allí estaban los tres. No, los cuatro, porque entonces vi que la madre llevaba a un bebé en brazos. Bajaron corriendo los cuatro escalones torcidos como una camada de gatitos juguetones. Los dos mayores se daban codazos al bajar los escalones y se insultaban: «cara de pedo», decían, «cerebro de moco». Eran dos niños vestidos con vaqueros y deportivas, con gruesas chaquetas de invierno y gorros forrados de pelito. La madre tapaba al bebé con una mantita rosa. Una niña. Quizá la niña que siempre había deseado, pensé mientras daba un empujoncito a los niños para que se movieran y les decía que se dieran prisa. Que subieran al coche, que iban a llegar tarde. Uno de los niños se giró y de repente se puso a llorar grandes lágrimas de cocodrilo.

«¡Me has pegado!», le gritó a su madre.

«Daniel», dijo ella de mala gana, «sube al coche».

Pero él siguió con su rabieta al pie de los peldaños, mientras el mayor se subía al coche como le habían dicho y la madre sentaba al bebé en su sillita de seguridad. El niño, Daniel (unos cinco o seis años, tendría) hizo un mohín tapándose casi el labio de arriba con el de abajo y cruzó los brazos. Me quedé mirándolos, pasmada, y pensé que yo jamás le habría hablado así a mi madre, y que nunca habría llamado a Lily «cara de pedo» o «cerebro de moco». Decidí en el acto que no me gustaba ni pizca aquel niño. No me gustaba cómo le sobresalía el pelo marrón por debajo del gorro, ni que la chaqueta (aquella chaqueta tan grandota) le colgara más por el lado izquierdo que por el derecho, ni que la manga izquierda le tapara por completo la mano enguantada. No me gustaban sus zapatos azul marino, ni su cara larga, ni su ceño fruncido.

Pero lo que de verdad me molestaba era que creyera que el recado que iban a hacer era lo peor que le podía pasar. Estaba claro que nunca había conocido a alguien como Joseph.

¡Qué no habría dado yo por hacer un viajecito al supermercado en aquel momento! Me acordaba de cuando ayudaba a mamá a empujar el carrito y de cómo distraía a Lily haciéndole cosquillitas en los pies para que no armara jaleo. Me acordaba del olor delicioso de los dónuts recién horneados en la vitrina de la panadería y de cómo me decía mamá que escogiera uno para cada una, para el desayuno del día siguiente.

Allí estaba, imaginándome jugosos dónuts cubiertos de fideos de colorines y pepitos de chocolate, cuando la señora se vino hacia mí y mis pies empezaron a retroceder automáticamente.

«¿Puedo ayudarte en algo?», me preguntó mientras bajaba por el camino, hacia mí.

Yo estaba parada al otro lado de la calle, mirando fijamente a su familia. Tenía bolsas debajo de los ojos, que eran marrones y acuosos y parecían agotados, y el pelo lacio y grasiento, como si no le hubiera dado tiempo a ducharse.

«¿Te has perdido, cielo?».

Y entonces lo vi todo de golpe, cosas en las que no me había fijado antes: las pegatinas de tréboles verdes pegadas en las ventanas de la casa, tréboles que nosotros no teníamos; el cartelito negro del buzón (*Brigman*, decía); un perro que ladraba en la ventana delantera, un perro grande, como un pastor alemán, asomando la cabeza entre los visillos de encaje que antes tampoco estaban allí; una mecedora de madera en el porchecito delantero; un gnomo con un cartel de *Bienvenidos*; aquel niño que fruncía el ceño, o el mayor, que salió del coche para ver con quién hablaba su madre y bajó por el caminito para reunirse con ella, mientras la madre me preguntaba otra vez «¿Puedo ayudarte en algo?» y yo daba media vuelta y echaba a correr.

Aquella no era mi casa.

Al darme cuenta se me cortó la respiración y me encontré sin aliento mientras bajaba corriendo por Canyon Drive junto a los coches aparcados y las vallas de los patios, los buzones y los trozos de césped mal cuidados, levantando la grava de la calle mientras corría. Todo me daba vueltas, como un torbellino. Atravesé por un trozo de césped por si acaso aquella mujer, la del coche rojo, la señora Brigman, intentaba seguirme. Tropecé con una piedra y me caí en el patio de atrás de algún desconocido. Las rodillas de los pantalones se me empaparon y se llenaron de barro por culpa de la nieve derretida. Se me abrió la maleta y se vació sobre la hierba encharcada, y los libros y los billetes de dólar se desperdigaron por la nieve. Lo recogí todo rápidamente, volví a meterlo en la maleta y la cerré.

Al principio no lo vi. De hecho, estuve a punto de no verlo. Estaba de pie, rezando para que no hubiera nadie mirando por la ventana trasera de la casa, cuando me fijé en que había algo de colores en medio de la nieve blanca. Me agaché a recogerlo, y allí estaba, en mi mano, una foto de mamá, la misma foto que Joseph me obligó a romper años atrás, la foto que tuve que tirar a la basura, bajando los escalones de la casa de Omaha. Me acuerdo de aquel día: Isaac y Matthew estaban sentados a la mesa, mirándome, viendo cómo tiraba los cientos de trocitos de mamá al cubo de la basura y volvía a subir los escalones para ponerme a rezar, como me había mandado Joseph. Para pedirle perdón a Dios.

Matthew había sacado los trozos de la basura y los había vuelto a pegar, como un puzle. La foto tenía por detrás un millón de trocitos de celofán pegados, parecía muy gruesa y rugosa y unas arrugas blancas cruzaban la cara de mamá, tan guapa, su larga melena negra y sus ojos de zafiro. Sostuve a mamá en mis manos, con su vestido de color crisolita (una «batita», lo llamaba ella), con el cuello de barco y la manga de casquillo rotos por la zarpa ponzoñosa de Joseph.

¿Dónde la había guardado Matthew todos esos años, desde que la sacó de la basura?

¿Por qué me la había ocultado tanto tiempo?

Pero yo sabía por qué, claro. Porque le preocupaba que Joseph la descubriera.

Pero ya no tenía que preocuparse.

Hacía años que no veía a mamá. Su cabello negro se había descolorido en mi imaginación, sus ojos azules se habían diluido como un refresco aguado. Su sonrisa se había reducido a la mitad, y solo a veces me acordaba de que se pintaba los labios de rojo vivo los días que papá estaba en casa. Pero allí estaba: el pelo negro como la pez, los ojos de zafiro y los labios pintados con brillo de color frambuesa. Y se reía. Oí su risa en aquella fotografía, y vi a mamá segundos después de hacer aquella foto torcida, cuando me quitó la cámara de la mano y me hizo una foto a mí. Después, cuando revelamos el carrete en el supermercado, nos quedamos cada una con la foto de la otra para estar siempre juntas aunque estuviéramos separadas. «Te quiero como los besos quieren a los abrazos», decía, y me plantaba un gran beso rojo en la mejilla, y yo me miraba aquel beso por el espejo retrovisor del viejo Datsun Bluebird, y me negaba a limpiármelo.

Apreté aquella foto de mamá contra el corazón y supe mientras estaba allí, llorando a lágrima viva en medio del jardín de algún extraño, con las rodillas hincadas en la nieve derretida de marzo, que mamá estaba allí aunque no estuviera.

Mamá no me dejaría nunca, nunca, ni en un millón de años.

HEIDI

Estrecho a mi bebé en brazos y me dejo caer en la mecedora, y me prometo a mí misma que nunca, *nunca jamás*, volveré a separarme de ella. Se pone a llorar, furiosa, me agarra mechones de pelo y tira con fuerza, y berrea sin pasar, hasta quedarse sin respiración, y de pronto boquea tratando de tomar aire. Me levanto de la mecedora y empiezo a pasearme por la habitación, consciente de que, al otro lado de la pared, en casa de Graham, suena Nina Simone cantando *I put a spell on you*, más alto que nunca.

¿O son solo imaginaciones mías?

¿Está intentando Graham no escuchar el llanto indignado de mi niña, o trata de mandarme un mensaje? Me le imagino en ese momento, todavía desnudo, preguntándose por qué me he marchado si acababa de llegar.

Y entonces pienso qué hará allí, en su casa, sin camiseta y con los pantalones desabrochados. ¿Llamará a una amiga para rellenar el hueco que yo acabo de dejar? Procuro no pensarlo, no pensar que una rubia despampanante vaya a ocupar mi sitio al borde de la cama deshecha y que Graham, indiferente al cambio, solo perciba las manos de una mujer cualquiera. Alejo esa imagen de mi cabeza: yo tendida en la cama de Graham y él echado sobre mí. Me pregunto qué habría hecho, hasta dónde habría llegado si no hubiera sido por el bebé.

Pero no, me digo. La niña estaba dormida. ¿O no?, me pregunto aturdida de pronto, concentrada en el llanto desesperado e impotente, tristísimo, que he oído desde la habitación de Graham. Ese llanto resuena una y otra vez en mi cabeza, como una banda sonora que acompaña la escena: Graham quitándose la camiseta, sus abdominales oblicuos, su vello fino y rubio, el botón metálico de sus vaqueros.

Y entonces ese llanto.

La niña ha llorado de verdad, me digo. No estaba dormida.

La mezo adelante y atrás, arriba y abajo, con un vaivén suave, cualquier cosa con tal de calmarla. Está enfadada conmigo por haberme ido. Le digo una y otra vez:

—Lo siento mucho. Mami no volverá a dejarte nunca, nunca. —Y la cubro de besos, una débil tentativa de disculparme.

No soy buena madre, me digo. Una buena madre no la habría dejado sola, no habría salido de casa. Ha sido un momento de flaqueza, me digo, acordándome perfectamente del condón abandonado en el bolsillo de los pantalones de Chris. Y al pensarlo, al pensar en aquel reluciente envoltorio azul, caigo en picado: se me altera el pulso, noto las manos pegajosas.

En la cocina preparo un biberón. Sé que la niña tiene hambre porque, como siempre, se pone a hocicar en mi vestido de crepé negro. Pongo la leche en polvo en el biberón, añado el agua y agito: un sucedáneo del sustento que ha de darle su madre. Trato de recordar por qué decidí darle biberón y no el pecho. ¿O sí se lo di? Y mientras estoy allí, de pie en la cocina, descubro que no me acuerdo. «Cáncer», me digo. Y luego: «¿Cáncer?».

¿O acaso el cáncer no es más que otro producto de mi imaginación? Y entonces me pregunto por esa cicatriz que tengo en el vientre, la misma cicatriz que Graham ha trazado con el dedo, esa por la que ha estado a punto de preguntarme antes de que me llevara un dedo a los labios y le susurrara «shhh». Y me pregunto de dónde procede esa cicatriz, y si es de verdad una cicatriz o no.

Y entonces se me viene una palabra a la cabeza, una palabra fea y ruin, y sacudo la cabeza a toda prisa para sacarla de ahí.

Aborto.

Pero no. Aprieto al bebé, segura de que no puede ser cierto.

Aquel médico calvo dijo que a la niña, a mi Juliet, la habían tirado a la basura porque era un desecho orgánico, y que los desechos orgánicos los incineraban fuera del hospital. Y yo me quedé con una imagen que durante años me quitó el sueño y me dio pesadillas: la pequeña Juliet en un horno a mil grados de temperatura, dando vueltas como cemento en una hormigonera para exponer su cuerpo al calor por todos lados, y su almita convertida en gas fundiéndose con la atmósfera terrestre.

Sacudo la cabeza otra vez enérgicamente y digo en voz alta:

—No.

Miro a la niña que tengo en brazos y pienso, «Juliet está aquí, está a salvo».

Puede que sea una marca de nacimiento, pienso de pronto, esa cicatriz que tengo en la tripa, como la que tiene mi niña en la pierna. ¿Los antojos también se heredan? Me acuerdo del día anterior, cuando iba a comer con Chris al Loop y me puse a hablar con unos pasajeros en el tren, y me dijeron lo adorable que era mi bebé y lo mucho que nos parecíamos, mi niña y yo, esas palabras que todas las madres del mundo ansían oír. «Tiene sus ojos», me dijo una persona. Y otra: «Tiene su sonrisa». Y yo dibujé con el dedo la curva del labio superior de la niña, esa uve prominente en el centro que, según dicen, recuerda al arco de Cupido.

Igual que la de Zoe. Igual que la mía.

«Es cosa de familia», dije de aquella sonrisa resplandeciente que mi niña dejó ver en el momento oportuno, como si supiera desde el principio que era ella el tema de conversación, el centro de todas las miradas.

«Pero es mía», pensé apretándola contra mí, y me negué a pensar en Willow, y alejé el nombre de Ruby de mi cabeza. «Solo mía».

Y entonces suena el portero automático y me saca de mi ensimismamiento. Suena estridente, increíblemente grosero, mientras acerco la leche fraudulenta, esa leche que no es leche de pecho, a la boca de mi niña, y no sé si es por la leche misma o por el estruendo del timbre, pero la niña expulsa la tetina con la lengua y se pone otra vez a chillar.

Me acerco a la ventana y miro fuera, a la calle, y veo a Jennifer, mi mejor amiga, parada junto a la puerta acristalada del portal, con un vaso de Starbucks en cada mano. Lleva puesto el uniforme del hospital debajo de una cazadora vaquera, y el viento incesante de Chicago agita su pelo. Me agacho rápidamente, antes de que me vea, antes de que me descubra junto al ventanal, observándola, y confío en que se marche. No puedo verla *ahora*. Le extrañará mi vestido, los botones mal abrochados, el maquillaje oscuro, cargado de desesperación, que se ha corrido por mis mejillas. Las bragas rosas y las medias hechas una pelota, los zapatos de tacón negros extraídos de su caja en vano.

Y querrá saber qué ha pasado. Preguntará por Graham. Preguntará por el bebé.

¿Y qué podría decirle? ¿Cómo voy a explicárselo?

Suena otra vez el portero automático y, puesta de rodillas, me incorporo un poco con la niña berreando en mis brazos, y miro por el ventanal, y allí está Jennifer haciéndose parasol con la mano, mirando hacia mi ventana, y otra vez me agacho rápidamente, sin saber si me ha visto o no mirándola desde arriba. Casi se me cae el bebé al suelo mientras estamos allí, agazapadas, en los sesenta centímetros escasos que hay debajo del alféizar de la ventana.

—Shh —le suplico a la niña con una desesperación casi idéntica a la suya—. Calla, por favor —le digo.

Empiezan a dolerme las rodillas. Suena mi teléfono y sé sin necesidad de mirar la pantalla que es Jennifer, que quiere saber dónde estoy. Seguro que ha llamado a la oficina para ver si estoy allí y le han dicho que estoy enferma. Dana, la recepcionista, le habrá contado que tengo una gripe de caballo, y mi mejor amiga ha venido a traerme un café (o puede que un Earl Grey) para que me sienta mejor. Y aquí estoy yo, escondiéndome de ella, de rodillas sobre el suelo de tarima, rogándole a la niña que se esté quieta, que se calle.

Y entonces deja de sonar el teléfono y el portero automático se calla y todo queda en silencio, menos el bebé. Me levanto con cautela y veo que Jennifer se ha ido, ha desaparecido, visto y no visto. Miro calle abajo en busca de su chaqueta vaquera descolorida, pero solo veo a mi vecina, la señora mayor del fondo del pasillo, tirando de un carrito de compra, camino del supermercado.

Suspiro profundamente, convencida de que me he librado, y le suplico a mi niña que se tome el biberón, le pongo cuidadosamente la tetina sobre la lengua y deseo con todas mis fuerzas que beba.

—Por favor, cariño —le digo, o intento decirle, porque en ese momento llaman a la puerta y me doy un susto de muerte.

Es un toque ligero, pero decidido y enérgico. Jennifer, no me cabe duda. Seguro que se ha colado en el portal con sus vasos de Starbucks cuando ha salido la anciana señora Green para ir a hacer la compra. «Qué astuta», pienso mientras la oigo llamarme a través de la puerta.

—¡Heidi! —dice.

Y vuelve a oírse ese toque en la puerta, ese dichoso *toc, toc, toc*, más elocuente que cualquier palabra. Sabe que estoy aquí.

—¡Heidi! —repite, y yo cruzo la casa corriendo con la niña en brazos para alejarme todo lo posible de la puerta.

Me imagino que nos persigue una nube de monóxido de carbono y que tenemos que encontrar un sitio donde respirar. La voz de Jennifer suena diluida por la distancia cuando me paro en el rincón de mi dormitorio y cierro la persiana para que la gente que va y viene por la calle no me vea. Y sin embargo me parece oírla decir «Te he visto» y «Sé que estás ahí» desde el pasillo de fuera, *toc, toc*, llamando a la puerta de madera para llamar mi atención.

Se llevarán a mi bebé. Me quitarán a mi niña.

—Por favor, Juliet, *por favor*, calla —le suplico, angustiada porque no quiera el biberón, porque no pare de llorar.

Ese nombre, Juliet, se me ha escapado, se ha deslizado de mi lengua sin querer, falso y sin embargo tan innegablemente cierto. Pero el llanto... el llanto no cesa. Vuelvo a estar otra vez con Zoe cuando era un bebé, en medio de un cólico, y grita y berrea, y se retuerce de dolor, pero con Zoe no recuerdo haber sentido la necesidad de esconderme, de agacharme en el suelo y ocultarme.

No sé cuánto tiempo pasamos esperando. Un minuto, una hora, no sé, pero acuno a mi niña en silencio y le suplico que pare de llorar. Jennifer cada vez llama con menos insistencia, hasta que para del todo. Suena mi teléfono y luego se para, suena y se para. El teléfono de casa y el móvil.

Miro por entre las lamas de la persiana del dormitorio y veo aparecer a Jennifer y ponerse a dar vueltas en la calle, como desorientada. Mira hacia arriba, hacia el ventanal del cuarto de estar, y solo cuando veo que echa a andar calle abajo y que tira uno de los vasos de Starbucks a una papelera, salgo del dormitorio y busco mi teléfono, que sin duda Jennifer ha oído sonar desde el pasillo de fuera. Tres veces, o eso dice la pantalla, tres llamadas perdidas, un mensaje en el buzón de voz. Un mensaje de texto.

¿Dónde estás?

WILLOW

Louise Flores vuelve a llamarme a su presencia. Viene una guardia a buscarme a la celda que comparto con Diva y me ordena que meta las manos por el portillo para esposarme antes de abrir. Me bajo de la litera de arriba y pongo las manos a la espalda.

Cruzamos juntas la cárcel.

Hoy la señora Flores quiere hablar de Cala, la niña. Me siento enfrente de ella, en una silla vieja, con el respaldo rígido.

—¿Por qué te llevaste a la niña? —pregunta, y me acuerdo de aquella noche, en el bosque a oscuras, mirando por el montón de ventanas de aquella cabaña con el tejado triangular.

Después de pasarme por la casa prefabricada de Ogallala, volví a la gasolinera y le supliqué a la señora que vendía los billetes del autobús que me cambiara el mío por otro nuevo. Había perdido el autobús a Fort Collins, claro. Me dijo de mala manera que tenía que darle veinte dólares. Para entonces ya había oscurecido, y el siguiente autobús no llegaba hasta las tres y cinco de la madrugada.

Pero no me había ido derecha a la gasolinera. Cuando dejé de lloriquear en aquel jardín, me fui al cementerio que había junto a la calle Cinco y me tumbé en la hierba, entre papá y mamá.

Y luego, cuando me calmé, hice lo que había que hacer.

Debían de estar encendidas todas las luces de la cabaña. Lo veía todo como si estuviera en la casa con ellos, como si fuera una mosca posada en la pared. Vi a Paul Zeeger en una habitación del piso de arriba, quitándose la corbata. Vi a Lily la Grande acunando a la dichosa niña en brazos, meciéndola sutilmente y pasando la mano por su tonta cabeza. El perro, que estaba a sus pies, se puso a bailotear alegremente y, cuando Lily la Grande se acercó a la puerta de atrás para dejarlo salir, yo me escondí detrás de un árbol enorme.

«Anda, Tyson», dijo dándole una patadita en el trasero. «Date prisa».

Y entonces cerró la puerta y el perro, con aquel olfato tan impresionante, siguió mi rastro hasta los árboles y se puso a lamerme. Yo le empujé, le dije que se fuera, en voz baja pero todo lo firme que pude, y volví a mirar la casa. La chimenea estaba encendida, y en la tele del dormitorio de los Zeeger (donde Paul se había tumbado en la cama) estaban dando las noticias.

Y entonces apareció Lily, Lily la Pequeña, *mi* Lily, en un cuarto, completamente sola, trenzándole el pelo a una muñeca. Estaba sentada en el borde de una cama de color lila, con la muñeca entre las piernas, entretejiéndole el pelo con los dedos. Mi Lily ya no era un bebé. De hecho, era mayor que yo cuando murieron papá y mamá.

Y era preciosa. Absolutamente preciosa. Igualita que mamá.

—¿Por qué no te llevaste a Rose? —pregunta la señora Flores, y parte un trozo de magdalena y se la mete en la boca, y deja que se disuelva lentamente—. A fin de cuentas, Rose era tu hermana.

—Lily —salto yo—. Se llama Lily —digo, y me acuerdo de que se cansó de trenzarle el pelo a la muñeca.

Puede que no supiera cómo hacerlo, o que estuviera harta de jugar con ella, no sé. El caso es que vi que le daba la vuelta a la muñeca y miraba sus ojos acrílicos un segundo, y que luego la lanzaba al otro lado de la habitación. La cabeza de la muñeca se estrelló contra la pared lila y cayó como una piedra. Paul y Lily la Grande dieron un respingo al mismo tiempo, pero fue ella, Lily la Grande, la que, atraída por el llanto de mi Lily, dejó a la bebé en la cuna y subió las escaleras para entrar en el cuarto de mi Lily.

Lily odiaba a la pequeña Cala. Eso me decía yo. Y se estaba desahogando con aquella muñeca. Vi que se levantaba de la cama con su camisón con dibujos de caballos y sus zapatillas de cuadros y que se acercaba a la muñeca, que estaba tirada boca abajo en el suelo, y que empezaba a darle patadas con furia.

La señora Flores me mira fijamente y luego se da por vencida. Más o menos.

—Muy bien —dice—. Lily. Rose. Lo que sea. Contesta a la pregunta, Claire. ¿Por qué no te llevaste a tu hermana en vez de al bebé?

La verdad es que mi Lily tenía una vida fabulosa. Antes. Antes de que Paul y Lily la Grande decidieran reemplazarla con «la bebé con la que siempre habían soñado». Yo no podía darle nada a mi Lily. Lo único que tenía en el mundo estaba metido dentro de la maleta de Matthew: billetes de dólar que se iban gastando rápidamente, un par de libros, la fotografía de mamá.

—Si me la llevaba de aquella casa, no podría hacerme cargo de ella —le digo a la señora Flores.

—¿Y del bebé sí? ¿De Cala sí podías hacerte cargo?

Me encojo de hombros y digo débilmente:

—No es eso lo que quiero decir.

—¿Y qué quieres decir entonces, Claire? —pregunta con sus labios finos y sus cejas depiladas, y se quita las gafas y las deja sobre la mesa.

Mi Lily podía volver a tener aquella vida, la de las vacaciones en la playa y la bici verde y rosa, y el colegio Montessori. Solo hacía falta que yo arreglara las cosas. Así que, cuando Lily la Grande subió la escalera y Paul se tumbó de lado y fingió que no oía el berrinche de mi Lily, me colé en la cabaña por la puerta atrás, que ella no había cerrado con llave cuando dejó salir al perro. Metí las manos debajo de la manta rosa de la niña, que estaba dormida, y la levanté de la cuna sujetándole la cabeza, como siempre me decía mamá que hiciera cuando Lily era bebé, y llevándola en brazos salí por la puerta de madera del patio y me alejé en medio de aquella noche de marzo sin estrellas.

CHRIS

He dormido más de la cuenta.

Cuando por fin me despierto, la resaca es inmensa: tengo un dolor de cabeza espantoso y la luz despótica del sol me ciega los ojos. Me despierta el sonido insistente de mi móvil, cuya melodía, en mi estado de sopor alcohólico, suena discordante, fuera de lugar. Es Henry. Su voz retumba al otro lado de la línea como la de un sargento de instrucción repartiendo órdenes.

—¿Dónde demonios te has metido? —pregunta.

Son más de las nueve.

No me da tiempo a ducharme. Apesto a tequila mientras espero el ascensor al final del pasillo, y el pelo todavía me huele al humo de tabaco de un bar en el que entré anoche. Tengo los ojos enrojecidos y las manos todavía pegajosas. He olvidado mis notas, mi chuleta para saber qué tengo que decirle al grupo de posibles inversores en la sala de reuniones de la séptima planta, esos inversores a los que queremos impresionar. Al entrar en la sala, todos me miran. Me sabe la boca a alcohol y la luz de la mañana me revuelve el estómago. Los ácidos gástricos se me suben a la boca y tengo que tragar saliva para contener una arcada.

—Más vale tarde que nunca —farfulla Henry en voz baja mientras me limpio la boca con la manga.

Veo a Cassidy inclinada hacia no sé qué inversionista llamado Ted. Tiene los labios tan pegados a su oreja que él debe de notar el cosquilleo de su aliento en la piel. De pronto se vuelve hacia ella y se ríen los dos al unísono, seguro que a mis expensas.

Me paso los dedos por el pelo.

En cierto momento Tom me lleva a un lado y me dice que me espabile. Me pasa una taza de café como si la cafeína pudiera remediarlo todo, hacer que se me trabe menos la lengua, que mis pensamientos tengan una claridad cristalina. Hurgo al fondo de mi maletín en busca de documentos financieros que no están ahí. Saco notas sueltas, informes, la nota adhesiva de color lila con una sola palabra escrita: *Sí*.

El café me asienta un poco el estómago. Hacemos un descanso a media mañana y vuelvo a mi habitación a cambiarme de ropa y peinarme. Encuentro los documentos financieros desperdigados por la mesa y los guardo en el maletín. Me lavo los dientes y, entre la cafeína y la pasta de dientes, el regusto a alcohol empieza a difuminarse lentamente. Me atiborro a analgésicos para calmar el dolor de cabeza.

Cuando vuelvo, Cassidy y Ted están compartiendo un bocadillito de crema de queso en un solo plato, muy juntitos. Ella se lame los dedos minuciosamente y se inclina de nuevo para susurrarle algo al oído. Me miran y vuelven a reírse. Me acuerdo de Cassidy en mi habitación, desabrochándose la camisola blanca para que me quede. Y me acuerdo de mí mismo, poniéndome a toda prisa los zapatos y saliendo a todo correr por la puerta. Imagino que se marchó de mi habitación y se fue en busca de Ted. Ted, un inversionista de cuarenta y tantos años, con una alianza de tungsteno en la mano izquierda. A juzgar por cómo se comportan, él no la rechazó, no como yo. Dejó que se desabrochara la blusa, que desvelara lo que había debajo.

Oigo a Heidi dentro de mi cabeza. La oigo canturrear una y otra vez «*femme fatale, femme fatale*», como una consigna. «¡Mujeres unidas!». Me pregunto cómo será la mujer de Ted. Si será guapa. Me pregunto si tienen hijos.

No estoy decepcionado, qué va, para nada. Me siento más bien aliviado al comprobar que Cassidy habría elegido a cualquier miembro del sexo masculino para pasar la noche. Y me alegro de no haber sido yo.

Porque entonces sería yo el que estaría sentado como un imbécil en la sala de reuniones, babeando sobre un bocadillito de crema de queso, viendo cómo se lame el dedo pasándole la lengua por todos lados.

Cuando suena mi teléfono, me lo saco del bolsillo y veo en la pantalla *Martin Miller*, el detective privado al que contraté para que siguiera el rastro de Willow. Salgo rápidamente al pasillo, una galería de la séptima planta que da sobre el vestíbulo del hotel, lleno de mesas y sofás mullidos, flores tropicales y peces, decenas de *koi* grandes y gordas que nadan en estanques diseminados por el vestíbulo.

Martin habla con reticencia. Ha descubierto algo. Apoyo la mano en la barandilla de la galería para sujetarme y miro hacia abajo, hacia el vacío que, combinado con los estragos del alcohol, me da vértigos.

—¿Qué ocurre? —pregunto con voz nerviosa.

Siete plantas más abajo, las *koi* son poco más que manchas blancas y anaranjadas en el agua.

Martin me dice que va a enviarme por *e-mail* un artículo de periódico que ha encontrado, fechado a mediados de marzo. No se menciona a ninguna Willow, ni a ninguna Ruby. Pero dice que podría ser nuestra chica.

Espero a que me llegue el *e-mail* y cuando por fin vibra el teléfono anunciándome su llegada tengo los miembros embotados.

Abro el artículo y allí, mirándome a los ojos, está Willow Greer. Solo que no es Willow Greer. El pie de foto dice: *Claire Dalloway, buscada por la muerte de un matrimonio en Omaha y por el secuestro de un bebé desaparecido el 16 de marzo en su casa de Fort Collins, Colorado.*

Leo por encima el artículo y veo que la tal Claire Dalloway puede ir armada y ser peligrosa, y que Joseph y Miriam Abrahamson, el matrimonio de Omaha, murieron apuñalados en su casa mientras dormían. Leo acerca del bebé, Cala Zeeger, hija de Lily y Paul, de Fort Collins, Colorado. Rasgos distintivos: color de los ojos, tono de pelo, una marca de nacimiento en la parte de atrás de una pierna. Una «mancha de vino de oporto» –afirma el artículo– con la forma del estado de Alaska.

Se ofrece una recompensa. A cambio de noticias sobre su paradero.

Leo acerca de Joseph y Miriam Abrahamson, la familia de acogida de la señorita Dalloway, que le abrieron las puertas de su casa al morir sus padres cuando tenía ocho años.

El artículo dice que fueron asesinados en sus camas mientras dormían.

—Los Abrahamson también tenían hijos —me dice Martin—. Dos varones, los dos hijos biológicos —añade—. Isaac y Matthew. Ahora tienen más de veinte años. El mayor, Isaac, tiene coartada para la noche de autos. Trabaja en el turno de noche, como reponedor, en Walmart. Volvió a casa a primera hora de la mañana del 19 de marzo y se encontró a sus padres muertos en la cama. El otro, Matthew, está en paradero desconocido. También le buscan para interrogarle por el asesinato, como a Claire Dalloway.

—No se lo has dicho a nadie, ¿verdad, Martin? —pregunto ansiosamente.

—No, por Dios, claro que no. Pero vamos a tener que informar de esto —dice—. Hay que entregar a la chica. Si es que es ella —añade, y yo pienso «claro que sí».

—Veinticuatro horas —le suplico—. Dame solo veinticuatro horas.

Y me dice que de acuerdo. Tengo que hablar con Heidi, tengo que ser yo quien se lo diga.

Me pregunto si Martin es sincero, si de verdad va a darme veinticuatro horas antes de llamar a la policía.

Se ofrece una recompensa, vuelvo a leer. *Por noticias sobre su paradero*.

«Santo Dios», pienso, y le digo a Martin que tengo que dejarle. Debo llamar a Heidi. Tengo que avisarla. Busco el número, pulso la tecla de llamada.

El teléfono suena y suena, pero nadie contesta.

Vuelvo a leer esas palabras: *Armada. Peligrosa.*

Apuñalados.

Muertos.

WILLOW

El viaje en autobús hasta Chicago fue largo. Más de veinticuatro horas para ser exactos, con dieciséis paradas. Tuvimos que recoger dos veces todas nuestras pertenencias para trasladarlas a otro autobús, a uno que iba hacia Chicago. Vi más mundo que en toda mi vida: las montañas de Colorado, que iban encogiéndose a medida que cruzábamos el estado, hasta casi desaparecer; granjas ganaderas, unas tras otras, con tantas vacas metidas dentro, pugnando por la comida del pesebre, que solo de verlas me daba claustrofobia. Cruzamos otra vez Nebraska, y el río Misuri, y el pueblo del estado de Iowa nos dio la bienvenida, o eso decía el cartel de la carretera.

Elegí Chicago por mamá. Allí estaba, mirando otro gran panel en la estación de autobuses. *Llegadas* y *Salidas*, decía. Y cuando vi *Chicago*, me acordé de mamá y de su lista de cosas que haría «algún día», y pensé que había muchas cosas de esa lista que no había podido tachar antes de que el Bluebird diera vueltas de campana por la carretera. No vi Suiza en aquel panel, ni vi París, pero sí vi Chicago, y pensé en la Milla Magnífica que mamá tenía tantas ganas de ver, y en las tiendas de Gucci y de Prada en las que quería comprar.

Me dije que, ya que mi madre no había podido ver todo aquello en persona, iría yo en su lugar.

La niña dormía tranquilamente, envuelta en la manta rosa, sobre mis rodillas. No me atrevía a dejarla en otro sitio, ni a ella ni a la maleta, así que compartíamos las tres el asiento. Dormía casi todo el tiempo, y cuando tenía los ojos abiertos la cogía en brazos para que no viera por la ventanilla, primero el atardecer y luego (mientras cruzábamos la Puerta hacia el Oeste, una ciudad que había sido mi hogar durante años) el amanecer. En una parada en una gasolinera, en un pueblo llamado Brush, entré en la tienda con la niña y la maleta y compré leche para bebés como la que mamá le daba a Lily y un biberón de plástico. Cuando la niña por fin empezó a removerse a no sé qué hora de la noche, le metí el biberón en la boca y la vi chupar de la tetina hasta que se durmió.

No pensé mucho en lo bonita que era la niña, ni en cómo me apretaba el dedo con su manita. No pensaba en cómo me observaban sus ojos, ni en la palabra que llevaba escrita su camiseta: *Hermanita*.

Pensaba en aquellas anémonas marinas, las del libro que me trajo Matthew de pequeña: asesinas en potencia, de cuerpos delicados y angelicales. Pensaba en sus tentáculos suaves cuando la niña me agarraba el dedo, y en sus colores llamativos cuando me miraba y sonreía. Parecían flores pero no lo eran. Eran depredadores marinos. Inmortales. Capaces de inyectar un veneno paralizante en sus presas para comérselas vivas.

Aquel bebé era una anémona marina.

Creía que la odiaba, de veras. Pero mientras el autobús cruzaba el país y la niña se aferraba a mi dedo meñique, y de vez en cuando me miraba o me sonreía, tuve que recordarme que era mala, como si esa idea se me fuera de la cabeza. Me decía que no iba a gustarme. Ni pizca.

Pero al final me gustó.

Cuando subimos a otro autobús en Denver, una chica se sentó a mi lado, se dejó caer en el asiento como un avión que cayera del cielo y preguntó:

—¿Cómo se llama tu hija?

Yo abrí la boca pero no me salió la voz.

—¿Qué pasa? —preguntó—. ¿Se te ha comido la lengua el gato?

Era toda piel y huesos, tenía las mejillas hundidas. La ropa que llevaba, un abrigo ancho y sin forma, le quedaba grande. Tenía el pelo y los ojos oscuros, y llevaba alrededor del cuello un collar de perro con pinchos.

—No, es que… —balbucí, y no se me ocurría ningún nombre.

—Porque tiene que tener un nombre, ¿no? —insistió, sin inmutarse porque no pudiera decirle el nombre de mi bebé.

No podía decirle que se llamaba Cala, claro. Porque entonces a lo mejor se enteraba.

—¿Qué te parece Ruby? —preguntó entonces, mirando por la ventanilla.

El autobús estaba pasando frente a un restaurante. Se llamaba Ruby Tuesday. Estaba allí al lado, junto a la entrada a la autopista. Fue el karma, creo.

Miré aquellas palabras, las grandes letras mayúsculas rojas. No conocía a nadie que se llamara Ruby. Pensé en aquella piedra preciosa de color rojo. Rojo, el color de la sangre.

—Ruby —repetí como si saboreara aquel nombre. Como si lo paladeara. Y luego dije—: Me gusta. Sí. Ruby.

Y ella dijo «Ruby», y aquella palabra se me quedó grabada.

La chica tenía un chichón en la cabeza del tamaño del monte Everest y unas marcas en la muñeca que intentaba taparse tirándose de la manga de una chaqueta verde. Cogió el autobús en Denver y en Omaha ya se había bajado. Yo intentaba no mirar el chichón, pero me parecía casi imposible que no se me fueran los ojos hacia aquel bulto morado, del tamaño de un huevo de oca.

—¿Qué? —preguntó alegremente—. ¿Esto? —Se bajó el pelo para tapárselo—. Digamos que mi novio es un cabrón —dijo, y luego me preguntó—: ¿Qué hace una chica como tú en la carretera a estas horas de la noche? Y con un bebé —añadió, pellizcando la naricita de la niña.

Nos pusimos a hablar, aquella chica y yo. Me gustaba su naturalidad, cómo me miraba a los ojos cuando hablábamos.

—Digamos que necesitábamos cambiar de aires —le dije, y después de aquello dejamos de preguntarnos la una a la otra dónde habíamos estado y adónde íbamos, porque las dos sabíamos que veníamos de un sitio muy feo.

Hicimos parada en Kearney, Nebraska, y mientras estábamos allí me vertió un bote de tinte rojo por la cabeza y yo hice lo mismo con ella. No nos pudimos dejar el tinte el tiempo suficiente, así que en lugar de acabar con el pelo naranja, como el de la foto de la caja, seguí teniendo el pelo de color moco, pero pintado de rojo. La chica sacó unos vaqueros viejos y una sudadera.

—Ten —me dijo, poniéndome la ropa en las manos, que ya tenía llenas de cosas—. Cámbiate.

Dejé a la niña en sus manos tatuadas: tenía media mariposa en cada palma y, cuando las juntaba, aparecía la mariposa completa.

—Una papilio tigre —me dijo cuando le pregunté.

En uno de los compartimentos del aseo, con las paredes cubiertas de tinta (*Benny quiere a Jane*; *Rita es lesbiana*), me quité los pantalones que me había dado Matthew y la sudadera. La camiseta interior, la que estaba salpicada de sangre de Joseph, me la dejé puesta. No quería que la chica la viera. Me puse su ropa: los vaqueros y la sudadera, una chaqueta con capucha de color verde aceituna y unas botas de cuero con los cordones marrones deshilachados. Cuando salí, ella tenía cogido al bebé con un solo brazo, y en la mano derecha tenía un imperdible.

—¿Para qué es eso? —le pregunté, y vi que se quitaba unos cuantos pendientes de la oreja: unas alas de ángel, una cruz, unos labios rojos.

—Solo duele un segundo —contestó, y yo sujeté al bebé mientras me clavaba el imperdible en la oreja y me metía un pendiente en el lóbulo hinchado.

Solté un chillido, apreté a Ruby sin querer y ella también se puso a chillar.

Tiramos los botes de tinte vacíos a la papelera y luego la chica tiró de mí y me pintó la raya de los ojos. Yo nunca me había maquillado, menos cuando mamá me ponía de vez en cuando un poquito de colorete rosa claro en las mejillas. Me miré en el espejo empañado: el pelo, el pendiente, los ojos oscuros y misteriosos.

La imagen que me devolvía el espejo no era la mía.

—¿Cómo te llamas? —preguntó mientras me guardaba el lápiz de ojos en el bolsillo, en el bolsillo de la chaqueta verde que acababa de darme.

Luego se puso a cortarme el pelo con unas tijeras. Yo no protesté. Me quedé muy quieta, mirándome al espejo mientras cortaba mechones aquí y allá.

—¿Sabes? —dijo, tirando los mechones mojados al suelo del aseo—. Yo antes quería ser peluquera.

Me miré al espejo y pensé que era mejor que no lo fuera. Tenía el pelo mal cortado: más largo por un lado que por el otro, y con un flequillo lacio que me tapaba los ojos.

—Mi madre era peluquera —le dije, y me pregunté qué habría pensado mamá de mí en ese momento.

¿Estaría desilusionada o se daría cuenta de que estaba haciendo lo que había que hacer? Estaba cuidando de Lily, como me había mandado ella.

—Me llamo Claire.

—¿Claire? —preguntó, y dije que sí con la cabeza—. ¿Claire qué más?

Se había teñido el pelo rojizo de un rubio ceniza. Ella también se cortó el pelo, y nuestros mechones se mezclaron en el suelo mugriento del aseo.

—Claire Dalloway.

Lo tiró todo a la basura: las tijeras, el imperdible, el pelo que pudo recoger del suelo. Abrió su bolso y lo vació en la papelera: una revista rota, un carné, una bolsa de caramelos de chocolate a medio comer, un teléfono. Luego cambió de idea, metió la mano en la bolsa de basura negra y sacó los caramelos. El resto lo dejó allí.

Estaba en el aseo, con la mano en la puerta, y alguien llamó desde el otro lado. Unos golpes fuertes, insistentes.

—¡Un momento! —gritó ella, y luego me dijo—: Yo me llamo Willow. Willow Greer.

Y cuando salió de aquel cuarto de baño supe que no volvería a verla.

—Nos vemos en el autobús —dijo

Yo me cargué a la niña sobre la cadera, salí por la puerta amarillenta y entré en la gasolinera, pasando junto a una fila de mujeres que habían perdido la paciencia.

Willow Greer no estaba en el autobús cuando volví a montar.

HEIDI

No quiere ni ver el biberón.

Intento una y otra vez meterle el biberón lleno de leche de fórmula en la boca a Juliet, pero se resiste. Pego los labios a su frente: está fresca. No tiene fiebre. Le cambio el pañal y pruebo con el chupete, le aplico crema en el sarpullido del culete, que ya casi está curado, pero no sirve de nada. Nada consigue tranquilizarla.

Y mientras restriega su naricilla contra el vestido de crepé negro, se me ocurre la respuesta. Una respuesta de lo más sencilla: eso que solo una madre puede dar.

Me siento en la mecedora, echo el brazo hacia atrás, me desabrocho los botones del vestido y saco los brazos para quedar expuesta ante Juliet. «No es nada que no haya visto antes», me digo, acordándome de aquellas noches, cuando me sentaba con Juliet en la butaca de su cuarto, con las paredes de color rosa pálido y las sábanas de damasco, y la acercaba a mi pecho para que mamara a su antojo, hasta que saciaba su hambre y se iba adormeciendo, y los párpados le pesaban tanto que ya no podía tenerlos abiertos. Y allí, en el cuarto de la niña, con el resplandor de la luna como única compañía, mi Juliet mamaba hasta quedarse dormida. Recuerdo que a veces chupaba insaciablemente, mirándome con sus enormes ojos marrones, como de *anime*, como si yo fuera lo mejor del mundo. Unos ojos llenos de asombro y de amor. De asombro y de amor por mí.

Pero Juliet (lo veo ahora, al mirar a la niña que tengo delante), Juliet tiene los ojos azules.

Es igual, me digo, sabedora de que los ojos de los bebés cambian de color de un momento para otro. Tan pronto son marrones como azules. Y sin embargo hay algo distinto en ellos, en esos ojos, en su forma de mirarme.

Acerco el pecho a la boca de Juliet y veo admirada cómo localiza el pezón, y cuando se engancha a él, todo me parece tan familiar: el hormigueo del pecho y esa efusión de oxitocina que me inunda de calma. Paso la mano por la cabeza de Juliet y susurro:

—Ya está, niña guapa.

Y la miro esperando la succión rítmica, el acto de tragar, los grandes ojos marrones mirándome con asombro. Con amor. Esperándome a mí y solo a mí.

Pero lo que veo en sus ojos, en esos ojos azules que me miran con desconfianza, como si intentara darle gato por liebre, es exasperación. Luego empieza a llorar. Deslizo el dedo entre su boca y mi pecho e intento recolocarla, convencida de que no se ha enganchado bien. Pruebo a cambiármela de brazo, le ofrezco leche de mi otro pecho. Y entonces, viendo que no sirve de nada, me traslado al sofá y me tumbo boca arriba, con ella sobre mi pecho: postura biológica, la llaman, tal y como prescribe la naturaleza. Fue lo que me sugirió que hiciera Angela, mi asesora de lactancia, cuando a Zoe le costaba mamar.

Pienso en llamar a Angela para pedirle consejo si esto tampoco funciona. Y Angela vendrá como venía siempre, y me ayudará a colocar a Juliet para que mame. Volverá a explicarme cómo apretarme el pecho para que aumente el flujo de leche, y en cuanto me descuide Juliet estará otra vez mamando como mamaba antes.

Y entonces oigo un ruido en el pasillo de fuera, unos pasos enérgicos e impacientes, y maldigo a Jennifer por colarse otra vez en mi edificio aprovechando que alguien salía o entraba, sin molestarse siquiera en llamar a mi móvil o al portero automático. Eso es allanamiento, me digo, y me pregunto dónde he dejado mi navaja suiza.

Estoy tumbada en el sofá con el vestido de crepé negro bajado hasta la cintura y Juliet tumbada sobre mi pecho, retorciéndose como un pez fuera del agua y a punto de ponerse a chillar.

No me da tiempo a escapar a mi habitación, ni a buscar un escondite antes de que Juliet suelte un berrido espeluznante y la puerta del piso se abra de golpe. Y entonces le veo a él, de pie al otro lado de la puerta de madera, mirando mi atuendo, el vestido negro, las manchas de rímel reseco en la piel.

Su boca formando un aro perfecto, sus cejas arqueadas como un signo de interrogación.

Tiene el pelo de punta, revuelto, y mi corazón late a toda prisa. La habitación me da vueltas. Juliet me chilla al oído, su cuerpo se pone rígido, se endurece, me cuesta sujetarlo.

No es Jennifer, no.

Es Chris.

WILLOW

Aquel autobús nos dejó en Chicago, a la niña y a mí. «Ruby», me recordé al apearme en la estación, en una calle con mucho ajetreo. Hacía frío fuera, y viento. «La Ciudad del Viento», pensé, acordándome de aquellos días en la biblioteca de Omaha, con Matthew, cuando buscábamos información sobre Chicago en las páginas de los libros.

Nunca había visto nada parecido a Chicago. Había gente por todas partes. Coches y autobuses, y edificios que llegaban hasta las nubes. «Rascacielos», me dije. Ya sabía de dónde les venía ese nombre: al darme la vuelta, vi un edificio con antenas que arañaban el cielo. Debía de tener cien pisos o más. Era el doble de alto o más, tres veces más alto que los edificios de Omaha.

Enseguida me di cuenta de que no tenía dónde ir. La gente me miraba extrañada, y no con una mirada amable o preocupada, sino mezquina, criticona, indiferente. Al principio me escondía con la niña en los callejones oscuros que encontraba, me apoyaba contra paredes de ladrillo cubiertas de moho, junto a puertas cerradas y con barrotes. Había cubos de basura y contenedores apestosos en aquellos callejones, y a veces también ratas. Me pasaba el día sentada sobre el cemento mojado por la lluvia, mirando las rejillas de hierro de las escaleras contra incendios. Y escondiéndome. Estaba segura de que nos estarían buscando, de que Paul y Lily Zeeger vendrían a por nosotras, de que aparecería Joseph. Pero pasados un día o dos me di cuenta de que, con la cantidad de gente que había en Chicago, era imposible que me encontraran. Totalmente imposible.

Y Joseph… Joseph seguía muerto.

Pero después, cuando dejé de preocuparme por los Zeeger y por Joseph, empezaron a preocuparme otras cosas: qué comer y dónde dormir, porque ya casi me había gastado el dinero que me dio Matthew. Hacía frío en la calle, frío de día y frío de noche, y a veces el viento no te dejaba caminar en línea recta. Tardé solo una noche, o puede que dos, en descubrir que podía rebuscar comida en la basura, cuando los restaurantes tiraban las sobras a la hora de cerrar. Esperaba en el callejón, donde no pudieran verme (no hacía más que esperar, rezando porque la niña estuviera callada), y luego hurgaba en el contenedor buscando algo que comer. El dinero que me quedaba lo guardaba para la niña, para Ruby, para la leche de sus biberones.

Estaba asustada, tenía mil motivos para estarlo, pero lo que más miedo me daba era que le pasara algo a la niña, algo malo. No quería hacerle daño. Solo estaba haciendo lo que había que hacer, me recordaba a mí misma una y otra vez cuando la niña pasaba mala noche, y chillaba y lloraba hasta quedarse dormida.

Me gustaba Chicago, me gustaba de verdad. Me gustaban los edificios y el anonimato, y saber que allí, en la Ciudad del Viento, nadie iba a encontrarme. Pero lo que más me gustaba era el tren, aquel tren que se elevaba por encima de las calles y que luego bajaba, bajaba y bajaba, hasta meterse bajo tierra. Me gasté casi todo el dinero que me quedaba en un abono, para que Ruby y yo pudiéramos viajar en el tren todo lo que quisiéramos. El «L», había oído que lo llamaban, y tenía que hacer un esfuerzo por acordarme cuando mi cerebro se hacía un lío y empezaba a mezclar las letras del abecedario: R, P, Q… Cuando hacía frío o llovía, o cuando nos aburríamos, montábamos en el tren, la niña y yo, y dábamos una vuelta.

Descubrí casi enseguida que había una biblioteca cerca de la línea marrón del tren. Lo ponía en el plano: *biblioteca*. Estaba segura de que era un presagio, una señal.

Un día frío y lluvioso de abril, cuando llevaba una o dos semanas en Chicago, subí las escaleras del andén con la niña metida dentro de la chaqueta para que no se mojara ni cogiera frío. Nos quedamos allí esperando, en el andén, entre hombres y mujeres cargados con paraguas enormes, bolsos y maletines. Nos miraban, nos señalaban, cuchicheaban entre sí. Sobre el bebé. Y sobre mí. Yo miraba para otro lado, hacía como que no me enteraba y me tapaba los ojos con el pelo para no ver cómo me miraban y me señalaban con el dedo.

El primer tren que llegó estaba muy lleno. No me gustaban las multitudes, estar tan cerca de desconocidos que podía oler su perfume o su champú, y ellos la peste que echaba yo, el olor a sudor acumulado durante días, ese hedor asqueroso a leche agria y a pescado que salía de los cubos de basura junto a los que dormíamos y que nos envolvía a la niña y a mí como una nube.

Así que le dije a la niña que íbamos a esperar a que llegara otro tren. Y me quedé allí, viendo cómo montaban los demás, sin que ni uno solo me prestara atención.

Entonces me di cuenta de una cosa: una mujer dudaba un segundo antes de subir al tren, la única persona en toda la ciudad de Chicago que había dudado un momento al verme. Pero luego ella también subió al tren y nos miró por la ventanilla al bebé y a mí, aunque yo miré para otro lado, con los ojos como petrificados, y fingí que no la veía.

Me monté en el siguiente tren de la línea marrón que pasó y cruzando Chicago me fui a la biblioteca, un edificio grande y rojo en el centro de la ciudad, con el tejado verde salpicado de criaturas aladas que parecían vigilarme. Pero yo, aun así, no tenía miedo.

Creía que no volvería a ver a esa mujer.

Pero la vi.

CHRIS

Me quedo completamente sin habla, boquiabierto, incapaz de decir palabra. Heidi está tumbada boca arriba en el sofá del cuarto de estar, desnuda de cintura para arriba, con un vestido negro que no le he visto nunca arrebujado por debajo del pecho. Tiene el pelo alborotado, como si se hubiera hecho un moño y luego se le hubiera caído, y el maquillaje corrido: lápiz de ojos negro (la primera vez que la veo usarlo) y carmín oscuro, rebozado por todas partes. La niña chilla desesperada y yo tengo que recordarme a mí mismo que Heidi jamás le haría daño.

A Heidi le encantan los niños.

Pero aun así no las tengo todas conmigo.

Miro a mi alrededor, me fijo en lo vacía que parece la casa, en que la puerta de mi despacho (el cuarto de Claire, alias Willow) está cerrada.

—Heidi —digo mientras entro con cautela en mi propia casa y cierro la puerta—, ¿dónde está Willow?

Hablo en voz baja por si acaso Claire está aquí, escondida detrás de la puerta cerrada, con un cuchillo. Me digo que la culpa de esto la tiene ella, que ha sido Claire quien ha desnudado a mi mujer, quien ha puesto frenética a la niña. Y sin embargo no veo cuerdas, ni correas, ni esposas que sujeten a Heidi al sofá.

Me salen las palabras deshilvanadas, sin ritmo. Ni siquiera sé cómo consiguen salir de mi boca. Tengo la garganta seca como la arena y mi lengua parece de pronto el doble de grande. Me asalta la imagen de Cassidy Knudsen medio desnuda, y un instante después la imagen de un hombre y una mujer muertos a puñaladas en su cama.

—Heidi —repito, y entonces veo que tiene a la niña apretada contra su pecho.

Ella jamás le haría daño al bebé, me digo otra vez, paralizado por la escena que tengo ante mis ojos, tratando de descubrir qué demonios está pasando. Y entonces, de repente, caigo en la cuenta, comprendo lo que trata de hacer Heidi. «¡Dios mío!».

Se me para el corazón. No puedo respirar.

De pronto atravieso la habitación dispuesto a arrancarle al bebé de las manos.

Ella se levantó bruscamente, antes de que pueda alcanzarla, aferrada a la niña como si fuera suya. Pienso en ese antojo que tiene la niña en la pierna. «La doctora me ha recomendado que se lo quitemos», me dijo. Nosotros, ella y yo. Como si estuviéramos hablando de nuestra hija. De nuestro bebé.

Entonces, de improviso, me doy cuenta de que ese deseo repentino y obsesivo de ayudar a una chica indigente que había visto en el tren no obedecía a un verdadero interés por Willow, sino por el bebé.

Y de pronto ya no me preocupa que Willow, o Claire, esté escondida al otro lado de la puerta del despacho. Me preocupa que Heidi le haya hecho daño a ella.

—¿Dónde está Willow? —pregunto otra vez, como a medio metro de Heidi y el bebé. Y al ver que no responde insisto—: ¿Dónde está Willow, Heidi?

Su voz suena categórica y, aunque casi resulta imposible oírla por el llanto del bebé, leo en sus labios una sencilla aseveración:

—Se ha ido.

«¡Despierta, despierta, despierta!», chilla mi cerebro, convencido de que esto es resultado de la resaca de anoche. No puede ser *verdad*.

—Se ha ido —repito hablando más para mí mismo que para Heidi, y añado—: ¿Dónde?

Y una decena de posibilidades desfilan por mi cabeza, todas ellas aterradoras, a cual peor.

Pero Heidi no contesta a mi pregunta.

El bebé forcejea en sus brazos. Yo cojo la manta del brazo de un sillón y trato de dársela a Heidi para que se tape.

—Dame a la niña —le digo a mi mujer y, cuando menea la cabeza y empieza a retroceder hacia el ventanal, pisándole de paso la cola a una de las gatas, le ofrezco un compromiso—. Déjame que coja a Ruby para que te subas el vestido —sugiero, y me asombra la mirada desafiante que veo aparecer en los ojos marrones y dóciles de Heidi.

Tiene la mirada trastornada, la piel de un rojo encendido.

Y entonces empieza a gritar.

Habla enloquecida, como una de esas chaladas que se ven en televisión. Suelta palabras inconexas que, curiosamente, para mí tienen sentido. Palabras como «bebé» y «Juliet». *Juliet*. Pronuncia ese nombre una docena de veces o más: *Juliet*.

Le ha molestado que llamara Ruby a la niña. No es Ruby, me dice: es Juliet. Pero no, pienso al acordarme del artículo que me ha mandado Martin Miller. Esta niña no es Ruby, ni es Juliet.

Es Cala.

—Heidi —le digo—, esa niña…

—Juliet —repite otra vez ásperamente—. ¡Juliet! —grita, y la niña se asusta aún más.

Apenas reconozco ese nombre, tan lejos me queda su recuerdo. Y sin embargo ahí está, fragmentado y confuso: Heidi años atrás, tumbada en una cama de hospital, vestida con un camisón de hospital, llorando; Heidi tirando al váter sus píldoras anticonceptivas, una a una, fingiendo que no lloraba.

Y ahora empieza a insultarme: mentiroso, asesino, ladrón. Sé que no lo hace con mala intención, lo sé, pero aun así aprieta al bebé con fuerza, y el bebé llora, aúlla como un lobo a la luna, y

Heidi también llora, las lágrimas le corren por las mejillas como agua por un desagüe.

—Te equivocas —digo con toda la delicadeza que puedo.

Heidi se ha convencido a sí misma de que el bebé, *este* bebé, es el que perdió hace once años por culpa del cáncer. Podría explicarle lo absurda que es esa idea (que *ese* bebé está muerto y que, si estuviera vivo, tendría once años), pero veo claramente que la mujer que tengo delante de mí no es mi esposa.

Doy un paso adelante y tiendo los brazos hacia la niña, pero Heidi la quita de mi alcance.

—Este bebé, Heidi, este bebé no es... —Podría continuar, pero no lo hago. Me aterroriza la expresión desquiciada de sus ojos, lo que podría hacerle a la niña. No a propósito, claro. Heidi jamás le haría daño a un bebé, al menos intencionadamente.

Pero aun así no estoy del todo seguro.

—Déjame cogerla —repito, y añado para aplacarla—: Déjame coger a Juliet.

De pronto se me ocurren mil cosas que debería haber hecho cuando perdimos a aquel bebé. Debería haber estado más atento a ella, me digo. Eso debería haber hecho. Debería haberla llevado al psicólogo, como recomendó su ginecólogo. Entre otras cosas.

Pero Heidi dijo que no pasaba nada. Dijo que estaba bien después de que tomáramos la decisión de que abortara para que el médico pudiera tratarle el cáncer. Yo, sin embargo, ignoré la tristeza que veía en ella, su anhelo, su necesidad. Pensé que si no le hacíamos caso desaparecería, como un gato callejero o un pariente inoportuno.

Se queda callada un momento, mirándome. Estoy seguro de que cederá si consigo convencerla de que es por el bien del bebé.

—Deja que le prepare un biberón —digo con voz suave como la seda—. Tiene hambre, Heidi. Deja que le prepare un biberón.

Mis palabras suenan suplicantes, desesperadas, pero Heidi no da su brazo a torcer. Me conoce demasiado bien, adivina lo que me propongo.

Pasa a mi lado rozándome, entra en la cocina y se pone a rebuscar en los cajones. La agarro por el codo, pero me empuja de un modo del que no la creía capaz, con tanta fuerza que pierdo el equilibrio y casi me caigo. Cuando recupero el equilibrio la veo en medio de la cocina con una navaja en la mano, apuntándome con la hoja afilada.

Debería haberlo previsto. Debería haberme dado cuenta de lo que ocurría. Repaso de cabeza los últimos días, tratando de descubrir qué he pasado por alto, algún grito desesperado de Heidi pidiendo socorro.

Una crisis, eso es lo que está pasando. Un colapso nervioso. Un brote psicótico.

Pero ¿cómo es que no lo he visto venir? ¿Por qué he hecho caso omiso de las señales de advertencia?

—Vete, Chris —dice.

No tiene valor para usar la navaja, o eso me digo, pero aun así no estoy seguro.

—Heidi —susurro, pero me amaga con la navaja, apuñalando el aire.

Miro el reloj de la pared y veo que Zoe está a punto de llegar.

Por una vez en mi vida no pienso en mí mismo. Pienso en Heidi, en Zoe, en el bebé.

Y me lanzo hacia delante. No consigo reducirla, pero sí quitarle la navaja de la mano de un golpe. La navaja cae al suelo de madera con estrépito y deja una marca en la tarima de roble de la que nos acordaremos siempre: un símbolo de este día. Forcejeamos por coger la navaja mientras la niña se debate entre los brazos inestables de Heidi y su llanto va cediendo poco a poco, agotado por el cansancio y el miedo. Yo me lanzo de cabeza a por la navaja suiza, resbalando por el suelo como un jugador de béisbol llegando a segunda base, y consigo agarrarla.

Y entonces, antes de que me dé tiempo a ponerme de pie, Heidi se da la vuelta y echa a correr por el estrecho pasillo, cierra de golpe la puerta y se encierra con el bebé en el dormitorio.

Está llorando. Heidi está llorando. La oigo a través de la puerta. Farfulla no sé qué diatriba absurda, habla de bebés y de Juliet, de Cassidy y Graham, nuestro vecino Graham, el de la puerta de al lado. Graham. Podría pedirle ayuda. Pero no hay tiempo. Trato de razonar con ella («Heidi, por favor, abre la puerta. Vamos a hablar. Vamos a resolver esto»), pero no quiere escucharme.

Pienso en todas las armas potenciales que hay dentro de esa habitación y en el cuarto de baño: un cortaúñas, una lima. Enchufes.

Y luego están las ventanas, a una altura de cuatro plantas sobre el suelo de cemento.

No me lo pienso dos veces. Cojo el teléfono y marco el número de emergencias.

—Es mi mujer —le digo ansiosamente a la persona que contesta cuando me pregunta a qué se debe mi llamada—. Me temo que está… no sé… Necesita ayuda.

Sacudo la cabeza rápidamente, de un lado a otro. No sé qué puede hacer Heidi. Quitarse la vida. ¿Matar al bebé? Media hora antes habría dicho que no, nunca, imposible, Heidi no.

Pero ahora ya no sé.

—Ustedes vengan —ordeno, y le doy rápidamente la dirección.

Y luego me acerco a toda prisa a la puerta del dormitorio, dispuesto a echarla abajo.

HEIDI

No sé qué pasa primero.

Me extraen sangre. Me tumban en la camilla blanca y almidonada, dos hombres con mascarilla y cubrecabezas desechable, con las manos enfundadas en guantes de látex. Me sujetan con fuerza mientras un tercero me clava una aguja para sacarme sangre, para robármela.

Chris se queda apáticamente detrás de un carrito de instrumental mientras yo grito y pataleo intentando levantarme, hasta los hombres de la mascarilla, el gorro y los guantes se echan sobre mí y me inmovilizan. Sus rostros extraterrestres me miran fijamente: cabezas desmesuradas y calvas, ojos opacos, aterradores. Ni boca, ni nariz. Me sondean con esto y con aquello, y yo chillo mientras Chris me observa desde lejos sin decir nada.

Y luego me hacen sentarme a una mesa, a una mesa plegable con tres sillas negras acolchadas. Hay un reloj en la pared y uno de esos espejos unidireccionales que aparecen en la tele.

Pero esta vez no son los marcianos. No. Son otros. Otras personas completamente distintas.

No sé qué va primero.

—Mi hija. Necesito ver a mi hija —repito como una letanía, pero me dicen que si coopero podré verla pronto.

«Si coopero». Pero no sé si esto pasa antes o después de lo de la sangre. No sabría decir. Hay una mujer, una mujer mayor con el pelo largo y canoso, y veo cómo se pasan a mi Juliet unos a otros, hasta que desaparece de mi vista.

—¡Haz algo! —le grito a Chris, pero me ignora, se queda ahí parado, en la sala llena de mesas y sillas.

Me ignora, me mira como si no me viera, como si su mirada traspasara mi cuerpo sin verlo, sin reparar en mí, mientras me conducen a una sala donde ya no puede verme y cierran la puerta. Me pregunto si soy invisible, si por eso Chris no me ve. Como el aire, el oxígeno, los fantasmas. Puede que sea un espectro, una aparición. Puede que esté muerta. Quizá no me hayan extraído sangre, quizá me hayan inyectado cloruro de potasio para que me muera allí, en la camilla, con los hombres de la cara tapada. Pero tengo las manos esposadas y la mujer del pelo canoso sí me ve. Me pregunta por una tal Claire Dalloway, pone fotos delante de la mesa, entre las dos, imágenes repulsivas que se graban en mi mente, cruentas fotografías en las que se ve a un hombre atravesado en una cama con una mujer a su lado, medio echada sobre él, ambos embadurnados de sangre. Sangre bermeja, espesa y pegajosa, absorbida por las sábanas amarronadas.

Me acuerdo de la sangre de la camiseta de Willow y empiezo a gritar.

—¿Dónde se han llevado al bebé? —vocifero tratando en vano de liberar mis manos de las esposas, que me arañan la piel de la cara interior de las muñecas.

Me han sujetado las manos a la espalda y apenas puedo moverme. Cada vez que intento levantarme, ponerme en pie para ir en busca de mi niña, un guardia me obliga a sentarme de nuevo.

—¿Dónde se han llevado a mi Juliet? —suplico cuando la mujer no responde.

Y entonces oigo, claro como el agua, el llanto de mi bebé. Recorro frenéticamente con la mirada la sala insonorizada, buscando a mi Juliet en cada rincón, en cada resquicio. Está aquí. Está aquí, en alguna parte.

—Está en buenas manos —dice la mujer, pero no me dice dónde.

Miro debajo de la mesa. ¿Está ahí, escondida debajo de la mesa?

—¿Señora Wood? —dice la mujer dando unos golpes sobre la mesa para que le preste atención.

Es impaciente y tiene mal genio, esta mujer, con sus rotuladores y su grabadora.

—Señora Wood… ¿Qué está haciendo, señora Wood?

Pero no, Juliet no está debajo de la mesa. Solo se ve el suelo de baldosas descoloridas manchado de café, de tiznajos, de mugre, de porquería.

—Necesito ver a mi bebé —digo incorporándome para mirarla a la cara—. *Tengo* que ver a mi bebé.

Se hace un momento de silencio. La mujer, Louise Flores, la ayudante del fiscal del distrito –o eso dice ella–, me mira con sus ojos grises y apagados.

—Debe de estar usted confundida, señora Wood —dice—. El bebé que ha traído —añade— se llama Cala Zeeger. Y no es su hija.

Y de repente se apodera de mí una oleada de furia y de rabia, y me descubro levantándome a duras penas y gritándole que se equivoca, que la niña es mía. *¡Mía!* No hago caso del dolor que noto en los brazos y en la espalda al tensarlos y retorcerlos como no imaginaba que pudiera hacerlo, como esas mujeres que, al ver a sus hijos atrapados bajo un coche, de repente son capaces de levantar dos toneladas en un solo movimiento, de un solo empujón.

El guardia se me acerca enseguida y me ordena que me siente.

—Siéntese de una vez —me ladra. Y entonces le veo, le veo con toda claridad: un perro de presa canario de pelaje atigrado atado al otro lado de la sala, con los dientes afilados como cuchillas, gruñendo roncamente en señal de advertencia.

Le cuelgan babas de la bocaza abierta, sus dientes son como lanzas, tiene los ojos fijos en su próxima presa. Me pone las manos firmemente sobre los hombros y empuja hacia abajo para que me siente haciéndome daño, clavándome las garras en la carne. Y muerde, muerde ese presa canario, suelta dentelladas rápidas, inesperadas, que me desgarran la piel, y la sangre empieza a correrme por el brazo y yo la miro, miro esa sangre que los otros –la mujer y el hombre– no ven. Una sangre invisible, tan invisible como yo.

Me siento, pero no me quedo sentada. Me levanto otra vez de la silla y paso junto al guardia dándole un empujón, y pierdo el equilibrio y me estrello de cabeza contra la pared.

—¡Necesito ver a mi hija! —grito—. ¡Mi hija! ¡Mi hija! —Lo grito una y otra vez, puede que mil veces o más, y luego caigo al suelo sollozando.

Y entonces la mujer decide marcharse, lo decide así, sin más, con una autonomía que yo ya no tengo. Se levanta de la silla y dice:

—Creo que no tenemos nada más que hacer aquí. —Y sus ojos grises no se cruzan con los míos.

La oigo decir algo sobre una consulta de psiquiatría, y las palabras «delirio» y «trastorno» inundan la habitación cuando se marcha.

Y luego la sangre. Y la camilla. Y los hombres con mascarilla y guantes. Los alienígenas. Me pitan los oídos mientras me clavan agujas y sondas. Pero no sabría decir qué viene primero. No sé qué pasa antes, por qué está Chris al otro lado de la sala, detrás de un carrito de instrumental, viendo cómo los alienígenas me inyectan agujas y me sacan sangre o me administran una dosis letal de cloruro de potasio para que me muera.

—¡Párales! —le exijo, pero sigue sin hacerme caso, me ignora, y de nuevo soy invisible, un fantasma, un espectro.

Mi Chris, que nunca llora, tiene la cara mojada. Está de pie, inmóvil como una estatua, detrás de ese carrito. Se niega a moverse. Nunca se lo perdonaré.

Y entonces, de repente, me siento muy, muy cansada, el cansancio me pesa como si me aplastara un millar de ladrillos, allí, en la camilla, mientras los hombres con mascarilla y guantes me miran, me observan mientras miro fijamente los tubos fluorescentes del techo, y de pronto me pesan tanto los párpados que no puedo mantenerlos abiertos y en el último momento, justo antes de quedarme dormida, me pregunto qué más van a quitarme.

Quiero suplicarle a Chris que los detenga, que haga algo, pero descubro que ya no puedo hablar.

Me despierto tumbada en una cama, en una habitación con una ventana que da a un parque de hierba verde. Hay una mujer de pie delante de la ventana, con camisa y pantalones de pernera ancha. Contempla el paisaje de espaldas a mí. Las paredes están forradas con papel de espiguilla en color crudo y verde salvia, y el suelo es de tarima.

Cuando trato de moverme me encuentro atada a la cama. El chirrido que produce el roce del metal hace volverse a la mujer, que me mira con unos hermosos ojos verdes y una sonrisa.

—Heidi —dice con la mayor amabilidad, como si nos conociéramos, como si fuéramos amigas.

Pero yo no la conozco. No sé quién es. Y sin embargo me gusta su sonrisa, esa sonrisa que casi me convence de que los hombres con mascarilla, la mujer que me hacía preguntas, el cloruro de potasio y el perro (el presa canario de pelo áspero y rayado) no han sido más que un sueño. Me miro los brazos y no veo ni rastro de sangre, ni huellas de colmillos en la piel, ni vendajes para detener la hemorragia. Recorro con la mirada la habitación aséptica, buscando a Juliet detrás de los visillos, entre los pliegues de la colcha.

—¿Dónde se han llevado a mi bebé? —pregunto cansinamente, con voz débil y pastosa, como si tuviera la boca llena de algodón.

Ya no puedo gritar. Tiro desmayadamente de las esposas tratando de liberarme.

—Son para tu seguridad —me dice la mujer mientras se acerca. Arrima a la cama un butacón arrastrándolo por el suelo de baldosas y me dice al sentarse—: Estás en buenas manos, Heidi. Estás a salvo. La bebé está a salvo.

Y no sé si es por la compasión que desprende su voz o por mi desesperación, o por el cansancio que me agobia, pero me echo a llorar. Ella saca dos, y luego tres pañuelos de papel de una caja que hay en la mesilla y me los acerca a la cara porque no puedo cogerlos con las manos. Al principio me aparto, me alejo del contacto de esta desconocida, pero luego me inclino hacia ella, hacia el calor de sus manos, hacia la suavidad del papel.

Me dice su nombre, un nombre que olvido de inmediato, excepto el título que lo precede. *Doctora*. Y sin embargo no parece en absoluto una doctora porque no lleva bata blanca ni estetoscopio. Ni es calva.

—Solo queremos que te sientas mejor, nada más —declara en tono cordial y complaciente mientras me pasa el papel por la mejilla y me seca los ojos.

Sus manos, que huelen a miel y a cilantro, me recuerdan a los guisos que hacía mi madre y de pronto me encuentro en el hogar de mi infancia, en la mesa rústica alrededor de la que nos sentábamos los cuatro: mi madre, mi padre, mi hermano y yo. Pero mi pensamiento se detiene en mi padre, en mi padre, que está muerto. Veo cómo bajan el féretro, las rosas moradas en la palma de mi mano, mi madre a mi lado, siempre tan austera, esperando a que me desintegre, a que me deshaga en un millón de trozos en aquella tumba saturada de lluvia. O... espera. ¿Era quizás al revés?, me pregunto. ¿Era yo quien observaba a mi madre esperando a que se desintegrara?

Deseo alargar el brazo y coger su alianza, la alianza de boda de mi padre, sostenerla en la palma de la mano y cerrar los dedos sobre la cadena de oro, pero estoy atada a la cama y no puedo moverme.

—¿Dónde está mi bebé? —pregunto otra vez, pero ella solo me dice que está a salvo.

Me dice sin que se lo pregunte que ella también tiene hijos. Tres. Dos niños y una niña que se llama Maggie y que solo tiene tres meses, y entonces me fijo en que es de complexión delgada, y en que no ha perdido aún el peso que ganó durante el embarazo. Y es eso, esa mención a sus hijos, lo que facilita las cosas, lo que hace que me sea más sencillo revelar los secretos que llevo tanto tiempo callándome.

Ruby, Juliet, Ruby, Juliet. Y entonces me acuerdo: la famosa copa de Rubin.

Así que hablamos de las noches sin dormir y el agotamiento. Yo le digo (aunque mis pensamientos discurren densos y opacos, como palabras atrapadas en un cielo nublado) que Juliet aún no duerme toda la noche de un tirón. Le explico qué ha estado malita (una infección de orina, le digo) y que eso complica las cosas, porque es tan difícil consolar a un bebé que tiene dolores… Y esa mujer tan afable asiente con la cabeza y me da la razón, y me dice que su Maggie nació con un defecto cardíaco congénito y que tuvieron que operarla a los pocos días de nacer. Y entonces comprendo que esta doctora sí me comprende. Comprende lo que le estoy diciendo.

Luego me pregunta por Willow, no como la otra mujer, sino más amablemente, con más delicadeza. Me pregunta cuándo se marchó y por qué.

—¿Por qué se fue? —pregunta, así que se lo digo.

Le cuento lo del anillo de mi padre y la cadena de oro. Le cuento que de pronto vi que no había nada en el gancho del pajarito pintado de rojo, y que me acordaba perfectamente de que había colgado allí la cadena.

Pero no, me digo moviendo otra vez las manos esposadas a la cama y esforzándome por mirar hacia abajo, para demostrarme a mí misma que la cadena sigue allí, colgada alrededor de mi cuello, como debe ser. Le pido a la mujer que la busque, que busque la alianza de boda de mi padre y la cadena de oro, pero mira debajo del cuello del camisón de hospital y me dice que allí no hay ninguna cadena ni ningún anillo.

Y entonces mi mente revive la escena, enturbiada por la niebla como una película vista hace mucho tiempo. No recuerdo su título ni el nombre de los personajes, pero sí algunos fragmentos que han quedado grabados en los recovecos de mi memoria. Citas, escenas de amor, un beso apasionado.

En esta escena, sin embargo, le ofrezco un medicamento a Zoe en la palma de la mano, dos pastillas blancas, oblongas, y veo desde el borde de la cama cómo se las mete en la boca sin mirarlas siquiera. La veo tragárselas con un largo sorbo de agua. Y entonces vuelvo al cuarto de baño para guardar el frasco de pastillas en el armario de las medicinas, y el nombre *Ambien* me mira directamente a los ojos, al lado de los analgésicos y los antihistamínicos. Después cierro la puerta sin hacer ruido.

—¿Por qué no la denunciaste a la policía? —pregunta la mujer cuando le cuento lo del anillo de mi padre.

Me encojo de hombros al borde de las lágrimas y le digo que no lo sé. No sé por qué no llamé a la policía.

Pero sí que lo sé, ¿verdad que sí?

Y allí estoy otra vez, cerrando la puerta del armario de las medicinas y mirando cómo Zoe, anestesiada por lo que le he dado (pastillas de Ambien, no un antihistamínico) se va quedando dormida. No despertará en toda la noche. Y recuerdo las palabras, las palabras que desfilaban por mi cabeza esa noche: «no hay modo de saber qué nos deparará la noche».

Me veo a mí misma quitándome la cadena de oro del cuello y haciendo amago de colgarla del pajarito de hierro forjado, y luego cambiando de idea. Me paro en seco y escondo la cadena en la palma de mi mano, beso a Zoe en la frente en el dormitorio y salgo.

Y al entrar en el cuarto de estar me encuentro a Willow en un sillón y a mi Juliet dormida en el suelo. Me pongo a recoger los restos de la cena, y en mi visión, en este recuerdo nebuloso (o puede que no sea un recuerdo, sino una ensoñación, una fantasía), mientras tiro las sobras de los espaguetis en la bolsa de basura veo desde lejos cómo la cadena de oro y la alianza resbalan de mi mano y caen al cubo de basura mezclándose con los espaguetis resecos y la salsa de color rojo sangre. Y luego saco la bolsa del cubo, la llevo al pasillo y la tiro por el bajante.

Pero no, me digo meneando la cabeza. No puede ser. No es verdad.

El anillo de mi padre se lo llevó Willow. Mató a ese hombre y luego me robó la alianza de mi padre. Es una asesina, una ladrona.

—¿Algo más? —me pregunta la mujer cuando me ve mover la cabeza como el péndulo de un reloj de pie—. ¿Tienes idea de dónde puede estar Willow?

No puede ser. El anillo lo cogió Willow, me acuerdo, me acuerdo de que estaba sentada al borde de la bañera y de que abrí el grifo para que Zoe, que estaba mala, resfriada o con alergia, no me oyera llorar. Me acuerdo de que al levantar los ojos vi que el gancho estaba vacío y de que llamé a Chris para pedirle consejo, pero no pude hablar con él porque estaba demasiado atareado con Cassidy Knudsen para cogerme el teléfono.

Ya no sé qué es verdad y qué es mentira. Fantasía o realidad. Le digo que no, que no sé dónde está Willow. Vocifero, furiosa de pronto, añorando a mi padre, a mi padre que me acariciaba la cabeza y me decía que no pasaba nada.

De repente se me viene todo a la cabeza: imágenes de Willow, de Ruby, de Zoe, de Juliet. De sangre y de cadáveres, de bebés y de fetos nonatos extraídos de mi vientre.

Pero esta mujer tan amable cuyo nombre desconozco, de cuyo nombre no me acuerdo, me pasa la mano por la cabeza como hacía mi padre y me dice que todo se va a arreglar, y me dan ganas de decirle «¿papá?».

Pero sé lo que diría ella, cómo me miraría si la llamara «papá».

—Ya se aclarará todo —promete.

Y me descubro reclinándome, apoyándome en sus palabras tranquilizadoras, y las palabras mismas y el tono conciliador de su voz se me antojan de pronto agotadores, y cierro los ojos, y dejo que me acunen hasta volver a dormirme.

Cuando llega Chris, ya ha oscurecido: al otro lado de la ventana, todo se ha vuelto negro.

—Los llamaste tú —digo con voz temblorosa, acusándole de todo este lío. De que se hayan llevado a Juliet, a mi Juliet—. Llamaste a la policía —le grito, y empiezo a despotricar, intento en vano levantarme y abalanzarme hacia él, pero sigo atada, con las manos esposadas a la cama.

—¿Es necesario? —le pregunta Chris a una enfermera que entra en la habitación para ocuparse de las cánulas y las agujas que tengo clavadas en las venas de los brazos. Me las pusieron los alienígenas con gorro y mascarilla—. ¿De verdad es necesario?

Pero la enfermera contesta secamente:

—Es para que no se haga daño.

Y adivino lo que le dice enseguida a Chris, lo que le cuenta en voz baja: que le han dicho que me lancé de cabeza contra una pared de ladrillo, en otra habitación, y que por eso tengo un hematoma en la coronilla.

—Está muy alterada —le dice la enfermera como si yo no pudiera oírla, como si no estuviera presente—. Dentro de poco le toca la medicación.

Y me pregunto qué clase de medicación me están dando y si van a sujetarme contra la cama y a administrármela otra vez con una jeringuilla. O si me dejarán tomar unas pastillas, coger las píldoras oblongas en la palma de la mano, y me acuerdo otra vez del Ambien.

No, me digo. Antihistamínicos. Analgésicos. No Ambien.

Yo nunca le daría somníferos a Zoe.

Pero me doy cuenta de que ya no lo sé.

—Esto es culpa tuya —sollozo en voz baja, pero Chris levanta las manos con expresión de inocencia en su rostro cansado.

Tiene un aspecto sucio y desaliñado, como si el cansancio, la preocupación y otra cosa que no logro identificar hubieran empañado la pulcritud habitual de su cabello castaño y corto, de sus ojos marrones y luminosos, de su sonrisa encantadora.

Podría incriminarme, mi Chris, al que tanto le gusta señalar con el dedo y esquivar las culpas. Podría decir que fui yo quien se encerró en la habitación con Juliet, pero no lo hace.

Podría decir que le preocupaba que le hiciera daño al bebé, a nuestro bebé, y yo me reiría, ¿verdad que sí? Me reiría. Soltaría una risa cínica y burlona, aunque sé tan bien como él que estaba de pie al borde la escalera de incendios, a punto de perder el equilibrio, cuando entró por la fuerza en el dormitorio.

Pero no se lo contó a la policía cuando llegaron. No, no se lo contó.

Se sienta al borde de la cama y me coge de la mano. Y yo me ahogo, me hundo más y más bajo la corriente del océano, las olas me cubren mientras grito en silencio, aspirando involuntariamente. Mi garganta se contrae en espasmos, me atraganto, el agua salada inunda mis pulmones.

—Vamos a aclarar todo esto, Heidi —me dice, y me pasa los dedos por la mano y por el brazo sin darse cuenta de que estoy boqueando, de que me dan arcadas y me ahogo allí, en la cama.

Me sumerjo bajo el agua mientras Chris y Zoe me miran desde la orilla.

—Solo cinco minutos —le dice la enfermera a Chris al salir de la habitación—. Luego tiene que descansar.

Deja que la puerta se cierre suavemente y de nuevo nos quedamos Chris y yo solos. Oigo su voz amortiguada, a lo lejos, y entonces vuelve el agua, una ola enorme que me hunde en el mar.

Y veo a Chris, veo que me ha divisado a lo lejos, que se lanza de cabeza al agua y que avanza muy despacio hacia mí.

—Zoe te necesita —dice, y pasado un momento añade—: Yo te necesito.

Me ofrece un salvavidas, algo a lo que agarrarme mientras me debato en las aguas vertiginosas, tratando frenéticamente de mantenerme a flote.

WILLOW

La policía no tardó en encontrarme en Michigan Avenue, mirando el escaparate de la tienda de Prada. Estaba hipnotizada. No podía moverme. Mientras miraba la luna de aquella tienda, solo pensaba en ver a mamá con aquellos vestidos tan finos y elegantes que lucían los maniquíes sin cabeza en aquel escaparate reluciente. ¡Cómo le habrían gustado a mamá esos vestidos!

La policía me retuvo un tiempo, pero no mucho. Resultó que otra vez era la niña a la que nadie quería.

Celebré mis diecisiete años en una residencia de acogida que estaba entre Omaha y Lincoln, y a veces íbamos al río Platte, a caminar por los bosques que daban a aquel río tan ancho, que siempre estaba lleno de barro. Éramos doce chicas en la residencia y vivíamos con un matrimonio: Nan y Joe. Todas teníamos que hacer tareas que variaban de semana en semana, como limpiar la cocina o lavar la ropa. Nan nos preparaba la cena todas las noches, y nos sentábamos juntos a comer alrededor de una mesa muy grande, como una familia muy variada.

Se parecía mucho a aquel hogar en el que viví cuando murieron papá y mamá, solo que esta vez quería quedarme.

Había gente que iba y venía, como la señora Adler y una mujer muy simpática que se llamaba Kathy y quería que habláramos todo el rato de las cosas que me hacía Joseph. Me hacía repetir una y otra vez que no era culpa mía, hasta que algún día —decía ella— empezara a creerlo de verdad, a creer que lo que me hacía Joseph estaba mal. Y que lo que le había pasado a mi Lily, que la adoptaran los Zeeger y todo eso, no era culpa mía. Y que mamá no estaba enfadada conmigo.

De hecho, una vez me dijo mirándome con sus ojos de color verde esmeralda: «Tu mamá estaría orgullosa».

Pero aun así había noches que, estando tumbada en la cama, me parecía oír a Joseph entrando en mi habitación. Oía el chirrido de la puerta, el crujido de la tarima bajo sus pies, sus soplidos junto a mi oído. Sentía sus manos húmedas y rasposas arrancándome la ropa y oía sus palabras, que me dejaban lisiada, que me paralizaban para que no pudiera ponerme a gritar. «Al que mira con desdén a su padre y rehúsa obedecer a su madre, que los cuervos del valle le saquen los ojos y se lo coman los buitres», me susurraba al oído hasta que me despertaba sudando y le buscaba por todas partes, en el armario y debajo de las camas, convencida de que estaba allí.

Cada vez que oía un chirrido o un crujido, cada vez que alguien se levantaba para ir al baño, yo creía que era Joseph que venía a por mí, que iba a tender su cuerpo caliente y bestial junto al mío, y tardaba una eternidad en acordarme de que Joseph estaba muerto.

Debía de repetírmelo cien veces al día («Joseph está muerto»), hasta que en algún momento empecé a creérmelo de verdad.

Hubo pastelitos en mi cumpleaños, de chocolate con crema de cacao, como los que hacía mamá. Unos días antes de mi cumpleaños, vinieron Paul y Lily Zeeger desde Fort Collins, con Rose y Cala. A Cala ya no me dejaban verla ni tocarla, así que Paul y ella se quedaron fuera, en el césped que había delante de la residencia, esperando a Lily la Grande y Lily la Chica, o sea, a Rose. Pero yo podía verla por la ventana, veía lo grande que estaba y cómo caminaba. De vez en cuando Paul intentaba cogerla en brazos, pero ella le apartaba, porque tenía ya más de un año y no quería que la cogieran. La veía andar a trompicones por el césped y caerse más de una vez y de dos, y volver a levantarse de un salto, como ese juego antiguo en el que golpeas a un topillo y enseguida vuelve a salir de su agujero. Pero Paul estaba siempre allí, listo para limpiarle la tierra de las rodillas y asegurarse de que estaba bien. Ahora me daba cuenta, aunque antes no lo viera: Paul era un buen padre.

Lily la Grande me miró desde el otro lado del cuarto de estar y dijo: «Si hubiera sabido que…». Y así como así, de repente, se quedó callada y sus bonitos ojos se llenaron de lágrimas. «Tus cartas…», dijo, y luego: «Creía que eras feliz».

La señora Wood quería tener bebés. Ella la merecía más que yo. Y cuidaría de ella, de Cala, de Ruby, mejor que yo. De eso estaba segura. Sabía que era problemático que me quedara allí, con el señor y la señora Wood. Los oía discutir todo el tiempo. El señor Wood hablaba de la policía, de la cárcel, de que podían detenerlos. Y yo no quería causarles problemas, sobre todo a la señora Wood, que había sido tan buena conmigo.

Pero yo no robé el anillo.

Los detectives encontraron huellas en el cuchillo y en el pomo de la puerta de la casa de Omaha. Huellas que no eran mías. Daba igual lo que yo dijera o lo que me callara: ellos sabían la verdad.

Yo me preguntaba si Matthew sabría lo de las huellas. Me preguntaba si las había dejado allí a propósito para que no me echaran las culpas.

Y los Zeeger… En fin, los Zeeger se negaron a denunciarme por el secuestro, aunque yo quería que lo hicieran. Quería que alguien pagara por lo que había pasado. Pero no lo hicieron. Decidieron que ya había sufrido bastante después de morir mamá y de pasar tantos años teniendo que soportar a Joseph. Pero dijeron que no podía ver a Cala ni entonces ni nunca, solamente a través de la ventana del cuarto de estar cuando trajeran a Lily a verme. Podía ver a mi hermana dos veces al año, solo dos días de los 365 que tiene el año, y siempre «visitas supervisadas», o sea que Lily la Grande siempre estaba allí, en la habitación, con Lily y conmigo, y a veces también estaban la señora Adler o Nan y Joe, por si intentaba agarrar a Lily y huir. Se suponía que ver a Kathy, a aquella señora, era también un castigo, pero la verdad es que me encantaba hablar con ella. No era ningún suplicio.

Un día, de pronto, se presentó la señora Flores en aquella prisión y me dijo que podía marcharme. Pero no a cualquier sitio, donde a mí se me antojase. No –dijo–, seguía siendo *menor*. O sea, que todavía estaba bajo la tutela del estado. Y entonces me sonrió con aquellos grandes dientes de caballo que tenía, muy satisfecha, como si le hiciera feliz saber que seguía estando presa.

Entonces vino a buscarme la señora Amber Adler en su cafetera, con aquella enorme bolsa Nike, para llevarme a la residencia de acogida, y me ayudó a instalarme en un gran dormitorio pintado de azul que iba a compartir con tres chicas.

«Si me lo hubieras contado, Claire...», dijo y, lo mismo que Lily la Grande, se quedó callada y se le puso una mirada triste.

Luego me dijo que sentía mucho lo que había pasado, como si lo que me hacía Joseph fuera culpa suya o algo así. Me dijo que debería haberse presentado sin avisar en la casa, o haber hablado en persona con mis profesores. Así se habría dado cuenta –me dijo–, habría sabido que no iba al colegio.

«Pero Joseph...», dijo, y otra vez se le apagó la voz y se quedó callada uno o dos minutos. «Yo creía...».

Y no hizo falta que acabara la frase, porque yo sabía lo que iba a decir: que creía que Joseph era un buen hombre. Que me venían «como anillo al dedo», dijo el día que fui a vivir con Joseph y Miriam. Que era un golpe de suerte.

Una desgracia, más bien.

Pero a Matthew nunca le encontraron. Tenían las huellas del cuchillo y el pomo de la puerta, pero no tenían con qué compararlas. Me hicieron preguntas, un montón de preguntas. Sobre Matthew. Sobre Matthew y yo.

Pero yo no sabía adónde había ido. Y, si lo hubiera sabido, no se lo habría dicho.

Vi que Paul y Lily querían muchísimo a mi Lily. Y que Lily también quería a Cala. Eran una familia de verdad. Mi Lily ya casi no me conocía. Las veces que venían a verme a aquel hogar entre Omaha y Lincoln, me abrazaba porque la señora Zeeger se lo decía, pero se quedaba muy callada y me miraba como lo que era para ella: una desconocida. Yo notaba por su mirada que se acordaba de mí vagamente, como el recuerdo neblinoso de un sueño borrado por la luz de la mañana. La última vez que me había visto, yo tenía ocho años y era feliz, risueña, despreocupada.

Fue Louise Flores quien me contó lo que le había pasado a la familia Wood. Me dijo que la señora Wood no andaba bien de la cabeza.

—Lo curioso de los delirios —dijo como si hablara más para sí misma que para mí, mientras recogía sus papeles y sus carpetas, dando por terminado su trabajo, siempre tan atareada como la señora Adler— es que la persona que los sufre puede comportarse de manera relativamente normal mientras tiene un brote. Sus ilusiones no son totalmente descabelladas.

Trató de explicarme que la señora Wood sufría no sé qué cosa postraumática, que seguramente no estaba bien desde la muerte de su padre, y que luego, por si eso fuera poco, tuvo un cáncer y se vio obligada a abortar.

No podía tener más hijos. Y ella quería tenerlos. Pensarlo me puso triste porque la señora Wood se había portado muy bien conmigo, mejor que nadie en mucho tiempo, y no pensé ni por un segundo que fuera mala persona. Solo que estaba un poco trastornada.

De vez en cuando, estando allí, en la residencia de acogida, recibía una carta sin nombre ni remite. Datos al azar, garabateados en trozos de papel.

¿Sabías que no se puede estornudar con los ojos abiertos?

¿Sabías que los camellos tienen tres párpados?

¿Sabías que un caracol tiene 25.000 dientes?

¿Sabías que las nutrias marinas se dan la mano cuando duermen para que no las separe la corriente?

AGRADECIMIENTOS

Escribir puede ser una tarea muy solitaria. Nos sentamos detrás de la pantalla del ordenador o nos encerramos en una habitación con un cuaderno y un bolígrafo, obsesionados con personajes ficticios. Algunos días hablamos más con personas imaginarias que con los seres humanos de carne y hueso que forman parte de nuestras vidas. Mientras el resto del mundo duerme, nuestros personajes nos asaltan en plena noche para exigirnos que les hagamos decir esto o aquello.

Escribir es una tarea solitaria, pero publicar un libro no lo es en absoluto. Me siento muy afortunada por contar con un equipo editorial formado por tantas personas maravillosas: Rachel Dillon Fried, mi extraordinaria agente literaria; Erika Imranyi, mi inteligentísima editora; Emer Flounders, mi publicista; y el resto de la fabulosa plantilla de Harlequin y de Sanford Greenburger Associates: los equipos de producción editorial, publicidad, ventas y *marketing*, los agentes literarios y ayudantes a los que he tenido el privilegio de conocer, y todos aquellos que trabajan entre bambalinas a los que aún no conozco. Me siento muy orgullosa de formar parte de la familia de Harlequin y Sanford Greenburger.

Y luego están, claro, los asombrosos escritores y escritoras con los que he coincidido por el camino, que no solo me han tendido su mano y me han ofrecido ayuda y consejo, me han escuchado y me han dado el aliento que necesita un escritor, sino que además me han ayudado generosamente a promocionar mis obras como si fueran suyas. ¡Gracias, gracias, gracias! Para mí es un inmenso honor formar parte de esta maravillosa comunidad narrativa.

Aunque mi primera novela la escribí en privado, ha sido maravilloso poder compartir *Pretty Baby* con mi familia y mis amigos durante el proceso de escritura. Mientras escribía esta novela, estaba además atareada promocionando la primera, de modo que debo dar las gracias muy especialmente a los familiares y amigos que me han ayudado a mantener mi vida a flote durante este último año: a mis padres, Lee y Ellen Kubica; a mis hermanas, Michelle Shemanek y Sara Kahlenberg, y sus familias; a las familias Kubica y Kyrychenko al completo; y a mis queridos amigos y amigas, a los que no voy a nombrar individualmente por miedo a dejarme a alguno en el tintero, aunque espero que todos os deis por aludidos (especialmente Beth Schillen: ¡eres maravillosa!). Me siento muy honrada por cómo habéis compartido conmigo la emoción de la publicación de mis libros, ya sea ayudándome a promocionarlos, haciendo que se corriera la voz entre familiares y amigos, invitándome a hablar en vuestros clubes de lectura, cuidando a mis hijos para que pudiera asistir a congresos y giras, o simplemente leyendo mis novelas y haciéndome preguntas siempre acertadas sobre el proceso de escritura. Escribí *Una buena chica* en secreto, ¡pero con *Pretty Baby* he tenido todo un equipo de animadores! No sé cómo daros las gracias.

Y, por último, gracias a mi marido, Pete, y a mis hijos: gracias por vuestra paciencia, vuestro apoyo y vuestro aliento. ¡No podría haberlo hecho sin vosotros!

Os quiero como los abrazos quieren a los besos.